中国神话与民间传说大全集

中国神话与民间传说大全集

刘媛等 编著

中国华侨出版社
北京

图书在版编目（CIP）数据

中国神话与民间传说大全集/刘媛等编著．—北京：中国华侨出版社，2010.10
（2021.5重印）

ISBN 978-7-5113-0772-9

Ⅰ.①中… Ⅱ.①刘… Ⅲ.①神话-作品集－中国 ②民间故事－作品集－中国 Ⅳ.①I277

中国版本图书馆CIP数据核字（2010）第200299号

中国神话与民间传说大全集

编　　著：	刘　媛等
责任编辑：	姜　婷
封面设计：	阳春白雪
文字编辑：	李　鹏
美术编辑：	宇　枫
经　　销：	新华书店
开　　本：	720毫米×1020毫米　1/16　印张：24　字数：348千字
印　　刷：	北京德富泰印务有限公司
版　　次：	2011年2月第1版　2021年5月第5次印刷
书　　号：	ISBN 978-7-5113-0772-9
定　　价：	68.00元

中国华侨出版社　北京市朝阳区西坝河东里77号楼底商5号　邮编：100028

法律顾问：陈鹰律师事务所

发行部：（010）88866079　　　　传　真：（010）88877396

网　　址：www.oveaschin.com　　E-mail：oveaschin@sina.com

如发现印装质量问题，影响阅读，请与印刷厂联系调换。

前言

神话和传说，是源自洪荒、出自民间的古老故事，也是万古常新的话题。

在漫长的史前年代，华夏先民就已经在用史诗、歌谣等口耳相传的方式讲述着天地开辟的奥秘、诸神造物的奇迹、祖先迁徙的传奇以及英雄历险的故事，讲述着人类与生俱来的爱的欢愉、生的欲望、死的恐惧，讲述着宇宙万象、日月运行、季节轮回、大地草木、林间群兽，以及尘世间生老病死、爱恨情仇的来历，讲述着时间的开始和终止，讲述着大地的深邃和宽广，讲述着人类的诞生、灭亡和再生，讲述着那些游荡于荒远之域中的神仙和妖怪的故事……这些中华民族在口传时代流传下来的古老故事，蕴含了人类最深沉的智慧和情感，寄托了中华民族最古老的记忆。它们不是别的，它们就是神话传说。

在这些古老神话瑰奇恢诡、古彩斑斓的表象下面，所蕴含的是先民对那些宇宙、人生终极问题的追问和回答。这是我们人类不得不面对、不得不解答的一些也许永远也不会有最终答案的问题，每一时代的人们都会不断重提、不断做出新的回答的问题。

宇宙是如何创生的？宇宙的创生在什么时候？终结又在什么时候？这个深不可测的星空究竟是亘古浑沌一团，还是自有其永恒的秩序和界限？人类是如何来到这个世界的？人类来到这个世界，是纯属偶然，还是造物的恩赐？世界上的第一个人是谁？人为什么会生？又为什么会死？人在死后是否还有灵魂？我们从哪里来？又到哪里去？人既然会死，那么这短促的人生还有什么意义？人为什么会分成男人和女人？为什么男人和女人天生就彼此渴慕又互相仇恨？

……

这是一些充满了孩子气但又莫测高深的问题。它们是神话，它们也是哲学：这些问题关乎宇宙最深的奥秘、至高的哲理，而古往今来的人们又只能凭愿望、想象和激情回答这些问题，所以对它们的回答往往变成神话。针对诸如此类各种根本性的问题，每个民族从其各自不同的处境和才情出发，作出了各自不同的回答，从而形成了各具千秋的神话体系和诸神谱系。

诸如此类关乎宇宙人生的终极性问题，是人类为了了解自己在这个世界上位置、从而理解生命的意义所必定遭遇的问题，但是人类的生命相对于宇宙洪荒和悠长历史的有限性，又决定了我们永远无法回答这些问题，因为我们无法跳出自身短促的生命周期，站到生死轮回、劫波成毁之外，去审视和度量那浩瀚的宇宙和漫长的岁月。

因为没有最后的答案，所以才不息地追问，所以那些古老的神话才历经岁月沧桑而世代流传，经久弥新。远古游吟诗人、巫祝祭司的吟唱早已随着岁月的流逝而成为绝响，但他们在史诗和歌谣中讲述的诸神故事、英雄传奇，却被后来的人们用文字铭记下来，印于泥版、刻于金石、著于竹帛而留诸永远。千百年来，那些古老的神话故事被一代又一代的人们用不同的方式一遍又一遍地讲述着、演绎着。

如何从历史的文化遗留中发掘中国神话的文化宝藏，如何在充分认识和尊重中国神话遗产的文化内涵和固有理路的基础上，对原本散落、零碎的中国神话进行收集、盘点，整理出大致完整的神话故事和神谱体系，为文化传播开发、利用中国神话遗产打下坚实的基础，是当代人不可推卸的文化使命。

为此，我们按照不同内容划分，从各个时代的典籍中遴选了流传最广泛、影响最深远、最具代表性的经典神话传说故事，精心编写了这本《中国神话与民间传说大全集》。本书以时间为经，以中华各民族、地域为纬，分为中国神话、民间传说2篇，共16章200多个故事，在讲述每个动人故事的同时，也力图为读者展现一个栩栩如生的完整的中国神话人物谱系。

目 录 CONTENTS

上篇　中国神话

第一章　开天辟地…………… 2
盘古开天辟地 ………………… 2
混沌开七窍 …………………… 5
巨灵劈山 ……………………… 6
懒汉夫妇 ……………………… 7
鬼母吞吃儿子 ………………… 8
钟山烛龙和阴阳二神 ………… 8

第二章　女娲造人…………… 10
女娲造六畜 …………………… 10
女娲抟土造人 ………………… 11
女娲发明笙簧乐器 …………… 13
女娲斩康回 …………………… 14
共工和祝融的战争 …………… 15
女娲补天 ……………………… 17
海洋中的神仙世界 …………… 18

龙伯国大人的玩笑 …………… 20

第三章　伏羲的传说………… 22
伏羲诞生的传说 ……………… 22
雷公被囚和遇救 ……………… 23
伏羲和女娲兄妹 ……………… 25
兄妹结婚 ……………………… 27
伏羲画八卦 …………………… 29
伏羲教人打渔 ………………… 30
伏羲教民 ……………………… 32
芒耶取谷种 …………………… 33
燧人氏钻木取火 ……………… 36

第四章　炎帝的传说………… 38
农神，商神 …………………… 38
神农尝百草 …………………… 40
炎帝的子孙后代 ……………… 42
追随赤松子的大女儿 ………… 43
瑶姬的传说 …………………… 44

精卫填海 …………………… 46

第五章　黄帝的传说………… 48

黄帝的诞生 …………………… 48
众神之山——昆仑山 ………… 49
黄帝的花园与行宫 …………… 51
失落的玄珠 …………………… 53
公平的裁判 …………………… 55
黄帝管理鬼蜮 ………………… 56
阪泉之战 ……………………… 58
蚩尤的传说 …………………… 60
黄帝战蚩尤 …………………… 62
玄女传授黄帝兵法 …………… 66
黄帝杀蚩尤 …………………… 67
刑天争夺帝位 ………………… 68
夸父逐日 ……………………… 70
嫘祖养蚕 ……………………… 72
仓颉造字 ……………………… 73

第六章　颛顼的传说………… 77

颛顼的诞生 …………………… 77
颛顼和禺强 …………………… 78
重、黎隔断天地通路 ………… 80
奇禽怪兽 ……………………… 82
熊穴、九钟和鸟余、鼠突 …… 84
山林水泽的鬼神 ……………… 87
天帝帝台和吉神泰逢 ………… 88

彭祖长寿之谜 ………………… 90

第七章　帝俊和帝喾………… 93

帝俊和他的妻子 ……………… 93
帝俊和五彩鸟 ………………… 94
帝俊的竹林 …………………… 96
帝俊的子孙后代 ……………… 97
帝喾和他的五位妻子 ………… 99
兄弟失和 ……………………… 101
盘瓠立功 ……………………… 102

第八章　尧的故事…………… 106

尧帝的诞生 …………………… 106
尧帝的治国奇迹 ……………… 108
尧封防风国 …………………… 109
尧王访贤 ……………………… 111
丹朱化鸟 ……………………… 113
皋陶断案 ……………………… 115
一脚夔的音乐创作 …………… 116
许由和巢父 …………………… 117

第九章　舜的传说…………… 119

瞽叟的怪梦 …………………… 119
继母的虐待 …………………… 120
舜发明箫 ……………………… 122
尧王嫁女 ……………………… 124
恶徒们的阴谋 ………………… 125
井底遁逃 ……………………… 127

又一个阴谋 …………………… 129
舜接受尧的考试 …………… 130
舜继尧位 …………………… 131

第十章　鲧和禹治水 …… 133

心系民生疾苦的鲧 ………… 133
鲧偷取息壤治水 …………… 135
鲧被杀于羽山 ……………… 136
虯龙禹诞生 ………………… 138
禹受上帝命 ………………… 140
禹会群神，逐共工 ………… 141
河伯献图，伏羲赠玉简 …… 143
大禹取《水经》…………… 145
遍治天下诸河 ……………… 147
鲤鱼跳龙门 ………………… 149

第十一章　远国异人 …… 151

大人国与小人国 …………… 151
终北国 ……………………… 152
君子国 ……………………… 154
轩辕国 ……………………… 155
白民国和奇股国 …………… 156
不死国 ……………………… 158
结胸国和比翼鸟 …………… 159
交胫国与岐舌国 …………… 160
枭阳国的赣巨人和猩猩 …… 161
其他异形国家 ……………… 162

下篇　民间传说

第一章　神怪趣闻 ……… 166

龙之九子 …………………… 166
龙王夺海 …………………… 168
弥勒佛与新年 ……………… 170
哪吒闹海 …………………… 172
八仙过海 …………………… 173
李玄借尸还魂 ……………… 175
汉钟离成仙的故事 ………… 177
张果老的传说 ……………… 178
何仙姑成仙的故事 ………… 180
蓝采和的传说 ……………… 181
黄粱一梦 …………………… 183
龙七公主赠洞箫 …………… 185
曹国舅的传说 ……………… 187
太岁头上动土 ……………… 188
黄大仙的传说 ……………… 190
张天师的传说 ……………… 192
钟馗赶考 …………………… 193
钟馗与望乡台 ……………… 195

第二章　俗神的由来 …… 197

福神的传说 ………………… 197
禄神的传说 ………………… 199
送子张仙 …………………… 200

麻姑献寿 …………… 202
王母娘娘蟠桃会 ………… 204
泗州大圣 …………… 207
月老的故事 ………… 208
刘海戏金蟾 ………… 210
妈祖的传说 ………… 213
文财神的故事 ………… 215
武财神的故事 ………… 217
门神的故事 ………… 219
灶王的故事 ………… 221
灶王奶奶 …………… 224
药王的故事 ………… 226
兔爷的故事 ………… 228

第三章 民间传奇 ………… 230

仙童的错误 ………… 230
人龙本为友 ………… 231
望帝化为杜鹃 ………… 232
李冰杀蛟龙 ………… 233
牛郎织女 …………… 235
天仙配 ……………… 238
天狗食日 …………… 242
孟姜女哭长城 ………… 243
化蝶 ………………… 246
白蛇传 ……………… 249
宝莲灯 ……………… 253
麒麟送子 …………… 256

葫芦娃 ……………… 257
长发妹 ……………… 261
柳毅传书 …………… 263
河伯娶妻 …………… 266
十不全和尚 ………… 268
父子斗鳄妖 ………… 270
俞伯牙与钟子期 ……… 273
聚宝盆 ……………… 274

第四章 名胜志异 ………… 277

石钟山的传说 ………… 277
九马画山的传说 ……… 279
五大连池的传说 ……… 281
北京城的来历 ………… 283
岱宗坊的传说 ………… 285
泰山白庙的传说 ……… 287
金地藏的传说 ………… 289
金顶祥光的来历 ……… 291
犀牛望月的传说 ……… 293
泸沽湖的传说 ………… 294
六和塔的传说 ………… 296
飞来峰的故事 ………… 298
寒山寺的钟声 ………… 300
雁门关的来历 ………… 303
天池的传说 ………… 304
潭柘寺的传说 ………… 306
什刹海的传说 ………… 307

五岳的来历 …………… 309
峨眉山的传说 ………… 310
天门石的传说 ………… 312
天柱峰传奇 …………… 313
太湖的传说 …………… 315
琅琊山的传说 ………… 316
珠穆朗玛峰的传说 …… 318
漓江的传说 …………… 319
八景窗的传说 ………… 321
武夷山的来历 ………… 322
日月潭的传说 ………… 323
澎湖列岛的传说 ……… 326
骊山的由来 …………… 327
老君犁沟的来历 ……… 329
莫干山的传说 ………… 330
榕城的来历 …………… 332
长白山天池的传说 …… 333
趵突泉的传说 ………… 335
赵州桥的传说 ………… 336
黄鹤楼的传说 ………… 338
五指山的传说 ………… 339
出云洞的传说 ………… 341
舒姑潭的传说 ………… 343
黄果树瀑布的传说 …… 344
天鹅湖的传说 ………… 346

第五章 风物溯源………… 348

麻布之母西荫氏 ……… 348
蚕花娘娘 ……………… 350
蝶仙赠端砚 …………… 351
狐皮帽子的由来 ……… 353
马头琴的传说 ………… 355
鲈鱼和莼菜的传说 …… 356
过桥米线的传说 ……… 358
陆稿荐的来历 ………… 359
年的来历 ……………… 360
"三媒六证"的传说 …… 362
十二生肖的传说 ……… 364
元宵节的传说 ………… 365
寒食节的传说 ………… 367
端午节的传说 ………… 368

上篇 中国神话

第一章

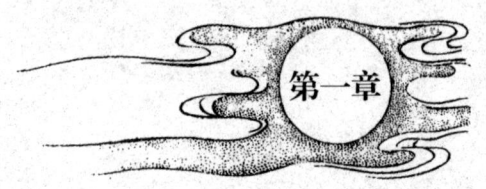

开天辟地

盘古开天辟地

最初的世界是混沌的,没有一丝光亮。这个世界上没有高山河流、没有花草树木、没有鸟兽鱼虫,更没有万物之灵的人类。整个宇宙都紧紧地团在一起,如果打一个形象的比喻,当时的宇宙就是一个很大很大的鸡蛋。

几亿年过去了,宇宙这个大鸡蛋里发生了变化,世界上第一个生命开始在里面孕育。又过了几亿年,那个生命长成了一个拥有双手双脚、具有思维的生物,外形和现在的人类十分相似,他的名字叫作盘古,一个巨大无比的巨人。盘古在宇宙大鸡蛋中沉睡了一万八千年。

这一天,盘古突然从睡梦中醒来。他睁了睁眼,发现周围漆黑一片,看不清任何东西。他在"鸡蛋"里面睡的时间太长了,身上的每个关节都在提醒他应该活动一下筋骨。于是,他伸了一下懒腰,可宇宙那坚硬的外壳又把他的手臂挡了回来。他想站起来走走,可是却连头都抬不起来。盘古心中气愤地想:"这个可恶的'鸡蛋',束缚我一万八千年了。如今,我想要动一动它都不允许。看来是该想办法除掉这个家伙的时候了。"

想到这,盘古慢慢移动,使自己蹲在"鸡蛋"中的空间里。他抬起那双强壮有力的双手,托住了"鸡蛋"的上半部分,然后使出全身的力气,胳膊使劲往上抬,双腿使劲向下蹬。这很困难,真的,因为那个"鸡蛋"的外壳太坚硬了，但是盘古没有放弃，依然坚持不懈地"挣扎"着，心中只有毁掉"笼子"这一个念头。

努力有了回报，盘古已经听见"鸡蛋"发出细微的破裂声，他知道离成功不远了。于是，在原来的基础上，他又加了把劲。突然间，宇宙中传来了一声惊天动地的巨响。随着巨响过后，那个束缚了盘古一万八千年的"大鸡蛋"破裂了。

混沌和黑暗从"鸡蛋"里面跑了出来，它们在盘古身边晃来晃去，紧紧地缠绕着他。盘古愤怒了，不明白为什么这些可恶的东西不肯放过他，于是他决定反击。盘古抡起了铁一样的拳头、抬起了钢一样的腿脚，四处踢打着混沌和黑暗。

混沌和黑暗被盘古打得稀巴烂，慢慢地分离开来。其中，那些比较清而且分量也很轻的东西升了起来，变成了天；那些比较浊而且分量比较重的东西则沉了下去，变成了地。就这样，天和地分开了。

终于有了空间，盘古可以好好舒服一下了。他站了起来，伸了一个大大的懒腰。他太高兴了，因为再也不用受那个可恶的"笼子"的束缚了，讨厌的黑暗和混沌也不会再来打扰他了。可是，正当他高兴的时候，突然感觉到头被什么东西重重地砸了一下。盘古伸手一摸，心中暗叫不好。原来，本来升起来的天又再一次落了下来，也许它还想重新和大地结合。

这下可激怒了盘古，他想："现在我把天再撑起来肯定是没有问题的，可关键是它还会落下来。不行，我必须想一个万全之策。"于是他又一次把天撑了起来。为了不让天和地再一次结合，盘古决定由他来做"擎天柱"，一直到天不再下落为止。于是他手托着天，脚踏着地，威风凛凛地矗立在宇宙中，一顶就是一万八千年。

在这一万八千年里，盘古吃了数不尽的苦。他不能吃饭，因为他的双手要支撑着天，只有那飘进他嘴里的虚无缥缈的雾略略地减轻了他的饥饿感；他不能休息，因为只要他一动，天就会有掉下来的危险，他所能做的只能是偶尔换一换手。

在这一万八千年里，世界每一天都在发生变化。盘古的身子每天都会长长一丈，而天也就随之升高一丈。盘古的身体一天比一天长，天和地的距离也一天比一天长。终于，盘古长成了一个身高九万里的巨人，而天和地的距离也变成了九万里。

九万里的距离够远了，天和地再也不能结合在一起了。盘古看了一下四周，欣慰地笑了笑。他觉得这个世界因为他的努力而不再那么狭小，天和地也因为他的功劳而永远地分开了，这是一件多么有意义的事啊！不过，他心中还有一丝遗憾。因为世界虽然产生了，可是没有光明、没有水、没有山、没有矿物、没有生物、没有……还有很多东西等着他创造。

盘古没有时间了，也没有能力了。他睁大双眼，呼出了最后一口气，脸上带着微笑，心中怀着遗憾，眼中含着泪水，发出一声巨吼，慢慢地倒下了。

盘古的最后心愿在他临死的时候实现了。天地间发生了神奇的变化：盘古临死前口中呼出的那口气变成了风和云；他的怒吼声变成了天上轰隆隆的雷声；他的左眼变成了金光灿烂的太阳；他的右眼变成了柔美皎洁的月亮；他的眼泪变成了大地上的江河；他的眼光变成了闪电。

盘古倒下了，再也不能站起来了。他的身躯变成了五方名山；他的四肢变成了大地的四极；他的肌肉变成了肥沃的土地；他的经脉变成无数的道路；他的血液变成了茫茫的大海。这还没有结束，他的毛发变成了陆地上的各种植物，有花有草、有树有林；他的骨骼、牙齿还有骨髓变成了大地里的珍宝，有金有银，有铜有铁，还有各种宝石、珍珠、玉石等。最后剩下的是盘古身上的汗滴，这些东西也没有浪费。它们慢慢地升上天空，然后再从天空中降落下来，这就是我们看到的雨露和甘霖。

世界变得丰富多彩了，有了阳光、有了高山、有了江河，也有了各种植物。盘古的精灵在世界上游荡，慢慢地它们在这个新的世界里变成了具有生命的各种动物，有鸟有兽，有鱼有虫。这些动物给世界带去了无限的生机，不过那时候还没有人类。

这就是盘古开天辟地的故事，关于一个具有大无畏精神的、受到人类无比崇拜的人类始祖的故事。

混沌开七窍

很久很久以前，天地一片混沌，清的和浊的大气混在一起，不断地变化着。其中自然也有很多怪异的生灵，这些怪异的生灵不仅习惯了混沌和黑暗，有许多还化为了神。

混沌就是这样一个神，也有叫它帝江的。混沌生活在距西部山系的头山崇吾山以西三百五十里的一个叫作天山的地方。

混沌的形体像黄囊，和大象的躯体一样庞大，但是比大象多两条腿；六只脚像熊掌，却不像熊掌那样坚实；皮色红，象丹火；背上还长了四个翅膀；有像狗一样的尾巴；浑然没有面部，更没有耳目口鼻，但它能欣赏歌舞，能听得懂混茫中的声音，能判断出从自己身边经过的是好人还是恶人；它行动起来如一团不透明的影子，缓慢而艰难。

也许混沌正在化生天地的精气，涵蓄宇宙世界诞生的能量。

有一天，生活在海里的两个时间神路过天山时看见了混沌，就来和它说话。混沌能听懂他们的话，也待他们很友好。两个神都深深地为混沌感到遗憾，因为混沌和他们不一样，没有眼耳口鼻，他们想不出混沌是怎么在天地中生存的。他们决定帮助混沌，用斧头、凿子等工具为混沌开七窍。

两位好友对混沌说："混沌呀，我们的好朋友，我们知道你是蕴涵了天地精华的神，靠亿万年和天地的亲密接触你也能听到和感知到事物，但是你知道吗，天地中的生物都是有眼耳口鼻的，眼睛能把世界看得清楚，耳朵能更好的听见世间万物的涌动，有了口可以尝到天地精华孕育的美味，鼻子能分辨百味……"

"真的吗？经你们这么一说，我还真的有点动心，虽然在天地的怀抱生活了这么多年，但天地到底是什么样子我还真不知道。"

"那就允许我们给你开凿出七窍好吗？"

"好吧，那我就能感受到七窍的神奇力量了！"

两个热心的朋友先用两天的时间在混沌前面两个翅膀和两条前腿之间的比较平的部位凿了两只眼睛，第三、第四天他们又在眼睛的下部凿了两个鼻孔，第五天又在鼻子下面凿了一个嘴巴，第六、第七天又在眼睛的左右下方分别凿了两只耳朵。

七天过去了，混沌神拥有了七窍，然而随着七窍的开凿，混沌体内蕴涵的天地精华也不断地向外飘散，又过了七天，混沌逐渐与天地化为了一体。

巨灵劈山

巨灵是阴阳二气化生的"元气"产生的一个神，传说他诞生在汾水源头一块隆起的怪石旁，能够造山川，引江河，后来，他负责治理黄河，成为黄河河神。

有一段日子，他一直在华山散心，无意中看见黄河水在华山的脚下泛起巨大的浪花，然后向南曲折而去。巨灵很纳闷。仔细查看后，他发现太华和少华这两座连在一起的大山阻挡住了黄河的去路。

怎么办呢？巨灵站在黄河中央查看面前的华山，忽然他发现太华山和少华山两座山上面是分开的，如果把这两座山分开，黄河之水不就可以从两山之间痛快地流走了吗？巨灵下定决心要把华山劈开。

巨灵重又爬回华山顶端，养精蓄锐了三天，第四天，他抓住太华和少华两个山峰的山尖，大喊一声"开"，太华和少华两座山就被掰开了。黄河水马上向两座山峰汹涌而来。原来，两座山底端的山石还没有完全分来，巨灵抬起巨大的脚向中间踏过去。两座山彻底分开了，黄河水欢快地翻着巨浪从中间穿过。

太华和少华两座山被掰开后形成了一段峡谷，就像两个门框立在黄河的两岸，人们于是称这里为"龙门"。越过龙门之前的黄河水，被约束在高山峡谷之间，就像一头怪兽，因为找不到出口而咆哮着。横冲直撞中，这头"怪兽"来到龙门口。只见它一个急转弯，掀起的狂涛巨浪顷刻之间就撞在了峭壁上。它被迫掉过头来，撞向对岸的巨石。一次次碰壁后，这头"怪兽"只好退回去，可是随即又和矗立在河床中的一座巨大的礁石相遇。它似乎被激怒了，疯狂地冲向天空，在一阵喧嚣之后颤抖着从空中摔下来，落入谷底。黄河水总算跳出了龙门。

至今，巨灵因掰开山用力过猛而留下的手指印、手掌印以及脚印在华山上还能看见呢。

懒汉夫妇

天地分开之初，大地上的各脉河流因为没有固定的河道而四散横流，经常泛滥成灾。地面上七股八道，沟沟汊汊全是水，天神于是派巨人朴夫和他的妻子去治理洪水，希望他们能兢兢业业，早日疏通洪水。

朴夫和他的妻子都是巨人，他们的身体有千里高，手臂长得能够搂住太行山，腰也有几千里粗。这样的身材，本来对治理洪水很有利，因为他们的身躯可以背负起大山，挡住洪水；他们拥有的力量可以将淤塞的河道挖开；他们的身躯可以拦住洪水，让洪水沿着河道流泻……只要他们用心，认真对待，肯定能治理好洪水。然而面对大地上像网一样杂乱的河流，他们没了耐心，感到好苦恼。他们好吃懒做，没有心思工作，整天只是潦草地应付差事，本来该深挖的地方，他们稍稍挖一条浅浅的小沟渠就放下了；有的河流却只疏通一个小小的出口，所以中途又淤塞了；用来阻挡洪水的堤坝却筑得不坚固，致使洪水又泛滥开来……很多年过去了，大地上依然洪水泛滥。

这对夫妻不仅好吃懒做，而且还痴心妄想。在治理河水的过程中，他们听说如果吃到黄河里的一百棵水仙花的汁液就可以成仙，于是就东奔西跑寻找水仙花。他们一连找到了九十九棵，再找到一棵水仙花就可以成仙了！于是，他们又来到黄河边。在黄河里，他们终于找到了最后那一棵水仙花。后来，他们成仙了。

这让黄河的河伯很不服气,"这样懒惰懈怠的人都成了仙?"于是,河伯就到天帝那里告状。天帝知道了这件事情,非常生气,就罢免了朴夫和他妻子的职位,把他们放逐到东南的荒原里,让他们光着身子忍受寒冷和溽热,还不让他们喝水、吃饭,只可以用秋天的露水充饥。天帝说,什么时候大地上没有了水灾,他们才可以官复原职。

鬼母吞吃儿子

在南海的小虞山,居住着一个虎头龙爪,眉毛像巨蟒、眼睛像龙,形状奇特古怪的神,被称作"鬼母",又叫"鬼姑神"。她本领很大,传说她创造了天地——上天风云涌动,大地生长万物。

她还能生产鬼,一次就能生产十个鬼。她的鬼儿子也都长得奇形怪状,生下来只吃飞虫,喝露水,长得也很快,一天之内就能长很高。鬼儿子们常在晚上出来嚎叫,鬼母听到这种声音很生气,所以早晨生下他们晚上就把他们吞吃下去。鬼儿子们在一天内吸收的天地精华,也会被鬼母吸收,鬼母的本领就越来越大。许多许多年以后,鬼母不仅能呼风唤雨,还能上天入地。

但是因为她的模样太吓人了,虎头龙爪都像被血涂过一样,天帝不允许她上天,就让她下到鬼域去治理鬼。鬼域里有各种各样的鬼,冤死的,打死的,孤魂野鬼……鬼母见到鬼蜮里竟然有这么多的鬼,就不再生产了,专心治理起鬼域来。她将各种鬼分别关押,经过不同的度化、惩罚,让它们知道善恶好坏。鬼域在她的治理下变好了。

钟山烛龙和阴阳二神

从前面几篇故事看,盘古应该是中国神话最正宗的开天辟地者,是中国神话中人类的始祖,而其他几位,比如说混沌、巨灵、那对懒汉夫妻还有鬼母,都是算不上造物主的,因为他们虽然具有非凡的神性,但是他们的身体还残留着太多动物的形象,所以还不能完全看作是天地人类的始祖。

不过,即便算不上造物主,他们的故事还是可以讲一讲的,毕竟有了他们,中国神话开天辟地这部分才会显得更加丰富多彩。

除了混沌、巨灵、那对懒汉夫妻还有鬼母,还有三位值得一说。

天地混沌不分的时候,深远广大,谁也不能知道它的终点在哪里。在这样的混沌中慢慢生出了阴阳两个神——阳神治理上天,阴神管理大地。在他们的治理下,天地逐渐分开,并形成了东、西、南、北、东北、东南、西北、西南八方;轻缓洁净的阳气逐渐向上成为天,浊重的阴气逐渐向下成为大地;浑浊的气化为虫类,清轻的气则化为了一种精神的力量随天上升,再化为元气,然后产生了人类,于是虫类和人类便把天看作父亲,把大地看作母亲,把阴阳二气作为行动的依据,顺应由阴阳二气运转而形成的四季的变化。

另一位是钟山烛龙。在西北海之外,赤水的北面,有一座山叫作章尾山。这山上有一个神,它长着人的脸,蛇的身子;眼睛常眯成一条缝;全身都是彤红的,身子有千里长。它的本领很大,盘伏在山上,不吃不喝,不睡不休息,栉风沐雨。它闭上眼睛就是黑夜,睁开眼睛就是白天。它吹口气,便乌云密布,雨雪纷纷;吸口气又是烈日炎炎,骄阳似火;它一呼一吸就会大风万里。

因为西北方向的阴阳不足,所以这个神常常要衔着一支蜡烛照耀西北方的天门。那烛光加上它彤红色身体泛着的红光,照亮了一切幽暗阴深之处,包括九泉之下,于是,人们便称它为"烛龙神",又称为"烛阴"。因为烛龙口里衔着的烛光能给大地带来温暖,所以,只要烛龙出现在天门,冬眠的动物就会出来活动。大地变暖,水汽涌动、上升,天上的雷公能够感受到,就会开始打雷。

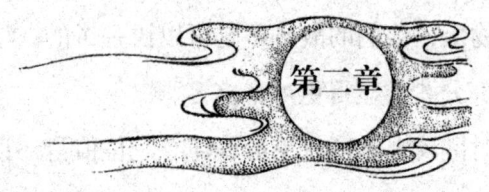

第二章

女娲造人

女娲造六畜

盘古开天辟地后,天地间有了日月星辰、风雨雷电、山川河流、花草树木……

一天,伏羲的妻子女娲娘娘从天界来到了大地上。女娲是一位人首蛇身的女神,具有化育万物的神力。女娲看见天地之间这大好河山如此美丽,非常高兴,她尽情地游山玩水,享受阳光,欣赏明月,看雨落雪飞,看花开花落,草木生息荣枯。然而,时间久了,女娲也感到了寂寞,总觉得大地上缺少了点什么。

坐在河边休息时,她想:缺点什么呢?无意中她抓起河边半湿润的土,就随意地捏了起来。她先捏了一个牲畜,头较长,面宽,角向外上方弯曲,尖端稍向上,颈长中等,体躯长,呈圆筒状,肌肉丰满,前躯较后躯发育好,胸深,四肢结实,蹄子分两半,拖着一条长尾巴,鼻孔很大,眼睛也很大,充满了忠厚善良的光芒。女娲很喜欢,捏成后就轻轻地对它吹了一口仙气。没想到它竟从女娲的手掌上走到地上来。似乎是为了回报女娲为它创造生命,它"哞哞……"地叫着,用头蹭着女娲的胳膊。仁慈的女娲神欢喜得很,摸着它的头说:"你是我创造的第一种牲畜,看你身体强健,敦厚淳朴,你就叫'牛'吧。你四肢结实,以后就多在田地走动吧,我会再帮你创造一些同伴陪伴你的。"说完，女娲让牛去了田地。

看着牛走向田地，女娲想："我何不多捏几种动物，让它们并存，这样它们就不会感到孤单了。"于是，女娲又捏了马、羊、鸡、狗和猪。

六畜就这样诞生了。女娲给它们明确分工：牛驾车耕田，马负重致远，羊供备祭器，鸡司晨报晓，犬守夜防患，猪宴飨速宾。六畜各有特点，也各有用处。

看着天地间多出的牲畜，女娲感到很满意。忙了这一段时间，女娲很有成就感，但是也觉得好累，就伴着河边青青的草香睡着了。

女娲抟土造人

女娲一觉醒来，人间已经过去很多年了。她造的六畜和各种动物混杂在森林里，草原上，也多了许多野性。女娲看着周围的一切，还是感到很孤独，大地上没有和自己一样，能直立行走，会说话思考，有感情，能和自己沟通的人，她觉得天地间再添点什么就会更有生气了。突然一个奇妙的想法从她的脑子里涌了出来。她决定马上把自己的想法付诸于行动。

女娲来到一条很长很宽的河流前蹲下了身子，清澈的河水映出了自己的面容。她在河边上挖出了一些黄色的泥土，然后用河里的清水把泥和好。接着，她又按照自己的样子把泥团捏好。她看了看泥团，总觉得有什么地方不对。哦！原来这个小泥团和自己一样，没有分开的双腿，只有一条和蛇一样的大尾巴。于是，女娲又沾了些水，把泥人的尾巴捏成了两条腿。

女娲把泥人捧在手里把玩了半天，然后对着泥人吹了一口带有生命气息的仙气。当她把泥人放在地上时，奇妙的景象出现了，这个小泥团活了，在女娲身边不停地跑着跳着。

看着这个和自己长得差不多，却相对比自己渺小的孩子，女娲高兴极了。她对小娃娃说："孩子，你是来源于黄土的，因而你有黄色的皮肤，黑色的眼睛，你的头发是黑色的，你虽然身体渺小，但是你会思考，会说话，有感情，能够吸收天地的精华,你和鸟兽不同,因你直立行走,你的名字就叫'人'吧。"

那小娃娃蹦蹦跳跳地说:"妈妈,妈妈,您能创造更多的和我一样的'人'吗?"

"可以呀,这正是我想做的呢!"女娲答应道。

正所谓"一回生,二回熟",有了第一次的经验,女娲后边的工作做起来就得心应手多了。只见她左手从河边挖泥,右手从河中取水,然后双手灵活的揉捏着,一会儿的工夫就造出了一个新的人。就这样,女娲不停地挖泥、取水、揉捏,渐渐地她的周围布满了这些可爱的人,其中既有男人,也有女人。

看着这些聪明的生灵在大地上欢笑,女娲充满了信心,她要让人类的足迹布满大地,然而她工作得太久了,太累了,手都已经麻木了。怎么办呢?忽然她灵机一动。她从远处找来了一根绳子,先把河边的一些黄泥扔进河里,把河水搅浑,然后再将绳子抛进河中,使绳子沾上带有泥的河水。接着,女娲把绳子从河中取出来,在天空中一甩。这样,绳子上沾的泥点就降落到了地上,而每一个泥点则变成了一个新的人。女娲看见这个法子要比自己一个个揉捏省力得多,就让孩子们和自己一起用草绳蘸上泥浆创造人类。据说,今天中国的黄河就是当时女娲造人取水的那条河,这也是为什么中国人管黄河叫母亲河。

创造工作终于完成了,人类的数目已经足够遍及大地的每一个角落了。这时,女娲又想:"因为人类是我创造出来的,所以他们和其他的鸟兽鱼虫是不一样的。人类应该是大地的主宰,一切动物都要听他们的指挥。"于是,女娲又赐福给这些人类。

看着大地上布满了人类,女娲觉得自己的任务完成了。她觉得很欣慰但也好累,必须要好好歇一歇了,于是她闭上眼睛睡着了。

女娲在睡梦中,梦见自己造的人类都消失了,大地上一片空茫。从梦中醒来的女娲想到了一个可怕的问题,那就是人类虽然是万物的首领,但是他们和其他动物一样,最终都会迎来死亡。如果人类死去一批,自己再来造一批的话，简直太麻烦了。怎么办呢？女娲看着大地上自己创造的男男女女，内心愁云密布。

对呀！男人强壮，女人柔弱，让男人和女人结合起来自己去孕育后代，抚育后代，这样人类就可以绵延下去了。于是，女娲就为人类建立了婚姻制度，让男女互相结合，生儿育女，繁衍生息。

女娲发明笙簧乐器

经过女娲的一番努力之后，人间大地呈现出一派欣欣向荣的景象：六畜已经被人们驯服，和人类成为了朋友，心甘情愿地为人类服务；人们与自然和谐相处，努力地耕作，快乐地生活……女娲看到自己创造的孩子们安居乐业，心里感到非常高兴。但她还是不满足，她想让人类过得更快乐一些，于是，她又造了一些乐器，如笙簧。

女娲从昆仑山的脚下最温暖的溪水边取来竹子，用绳子或木框把一些发音不同的竹管编排在一起，还在竹管里面加了竹制簧片；选来上好的生长在黄河流淌最平缓的河段的葫芦，用葫芦制成笙斗；吹嘴由木头制成，木头是有名的楠木。十几根长短不等的竹管呈马蹄形状，排列在笙斗上面。笙的音色清亮甜美，高音清脆透明，中音柔和丰满，低音浑厚低沉，音量较大。

女娲把这种乐器当作礼物送给了她的孩子们。她说："孩子们，当你们不能用语言表达自己的喜悦的时候，可以用它吹曲调，那曲调就是你心情的表达。"人们感到好神奇，争先恐后地向女娲学习制作的方法，很快制作这种乐器的手艺就在人们中间传播开来。

在女娲的教导下，人们还发明了笙簧的其他许多种用法，比如说，用它表达快乐，庆祝丰收，男女之间的爱慕之情等等，只是曲调不同而已。

看着孩子们平安、欢乐地生活着，女娲觉得自己的工作完成了。至于其他的，她希望人类用自己的智慧去开拓，她相信人类会在以后的生活中不断地学习进步的。女娲感到很累了。

这时，一架白螭带路、黄云簇拥、飞龙驾驭的雷车降落在地面上。天帝派人来接女娲回天庭了。

女娲不想离开自己的孩子们，也不想离开生机勃勃的大地，但是天帝还等着她汇报人间的情况呢。在白螭的催促下，女娲登上雷车，乘云驾龙而去。

大地上的人类为了感激女娲的恩德，表达对她的怀念，就将女娲奉为女娲娘娘，以隆重的形式祭祀她。

女娲斩康回

女娲哪里知道，她刚走就来了一个康回，专用水害人，使人类遭受洪水之灾。

人们没有办法只好向上天祷告。女娲正在天上闭目捻珠，忽然一个珠子不转了，她赶紧派一个女童到人间去查看出了什么事情。知道真相后，女娲气坏了，立刻来到人间与康回斗争。

康回是冀州地方的一个怪人，他生得铜头铁额，红发蛇身，是一位天降的魔君，专来和人类作对。他率领的人熟悉水性，与人打仗总用水攻。

女娲运用她的七十种变化，到康回那里打探了一番，回来后就叫众百姓预备大小各种石头两万块，并把石头分为五种，每种用青、黄、赤、黑、白的颜色作为记号；又吩咐预备长短木头一百根，另外再备最长的木头二十根，每根上面，女娲亲自动手，给它们雕出鳌鱼的形状；叫百姓一个月内备齐芦苇五十万担。

然后，女娲又挑选一千名精壮的百姓，指定一座高山，叫他们每日上下各跑两趟，越快越好；又挑选两千名伶俐的百姓，叫他们到水中进行游泳训练，每天四次，以能在水底潜伏半日最好。女娲又取些泥土，将它捏成人形，大大小小，一共捏了几千个。

刚刚准备完毕，康回就率部来攻，他故伎重演，洪水汹涌而来。女娲就叫百姓将五十万担芦苇先分一半，用火烧起来，化为灰烬，又叫百姓将烂泥挖起来和草灰拌匀，每人一担，向前方挑去，遇到有水的地方就填上，于是，康回灌过来的水都倒灌了回去。康回败了第一阵，就率领部属直接冲杀过来。他的部属本就凶猛，这次又吃了亏，变得更加的凶狠。这时女娲所做的几千个土偶个个长大起来，大的高五丈，小的也有三丈，手执兵器，迎向敌人。康回的部众几时见过这种阵势，一个个惊慌失措，败下阵去。

女娲知道康回会马上改变策略的，立即吩咐那两千个练习泅水的百姓："康回这回退去，必定拣险要的地方守起来，他一定在大陆泽和他的老家昭余大泽一带躲起来，那里他筑有大堤，为防他决堤灌水，你们去一遇到有堤防的湖泽，就用我为你们预备的木头在湖的四周，先用四根长木一直打到地底，再用几根短木打在旁边，他就不能决堤，因为大海之中，鳌鱼最大，力也最大，善于负重，我已经到海中与海神商量好了，将这些鳌鱼的四足暂时借用一下，所以那木头上刻的，不但是鳌鱼的形状，它的精神也在里面。"这些人听了欣然前往。

女娲又带了一千个善于长跑的百姓，携了缩小的土偶、石头等物，一路赶去，在大陆泽和昭余大泽彻底击败了康回。康回逃跑时遇到那一千个久练长跑的人，康回跑不过他们，被生擒了。女娲历数了康回的罪行后，下令将其斩首。可是，只听"咔嚓"一刀下去，不见有血冒出来，却有一股黑气升到空中，原来康回也有些神通，化作一条黑龙蜿蜒逃生了。

共工和祝融的战争

女娲创造了人类，为人类建立了婚姻制度，很多年以来人类都平静地生活着。可是，突然有一年，不知道怎么回事，居住在赤水的水神共工和南方火神祝融打了起来，扰乱了人类的平静。

先说说这两位神：掌管着赤水的共工长着人脸，蛇身，满头都是红色的头发，他性情凶暴。祝融居住在赤水南边，长的也是人面，却是兽身，常常乘两条龙飞行在天上。传说这个共工还是祝融的儿子，他们都是炎帝的后代

（炎帝之妻、赤水氏的女儿听訞生炎居，炎居生节并，节并生戏器，戏器生祝融，祝融降处于江水，生共工）。

共工和祝融之争起源于共工一个手下的坏主意。共工的手下都是一些残暴贪婪的家伙，他最大的帮凶就是相柳。相柳也是人面蛇身，但是浑身都是青色的，长着九个脑袋。相柳的九个脑袋里面都是坏主意，总是想尽办法讨共工的欢心。有一天，相柳看见人类忽然灵机一动，想出一个游戏人类的办法。共工听完哈哈大笑，说："好，就依你说的办！"随后，相柳就命令江河里的虾兵蟹将鼓动江河，掀起大波大浪，冲毁农田让人类在水灾中挣扎。共工感到这个游戏很好玩，就乐此不疲的玩起来了。

这一幕正好让驾着两条飞龙出来游玩的祝融看见。当他询问了缘由，知道是共工为了一己之乐而不顾天下苍生的性命时，他震怒了，立刻传下令来，将自己在南方的汉神调回来，共同发出炎炎的猛火，将共工的虾兵蟹将烧得片甲不留。

共工见兵将们退了回来，很是生气，于是重新布置兵阵。这一次不是冲着人类，而是针对祝融了。也许是因为水火不相容的缘故吧，这场争斗异常激烈，两位大神从天上打到地下，又从地下打到天上，整个世界都被这场争斗搅得不得安宁。最后，火神祝融技高一筹，打败了水神共工。

残暴的共工得到了惩罚，他的那个有九个脑袋的帮凶——相柳看到自己的馊主意引来了主人的巨大损失和羞辱，感到非常的不好意思，就躲到昆仑山里不敢出来了。

失败和愤怒冲昏了共工的头脑，他居然用头去撞支撑天地的不周山。不周山，在大地荒原的角落，山形如一枚缺坏的银币，由两只黄色的神兽守护着，山上泉水叫寒暑水，水的西面有湿山，东面有幕山，中间的叫作禹攻共工国山。共工一怒之下就是撞在中间这座最高的山上。天地动摇，吓得两只守山的神兽也不知所措，以前对于来山上的神仙它们都能应付一下，而这个震怒的共工它们怎么也阻挡不了了。于是它们拼尽全力分别扶住东西的湿山和幕山，以此来保护不周山，但不周山还是断了。

共工撞了不周山，晕过去后不久就苏醒过来，内心的怒气倒是发泄了出去，然而他这一撞却给世间带了一场巨大的灾难。

女娲补天

原来，不周山是一根支撑天地的大柱子，震怒的共工一撞这柱子就断了。灾难降临到了大地上，半边天塌了下来，天上出现了一个巨大的窟窿，熊熊的大火在森林中燃烧，无尽的洪水从大地中涌出，人类对这场突如其来的灾难束手无措。更加可恨的是，很多毒蛇猛兽也趁火打劫，跑出来吞食人类。人类迎来了灭顶之灾，不但要躲开洪水，避开山林的大火，还要想办法对付各种鸟兽的侵袭……一时间，整个大地哀号遍野。

女娲看见自己创造的孩子们遭受这样惨烈的灾难，痛心疾首，她很想去找共工算账，让他承担后果，但是女神经过仔细考虑，共工那凶悍的性格，连自己的父亲都兵戎相见，让他承担后果恐怕很难。而且万一他乖戾的脾气上来，不知道又会惹出什么祸事来，若再继续制造灾祸，人类将难以生存了。还是想办法先拯救人类吧。看看洪水，又看看山林，女娲心想："这一切灾难的源泉，都是来自天上的那个大窟窿，只有把那个窟窿补起来，才能遏制灾难。不过，用什么东西来补天呢？"想来想去，她最后决定采用五色神石来做补天的材料。

她首先在昆仑山众水的源头拣选了许多五色的石子，它们的颜色分别是红、黄、灰、白、青。然后，到昆仑山的一块断崖下，架起一个半座山大的炉火，把五色石放进去。她焦急地等待着，因为她知道时间拖得越长，人类所受的灾害就越重。经过了七七四十九天的熔炼，五色石被炼成了七七四十九块巨大的五色石。这七七四十九块五色石已经不是普通的石头，它们不怕水火，而且还能够升腾。

石头炼好后，女娲就用双手托起石头，飞上天将它补在天塌陷的窟窿那里。每补一块，窟窿就缩小一块。七七四十九天下来，天上的窟窿被五色石补好了。

窟窿是补上了，可是那根折断的支撑天的柱子怎么办呢？女娲开始四处寻找。最后，她在茫茫的大海上发现了一只大龟。女娲走过去对它说："如今天上的窟窿也被补起来了，但是那根折断的天柱却没有了，所以我想请你帮个忙！"大龟问道："您说吧女娲娘娘，只要我能做到的一定帮忙！"女娲说："好！我想用你的四条腿做撑天的柱子可以吗？"为了整个世界的安宁，大龟答应了女娲的请求。于是，女娲就把大龟的四只脚砍了下来，当作四根柱子支起了倒塌的半边天。

天降的灾难是结束了，可是地上的灾难并没有停止，毒蛇猛兽们依然威胁着人类的生命。其中以一条居住在深海里的黑龙最为可恶。于是，女娲又来到人间，带领着她的子民们把那条凶残的黑龙杀死。正所谓"杀一儆百"，黑龙的死给了其他妖兽警告，它们再也不敢随便出来捣乱了。

接着，女娲又带领人们堵住四处漫流的洪水。最终，人类在女娲娘娘的保佑下脱离了苦海。不过，这次灾难也给世界留下了"后遗症"。当初倒塌的那半边天是在西边，虽然有四只龟脚支撑着，但是高度却比东边要低一些。从那以后，太阳和月亮每天都是自东方升起，然后向西方落去。

海洋中的神仙世界

女娲修补好苍天，治理好大地后，天地之间恢复了平静，但由于大地倾斜，所以所有的河水都向东奔流，灌注到海里。

传说在渤海的东面几万里远的地方，有一个深不见底的被叫作"归墟"的大壑，不论是来自大地百川的河水还是通向天河的水都会流到这里，神奇的是，归墟里的水总是保持着平常状态，既不增加也不减少。

"归墟"里面有五座神山，就是"岱舆""员峤""方壶""瀛洲""蓬莱"，每座神山高三万里，山顶平坦之处有九千里，山与山之间的距离有七万里。山上的宫殿是用黄金打造的，宫殿的栏杆是用玉石雕刻的，神山上的所有飞禽走兽都是白色的，山上还有许多奇特的树，这些树结的果实是美玉和珍珠，味道非常鲜美，凡人吃了可以长生不老。许多神仙住在这里，他们都穿洁白的衣服，背上长有小小的翅膀。平时这些神仙们在大海上、碧空下，像鸟一样自由地飞翔，走亲访友过着逍遥自在的生活。

但在逍遥幸福的生活中，也有一个小小的烦恼。原来这五座神山都是漂浮在大海中的，下面并没有固定在海底，一遇有大风，便会漂流不定，风吹来的时候，山漂泊不定，有好多次神仙们按原路都找不到家了，这给神仙们来来往往造成不便。于是他们向天帝去诉苦。

天帝也害怕几座神山漂到天边去，诸神无家可归，于是，命令自己的孙儿海神"禺强"想办法让五座神山安定。

这个海神禺强，生活在最北面的海上，长得人面鸟身，两只耳朵上分别插着一条青蛇，爪子上缠绕着两条青蛇，他有两个大大的翅膀，翅膀鼓动起来能够产生猛烈的飓风，据说他飞起来，就会有大风从北面吹过来，海面上会掀起滔天巨浪。就是这样一位本领高强的海神接受了天帝的命令。

为了让居住在神山上的神仙们安心，禺强决定派十五只活了上万年的大乌龟去把五座神山用背驮起来。每座神山分到三只大龟，一只大乌龟负责驮山，其余的两只负责在旁边守候，六万年轮流一次。神山稳定了，住在山上的神仙们又恢复了原来的生活。

可是，几十万年以后，神仙们平静的生活又出现了小小的波澜。原来，开始的时候乌龟们感觉这个工作很新鲜，也都做到了尽职尽责，可是时间长了，它们发现自己辛苦地在水下背负大山，而山上的神仙则饮酒下棋，吃茶修行，还能够各山走访，很是自在。听见神仙们自在的笑声，乌龟们不免感到寂寞，所以有时候它们几个也在水下玩玩游戏，当它们玩游戏的时候，背负的大山就会晃动。每当这时，神仙们就会心惊肉跳，但是山毕竟没有漂移，神仙们也就原谅了乌龟们。

龙伯国大人的玩笑

尽管乌龟们有时因为玩游戏，会给山上神仙们的生活带来一些不便，但毕竟山还是很稳定的，所以，山上神仙们的日子一直还算平静。

然而，这平静却被来自嗟丘北面的大人国的一个人打破了。从海外的东南角向东北角望去，大人国在嗟丘之北的大言山上。大人国的胎儿要在母腹中孕育三十六年才会被生下来，一生下来便是白头发，而且身材异常高大，且能乘云雨飞行，他们可能是龙的一类，所以人们把他们的国家称为"龙伯国"。龙伯国的大人，抬脚不过几步便可以走遍五座大山，而且他们善于驾船，所以他们常常在汹涌的波涛中驾舟到神山来玩。

有一次，龙伯国的一个大人，早上起来看着东面的太阳刚刚升起，想想今天自己也没有什么事情做，觉得好无聊，于是决定到东方的大洋里去钓鱼。他扛起一支大钓竿，带上足够的鱼饵，驾上船出发了。走了不远，他看见了晨雾中的五座神山，觉得那里有灵气，肯定有大鱼，便朝着神山进发。

龙伯国的大人乘风破浪，很快就到达了神山。下了船之后，他将五座神山周游了一遍，越看越觉得自己没有看错，于是，就坐到蓬莱山的山脚，开始垂钓。蓬莱山正对着岱舆山。他将巨大的钓竿甩出去，一甩就是五万里，钓竿上挂满了各种鱼肉，腥香很快就随着海水蔓延。背负岱舆山的大龟正饥肠辘辘，但是正好自己当班又不能抽身，所以它就呼喊两个同伴，让它们好好的闻一闻附近是不是有大的鱼群，是不是可以饱餐一顿了。两只大龟一听，欣喜得不得了，赶紧仔细闻了闻海水，然后欢呼雀跃，异口同声地说："没错没错，一定是大鱼呢！"

当班的大龟说："兄弟，你们俩赶快行动呀，不然一会儿被蓬莱山或者员峤山的同伴们闻到腥味，就没有咱们的份儿了。"两只大龟赶快奔着腥味游过去，果然有很多的鱼肉，而且是成串的。看见鱼肉，两只大龟也没有多想，只说了一句"我们先吃吧，吃完给那个家伙带回去一些"，就大口大口地吃起来。这时等在蓬莱山脚的龙伯国的大人感觉到了钓竿在震动，心里暗喜，鱼上钩了，不过，还得再等等，等它们再麻痹些。他耐心地等了一会儿，感到钓竿动得更厉害了，就用力一拉，两只正在享受美味的大龟被拉出了水面，这时候乌龟们才意识到自己受骗了，但是挣扎已经无济于事，因为它们已经咬住了钓钩。

龙伯大人一见是两只巨大的乌龟，高兴极了，第一次就有这么大的收获，后面自然是更加的有信心了。随后，他将巨大的钓竿第二次甩了出去。

此时，等在岱舆山下当班的大龟心急如焚了，见自己的同伴一去不返，它想一定是鲜嫩的美味让它们乐不思蜀了。鱼腥的味道越来越浓，它的肠胃也叫得越来越厉害，它管不了那么多了，嘟囔了一句"神仙们，对不起了，我先去吃点吧，不然也没有力气值班了"，就抽身出来了。结果，这位当值的大乌龟命运和它的同伴的一样，也被龙伯国的大人钓上了岸。

龙伯大人见短短的时间自己就收获这么大，成就感被激发，于是继续垂钓。他如法炮制，员峤山的三只大龟也被他收入了囊中。不到中午龙伯国的这位大人就满载而归了。回去之后，他尽情地享用美味的龟肉，然后，还将六只大龟的壳剥开用来占卜了。

而没有大龟背负的两座大山——岱舆和员峤，则慢慢地向北漂流，最后沉没在海里了。山上的神仙在慌乱中搬到了其他三座山上。

这件事情被天帝知道后，天帝震怒，下令削减龙伯国人的土地，缩小他们的身材。这就是龙伯国大人的一个玩笑惹出的风波。

归墟里的神山沉没了两座，还剩下蓬莱、方壶和瀛洲三座，依然由大乌龟们背负着。有了那六只乌龟的教训，剩下的乌龟们更加恪尽职守，归墟的神山也因此而安静了很多。

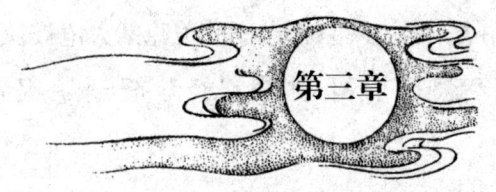

伏羲的传说

伏羲诞生的传说

在遥远的远古时期，曾有一个叫作华胥氏国的极乐国度。那里远离尘世，外面的人很难到达。那里没有领导者，人们整日过着一种无欲无求的生活，因此都觉得很开心。也许是特殊的地理环境和脱俗的性格使然，那里的人们生来就有神通，火烧不化，水淹不死，每个人都可以活得很久。很多人将这个国度称为仙国，将这里的人们称为生活在大地上的神仙。

在华胥氏国，有一位叫作华胥化的美丽女子。一天，她到外面游玩，忽然看到泽地上有一个巨大的脚印。女子觉得脚印很有趣，就跳到脚印里去了。瞬间，她觉得自己的身体好像被蛇缠住了，但很快蛇又离开了她的身体。时间短暂得使她觉得那只是一种错觉，因此也没当回事。晚上回到家以后，她发现自己的身体出现了异常，她怀孕了。可十个月的分娩期到了，她却一点儿要分娩的迹象都没有。华胥化等啊盼啊，直到十二年后，她才生下了一个男婴。然而这个男婴也与一般的男婴有着明显的区别，他人首蛇身，看起来十分可怕。这个人首蛇身的孩子就是伏羲。伏羲诞生的故事与周朝祖先稷诞生（后文将有交代）的传说很相像。伏羲和稷是不是一个人就不得而知了。

伏羲生长得很快，几个月便长成了一个青年。他非常聪明，而且还有很多神通。他能够沿着天梯一直爬到天上去，故而能在天上人间自由来去。有人说他是雷公的孩子，一方面是他的长相与雷公很像，另一方面也是因为泽地中的脚印就是雷公留下的。不管伏羲是不是雷公的孩子，他的神通广大却是不容置疑的。也正因为他的与众不同，人们才特别尊敬他。在很多人看来，伏羲的母亲华胥化神奇受孕，而且用了十二年的时间才生下伏羲，这个孩子必定是与神灵相通的，故而人们都把他当神灵一样对待。而事实上，伏羲也确实为人类做了不少好事，为人类带来了很多生产和生活上的便利。后来，伏羲成为了天上的大神，被称为东方天帝。

句芒是伏羲的得力助手，被称为东方神、木神。句芒的长相也很特别，面部是人形，身子却是鸟样。人面蛇神的伏羲和人面鸟身的句芒在一起，倒也十分相配。句芒跟随在伏羲身边多年，与伏羲一起为人类造福。在伏羲被封为东方天帝以后，他也被封为东方神，与伏羲一起管理东方。句芒很能体察百姓的疾苦，在其成神之后，仍然为人间做了不少好事。比如在得知秦穆公的贤明之后，他就下凡为其加了十九年的阳寿，使其能够更多地为百姓造福。

雷公被囚和遇救

有传说认为伏羲是雷公的儿子，也有传说认为上古时候中国大地发了一场大洪水，并且这场大洪水的幸存者只有伏羲和他的妹妹，于是，伏羲和他的妹妹创造了后来的人类。这个传说也和雷公有关。

有一年，沿东海一带突然大旱，一年下来几乎颗粒无收。到了祭祀的时候人们没有谷物祭祀上天，就上香祷告，希望上天能降下甘霖。到了第二年依然是这个样子，人间便开始流传：一定是得罪了天上的雷公，他才不给人间降雨。祈求祷告已经不能打动上天的神明了，尤其是雷公，现在必须向雷公挑战。

大家都说雷公是雷泽的雷神，人面龙身，头上没有角，全身是苍白色，他鼓动腹部就会发出雷声；他力大如牛，能够腾云驾雾，腾云的时候身上会生出青色的肉翅膀；最可怕的是他手里有一把金刚神斧，一挥动就火星四射。

一听说雷公如此威武，很多人都望而却步了。

只有生活在山林里的一个男子想为人类讨回公道。他居住在山林里，屋顶铺的是他从树林里摘回的青苔和树皮。他有一对小儿女，都不过十多岁，天真烂漫，他很疼爱他们。

他决定挑战雷公。于是日夜在家里打造一个大大的铁笼子，一对小儿女在他身边嬉笑。父亲的工作这对小儿女都看在眼里，但是他们只知道这个笼子很大，很结实，却不知道是用来干什么的。

笼子打造好了，其他的一切也都准备好了，可是，怎么让雷公知道呢？

当地有这样一种说法，黄鱼和猪肉掺在一起吃下去，就会遭到雷击，于是，男子吃下了这两样东西。果然不久天上浓云滚滚，大风怒号，裹夹着雨点，轰隆的雷声越来越响，看来雷公真的发怒了。男子安顿好一双儿女，然后把早就准备好的铁笼子抬出来，放在檐下，打开笼门，自己手里拿着那把使用多年的打虎的叉子，站在门口等候。

一声霹雳，暴雷从天上直灌人间，紧接着又是一道骤亮的闪电闪过。伴随着一声山崩地裂的巨响，青脸雷公手拿神斧从天上飞落，背上的翅膀还在扇动，眼睛里喷着愤怒的火光。

男子将手中的铁叉挥舞起来，一叉叉在雷公的腹部，这样雷公就不能鼓动雷声了，这也是雷公致命的弱点。雷公就像一头被制服的黑熊一样被男子放进了铁笼。

男子将铁笼扛进屋，并对雷公说："人间已经快三年没有降雨了，你这雷公不顾人间苍生，这回被我捉住，让你不司本职。"雷公自知理亏无话可说。

男子让他的一双儿女看守雷公。天真的孩子们起初很害怕，雷公的脸虽说是人的样子，但是满脸都是连片的胡子，整个脸都是青色的。时间长了，孩子们见到雷公被关在笼子里，便不是很害怕了。

第二天，男子想去和人们商量如何处置雷公，就嘱咐孩子要好好看管雷公，并告诉孩子千万不要给雷公水喝。

男子走了以后,老谋深算的雷公假装在笼子里呻吟:"哎呀,渴死我了,孩子们请给我一碗水喝吧!"男孩对雷公说:"休想,爸爸走的时候告诉我们了,不准给你水喝。"雷公见孩子可以对话,就又哀求道:"孩子,我真的渴得不行了,一碗水不行就给我一杯吧。我真的渴得不行了。"男孩仍然拒绝他:"不行不行,爸爸知道了要骂我们的。"

雷公见孩子只是怕爸爸骂他,并不知道水对自己的作用,便继续哀求:"好孩子,我就要渴死了,你就给我哪怕一滴水也可以呀。"

"不行不行!"男孩仍然很坚决。

女孩看到雷公的哀求觉得很可怜,就对哥哥说:"哥哥,你看他都快渴死了,要是渴死了爸爸回来是不是也会骂我们呀,那我们就给他一滴水吧。"男孩想了想,一滴水也没什么吧,总比他死了好呀,于是,兄妹俩就把刷把蘸了水,洒了两滴在雷公的嘴里。兄妹俩哪里知道,水是雷公的力量之源。雷公得了水后重获力量,赶紧向孩子们致谢。雷公又想,孩子的父亲也快回来了,一定要赶快逃走,于是,马上对孩子们说:"孩子谢谢你们给我水滴,这两滴水挽救了我的生命。请你们离开这间屋子,我要出来了!"

两个孩子惊恐万分,刚刚跑出屋外,就听见惊天动地的一声巨响,雷公已经冲破铁笼从屋子里飞了出来。雷公从嘴里拔下一颗牙齿赠给兄妹俩,并对他们说:"把这个拿去种到土里,如果遇到灾难,你们就藏到它所结的果实当中。"说完就乘着黑云飞上天去了。

两个孩子望着天空,不知所措。

伏羲和女娲兄妹

正在商议如何处置雷公的父亲,听到天崩地裂的一声巨响,知道一定发生了什么事情,就赶紧回来。回到家里,他发现雷公已经逃走,两个孩子也不见了踪影。父亲很着急,屋前屋后地呼唤两个孩子。

再说那两个孩子:

两个孩子拿着雷公给的牙齿,觉得很有意思。

"这是种子吗?"妹妹问哥哥。

"应该是种子吧,只有种子才能种到田地里。"哥哥回答。

"可是我看见他是从嘴里拔出来的呀?"

"妹妹,我们赶快把它种到地里吧,一会儿,爸爸回来看到那个怪物逃走了,走的时候又赠给我们礼物,一定会生气的。"

于是,他们跑到离家很远的田地里把牙齿埋上了。可是,刚刚埋上一会儿,两片碧绿的嫩芽就从泥土中钻了出来。兄妹俩觉得好奇怪。正在这个时候他们听见父亲的呼喊,就赶紧跑回去。

兄妹俩见了父亲,低着头把事情的经过说了一遍,父亲没有责怪他们,而是严肃地说:"孩子们,一场大的灾难就要来临了,你们放走的不是怪物,而是天上的雷公,他会回来报复的。现在爸爸要打造一条大铁船,以应付灾难。"

两个孩子听到这些也胆战心惊的,就把雷公走的时候留下礼物的事情和父亲说了。父亲让他们带路去看那棵新苗,它已经开花结果了。父亲说:"好吧,雷公这是在感谢你们呀!让它生长吧。你们俩就负责看管这株植物,我去打造铁船。"

第二天,兄妹俩再去看时,发现昨天结的果子已经长成了一个硕大无比的葫芦。那天傍晚,葫芦就成熟了,自己从蔓上掉下来了。兄妹俩把它拖回家,用刀锯锯开了葫芦的顶部,发现里面密密麻麻地长了很多像牙齿一样的东西,乍一看上去有点吓人。兄妹俩拔了一颗觉得没有事情,就把里面所有的牙齿状的东西都挖了出来,里面空空的,试着爬进去,正好能容下他们两个。他们把这个消息告诉了父亲。父亲告诉他们如果有风雨就躲进葫芦里。

第三天,父亲也卯完了铁船的最后一个钉。

突然,狂风大作,天上一瞬间就涌出许多又黑又重的云,似乎要把大地覆盖,大地像进入夜晚一样黑暗。风刚刚吹过,大雨便倾盆而下,地上每一个裂缝的地方都喷涌出洪水,越来越凶猛,很快大地变成了一片汪洋。

父亲赶紧喊两个孩子，让他们躲进葫芦里，并告诉他们："孩子们，这是雷公发洪水来报仇了，你们就躲在葫芦里，什么时候听见外面没有风雨声再出来。"然后给他们盖上盖子，自己则跳进了铁船，在浪涛之上漂流。

洪水越来越汹涌，已经淹没了高山，快要达到天宇了。父亲驾着船，和风雨洪水搏斗，不经意间竟到了天门。他就用船头撞击天门，"咚咚"的声音震动着云霄，他边撞击边大喊："天神，快开门，放我进去，我有事情禀告天帝。"早已被惊动了的天帝赶紧传唤守门的天神，问他外面发生了什么事情。天神禀告了大地上发生的事情。天帝很吃惊，赶紧下令召见这位勇士。那位父亲见到天帝就把雷公如何不降雨导致干旱，自己如何和雷公战斗，以及雷公逃走，然后回来寻仇的事情说了一遍。天帝大怒，马上下令退水。

水神遵令行事，顷刻间，风定水止，父亲的铁船也随着从高空跌落下来，因为铁船面积大，洪水又是瞬间消失，所以铁船碰击地面就碎落了。可怜的父亲也同铁船一样跌得粉身碎骨。

躲在葫芦里的兄妹俩也从高空中跌落，但是他们却没事，因为葫芦是圆的，而且内里有一层柔软的东西。葫芦落到地上弹跳了几下就停止了。兄妹俩从葫芦里听不见任何的风雨声，就打开盖子爬了出来。

经过这场洪水，大地上所有的人类都被吞噬了，只有这两个孩子存活了下来。他们原本是没有名字的，因为借助葫芦才存活的，所以就起名为"伏羲"，也就是"瓠戏"的谐音。

后来为了区别男孩和女孩，就叫男孩"伏羲"，叫女孩"女娲"。这就是伏羲和女娲兄妹。

兄妹结婚

在空旷的大地上，那场灾难的幸存者伏羲和女娲兄妹俩，没有了家园，也没有了亲人。

两个孩子相依为命。哥哥带着妹妹到山林里寻找食物，遇到猛兽，哥哥就首先爬上树，然后把妹妹拉上去。天气暖和的季节他们就在北方生活，天气寒冷了他们就跋涉到南方。他们南北东西地走动，认识了很多的植物和动物，慢慢地从大自然中寻找可以食用的谷物，试着种植。他们记得父亲常常猎取的动物，如野兔、山鸡等，就用各种办法猎取到，当作食物。

一年又一年，在克服各种困难的过程中，两个孩子慢慢地长大了。

有一天，他们走到大地西部的昆仑山麓的南部。在这里，他们发现了一片树林，方圆达三百里。这便是南汜林。他们在这里游戏，相互追逐打闹，追着追着，两个人累了，就倚靠在一棵大树下睡着了。

他们睡着后，这棵树恢复了原貌。原来这是一棵通天的神树，它的样子像一头牛，它的皮像人帽上的缨穗，也像黄蛇皮，它的叶子像罗网，它的果实圆如弹丸，它的木质像刺榆。这是天帝派下来的使者，天帝让它带他们兄妹到天庭去。

伏羲兄妹俩醒来后，发现自己竟然在一个金碧辉煌的宫殿里，周围的人一个都不认识。这时，天帝开口了："伏羲、女娲，朕知道你们因为心地善良而释放了雷公，但却给人类带来了灭顶之灾，朕不惩罚你们，如今你们已经在人间的艰难困苦中摔打得很坚强了，此后你们就是人类的父母了。"说完，天帝一拂袖，兄妹俩觉得白光刺眼，只一眨眼的工夫两个人就又回到了树林里。刚才的事情他们都忘记了，只有"从此，你们就是人类的父母"这句话在他们的耳边回荡。

哥哥望着妹妹，妹妹望着哥哥，四目相遇，一种照彻心底的温暖，让他们好像不认识彼此了，但好像又似曾相识，却是一种说不出的感觉。他们异口同声地说："我们是人类的父母。"于是伏羲和女娲结为了夫妇。

婚后，女娲生下了一个肉球。伏羲和女娲都觉得奇怪，他们把肉球切成细碎的小块，准备到昆仑山上寻找上天的天梯，把这奇怪的肉球交给天帝。可是，他们刚刚包好肉球，两个人就同时飞了起来，升到半空中的时候，空中刮来一阵大风，把纸包吹破了，肉球的碎块飞得满天都是，然后，他们慢慢地降落，慢慢就变成人形落在了地上。很快大地上就有了一群活泼的孩子。

伏羲和女娲看到孩子们在大地上快乐的样子，明白了天帝的话，他们想飞下去和孩子们一起享受天伦之乐，可是这时他们已经飞到了天门门口，已经有天神在迎接他们了。

伏羲画八卦

伏羲为人类做了很多贡献，但要说最大的贡献，还是其创建了八卦。在伏羲生活的年代，人们对大自然还一无所知，对于各种自然现象，如刮风下雨、电闪雷鸣等，人们既感到困惑，同时也很恐惧。伏羲决定改变这种状况，向人类解释各种自然现象。为此，他常常到卦台山上仰观天象，俯视地貌，就连飞禽走兽的脚印和身上的花纹也不放过。

伏羲对日月星辰、季节气候、草木兴衰等等，都做过深入的观察。他发现，天空渺远，高高在上需要仰视；大地广袤，承载万物，需要俯瞰；天尊而高，地卑而低；天的动和地的静有一定的规律……不过，这些观察并未为他理出所以然来。

一天，伏羲又到卦台山观察，忽然听到一声奇怪的吼叫声，接着从卦台山对面的山洞里跃出了一个奇怪的动物。这个动物长着龙的头和马的身子，我们就暂且叫它龙马吧！龙马纵身跃到了卦台山下渭水河中的一块大石头上，然后便停在了那里。伏羲发现龙马背着一块玉版，玉版上有黑色的小点和一些奇怪的图案。这块玉版就是河图。河图是由55个黑白点共同组成的，分为5组数字，是古人常年观察天象所得的天数和地数。其中白点为奇数，代表阳，又代表天，称为"天数"；黑点为偶数，代表阴，又代表地，称为"地数"。1~5又称为"生数"，6~10又称为"成数"，两者间有着相生相成的关系。图中都是奇偶为一组，表示世界上的万事万物都是由阴阳化合而成的。且万物有生数，当生之时方能生；万物有成数，能成之时方能成。所以，万物生存皆有其数。

河图上的图案深深地震撼了伏羲，他深切地感受到自身与自然之间出现了一种莫名其妙的和谐一致。他发现龙马身上的图案与自己一直观察万物自然的"意象"竟是那样的切合。就这样，伏羲通过河图的图案，与自己的观察，画出了"八卦"，为人类解开了自然之谜。这就是《山海经》中说那段：伏羲得河图，夏人因之，曰《连山》。

伏羲以"——"代表阳，以"— —"代表阴，分别象征天地、男女、阴阳、刚柔、动静、升降等一切相互对立、矛盾的事物和现象。他将三个这样的符号组合在一起，共组成八种不同的形式，即乾卦、坤卦、艮卦、兑卦、坎卦、离卦、巽卦和震卦，也就是八卦。八卦象征着宇宙间共有的八个大现象，即天、地、山、泽、水、火、风、雷。宇宙间的万事万物都是依这八种现象而变化的。

八卦学说的中心观点即是："太极生两仪，两仪生四象，四象生八卦。"远古时期，天地混沌，阴阳未分，宇宙就是从这个混沌的"太极"中产生出来；后来天地分离开来，有了阴和阳，也就是生出了两仪；两仪继续分化为太阴、太阳、少阴和少阳这四象，古人以这四象来象征一年的春夏秋冬四个季节；四象再继续分化，就形成了八卦。八卦也有着各自的五行属性，乾、兑属金；震、巽属木；坤、艮属土；离属火；坎属水。

八卦所代表的八个方位（这里指后天方位）还分别代表一位家庭成员。如东方的震卦代表家中的长子；东南方的巽卦代表家中的长女；南方的离卦代表家中的中女；西南方的坤卦代表母亲；西方的兑卦代表家中的幼女；西北方的乾卦代表父亲；北方的坎卦代表家中的中男；东北方的艮卦代表家中的幼子。在家中的不同方位摆放不同的物品，就会影响与这个方位相对应的家庭成员的健康和运气。

之后，伏羲又将八卦上下相对推演出六十四卦，以象征天地之间的各种自然现象和人事现象。八卦是伏羲留给人类的宝贵财富。

伏羲教人打渔

伏羲时代人类捕鱼的工具是叉——用拇指粗的分叉的树枝，把分叉的部分修剪成尖的，用它到河里叉鱼，常用于在河水清浅的河道里捕鱼，可是，叉到鱼的数量却很少。

一次，伏羲到黄河边的一个部落教人们识字。在教到"鱼"字的时候，有一个人说："鱼在水里，很难抓到，怎么样才能更容易呢？"

伏羲想了想说："拿绳子来。"

拿到绳子后，伏羲就学着用结绳记事的方法在绳子上打结，但不是在一根绳子上打结，而是把几条绳结到一起，然后又竖着结几条绳子，再两两打成结，这样竖的绳子就和横的绳子交叉起来就成为网状，两个人分别从两端拉就可以合拢了。伏羲说就叫它"网"吧。

伏羲把编制好的网递给问他问题的人说："你可以拿这个去试试，找水深的地方，将这个放进水里，然后等上个把时辰，把网拉起来，你看看里面有什么？"那个人欣喜地拉上一个伙伴走了，伏羲继续教人们识字。

大约过了三个时辰，伏羲听见远处人们的一阵喧哗声。他抬起头来，看见很多人正议论纷纷的朝他走过来。原来是那个打渔的人。

那个人拿着伏羲给他的网，找到一处河水深且平缓、水藻丰富的地方，把网放进去，两端用大石头固定在河岸上，然后，便和伙伴在河岸上等待。过了一个时辰，他忍不住和伙伴说："这个什么网能捕到鱼吗？那鱼会不会已经从那个网格中游走了呢？"

他的伙伴说："哎呀，你别急呀，伏羲是圣人，他那么聪明，都能教人们识字，他的办法肯定是最好的，你耐心等待吧。"

"是啊，伏羲是大圣人，他的智慧是上天赐予的，传说伏羲是天神和东方极乐国的女儿所生的儿子，他很有神性，他想的办法也一定是最好的。如果这个办法好用的话，总比我们用叉叉鱼容易？"

"伏羲不是说等上几个时辰一拉就有收获吗，我等拉上来一看就知道了。"

……

他们一边七嘴八舌地说，一边耐心地等待着。

又过了两个时辰,他们迫不及待地来到岸边。两个人抓住网的两端,一起合拢了拉,"怎么感觉好重呢!"等他们把网拖出水面,他们被眼前的情景惊呆了,网上有十多条鱼在蹦跳,"好多鱼,好多鱼!"

田地里有很多人在收拾庄稼,听见他们的呼喊都放下手中的活,围拢过来看个究竟,见他们打了这么多鱼感到很神奇,便问他们是用了什么法子。两个人迫不及待地回答:"是伏羲制作的网捕到的这些鱼,伏羲真的是太神奇了!""我们要把捕到的鱼拿给伏羲看。"

那个问问题的小伙子一见到伏羲就深深地鞠了一躬,说:"伏羲,您太伟大了,您看这是我们用您交给我的网捕到的鱼,是我们用叉的十倍呀。"伏羲谦虚地笑了。

从此人们就用网捕鱼了。但是伏羲告诉大家不要把小鱼也捕上来,也不要在鱼产卵前捕鱼,要等到鱼长大了再捕,而且要休养生息。

伏羲教民

上古之时,人少而禽兽多,人类居住在地面上,经常遭受禽兽的攻击,每时每刻都存在着丧命的危险。在恶劣环境的逼迫下,一部分人开始往北迁徙。他们来到今山西和陕西一带,受鼠类动物的启发,在黄土高原的山坡上打洞,人居住在里面,用石头或树枝挡住洞口,这样就安全了许多。可是,因为顾及北方气候寒冷,许多人宁愿留在危险的南方,也不肯往北迁移,于是,找到安全的居所就成了生活在南方的人们的当务之急,也成了伏羲亟待解决的问题。

一天,伏羲路过一个古老的村落,在河边的大柳树旁歇息。他听见一阵鸟鸣,可是找遍四周也没有发现鸟的影子,他寻声找寻发现在柳树的枝丫上有一个大大的鸟窝。伏羲很好奇,就爬上去看,一看之后好不惊讶,这个鸟巢里有几只刚刚出生的小喜鹊正在叽叽喳喳地叫个不停。那鸟巢非常坚固,外面看上去是树枝,但是里面的一层却是用细泥抹起来的样子,平滑得如小碗。因为鸟巢是建在三个大树枝丫之间的，所以风也不会将其吹落。

伏羲受鸟类在树上筑巢的启发，发明了"巢居"。他指导人们用树枝和藤条在高大的树干上建造房屋，房屋的四壁和屋顶都用树枝遮挡得严严实实，既能挡风避雨，又可防止禽兽的攻击。人们从此再也不用过那种担惊受怕的日子了。

居住条件改善了，伏羲就到人们中间教他们如何耕作。他教人们要等到河水解冻以后，给田地浇水，等到天气彻底暖和了再播种，然后在种子发芽、成长的过程中除草，到夏天快酷热的时候，在庄稼生长的间隙犁出沟以蓄水，这样犁出的土会培育庄稼让它们长得更好。人们在伏羲的帮助下种植庄稼，收成越来越好，日子也过得很红火。

此外，伏羲还教人们辨别方向。他担心人们记不住东西南北，就用具体的方法教人们："东面是太阳升起来的地方，那么那个地方就是金山，那个方向是东；西面属土，因为那个方向山高土厚，太阳都是落在那里的山后面，所以那个方向就是西；南面属火，因为越往南走天气越热，所以那个方向是火；北面属水，水的性质是凉的，因为寒冷的风都是从北面吹过来，而且带有冰雪，那个方向就是北。"经伏羲这么一说，人们一下子就能够辨别东南西北了。

伏羲不仅教会了人们构筑房屋、耕地、播种、打渔，还教会人们认清方向。人们的日子过得越来越好。为了纪念伏羲的功德，人们就称伏羲为人祖爷，还修了庙院，给他铸造了金像，以表达崇敬之情。

芒耶取谷种

在远古时代，人间还没有谷种。当时有一位叫作芒耶的年轻人，很想为人们做点贡献，于是便自告奋勇前往西方世界寻找谷种。村里的人很高兴，但他们同时也为芒耶感到担心。临行前，村里的姑娘为芒耶献上了鲜花，村里的老人也给了芒耶最真挚的祝福，乡亲们还为芒耶送来了很多随身携带的食物。芒耶带上鲜花和食物，骑着马出发了。一路上，他遇到了很多困难，但他都凭借着自己的智慧和勇敢一一战胜了它们。可是他已经走得太久了，他的马已经累得倒下了，而且他随身带的食物也已经吃光了，如果再找不到食物，他真不知道自己还能撑多久。

在芒耶饥渴难耐的时候，忽然见到前方有一棵野桃树，树上结满了果子。芒耶高兴极了，爬到树上吃了个痛快。可能是他太累了，在树上吃着吃着便睡着了。梦中，他见到了一位白胡子老人，带着一匹马和一条狗向他走来。老人告诉他获得谷种的方法，并交给他一个锦囊，让他按照锦囊上的交代行事。之后，老人将马和狗交给他，让他务必带着它们上路。说完这些，老人就消失不见了。芒耶忽然醒了，他想寻找老人，但又忽然意识到那只是个梦。可是在他的怀里，分明放着一个金光闪闪的锦囊，而且在树下，他也看到了梦中出现的马和狗。看来是有神灵相助，想到这儿，芒耶更有动力了。

芒耶跳下树干，连忙打开了锦囊。顿时，他不再感到迷茫，他已经知道该怎么做了。他骑上马，带着狗，接着往前走。在一棵大白果树上的斑鸠窝里，他发现了一个斑鸠蛋。按照锦囊的指示，藏谷种的神洞的钥匙就在斑鸠蛋里。芒耶敲开了斑鸠蛋，果然在里面发现了一把金钥匙。在白果树下的树洞里，他又得到了一把宝剑。继续向前走，一条红河挡住了他的去路。在河边石牛的肚子里，芒耶找到了一把弓箭。依靠这把弓箭，他制服了红河里的蛟龙，渡过了红河。之后，他又遇到了一座火山。不过有锦囊的指示，他一点儿也没害怕。他在火山对面的红色岩缝里找到一把扇子，用扇子向火山一扇，火山便让出了一条通道。在锦囊的帮助下，芒耶顺利到达了藏谷种的山洞。

当芒耶正想走进洞门的时候，忽然有两个洞神跳出来拦住了他的去路。这两个洞神一个手拿大斧，一个手持大刀，看起来凶神恶煞。芒耶连忙谦恭地说明了自己的来意，希望两个洞神能行个方便。谁知这两个洞神却越听越生气，挥起刀斧就向芒耶砍来。芒耶急忙拔出宝剑，与两个洞神战在了一起。虽然有神器相助，但毕竟芒耶是长途跋涉，交战了一会儿就显得有些体力不支。在用力杀死一个洞神之后，他开始明显地处于下风。就在芒耶快要支持不住的时候，他带着的小狗跳上去咬住了洞神的脖子。趁洞神去抓小狗的时机，芒耶一剑刺向了洞神。

进了第一道洞门之后，芒耶很快就走到了第二道洞门。既然第一道洞门有两个洞神把守，想必第二个洞神也必然会有所设防。因此，芒耶丝毫不敢放松警惕。果然，一头白虎窜出来拦住了他的去路。好在这头白虎并不难对付，芒耶没费多大力气就将其斩杀了。接着，芒耶又来到了第三道洞门。把守第三道洞门的是一只巨大的神鸟，芒耶抓住机会，用弓箭射杀了神鸟。过了第三道洞门，芒耶前行的道路就畅通无阻了。前面应该就是藏谷种的地方，芒耶不觉加快了步伐，迅速向前走去。

走了一段路，一道石门出现在芒耶的眼前。芒耶心想，石门里面应该就是藏谷种的地方了。这里并没有机关设置，也没有人把守，只是厚重的石门紧紧地关闭着，芒耶费了好大的力气都没有把它推开。这可如何是好呢？就在芒耶不知所措的时候，小狗忽然冲着他的口袋叫了两声。这一叫提醒了芒耶，他忽然想起自己在斑鸠蛋里取出的金钥匙，那不正是洞门的钥匙吗？他用金钥匙打开了石门，出现在他眼前的是一堆堆金灿灿的谷粒。芒耶止不住自己的激动之情，竟流下了两行热泪。

芒耶连忙拿出随身携带的袋子，将谷粒装进袋子。他恨不得马上将谷粒带回去，播撒在家乡的土地上。装好谷粒，他就带着小狗出了山洞。在往回赶的路上，他的马累死了，芒耶只好徒步背着谷粒往回走。又走了很远，芒耶的体力也已经严重透支了。他知道自己可能回不到故乡了，但好不容易取回的种子绝不能就这样随他葬在他乡。他看了看趴在自己身边的小狗，做出了一个决定。他将谷粒袋缠绕在小狗的脖子上，并将临行前姑娘送给他的鲜花插在其间，然后把家乡的方向指给了小狗。小狗点了点头，就向着芒耶家乡的方向跑去了。

芒耶看着小狗远去，终于满意地闭上了眼睛。当家乡的人们看到背着谷粒和鲜花的小狗时，很快明白那是芒耶让它送来的。看到谷粒，人们非常高兴，可让人们不安的是，芒耶怎么没回来呢？莫非是遭遇什么不测了吗？是的，芒耶在几千里外的土地上已经永久地闭上了眼睛。他用自己的生命为人们取来了谷种，为了人类的幸福不惜牺牲自己的生命，这是多么可贵的精神！

燧人氏钻木取火

很久很久以前，那时天地虽已分开，人类也已经在大地上繁衍生息，但人们的生活却异常艰辛。相对其他动物来说，人类是地球上的新居民，再加上自身的攻击性较弱，因此常常受到各种猛兽的欺凌，被猛兽吃掉的人不计其数。此外，那时还没有火，人们无法吃到熟的食物，只能吃生的食物，所以疾病的发生率很高，人们的寿命都很短。每到黑夜，人们只能在一片黑暗中度过。寒冷和恐惧紧紧包围着他们，使他们很难入睡。半夜，他们也常常被猛兽的叫声惊醒。可他们没有办法，只能默默地忍受，期盼太阳早些升起，为他们带来光明。

看到人类过得如此艰难，伏羲很是不忍。他想改变人们的处境，帮助人们摆脱寒冷和黑暗。可是该如何帮呢？想来想去，他想到了火。猛兽之所以会在夜晚攻击人类，寒冷之所以会夺走人类的生命，人类之所以会常常生病，都是因为他们还不知道火的存在，不懂得利用火来取暖做饭、驱赶猛兽。只要有了火，很多问题就都可以解决了。所以，他决定将火赐给人类。他在树林中降下了一场雷雨，雷电劈得树木着起了大火。人们被吓坏了，在树林中到处逃窜。没过多久，雷雨就停了，只剩下大火还在燃烧着。

四处奔逃的人们聚到了一起，惊恐地望着那堆燃烧的树木。雨后的树林更加寒冷，人们紧紧地蜷缩到了一起，试图用体温来抵抗寒冷。不过此时人们惊喜地发现，以前让他们战栗的猛兽不叫了。此时的树林一片寂静，只有人们的喘息声。"难道猛兽是被这个发亮的东西吓走的吗？"一个年轻人忍不住说了出来。他想走上前去看个究竟，结果发现越靠近火堆，身体就越暖和。走到火边时，他已经一点儿都不觉得寒冷了。他连忙招呼大家过去取暖，人们又聚到了火边。

这时，有人闻到了阵阵香味从不远处刚刚燃烧过的火堆中传来。人们走近一看，原来是被烧死的猛兽。人们忍不住将其分食，结果发现竟是难得的美味，比他们以前吃的东西好吃多了。这更让他们感觉到火的珍贵，于是决定将火保留起来，不断地向里面添加树枝，并轮流派人看守，以保证其永不熄灭。

然而，遗憾的是这堆火没能一直燃烧下去，一天晚上，看守的人睡着了，火堆熄灭了，人们再一次陷入了寒冷和恐惧之中。

伏羲意识到，仅仅送给人类火是不能解决根本问题的，只有让他们掌握取火的方法，才能让火一直留在人间。他在夜里托梦给那个最先走近火堆的年轻人，告诉他西方的燧明国有珍贵的火种，让他到那里将火种取回来。年轻人醒后，觉得自己做的梦异常真实，难道这是天神的指引吗？他来不及想太多，他已经见识到了火的好处，不管梦中的指引是否属实，他都要去试一试。告别了族人，年轻人就上路了。

经过长途跋涉，年轻人终于来到了燧明国。不过眼前的一切却让他非常失望，因为那里没有阳光，不分昼夜，整个国家全都笼罩在一片黑暗之中，连一丝火光都没有。他觉得自己被骗了，也开始懊悔自己的鲁莽行为。不过既然已经来了，那就休息一会儿再走吧！他已经很累了，需要休息一下恢复体力。于是，他在一棵大树下坐了下来，决定睡一觉再往回走。忽然，他看到眼前有一闪一闪的亮光。

原来，年轻人看到的亮光是几只大鸟发出来的，它们正在用喙啄树上的虫子。只要它们一啄，树干马上就会发出亮光。年轻人如同受到了什么启发，他马上找来一根小树枝去钻大树枝，果然发出了亮光。他非常高兴，找来了各种树枝进行试验，终于找到了钻木取火的方法。他为族人带回了火种，而且是永不熄灭的火种。

从此，人类再也不用生活在寒冷和恐惧中了，再也不用吃生食了。人们很钦佩这个年轻人的勇气和智慧，就推举他为部落首领，并将其称为"燧人氏"，也就是取火者的意思。

第四章

炎帝的传说

农神，商神

相传炎帝本姓姜，是女登之子。当年女登在姜水边游览的时候，忽见一条神龙跃出水面，在其身上缠绕了一周，之后便匆匆离去。女登还来不及看清楚，神龙就已经不见了踪影，以致于女登一直怀疑自己是否真的看见了神龙。可是回到家中以后，女登就怀孕了。十月之后，女登产下了一子，这便是炎帝。因为炎帝在姜水边受孕、成长，故而有炎帝姓姜的说法。

据说炎帝生来就与一般的婴儿有着明显的不同。他有着人的身子，牛的头颅，且头上有角。人们都说他是一个牛首人身的怪物，但也正因为他的独特长相，才让人们将他与神灵联系在一起。炎帝非常聪明，出生后三天就能够说话，五天就能走路，三年便知晓稼穑之事。这让人们更加确信他就是天神的使者，因此有什么事都去请教炎帝。对于人们的求助，炎帝总是热心地帮助他们，并交给人们很多生存的技能和本领。

在众人的推举下，炎帝成为了部落的首领。在炎帝的领导下，氏族渐渐扩大，人口越来越多。那时，人们主要的食物来源就是捕来的猎物，这让炎帝隐隐有些担忧。他在想，随着人口的继续增多，猎物势必会有被猎尽的一天，到那时人类又该以何为食呢？如果能找到一种可以不断收获的食物，那该有多好啊！他听说天堂里有一种名为稻、果实叫谷的作物，可食用、可收藏、可种植。他很想将这种作物带到人间，可是他却不知道天堂在哪里，为此他愁眉不展，整日闷闷不乐。

炎帝身边有一条狮子狗，很有灵性。一天，炎帝发现狮子狗总是在他身边转来转去，像是有什么话要说的样子。他想狮子狗一定是发现了他的心事，就问狮子狗："你是不是知道了我想去天堂找谷种？"狮子狗叫了两声，点了点头。炎帝又问："那你知道天堂在哪儿吗？"狮子狗又叫了两声，点了点头。炎帝高兴极了，忙问："你能够帮我去天堂取回谷种吗？"狮子狗点了点头，随即就转身跑向了远方。

狮子狗一直向天堂跑去，没过多久就到了天堂。在天堂，它发现了一堆金灿灿的谷种，很是诱人。但谷种的周围有天兵天将把守着，使它不能轻易靠近。谷种的数量有限，估计公然索要是不会成功的。既然如此，那就只有盗取了。可是把守的天兵天将个个凶神恶煞，它又如何是他们的对手呢？忽然，狮子狗想到了一个好办法。它跳进河里洗了个澡，将全身的毛都弄湿。然后跑到谷种堆上打了个滚儿，这样一来，就有许多谷种粘在了狮子狗潮湿的绒毛上。

取到谷种后，狮子狗开始拼命地向回跑。天兵天将虽然已经发现了狮子狗的行踪，但无奈狮子狗跑得太快，他们根本就追不上。情急之下，他们施展法术在狮子狗的面前设下了一条河。这样一来，狮子狗就只能游过去了。看到浑身湿漉漉的狮子狗，炎帝又是高兴又是心疼，忙上前去抱住了狮子狗。接着，他开始在狮子狗的身上寻找谷种，可是谷种在狮子狗过河的时候早就被河水冲掉了，他哪里还找得到呢？找不到谷种，炎帝很是着急，狮子狗也急得直叫。终于，炎帝在狮子狗的尾巴里找到几粒谷种。原来，狮子狗在过河的时候，尾巴并没有进入河里，所以粘在尾巴里的谷种被保留了下来。

有了谷种，人们就再也不愁被饿死了。炎帝就用狮子狗带回来的几粒谷种，繁殖出了大量的谷物。几年过后，人间已经遍地都是谷物了。天神们看到炎帝确实是想为人类造福，就从天上降下了更多的谷种。这样一来，人间的谷物就更加丰富了。炎帝教导大家种植各种谷物，并告诉人们如何使用生产工具。在炎帝的指导下，人间年年都是大丰收，再没有发生过饥荒。为了感念炎帝的功德，人们都称炎帝为神农氏，尊他为农神。

衣食丰足后，人们的生活又出现了新的问题。每个人所拥有的物品是不一样的，邻居关系好的，可以彼此赠予，没有关系的就需要彼此交换才可以得到自己需要的物品，可是，那时候没有市场，没有统一的时间，人们不能将所有的时间都用在等待自己想交换的物品上——有的人等到自己需要的物品要好久，甚至有时候等到了物品自己已经不需要了。炎帝看到人们生活如此不方便，非常揪心，冥思苦想了一阵后，他忽然想到可以规定一个确定的时间来让大家交换。于是，他就拿自己管理的太阳作为标准，规定每天太阳在正中天的时候进行交换，过了这段时间大家就散去。这样大家有了统一行动的时间，交换起来就方便多了，人们也很快能够如愿以偿地得到自己需要的物品。从那以后，人们又给炎帝加了一个"商神"的称号。

神农尝百草

远古时期，五谷和杂草长在一起，药材与百花开在一处，哪些植物可以做粮食，哪些药草可以治病，谁也分不清。随着人口的繁衍，人们越来越需要充足的食物，也越来越需要能够治病的草药。那个时候，人们对满山遍野的植物不是十分了解，经常因为饥饿而误食有毒的植物，又因没有药来治疗而死掉。

有一天，炎帝正在整理器具，一个大臣来报，说河边有一个人突然腹痛，痛得没有人能够按得住他。炎帝赶紧放下手中的器具，赶到河边。他见那人痛得大汗淋漓，大喊着在地上翻滚，有老人用土方试图喂药给他，但是花费九牛二虎之力灌下，却不见任何的作用，待到傍晚那人便死去了。

伟大的神农氏看到了黎民百姓的疾苦，他下定决心要亲口尝一尝各种野生植物的滋味，以确定哪些植物可以吃，哪些植物不能吃，哪些植物好吃，哪些植物不好吃。虽然他心里非常清楚，他很有可能会吃到有毒的植物而死掉，但是为了百姓从此不再忍饥挨饿，为了人们以后不再吃到有毒的植物，他挺身而出。

为了尽快掌握各种植物的特性，他每天不停地工作。他背着一个竹制篓子，踏遍河川，不怕辛苦，有时候为了一味草药可能会遭到野兽和毒蛇的侵袭，但是炎帝没有退缩，因为在他心中百姓的疾苦更重要。

关于神农尝百草，民间流传下来许多美丽的传说。据说有一次，他把一棵草放在嘴里一尝，不一会就感觉到天旋地转，栽倒在地上。随从们慌忙把他扶起来，他心里知道自己中了毒，可是嘴巴却不能说话，于是他就用最后的一点力气，指了指身边一棵红亮亮的灵芝草，又指了指自己的嘴。随从就摘了灵芝放在嘴里嚼了之后，喂到他嘴里。神农吃了灵芝草，毒就解了，头不昏了，能够开口说话了。从此，人们都说灵芝草能够起死回生。

神农每天不停地尝百草，不可避免地要中毒，他一天之内最多曾遇到70多次毒，所以他的身边也备有一种解毒的药草，叫作荼（"查"的谐音）。传说他的身体是完全透明的，可以清楚地看见五脏六腑。他一吃到有毒的植物，就马上服荼，让荼叶顺着肠胃一路检查下来，然后就可以把毒排出体外。

神农最后一次尝到的是一种蔓藤科植物葫蔓藤，叶似黄精而茎紫，当心抽花黄色，初生既极类黄精的植物，就是今天我们说的断肠草。据说这种植物只要和人体的唾液接触下咽，吃下后肠子会变黑粘连，人会腹痛不止而死。炎帝死的时候是120岁，应该还是很高寿的。

从炎帝的这些动人的传说中，我们可以体会到神农氏尝百草所经历的种种艰辛和危险。他用木杆搭架的方法，攀山越岭，尝遍百草。功夫不负苦心人！他尝出了稻、麦、黍、稷、豆能够充饥，这就是后来的"五谷"；他尝出了各种能吃的疏菜和水果，都一一记录；他也尝出了三百六十五种草药，写成了《神农本草》，为人们治病。

在尝百草的过程中，神农通过细心的观察发现，植物随季节变化而枯荣交替以及不同的植物喜欢不同的土壤，于是他决定利用天气的变化和不同类型的土地，指导人们对植物进行人工培植，这样就可以有计划地收集果实种子作为食物。这就是我国农业的起源。

炎帝的子孙后代

　　炎帝用自己的全部生命为人类在农业、商业和医药业做出了巨大贡献。受他的影响他的子孙后代也为人类做了很多的贡献，流传下来很多的故事。

　　传说炎帝的妻子是赤水氏的女儿听妖。炎帝与听妖结合，生下了炎居，炎居的后代叫节并，节并生下了戏器，戏器又生了祝融。祝融被谪降到江水一带后生下了共工。共工的后代叫术器，术器的头顶是平的，仍旧在江水一带居住。共工还有一个儿子叫后土。后土又生下了噎鸣。噎鸣生了十二个儿子，均以一年中的十二个月而命名。这个噎鸣就是时间之神，他的十二个儿子代表并司管着一年的十二个月。

　　炎帝的后代中祝融是火神，共工是水神，后土是土神。

　　祝融很仁慈，他住在昆仑山上的光明宫中。远古时代，世上一片荒凉，只有许多森林，人们连毛带血地吞吃着打猎得来的禽兽。这时，祝融有同情心，看到人们生吃禽兽，就传下火种，教给人们用火的方法。人们从光明宫里取来火种，把打来的野兽放在火上烤熟了再吃，这样不仅好吃，而且也能不生病，所以，大家非常崇拜火神祝融。

　　共工和祝融的性格恰恰相反，共工住在东海里，性情很暴虐。他看到人们都很敬重火神，很生气，说："世人真可恶，水与火都是人生活需要的东西，为什么光敬火神不敬我水神呢？"他由气愤转为嫉妒，最后终于和火神打斗起来。

　　土神后土劝阻共工，可是共工什么也听不进去，毅然带领着水族，向祝融居住的光明宫进攻，把光明宫周围常年不熄的神火弄灭了，搞得大地上一片漆黑。这一下把火神祝融惹怒了，他驾着一条火龙出来迎战。那火龙全身发光、烈焰腾空，把大地照得通明，光明宫里的神火又复燃了。

　　水神共工见没有扑灭神火，便恼羞成怒，调来了四海的大水，漫到山上，直往祝融和他骑的火龙泼去。可是，水往低处流，大水一退，神火又燃烧起来。祝融骑着那条火龙，便烈焰腾腾直向共工扑去，长长的火舌，把共工烧得焦头烂额。共工抵挡不住，退到大海里。祝融骑着火龙直冲大海，共工慌忙又逃到天边，回头看看，祝融已追上来了，便一头撞在不周山上，只听轰隆隆一声巨响，不周山竟被他拦腰撞倒了。那不周山原是根顶天的柱子，山一倒，天塌了个窟窿，地也陷成一道道大裂纹，山林烧起了大火，洪水从地底下喷涌出来，龙蛇猛兽也出来吞食人们。人类面临着空前的大灾难。这才有了后来的女娲补天。

经过女娲补天大地才恢复平静，土神后土责备祝融和共工，祝融很自责不该和共工打斗，共工遭到失败暴烈的性格也改变了很多。从此人间就有了"水火不相容"的说法。当然，人们此后对火神、水神、土神都很敬仰了。

炎帝的孙子名叫灵恝，灵恝的后裔为互人，互人国的人都是人的脸，鱼的身子，有手无足，他们能乘云驾雾，能够上下天地。传说灵恝死后马上又复活了，事情是这样的：风从北面吹来，把死去的灵恝吹到大水泉里，灵恝就和天上的大水泉里的鱼相结合，化成为偏枯的鱼，这鱼就是人脸鱼身，被称为鱼妇。虽然它原来不是凶猛的东西，不过没有饵食太久，也是会吃人的，若是遭人操纵的鱼妇，攻击力和危害性则更大。不拆散人和鱼的话，鱼妇是活着的生物，但若是拆散了，则两者都会回归死亡的状态。

炎帝还有一个孙子叫作伯陵，传说他和吴权的妻子阿女缘妇相爱，阿女缘妇怀孕三年，生下三个儿子，一个叫鼓、一个叫延、一个叫殳，从殳开始，制作箭靶；鼓、延开始制作钟、磬，制定作乐曲的章法。箭靶就是人间最早的作战武器；钟磬是声音比较洪亮的乐器，加上各种乐曲的章法，可演奏出各种不同的曲调，人间的音乐得到了进一步的发展。

追随赤松子的大女儿

炎帝的大女儿没有名字，却经常和炎帝到朝堂上来玩耍，所以对炎帝朝廷里的官员都很熟悉。炎帝有一个臣子叫赤松子，是掌管雨的官，他常常服用一种叫作"冰玉散"的水晶，锻炼身体，然后跳到大火里面燃烧，最终炼成一种很奇特的本领——跳进熊熊烈火中焚烧，身体能在烟雾中上下飞升，最后灵魂和肉体合二为一并生，便脱胎换骨，成了仙人。他常常飞到昆仑山顶上，停在西王母的石室中，风雨来临时他的身子就随风雨上下往来。

人们都说昆仑山上西王母的石室周围生长很多的奇花异草，那里有甘华、璇瑰、甘租、瑶碧、白木、白柳、视肉、琅玕、白丹、青丹。鸾凤自歌，凤鸟自舞。如果能喝到那里的露水，肯定就能成仙。赤松子服水晶，焚烧成仙人后就常常在西王母的石室里来去。

炎帝的大女儿羡慕赤松子成仙，而且能够到西王母的石室去，见到西王母石室里的奇花异草，吃到长生不老的视肉，所以她也学着赤松子服水晶，锻炼自己的身体，然后到大火里焚烧。

开始时她不能适应，但是为了成仙，她就咬着牙坚持，直到能够在熊熊烈火中上下来去。经过了三七二十一年终于脱胎换骨，最后也和赤松子一样成了仙人，在风雨飘摇的日子飞到西王母的石室，在那里见到了赤松子，并跟随他一起到很远的地方去了。

人类后代也有服石成仙的说法，大概就是从炎帝的大女儿和赤松子开始的吧。

瑶姬的传说

炎帝有四个美丽可爱的女儿，其中尤以三女儿瑶姬最为美艳动人。女儿们一天天长大了，转眼就到了出嫁的年龄。大女儿无名女跟着赤松子私奔了，二女儿登入了仙界，四女儿虽未到出嫁的年龄但性格豪放，整天跟着一群男人到处游荡。这样一来，炎帝身边就只剩下了三女儿瑶姬。瑶姬也是渴望爱情的，她常常会在梦中见到自己的王子。可是她还没有等到自己的王子，就已经香消玉殒了。

当大女儿与赤松子互生情愫时，炎帝曾强烈反对过他们的婚事，结果换来了永远失去女儿的结局。这件事让炎帝一直耿耿于怀，他告诉自己，绝不能在瑶姬的婚事上犯同样的错误。因此，瑶姬刚到婚嫁的年龄，炎帝就开始张罗她的婚事。当炎帝告诉瑶姬已经为她物色了一个理想的人选时，瑶姬却并不高兴。她不忍心离开年迈的父母，如今父母身边只剩下她一个人，如果她再离开，那么父母就没人照顾了。她不能这样，她必须留下来照顾父母，为此她宁愿终身不嫁。

看着懂事的女儿，炎帝心中很是安慰，但他绝不愿意看到女儿老死在自己身边，他必须为女儿的幸福着想。他与妻子一同劝说女儿，最终瑶姬含泪答应了父母为她安排的婚事。其实，炎帝为她挑选的人是不错的。他是少典氏巫师的孙子，同时也是炎帝的巫师。小伙子长得标致俊美，而且为人敦厚善良，充满了智慧却不含一丝奸诈。瑶姬如果真能嫁给他，应该也会获得幸福。不幸的是，这位美艳的佳人在即将成亲之时竟然一病不起，没过多久就香消玉殒了。

瑶姬的死给炎帝带来很大的打击，他很为自己这个命运多舛的女儿感到惋惜。他这个医药之神却对女儿的病无可奈何，这是最为让他懊恼的。也许真的是红颜薄命吧！炎帝整日处在对女儿的极度思念之中，衰老得更加迅速。天帝得知了一切，也很可怜这个美丽的女子。他不希望瑶姬死后变成孤魂野鬼，于是为她安排了一个理想的去处——巫山，而瑶姬因为整日眺望自己的父母，终于化为了那里的神女峰。她的侍女们也相继化为了附近的山峰，与神女峰一起形成了著名的巫山十二峰。

后来，在安葬瑶姬的姑媱山上，长满了奇花异草。其中，有一种瑶草，叶子双开，长起来重重叠叠，花色嫩黄，结的果实像菟丝。如果女子服食了这种果子，马上就会变得明艳照人，惹人喜爱。因此，人们都说这种瑶草是瑶姬的化身。瑶姬也被天帝封为美神和巫山女神。

还有一种传说，说天帝哀怜炎帝的这个女儿这么早就夭折，又因她被葬在巫山，就封她为巫山的云雨之神。早晨在太阳刚刚升起的时候，她会化作一片美丽的彩云，环绕在山岭之间；到了黄昏太阳将将降落的时候，她会化作阵阵暮雨，让这云雨倾泻她内心的哀怨。朝云和暮雨便是巫山女神的哀怨幻化的美景。

精卫填海

炎帝的四个女儿个个美丽动人，但小女儿女娃却与她的三个姐姐不太一样。三个姐姐全都温柔似水，只有女娃性格豪放，像个男孩子一样。姐姐们平时很少出门，不是在花园中赏花，就是在闺房中刺绣。女娃却一点儿也受不了这种无聊的生活，总是吵着让炎帝带她出门。炎帝见女娃总是吵闹，心有不忍，也想带她出去开开眼界，可是炎帝太过繁忙，总是有忙不完的事，因此也一直没有机会带女娃出去。

女娃被憋坏了，她不能再继续等下去了。既然父亲没有时间带她出门，那她就自己出去。女娃生来就是一副天不怕地不怕的样子，从不畏惧什么危险。

这天，女娃在炎帝出门以后，就悄悄溜出了家门。女娃如重获自由的小鸟，她高兴地唱呀、跳呀，尽情地欣赏着大自然的美景。在她看来，外面的一切都是好的，哪怕只是一棵微不足道的小草，也要比家中的更娇嫩可爱。她高兴极了，好像她以前还从来没有这样高兴过。

尝到一次甜头的女娃开始上了瘾，每天都要往外跑。渐渐地，她在外面也结识了一些好朋友，这就让她更加留恋外面的花花世界。当女娃听说在东海泛舟其乐无穷的时候，就要前往东海。朋友们都劝她说东海多风浪，在那里泛舟很危险。可是女娃才不怕呢！只要是她想做的事情，就没有任何困难能够拦住她。

女娃孤身一人前往东海。眼下的东海风平浪静，哪有什么危险？朋友们真是太过胆小了。女娃心里暗自嘲笑着她的那群朋友，想着回去后一定要挖苦他们一番。她找来一叶扁舟，开始了她的东海之旅。微微的海风轻轻吹拂着女娲的面庞，轻轻的海浪柔柔地拍打着她的扁舟，女娲觉得惬意极了。

就在这时，原本平静的海面忽然起了狂风，海风顿时变得狂暴起来，海浪也马上变成了凶狠的恶魔，要把这个涉世未深的小女孩完全吞没。女娲拼命地划着桨，想要摆脱海浪的束缚，可是她终于还是没能斗得过无情的大海。一个年轻的生命就这样被吞噬了，而大海似乎也得到了安慰，很快恢复了平静。

几天之后，在东海之中飞出了一只小鸟，而它破浪而出的地方就在女娲遇难的海域。是的，这只小鸟就是女娲的精魂所化，它的名字叫作精卫。精卫飞出东海后，在长满拓木林的发鸠山上安了家。每天，它都会衔着发鸠山上的拓木枝飞向东海，并将拓木枝投入东海之中。日复一日，年复一年，精卫不知疲倦地往返于发鸠山和东海之间，从来都没有停歇过。无论是狂风暴雨，还是雷鸣闪电，都阻挡不了精卫的行程。它只有一个信念，那就是一定要将那罪恶的东海填平。哪怕付出再大的代价，它也不会罢手。

就这样一直过了很多年，东海终于被精卫的行为惹怒了。这天，当精卫又将从发鸠山衔来的拓木枝投向它的怀抱时，东海愤怒地责问精卫："你究竟要干什么？你这只疯鸟！"精卫不屑地说："我要将你填平。"东海惊讶地说："将我填平？你为什么如此恨我？再说你也根本不可能将我填平，还是省省力气吧！"精卫坚定地说："你已经吞噬了我年轻的生命，我不能让你再害更多的人，所以我必须将你填平。哪怕是填上一千万年，一万万年，直到世界末日来临，我也要继续填下去。"东海被精卫说得目瞪口呆，口中念着："这只鸟真是疯了！"随后便转身离开了。

精卫仍然每天衔着拓木枝来填东海。一天，它的行为被海燕看到了。海燕对精卫的做法很是不解，就飞下来问精卫为何要这样做。在得知精卫填海的原因以后，海燕非常感动。不久，它便与精卫结成了夫妻，并生下了许多小精卫。小精卫们和她们的妈妈一起衔枝填海，直到今天，她们也仍然在做着这项伟大的工作。

黄帝的传说

黄帝的诞生

相传黄帝的母亲是附宝。有一天,附宝在祁郊野外向苍天祈祷,突然雷鸣闪电,附宝感到全身麻木,眼花缭乱,从此,她就怀孕了。巫婆们奔走相告:"不久这里必有圣人降生!"可十个月后,她却丝毫没有一点儿要分娩的迹象。附宝等啊,盼啊,直到满二十四个月的时候,也就是二月初二那天,天空出现五彩祥云,百鸟朝凤,她才生下了一个男孩,就是黄帝。从那时起就有了"二月二龙抬头"之说。

黄帝自出生时起,就显示出了他的与众不同——有四张脸,并且当其他婴儿还只知道啼哭的时候,他就已经开口说话了;当其他孩子咿呀学语的时候,他已经出口成章了;当其他孩子还不谙世事的时候,他已经无所不通了。黄帝的成长速度之快让人瞠目,所以人们都将其视为神灵。在黄帝十五岁的时候,就被推举为轩辕部落的酋长,后成为有熊国国君。他是一位很有作为的领导者,为百姓做了很多好事,让人们的生活水平得到了很大的提高。

黄帝时期,天地之间的东西南北中都各有一个神领管。

东方的首领太皞,东方属青色,称青帝。东方是大川深谷水流所注入的地方,也是太阳、月亮所升起的地方。东方之人体形尖,高鼻子,大嘴巴,肩膀象鸢一样,走路踮起脚后跟,人个子高大,成熟早,但不能长寿,那些地方适宜种麦子,多有虎豹出没。

南方的首领是炎帝,南方属火,称赤帝。南方是阳气所聚积的地方,酷热潮湿占据着这个地方。那里生活的人高个子,上部尖,大嘴巴,眼角有皱纹。人早成熟,死得快,那个地区适宜种植稻子,多独角犀牛和大象。

西方的首领是少昊,西方属金,称白帝。西方是高山大川产生的地方,也是日月落下的地方。那里的人脊背弯曲,长脖子,昂头走路。那里的人勇敢强悍而不讲仁慈。那个地方适宜种黍子,多产牦牛和犀牛。

北方的首领是颛顼,北方黑色,称黑帝。北方昏暗不见阳光,是被上天所封闭之处,也是冰雪常年不化,蛰伏动物长期隐蔽的地方。那里的人身体萎缩,短脖子,大肩膀,尻尾向下突出,他们愚笨,但是长寿,那个地方适宜种植豆类植物,多出产狗、马。

中央地方的首领就是黄帝,辅佐他的是土神后土,土的颜色是黄色的,所以被叫作"黄帝"。中央是四面通达,八风、云气、雨露所会合之处,那里的人大脸盘,短面颊,胡须很美,身体过肥胖。黄帝聪明仁慧而善于治理国家。那个地方适宜种谷物,多产牛羊及六畜。黄帝热爱人民、热爱和平,四方的黑白青赤四帝总是觉得中央之地土地肥沃,总想进攻黄帝。

黄帝不得已只好和四帝开战。由于黄帝仁慈,士兵上下团结,加上人民的支持,最终取得了胜利。

众神之山——昆仑山

西北方的昆仑山是黄帝在下方的帝都。昆仑山方圆八百里,高万仞。山顶上最高的地方生长着一株人稻子,这株大稻子高达四丈,粗有五围,在大稻子的南边是绛树生长的地方,除了有雕鸟、蝮蛇、六首蛟外还有一种奇特的生物——视肉,又称聚肉。那么它奇在哪里呢?原来,它是一块没有四肢骨骼的净肉,形状象牛肝,在肉团中间长着一对小眼睛。它的肉传说总是吃不完,吃了一块,马上又会长出一块,而且吃了它的肉可以补中、益精气、增智慧，治胸中结，久服轻身不老。它本身的生命力极其顽强，煮不死、晒不死、渴不死、饿不死、淹不死。这种总吃也不见少，而且能够延年益寿的生物，可能就是很多帝王将相寻找的"长生不老"的灵丹妙药吧。

昆仑山山顶四周环绕着雪白的玉石栏杆，山的每面都有九眼泉井、九扇门。进入门内就是帝都。帝都宫殿的正门面对东方，迎着朝阳，叫作"开明门"。门前有一只神兽，叫作开明兽。它威风凛凛地站在门前，面向东方，守护着这座"百神所在"的宫城。开明兽长着一副人的面孔，形体很像虎，长着老虎一样的爪子，九条尾巴。这个神兽主管着上天的九部及黄帝苑囿的时节。

帝都的西面生长着珠树、玉树、璇树，树上有凤凰和鸾鸟栖息。这些凤凰和鸾鸟据说非醴泉的水不喝，非练石不食，它们负责管理帝都里的用具。帝都的东面生长着沙棠树和琅玕树，琅玕树上的果实是像珍珠般的美玉，非常宝贵，黄帝特别派了一位长着三个脑袋，六只眼睛的天神离朱看守它。离朱住在琅玕树旁边的服常树上，三个脑袋轮流睡觉，八小时换一次，不分昼夜地看守，明察秋毫，就是有通天本领的人也休想偷得一颗果实。帝都的南边，生着绛树、雕鸟、蝮蛇等鸟兽。帝都的北面还有碧树、瑶树、文玉树等植物，它们都是生长美玉的树。还有一种不死树，据说吃了这树上的果实就可以长生不老。

昆仑山中有一种野兽，它的形体很像羊，却长着四只角。这野兽名叫土蝼，能吃人。山中还有一种鸟，它的形体长得很像玕，大小同鸳鸯相似，名叫钦原。这种鸟如果螫其他鸟兽一下，被螫的鸟兽就会死掉；如果螫的是树木，树木就会枯死。昆仑山中还有一种鸟，名叫鹑鸟，它管理黄帝的各种器具和服饰。

昆仑山上生长着一种树木，形状同棠树相似，开着黄色的花朵，结红色的果实，这种果实的味道与李子相似，但没有核，名叫沙棠，可以用来防御水灾，如果人吃了它，就不会被淹死。昆仑山中还生长着一种草，它的名字叫作宾草，它的形状很像葵，味道像葱味，人们吃了它可以解除疲劳。

昆仑山是许多大河的发源地，它们从这里出发向南流去，再流向东，注入无达。另外还有赤水、洋水、黑水也都发源于这里，但是它们的流向不同，最后注入的地方也不同：赤水向东南流去，注入氾天之水；洋水向西南流去，注入于丑涂之水；黑水向西流去，流入大汜。

黄帝的花园与行宫

传说黄帝常常到昆仑山上的赤水河畔游玩，陶醉在山水之中。有时候高兴了他还会从这里出发向东北散步，大约走四百里的地方就到了槐江之山。槐江之山被白云围绕，它的位置比昆仑山还高一倍，远望去好像悬挂在半天云中。它方圆几百里，长满奇花异草，还有各种鸟兽活动。丘时之水发源于这座山，然后向北流去，注入泑水，水中生长着很多蠃母。槐江之山上遍布着青雄黄，蕴藏着丰富的琅玕、黄金、美玉，山向阳的南坡遍布着丹粟，山背阴的北坡遍布着五颜六色的金和银。这里是黄帝在人间最大的一座花园，被称为"悬圃"。登上悬圃便能够和神灵沟通，能够呼风唤雨。

再往上走比悬圃高一倍的地方，就是与上天相联系的地方，登上那个地方便可以成为仙人，传说那里就是天帝的居室。

这个美丽的花园由一位长着人的面孔，马一样的身子，背上长着一对翅膀的神主管，这个神叫作英招，他身上的斑纹和老虎的斑纹很像，他常常飞行在空中，巡视四海，时而发出如骝的叫声，向悬圃中的鸟兽传递平安的信号。

站在悬圃俯瞰四周，西南方向可以看见昆仑山笼罩在银色的光辉里，可以看见从宫殿四周流出的水如四条美丽的飘带装饰着帝都；向西方望去，能看见一个水泽氤氲的大湖，湖面辽阔，河流众多，水草丰美，环境幽静。传说这里就是后稷神灵的居所，山中遍布着美玉，山背阴的北面，生长着奇形怪状的大树；向北望去，可以看到诸毗，一个叫作槐鬼离仑的神仙住在这里，与他同住的还有许多鹰、鹯；向东望去，可以看到恒山，这里是穷鬼居住的地方，穷鬼们物以类聚，它们都聚集在恒山的四胁之下。恒山上有水流，叫作瑶水，河水很清。这座山中的天神形貌很像牛，但却有八只脚，两个头，长着马尾，发出的声音如吹号角一样的响亮。这种天神一出现，天下就会大动兵戈，发生灾乱。

在中原山脉的十里外有一座高山屹立，叫作青要山，这里实际上是黄帝秘密居住的地方之一。山中生活着很多驾鸟。在山峰的顶巅，可以南望玤渚，那里是大禹的父亲鲧化成熊的地方，生长着很多仆系、蒲卢。

青要山由武罗神管理。武罗神的形貌是人面，身体上有豹子一样的花纹，腰很细小，牙齿很白，以金银做耳环，它的叫声好像玉石的碰击声。畛水从山中流出，向北流去，注入黄河。山中有一种草，形状如同莒草，但茎叶是方的，开着黄色的花朵，结的是赤色的果实，它的根像蒿的根，它的名字叫作荀草，人们如果吃了这种草，能变得很漂亮。传说山中还有一种鸟，羽毛是青色的，眼睛是浅红色的，尾巴上的羽毛是红色的，形状像野鸭，吃了它可以生小孩。透过这些动植物可以判断出，它是一个适宜女神居住的地方。

这里居住着武罗神，她是一个很妖媚的女神。就像屈原《九歌·山鬼》中描述的：那女子居住在深山里，深山披着薜荔的衣裳，用菟丝的带子束着，她的眼睛明亮如两汪秋水脉脉含情，嫣然浅笑脸上有两个自然的酒窝，她性情温和慈爱，身体苗条，长着红色花纹的豹子是她的坐骑，聪敏的文狸追随着她，辛夷花木是她的车乘，桂芝缠绕在她的旌旗上，车上罩着石兰，杜蘅的流苏下垂，她折取香花送给她思念的人。

女神武罗生活在山中，当黄帝到这里居住的时候，她会从西北四百二十里叫作峚山的地方寻找玉膏献给黄帝。

峚山上生长着茂密的丹木，它长着圆形的叶子，红色的茎，开着黄色的花朵，结的是红色的果实，果实的味道是甜的，人们吃了它，就不会害怕饥饿。丹水发源于这座山，向西流去，注入稷泽，水中有很多白色玉石，流出的玉膏灌溉丹木，丹木生长五年以后便五色皆俱，光艳美丽，五味俱全，发出诱人的馨香。相传黄帝就是吃了源头的白色玉膏觉得味道很好，便取峚山中的玉华，而投在钟山向阳的南坡，作为玉种。钟山上就生长出一种叫作瑾瑜的玉石，最为精美，玉理十分细腻、精密，润厚而放射着光泽。

从崃山到钟山，有四百六十里路，两山之间都是水湖，里面生长着许许多多的奇鸟、怪兽、奇鱼，它们都很服从武罗神的管理，所以这里呈现出一派生机勃勃、鸟语花香的景象。

此外武罗神还采摘山中的荀草送给黄帝，并驾车到昆仑山上去取视肉让黄帝在这里享用。

黄帝见她把行宫打理得如此井然有序，就更加喜欢这里。据说，就因为黄帝的喜悦，青要山周围地区才变成了一个水清草美、盛产美人的地方。

失落的玄珠

黄帝经常到昆仑山上来游玩。有一年春天，他从崃山到昆仑山，在赤水边上停留了一会儿，看到水波荡漾，很多鱼儿跃出水面，黄帝满心欢喜，手舞足蹈，一个不留神将放在袖子中的最珍爱的一颗又黑又亮的珍珠掉在了赤水的边上。

回到帝都以后，黄帝才发现珠子不见了。这是一颗能给人带来吉祥，能帮人避免灾殃的宝珠，黄帝很着急。黄帝想，自己只在赤水边游乐来着，宝珠一定是掉在赤水里了，于是，就派一个聪明伶俐的天使知去为他寻找珠子。

知来到赤水边上把两岸仔细找了一遍，岩石中、沙滩中，都找了，却没有发现宝珠的踪影，他只得两手空空地回来禀告黄帝。黄帝也没有办法了，最聪明的天神都找不到还能怎么办呢？黄帝想起了离朱。他派知去替离朱到服常树上看守琅玕树，让离朱去寻找宝珠。因为离朱是长着三个脑袋、六只眼睛的天神。

离朱奉命前去寻找。他六只眼睛都很明亮，却也没发现宝珠。黄帝更加着急，难道宝珠被赤水中的精灵吞噬了？黄帝又派吃诟去寻找，吃诟能言善辩，他到赤水河边仔细寻找，辨别水里的动植物，但是结果还是很让黄帝失望。

最后，黄帝抱着试试看的态度，派了那个最粗心大意的象罔去寻找。象罔漫不经心地走在赤水河岸上，用他那恍惚漂移的眼睛随便向周遭看着，不经意间，他看到水边一丛蓬草中有光芒晃动。象罔走近一看，那个又黑又亮的宝珠正静静地躺在草丛里。象罔弯腰拾起珍珠，心里欢喜，不禁说："哎，真的是'踏破铁鞋无觅处，得来全不费工夫'，这珍珠，知、离朱、吃诟都来寻找却都没有找到，不知他们费了多少工夫呢，可是我没有费吹灰之力竟然找到了。"于是欣欣然地到黄帝那里交差了。

黄帝看见心爱的珍珠被这么个粗心大意的天神找到了，不禁惊叹："三面六目、能言善辩的人都不能找到，粗心大意的象罔却找到了，他一定是很能干，而且很会办事的人。"于是，黄帝就让象罔替自己保管这颗心爱的宝珠。

哪知道这个被黄帝称为"能干会办事"的象罔，把珍珠放在袖子里，依然是一副漫不经心的样子，东游西荡的。

珍珠的事情被昆仑山下震蒙氏的一个女儿知道了。她听说吃下这颗珍珠可以吉祥如意，避免灾殃，就想把它弄到手。她带了自制的青稞酒，爬到了昆仑山上，吹起箫来。她知道象罔正好要从这里经过。象罔听见箫声很沉迷，就停下来听，震蒙氏的女儿就趁机献上青稞酒。就这样，她吹箫，象罔边听边喝，边喝边听，慢慢就醉了，震蒙氏的女儿就从象罔身上偷走了珍珠。

黄帝听说了这件事，很懊悔把好不容易找到的珍珠交给象罔保管。当他知道是震蒙氏的女儿偷走了珍珠，就马上下令追捕震蒙氏的女儿。震蒙氏的女儿害怕被捉到，就把珍珠吞到了肚子里，然后跳进了赤水，变作了一个马头龙身的怪物——"奇相"。

传说在震蒙氏的女儿跳进赤水踩踏的地方，长出了一棵光明灿烂的树来，树的形状和柏树有点像，树叶都晶晶闪亮，在主干的两旁对称生出两枝树干，和主干并而为三，远远望去有点像彗星的尾巴，于是，这棵树就被叫作"三珠树"了。

公平的裁判

黄帝长着四张脸，东西南北发生的事情他都能发现。神仙世界里也有很多争斗，所以，黄帝时常会充当公平和正义的裁判者。

钟山的山神烛龙的孩子名叫鼓。鼓的形貌是一副人脸，但身子和龙一样，他和另一个叫作钦的神，一起把葆江杀死在昆仑山的南边。黄帝知道此事后大怒，马上派人到下方去，将鼓和钦一起杀死在钟山东边的瑶岸，还了葆江一个公平。可是这两个暴徒，戾气不散，钦化为一个大鹗，形体像大玕，全身是黑色的花纹，白色的头，红色的嘴，它的叫声像晨鹄啼叫，它如果出现，天下就要大动干戈，不得安宁；鼓也化成了鸟，叫作鵕鸟，它的形貌很像鹞鹰，红色的足爪，直直的嘴巴，身上有黄色的花纹，头部是白色的羽毛，它的叫声同鹄的叫声相似，它出现在什么地方，什么地方便会大旱。

还有一次，长着人脸庞蛇身子的天神贰负的下臣危，挑拨离间主人和另一位人面蛇身的天神发生了矛盾。贰负没有什么主见，危便劝唆主人，两人合伙杀了那个天神。黄帝大怒，便把他俩捉到了疏属山中，捆住他俩的右脚，反绑他们的双手，然后，把他们系在山中的一棵树上，以惩罚他们的罪恶。

黄帝非常可怜那个被谋杀的天神，就派人把他运到昆仑山，命巫彭、巫抵、巫阳、巫履、巫凡、巫相等几个巫师，各人拿了自己配制的不死药去救活他。三七二十一天后，他果然活转过来了，但是却已经迷失了本性，跳到昆仑山脚下弱水的深渊里，变成了一个奇形怪状的吃人怪物。

据说，到了汉代宣帝时，有人在疏属山中石盖之下发现了两个人。这两个人被捆绑着，已经变得如同石头人一样了。这两个人被运往长安后，宣帝向群臣询问是怎么回事，刘向说："这是黄帝时候的贰负和危，他们犯了大逆不道的罪，黄帝不忍心杀他们，便把他们放逐到疏属山，后世圣明的君主会放他们出来。"宣帝不相信，说刘向这是妖言惑众，下令将他逮捕入狱。刘向的儿子刘歆对宣帝说，他的父亲告诉他如果用少女的乳汁喂那两个人，他们就可以活过来。宣帝于是派人用少女的乳汁喂他们，那两个人果然活了过来。他们对宣帝说自己真的如刘向所说是黄帝时代的人。

宣帝非常高兴，提升刘向为大中大夫，刘歆为宗正卿。

黄帝管理鬼蜮

伟大的黄帝不仅统治神的世界，也统治鬼国，他派他的两个兄弟神荼和郁垒管理那些游荡在人间的鬼。神荼和郁垒居住在东海的桃都山上，山上有一棵大桃树，枝叶繁茂，盘曲蜿蜒三千多里，树上站立着一只美丽的金鸡，每天太阳升起，它和扶桑树上的玉鸡就会一起鸣叫起来。

扶桑树上的玉鸡是叫人间的人们出来劳作的，而这只金鸡的鸣叫则是提醒神荼和郁垒两位神和游荡的鬼的。两位神一听到金鸡的鸣叫，马上到桃树东北的树枝间的鬼门把守，检查那些从人间游荡回来的鬼；那些游荡的鬼要在听到金鸡的鸣叫之前，返回鬼域，否则就会被阳光刺死。

两位大神认真检查从人间游荡回来的鬼，如果发现有在人间作恶的，妄自残害好人的，兄弟俩一定秉公执法，绝不姑息，立刻用芦苇绳子将他绑去喂桃都山上的老虎。

民间除夕夜里贴门神的习俗就是由这个传说而来的。最初，人们用桃木雕刻成两个神，放在门框的上方，还画一个大老虎，用来抵御邪魔鬼怪，后来就简化成把两个人的画像画在门上，以达到驱魔的作用。

除了这两位神，南方的荒野里的十六个神人也替黄帝管理鬼。这十六个神人每个都是窄窄的脸颊，红色的肩膀，手臂和手臂互相挽连起来。他们是在昆仑山下替黄帝守夜的，因为鬼都是在夜晚活动。他们红色的肩膀在夜晚就好像点着的灯火一样，鬼怪都很害怕，都不敢在晚上惹是生非了。

在民间，有老人会告诉孩子夜里走路不能回头，因为每个人肩上都有灯，回头的话灯就会被吹灭了，鬼怪就会来侵袭。这大概就源于这个十六个神人的传说吧。

黄帝手下有个叫后土的大臣，手执绳墨统治四季八方。绳墨作为法度，平直而不弯曲，修长而无尽头，长久而不破败，遥远而不会遗忘，与大自然的德泽相融合，与神灵的明察相一致。除了这一职责，后土还是幽冥世界的统治者，是幽都的守护者。

在北海内的一座幽都山上，黑水从那座山中发源，山上有黑色的玄鸟、玄蛇、玄豹、玄虎、还有叫玄狐蓬尾的大尾巴狐狸。和它毗邻的是大玄山，山上的人皮肤黝黑，所以被称作玄丘民。附近还有个大幽国，大幽国的人因膝下的双脚是红色的，所以叫赤胫民。大玄山和大幽国也属于幽都。

把守幽都城门的是巨人土伯。他长着虎头人身，头上有尖利明晃的角；有三只眼睛，像铜锣一样大；嘴巴似火山口，耳朵如蒲扇，鼻子像小桥，腿像大柱子；身躯庞大，顶天立地。他站在幽都门口，幽都变得更加恐怖。他有的时候会发脾气，会晃动着庞大的身躯，赤着脚，摇晃着尖利的角，张开满是血污的大手，追赶着幽都里那些可怜的鬼魂。每当这时，幽都就会哀号声一片，并且到处都是躲避的鬼影。每每土伯发神经都会引起幽都的一阵恐慌。

后土是很威严的神，他知道鬼域的动荡也会影响人间，于是每次他都会将犯神经的土伯押解到冰狱让他去冷静，直到彻底反省。土伯每次从冰狱出来，就乖乖地守着幽都的大门，不敢懈怠，鬼域的非正常骚乱就少了不少。

传说每次人间如果要发生大的战争或者太多的不公平竞争，这时候土伯就会莫名其妙地犯神经，引起后土的愤怒，也只有在这时候，游荡的冤魂才有机会见到后土，诉说自己在人间和鬼域的遭遇。后土会将情况报告给黄帝，使得人间和鬼域同时得到治理，治理过后，幽都鬼域里冤屈的鬼就少了，同时人间就太平很多，往往这时候人间就会出现太平盛世。

黄帝虽然把鬼的世界管理得井井有条，但是鬼的世界到底有多少鬼怪他心里却没有底，他一直想弄明白这个问题。说来也巧，有一次，黄帝到昆仑山东面的恒山去游玩，在海边遇到一个能说人话，非常聪明的神兽，名字叫作"白泽"。白泽知道天地鬼神的事情，尤其了解所谓"精气"变化而来的鬼怪，山精水怪、路劫鬼豺、魑魅魍魉，他张口就来。这让黄帝感到很惊讶，于是，便叫人把白泽神兽说的种种鬼怪化成图，并在图画旁边做了注解，一共有一万一千五百二十种。从那以后，黄帝就知道所要管理的鬼域的鬼的数量了，非常的方便。

有了这张标有注解的图画，黄帝就按照这个召集天下所有的鬼神到幽都来开会，详细分配了各个鬼神的工作。从此鬼域和人间一样有了各种制度，也呈现出了太平的景象。

阪泉之战

传说在炎帝和黄帝大战的阪泉之野上有一座山，叫作具茨山，在具茨山上长着一种草，人们叫它"炎黄和睦草"，是黄帝和炎帝和好的象征。炎黄二帝是同父异母兄弟，他们的父亲是少典，父亲去世后，两兄弟失和，炎帝带着一些亲近部落离开有熊氏部落到南方居住。后来炎帝的孙子蚩尤一意孤行，想夺炎帝的位置，为此蚩尤联合他的八十一个兄弟，和炎帝开战，这样炎帝的部落就大乱了，炎帝没有办法向黄帝求助。黄帝立刻出兵援助，并且驱赶着虎、豹、黑等动物，冲破了蚩尤的雾阵、打败了风伯雨师，最后打败蚩尤。

战争结束后，黄帝看到四方的四帝有四种不同的图腾，不同的制度，不同的作法，这样下去有一天还会有战争的，于是，黄帝就规劝四帝归顺，天下一家。其他的青帝、黑帝和白帝在与蚩尤的大战中，看到黄帝的仁德和能力，就答应了，可是当黄帝把这个想法说给炎帝的时候，却遭到了炎帝的拒绝。炎帝觉得黄帝是在用帮助他打败蚩尤来要挟他，而且炎帝一直认为中原的涿鹿之野应该是自己的，是黄帝不顾父亲少典的吩咐占领了。于是黄帝为了天下为一家，炎帝为着自己心中的一口气，各自率领自己的子民展开大战。

黄帝和炎帝的大战，是最漫长也是最残酷的战争。当时炎帝居住的南方，由火神祝融辅佐，这个祝融长的牛头人身，驾两条赤龙，嘴里能够吞吐火焰。炎帝是一个仁德的人，但是受到祝融的蛊惑，他的子孙和部下都认为涿鹿地区是他们的领地。久而久之，炎帝也觉得涿鹿是自己的领地，而且子孙部下的呼声很高，于是炎帝就带领他们与黄帝开战了。

在阪泉之野，黄帝和炎帝的部队相遇了。炎帝对黄帝说："黄帝，我的兄弟，这涿鹿之野是我的子民在这里开拓的，这里留有他们的汗水。这里的繁茂是我们用辛劳滋养出来的，你为何带领你的子民盘踞在我的土地上。"黄帝说："炎帝，我的兄弟，江水是我和子民的母亲河，江水泛滥的时候我不得不率领人们迁徙，涿鹿也是我的子民生活的地方，也留有他们的汗水，你看我们两边的人们，虽然分属于两个阵营，但是他们都是女娲的孩子，就如你和我是同一个父亲一样，如果我们能放下武器，变成耕种的工具，那么这涿鹿的繁茂会延伸到大地的各个角落，会比我们这样的征战更有意义。"炎帝说："黄帝，我的兄长，我依然这样称呼你，你认为老虎的猎物能够给予别人吗？"黄帝长叹一声，说："炎帝，我的兄弟，难道每一次的融洽都是战争的序曲吗，那么好，来吧，战士们举起你们手中的武器，以生存的名义！"炎帝说："来吧，战士们，同样举起你们手中的武器，土地就是我们最好的理由！"

双方在阪泉之野展开了大战。两军势均力敌，征战了三天三夜，征战卷起的尘土遮蔽了日月。黄帝看到这种情况，在军帐里和自己的将士们说："最不该打的战争就是势均力敌的战争，看着那么多士兵死去，我心里很不是滋味，怎样才能快点结束这场战争呢。"他的一个将领说："黄帝，我听说在大海深处有一个白民国，那里有一种神兽叫作飞黄，如果我们能骑上飞黄，我们就能飞行在敌人的阵营里了。"于是黄帝就派这个将领去寻找飞黄了。

这个将领走了一天一夜才走到大海的边上。他看见这里一片祥和，海水湛蓝泛着浪花，海边有海鸥飞来飞去，可爱的女孩在海边嬉戏。将领有了心旷神怡之感。远远望去可以看见在海天相接的地方有一座山，泛着神异的银光，他想肯定是那个岛了。

将领摆渡到那里，刚刚踏上岸就遇见一个须眉皆白的老人。将领上前行礼，问："尊敬的长者，请问您知道哪里是白民国吗？我想寻找神兽飞黄。"

老人家见这个年轻人很懂礼貌，就捻着胡须微笑着说："祝贺你疲劳的小伙子，你已经踏上你的目的地，但是飞黄生活在森林深处，可不好找呀。"将领拜别老人，就向森林走来，他沿着森林里的小路走了三天三夜也没有什么发现，他继续努力着。

这一天，他看见一只凶猛的大鸟抓了一只狐狸在头顶飞。他觉得狐狸好可怜，就拉弓射箭救下狐狸。谁知道这狐狸一落到地上背上就长出了两个又长又白的角。将领像没看见这一切似的，仍然对狐狸说："可爱的狐狸，凶狠的大鸟可伤害到你金色的皮毛？"

"哈哈，狐狸？你可看见我背上的尖角，这是飞黄的标志，我刚才是想试试你是否好心，远来的人，战争又要打响了，快上来吧。"将领跨上神兽，抓住它背上的尖角。飞黄摆开它如九尾狐一样的尾巴，它的尖角发出光芒向它同伴发出信号，很快，在他们后面就跟上来一群飞黄。飞黄的队伍加入到黄帝的队伍中，黄帝的队伍很快取得了胜利，炎帝被生擒了。

黄帝取得了阪泉之战的胜利。当士兵押着炎帝走进黄帝大帐的时候，黄帝亲自给炎帝解开绑绳，对他说："炎帝，我的兄弟，我们都是女娲的子民，天下本是一家，都是手足，以后永不再起征战。你的子民需要你的管理。"

黄帝迎接炎帝回到有熊，在太乙氏的规劝下，兄弟二人登上具茨山，看到父亲少典之墓，不禁悲从中来，抱头痛哭，泪水滴湿了脚下的泥土。一只山雀衔来一粒种子丢在湿土里，第二年春天，种子发芽，长出了一株草。这草春天枝头开两朵并蒂花，花败后会结两根一尺长的棒角，像山羊的两个角，秋天长老了，棒角就自己拧在一起，掰也掰不开。人们说这是炎黄兄弟亲密、和睦的象征，所以就叫它"炎黄和睦草"。

蚩尤的传说

蚩尤是炎帝的孙子。据说，蚩尤生性残暴好战，他有八十一个兄弟，都是能说人话的野兽，一个个铜头铁额，用石头铁块当饭吃。蚩尤原来臣属于黄帝，黄帝召集鬼神开会的时候他还参加了。

当时黄帝坐在毕方鸟驾的宝车里，由大象挽着，六条蛟龙跟随在后面，蚩尤带着一群群虎狼等野兽在前面开路，紧跟在蚩尤队伍后面的是雨师和风伯，他们负责打扫道路上的尘埃，（雨师名叫"萍号"，他的身体长得很奇怪，像一只蚕子，但这小东西却不能小视，只要他一用法力，天空中就会乌云密布，顷刻间就会降下大雨来；而风伯名叫"飞廉"，头像燕雀，长着一对角，身体像鹿，长着豹子一样的斑纹，蛇的尾巴，他只要吹一口气就会狂风大作。）再后面就是各种鬼神们了，他们有的牛头人身，有的马面人身，有的人面鸟身，有的人面蛇身……奇形怪状，林林总总。另外，还有凤凰在空中飞舞。黄帝的队伍壮观威武。

走在前面的蚩尤看见黄帝在宝车上满意的笑容，不禁妒火中烧。他想："我有八十一个兄弟，而且各个能驱赶野兽，论能力我也不比这黄帝差，为什么我要给他作先锋？有一天我也一定要坐到他的位置上，号令众神。"这个自不量力的蚩尤，只看到自己所拥有的能力，却没有看到自己不具备而黄帝却拥有的仁爱、道德、公正等品质。

蚩尤时刻都在计划着夺取黄帝的位置。他知道单单凭自己的力量是不足以和黄帝抗衡的，于是，他就在每年秋季，野兽肥美的时候，打了猎物去拜访风伯和雨师。风伯和雨师本来就是风风火火的人，根本没有什么心机，在蚩尤的蛊惑下很快就答应加入蚩尤的阵营。

不知道是不是上天有意帮助蚩尤，蚩尤在庐山脚下还发现了铜矿。他们用这些铜制成了剑、矛、戟、盾等兵器，可说是军威大振。

不过，蚩尤盘算，如果要夺得黄帝的宝座，首先就应该夺得炎帝的位置，于是，这个丧心病狂的家伙就召集他的八十一个兄弟，让他们驱赶着各自所统领的野兽，向炎帝发起进攻。一瞬间，森林的野兽都被他们驱赶出来，整个天空都被野兽奔跑扬起的尘土遮蔽。

炎帝当时有火神祝融相助。火神本领很大，可以蒸干大地上的水，让森林着火。祝融发动火攻，但是蚩尤蛊惑的野兽队伍太庞太大了，已经无法阻挡。再加上炎帝不想看到生灵涂炭，就从南方退到了涿鹿。涿鹿在黄帝的管辖区内。炎帝想："我退到黄帝的领地，蚩尤畏惧黄帝的威力也就退兵了，等他退兵后我再去说服他，毕竟他是自己的孙子。"

然而，仁慈的炎帝想错了，他的这个孙子觊觎黄帝的地位很久了，打击炎帝只是他进攻黄帝的一个重要步骤而已。

自不量力的蚩尤见炎帝躲到黄帝的领地，以为炎帝真的怕了他，越发嚣张，索性就坐到炎帝的位置上，并且不断地扩充军队。他听说西南的苗族人，英勇善战，就又去鼓动他们，最终，这个英勇的民族被蚩尤利用了，和他结了盟。

避居在涿鹿的炎帝见蚩尤从南方杀来，就派祝融去和他讲和，让他为天下苍生考虑收起干戈，他可以把南方的领地都给他，只要他不再掀起战火。然而，蚩尤已经走火入魔，议和的事情对他来说就是天方夜谭。炎帝没有办法，只好组织兵力和蚩尤在涿鹿打了起来。炎帝毕竟兵力少，且蚩尤准备充分，几场战役下来，炎帝就抵挡不了了，没有办法之下只有请求黄帝支援。这样就引来了黄帝和蚩尤的大战。

黄帝战蚩尤

炎帝的不肖孙子燃起战火，这件事早就惊动了黄帝，只是他觉得这是炎帝的子孙，他自己能够调节好，所以就在昆仑山上没有下来。这一天，黄帝正在观看琅玕树上的玉石，有人向他禀告说炎帝派人向他求救。黄帝知道蚩尤已经打到涿鹿，已经不仅仅是炎帝子孙之间的问题了，这分明是"醉翁之意不在酒"啊，想到此，黄帝感到惊惶，同时也大发雷霆，他马上召集军队，立刻赶往涿鹿。

黄帝毕竟是仁慈的天神，虽然知道蚩尤的用心，但是他还是忍着震怒，首先和蚩尤讲和。黄帝说："蚩尤，你的祖父炎帝是一个好的君主，他管理的南方，百姓安乐，在那里不是很好吗？涿鹿是我的子民生活的地方，只要你退出涿鹿，我不会去打扰你在南方的生活，这样可以带给人们安宁！"蚩尤冷笑着说："黄帝老儿，不要在这里痴心妄想了，我来到这里是势在必得，我要的不是小小的南方，我要的是你的宝座。早在鬼神会盟的时候我就已经不满意你坐在那个位置上了。涿鹿，你的子民能够生存，我的野兽也可以在这里生活。"黄帝见他如此的顽固，没有办法，只有迎战了。

蚩尤的八十一个兄弟都是能说人话的野兽，一个个铜头铁额，头上还有尖利的绿角，他们以沙子、石头、铁块为食物。他们不仅善于制造各种兵器，锋利的矛、尖利的戟、坚固的盾、巨大的斧头等等，还善于驱赶野兽——他们会用鼻子发出一种奇怪的声音来吸引野兽；他们虽然说的是人的语言但是野兽却能听懂他们的话。

蚩尤首先让他的兄弟驱赶野兽向黄帝的军队进攻。这些野兽都是经蚩尤的兄弟"训教"过的，异常的凶猛。黄帝的军队遭到惨败。这时候黄帝的一个臣子说："在东海中有座流波山，山上有种神兽，样子非常像牛，身子是青灰色的，头上没有双角，只有一条腿；它自水中出入则必然带来风雨；它身上光彩夺目，眼睛明亮如日月一般；它的吼声如雷震天动地。这种神兽名叫夔。如果能够得到这个神兽，它的吼声肯定能震慑野兽和苗民。"

黄帝立刻派人去东海寻找。经过仔细观察，去的人发现，夔皮厚硬而粗糙；毛稀少，甚或大部分地方无毛；耳呈卵圆形，头大而长，颈短粗，长唇延长伸出；起源于真皮的角脱落后仍能复生；夔喜欢待在水里，所以它的皮很光滑……看来即使抓它到陆地上让它吼叫也是很难的，倒不如好好利用一下它的皮。这个人把情况向黄帝详细报告后，得到黄帝的允许。这个人便把大网放到水中将夔捕获了，然后，把它的皮做成鼓，再用雷兽的骨做槌敲击鼓面，其响声可传到五百里之外的地方。两军再次开战，黄帝命令兵士敲鼓。鼓声在战场上回荡，野兽们都被吓坏了，在蚩尤的驱赶下虽然没有四散奔逃，但是已经不敢进攻了。黄帝暂时取得了胜利。

可是，第二天，蚩尤施展了一种魔法，从鼻孔中喷出弥天大雾，笼罩了黄帝和他的队伍。黄帝军队在作战中常常迷失方向，蚩尤趁机杀戮了黄帝的很多士兵。

黄帝十分着急，只好命令军队停止前进，原地不动。并马上召集大臣们商讨对策。应龙、常先、大鸿、力牧等大臣都到齐了，黄帝让他的臣子想办法。他自己也向天祈祷，这时九天玄女，驾着七彩云从天空中出现。九天玄女是人面鸟身的天神，住在九天以外的星云中。她听到了黄帝的祈祷就赶来了。她给了黄帝一个亮闪闪的小铜人，并对黄帝说："北斗星的斗柄永远都指向北，而这个铜人的胳膊总是指着相反方向。"黄帝谢拜九天玄女。然而全军只有这么一个铜人还是不能全部辨明方向。

黄帝依然很着急，他只好亲自去战场上看士兵。当黄帝来到战场上时，只见他的臣子风后独自一人在战车上睡觉。黄帝生气地说："什么时候了，你怎么还在这里睡觉？"风后慢腾腾地坐起来说："我哪里是在睡觉，我是正在想办法。"原来这个风后正在琢磨小铜人胳膊永远指向南方的道理。他指着北斗星对黄帝说："九天玄女说北斗星的斗柄永远都是指向北的，那么也就是说只要我们仿照北斗星的斗柄，制作出和它一样无论发生什么情况都指向南的车，用它指明方向，我们就能辨别方向了。"于是他就向黄帝请求制作指南车。黄帝非常高兴，为他单独腾出一所大帐，并让人为他准备了足够的材料。风后利用差速齿轮原理，制成齿轮传动系统，根据车轮的转动，由车上木人指示方向——不论车子转向何方，木人的手始终指向南方。风后成功了。

接着，风后用最快的速度为每一个阵营都制作了两辆指南车。在指南车的帮助下，黄帝军队顺利冲出了蚩尤的魔法迷雾，最终战胜了蚩尤。

蚩尤见大雾不能让黄帝的士兵迷失方向，就跳到空中呼喊风伯雨师："风伯刮起你的狂风，雨师奏起你的暴雨吧。"刹那间，大雨倾盆。黄帝赶忙呼喊应龙。

应龙生活在大荒东北角上的凶犁土丘山上，它常住在山的最南端。应龙是一种长有两翼的龙，善于蓄水行雨。听到黄帝的喊声，应龙马上赶赴战场，蓄水行雨以抵挡蚩尤的魔法。可是，应龙的力量根本没法和风伯、雨师相比。

黄帝正在着急时，天空中飞来一团火一样的东西。火样的东西逐渐变大，落到黄帝面前时已经变成了一个全身红色的女娃。来人是黄帝的小女儿女魃。女魃生活在在大荒西北的系昆山上，据说她长得很娇小，并不漂亮，还有点秃顶，但是她的身体里却积聚着巨大的热量，所以，被封为旱神。

女魃高声说："尊敬的父亲，你可忘了系昆山上的女魃，你的女儿旱神魃来帮您退敌了。"说着从背上抽出锯形刀，然后高喊："狂风骤雨你快快的息，远远的离开这个战场，回到系昆山，那里才需要甘霖。"她边说边变换多个身形，整个天空像有很多火，她的锯形刀也在火中闪烁。风停了，雨消了，锯形刀将蚩尤斩首了。

战争终于平息了。

女魃对父亲说："父亲，虽然我很想念您，但是请原谅我不能久留，因为我在哪里停留时间长了哪里就会干旱，我必须和风伯雨师一起回到系昆山。"黄帝说："去吧去吧，好好和他们配合，给人间带来福祉。"

这里还有必要说一说应龙和女魃的结局。

在这场大战中，应龙因为蓄水太多而不能再上天了，天上没有它作雨故连年干旱。传说如果遇到这种情况，人们只要做成假的应龙，便能久旱逢大雨。

再说女魃。因为蚩尤调动的风雨太多，女魃动用了太多力量，而且杀死蚩尤的时候他的污血溅到了她的衣服，由于能量的缺失和邪魔的影响，女魃再也不能上天了。

然而，她停留的地方就会干旱，所以，人们都很痛恨旱神，总是想办法来驱赶她，可怜的女魃便到处流浪。后来，有一个好心的后稷国的人向黄帝禀报了女魃在人间不受欢迎的事情。黄帝便下令在赤水的北面为她修建宫殿，让她不要再随意的走动。可是，女魃已经游荡惯了，虽然有了居住地，也常常东游西逛，并且经常遭到老百姓的驱赶。

不过，毕竟她有了定所，所以人们每次在驱赶旱神的时候，总是首先把水道开好，把沟渠挖通，然后对天祷告："女魃神啊，到赤水你的家去吧。"

传说只要这样一祷告，女魃就会意识到自己的错误，就会立刻回到赤水河边。

天女魃和应龙都在黄帝和蚩尤的大战中，帮助黄帝，而且都是因为这次战斗耗尽了自己的能量而立下战功，不能再升天的，他们牺牲了自己却换来了黄帝的胜利。

玄女传授黄帝兵法

黄帝和蚩尤大战，九战九不胜。黄帝退守到太山，三天三夜，大雾弥漫。黄帝一筹莫展，跪在大地上向上天祈祷。忽然，从天上飞来一位人首鸟身的神，她踏着七彩的云，降临的时候有七彩的光辉闪耀。黄帝跪拜叩头，女神说："仁慈的黄帝，我是九天玄女，你有什么想要问我的吗？"黄帝说："女神，我想知道怎样才能在战斗中连战连胜？怎样才能设下埋伏不被敌人发现？"于是玄女就传授黄帝作战的兵法。

玄女说："行兵贵在顺应天地，天地的规律各有表现，上天表现在六甲子，大地表现在六癸酉，如果你能顺应，那么就能万无一失。"之后她画了一张阴阳图给黄帝，继续说："作战的过程中，士兵一定要以一顶十，这样才能获得基本的保证，也就是人力；然后将士要身先士卒，这样才能驾驭六神，获得胜利。如果敌人攻上来，那么这支队伍一定是敌人经常取得胜利的那支队伍。那么攻破它就要注意，如果敌人是直阵，我们就以方阵攻击；如果敌人是方阵，那么我们就要以金字形的阵进攻。敌人为曲阵，我们以圆阵攻之。敌人为兑阵，我们以曲阵攻之。另外出军行将，驻扎和守阵并举，几次和敌人交锋，一定要注意用鼓来振作士兵的士气，而且要善于从敌人击鼓的声音中判断敌人的强弱。"

黄帝得到了玄女的传授，行军布阵，变化莫测。此外玄女还指引黄帝在昆吾山上找到了一种红铜，铸造成宝剑。这种宝剑铸好后是青色，寒光四射，水晶般的透明，锋利无比。黄帝得了玄女的兵法指导，加上兵器得心应手，士兵们士气大涨。蚩尤虽然联合风伯雨师和苗民，但是谋略和智慧都不如黄帝，最终战败。

传说九天玄女给黄帝画的六甲阴阳图，被黄帝藏在会稽山下的一个深洞里，那个洞有千丈深，面积也有千丈，图被压在壁上两块突出的磐石中间，想得到这个图就要攀上这两块磐石，而这两块磐石是悬在千丈深的洞中的，所以很危险，很多人为此丧生。传说大禹治水的时候，他听说用水将洞灌满，然后让龙浮上来就可以得到六甲阴阳图，于是，他就决开江水，灌注到会稽山洞中。龙神借水看到阴阳图共十二卷，替大禹拿到。可是，大禹拿到后刚要打开，却有四卷飞上天去，四卷坠入水中，大禹只得到了中间的四卷。

黄帝杀蚩尤

前面故事说蚩尤是被女魃用锯形刀斩杀的。但是，也有传说蚩尤是先被黄帝生擒，然后杀掉的。

涿鹿之战结束后，蚩尤被黄帝军队生擒。对于这万恶的元凶，黄帝定然不能轻饶了他。蚩尤铜头铁额，凶猛无比，黄帝就命人制造枷拷将他捆绑好，拉到涿鹿的荒野杀掉。直到蚩尤完全被杀死，才撤去刑具。撤下的已经被蚩尤的血染红的刑具抛到宋山上，变化成一片枫树林，每片树叶都是红色的，就好像蚩尤的斑斑血迹。山中有一种红色的蛇叫育蛇，这育蛇负责看管枫树林。

蚩尤被杀的具体地点叫"解"，蚩尤血滴洒的地方就变成了一个池子，池子里面的水颜色也是殷红色的，好像蚩尤的鲜血，于是，人们叫这个地方为大盐池，也叫"蚩尤血"。

蚩尤被砍头后，头和身体被分开了，为了避免他死后作怪，就给他修建了两座坟墓。据说这两座坟分别在现在山东的寿张县（今阳谷县寿张镇）和巨野县。人们会在十月祭祀蚩尤，传说每每这个时候，坟上就会冒出一道道红色的云气，直冲霄汉，就好像一面绛红色的绸子悬挂在天地间，人们把它叫作"蚩尤旗"。有人说这是蚩尤不甘心自己的失败，灵魂还有怨愤。

黄帝为了用蚩尤警告那些野心勃勃、不顾苍生福祉的人，达到"杀一儆百"的效果，就命人把蚩尤的头像刻在了青铜鼎上。但是，工匠雕刻的时候，在蚩尤头像的基础上又结合生长在西南方荒野中的一种长毛人——羊身，猪头，有一个大嘴，眼睛在腋下，虎齿人爪，生性贪婪狠恶，喜欢攒钱但是舍不得花，自己不去劳动爱抢夺别人的劳动果实，十分贪吃，见到什么就吃什么，由于吃得太多，被撑死，最后就只剩下一个被砍下的头——这和蚩尤只剩下的头很相像。再加上这种怪兽性情和蚩尤一样贪婪狠毒，所以工匠就在雕刻的时候将怪兽和蚩尤的样子糅合，夸张而形象地刻绘出了一个贪婪的怪兽形象。人们都认为怪兽是蚩尤，但是仔细观察在大鼎上的怪兽，脑袋上却不是透明的尖角而是两个肉翅，所以人们又把怪兽叫作"饕餮"。

刑天争夺帝位

蚩尤惨死的噩耗传到南方天庭，炎帝抑制不住淌下了两行凄清的泪。炎帝的眼泪本为蚩尤而流，无意中却激起了一位巨人的雄心。那巨人是炎帝的武臣刑天。刑天酷爱音乐，曾创作《扶犁曲》《丰年词》，为炎帝祝寿。炎、黄大战，他在南方留守。

蚩尤举兵北伐，他跃跃欲试，但是被炎帝制止了。此刻，听到蚩尤的死讯，看到炎帝的老泪，他再也按捺不住那颗悲愤的心，冥冥中似有声音在回荡，召唤他去北方，去找黄帝决斗。

巨人左手持盾牌，右手提战斧，悄悄离开南方天庭，踏上了不归路。他知道，路途的尽头就是生命的尽头，但他义无反顾，他要用勇气和热血向天地间的一切证明，炎帝不可侮，炎帝的后裔和部属不可侮。

巨人孤身行千里，一路过关斩将，势如破竹，黄帝手下的武将没有一个是他的对手。巨人直杀到中央天庭的南天门外，指名道姓，要与黄帝单打独斗。

当巨人冲到王宫中站在黄帝的面前时，连黄帝也觉得很诧异，自己竟没有注意到炎帝手下还有这样一员猛将。黄帝毕竟是久经沙场的老将，即使内心有波动，也不会轻易表现出来，他拿起昆吾剑从容应战。黄帝当时心想：炎帝部下个个桀骜不驯，此人单骑闯关尤其大胆，若不立斩示威，恐南方臣服无日。

两个在云端剑斧交加，各显平生本事，剑起如闪电破空，天为之变色，斧落似流星坠毁，地为之动摇，从天庭杀到凡界，又一路杀至西方常羊山。常羊山是炎帝降生的地方，距黄帝的出生地也不远。两个人到了常羊山，都别有一番感触：巨人作为炎帝的手下，很为炎帝打抱不平。世界本应是炎帝的，可现在却被黄帝窃取了。他必须要夺回这原本就属于炎帝的一切，让炎帝重新回到故土；黄帝看着自己的臣民过上了越来越幸福的生活，也不希望被他人破坏。两个人越战越勇，都使出了浑身解数。可是激烈的争斗持续了几天，却始终没能分出胜负。黄帝有些着急，他想尽快结束战斗，便用了一计。

就在两个人打斗得不可开交的时候，黄帝忽然对着巨人的身后一喊："五虎将，还不快帮我拿下这个怪物！"巨人一惊，手中的战斧略松了一松。说时迟，那时快，黄帝的昆吾剑已削在他的脖子上。"轰"的一声巨响，巨人硕大的头颅落地，把坚硬的山地砸出了个大坑。

巨人毕竟是神人，失去了头颅也还不死。巨人一摸没了头颅，心中就慌张起来，急忙放下斧、盾，弯腰伸手，往地上乱摸寻找他的头颅。他摸到了大树，就将树枝折断；触到了岩石，就将岩石敲碎。地上被他弄得尘土飞扬，木石横飞。其实巨人的头颅就在他的脚下。

黄帝怕巨人摸着了头颅接上，赶紧手起剑落，将常羊山一劈为二，那头颅骨碌碌滚入山内，大山又合二为一。

听到周围"哗啦啦"的声音，巨人知道自己的头颅已经被黄帝掩埋了。这下巨人彻底被激怒了，他不再继续寻找头颅，而是重新拾起斧、盾，挺身直立，以两个乳头为眼，肚脐为口，站起来继续战斗。黄帝不敢上前，一个人先走了。

无头巨人在常羊山继续战斗着。也正因为如此，他才有了一个新的名字，叫作刑天。刑的意思是斩杀，天的意思是头颅。因为刑天不甘心，不服气，战斗不止，后来，他又被封为战神。至今，刑天仍然不时出现在常羊山附近，手中挥舞着战斧，与看不见的敌人厮杀着。

夸父逐日

很久很久以前，在北方高大的群山之间，生活着一支巨人族。他们有着高大的身材、强健的体魄和勇敢无畏的精神。这些巨人虽然个个力大无穷，但他们却从不欺凌弱者，更不会侵犯他族的领地。他们只是安安分分地在大山中过着他们自己的生活，清苦乏味却也逍遥自在。

巨人的首领是一个名为夸父的巨人。在众巨人之中，夸父是力量最大、勇气最佳的一个，且他又是幽冥之神"后土"的孙子，因此族人们都推举他为首领。也正是因为夸父的原因，这支巨人族又被称为夸父族。作为部族的首领，夸父有什么事都是抢在前面，遇到危险也总是冲在前面。他最大的心愿就是让他的族人过上幸福无忧的生活，为此，他不懈地努力着，哪怕是付出再大的代价，他也心甘情愿。

山林里的毒蛇猛兽很多，族人们常常受到它们的侵袭。夸父就带领族里的青年去擒获它们，如果捕到大的猎物，族人们还可以美餐一顿。山中有一种凶恶的黄蛇，总是趁人不备的时候袭击族人。夸父想到了一种好办法，捕获了大量的黄蛇，以致于黄蛇看见它都不敢上前了。他将捕到的黄蛇做成饰物，挂在自己的两只耳朵上。对于刚刚捕到的黄蛇，他也会拿在手上挥舞，向其他黄蛇示威。

北方的冬天异常寒冷，每年的冬天，都是巨人们最难熬的一段时间。这年的冬天比往年更加寒冷，有些族人支持不住，接连被冻死了。看着族人们因寒冷而死去，夸父非常难过。他整晚整晚地睡不着觉，他在想如何才能帮助大家对抗寒冷呢？后来，他想到了一个好办法，那就是把太阳永远留在北方。冬天之所以寒冷，是因为太阳到南方去了。如果让太阳一直留在北方，那么这里就会一直像夏天一样，他的族人就不会被冻死了。想到这儿，他产生了一个近乎疯狂的想法——追赶太阳。

夸父追日的设想在族中传开以后，族人们纷纷前来劝阻夸父。尽管族人们也已经厌倦了寒冷之苦，但他们更不愿意他们的首领去冒险。太阳那么遥远，夸父即使体力再好，又如何能追得上呢？再说太阳就像一个大火球，任何靠近它的东西都会被烤焦。就算夸父真能追上它，又怎么可能靠近它呢？面对族人诚恳的劝说，夸父显得非常平静。他追日的决心早已下定，绝不可能更改。为了族人的幸福，他必须要去。就算自己中途累死或者被太阳烤死，他也一定要去。

族人们见劝说无效，只得默默地为夸父准备行装和口粮。分别的那天，族人们都流下了伤心的眼泪，他们彷佛已经预料到他们的首领不会再回来了。与族人的沉默相比，夸父倒显得信心满满。他告别了族人，就踏上了他的追日征程。

为了早一天追到太阳，早一日让他的族人摆脱寒冷，他日夜不停地追赶。族人给他带的口粮很快就吃光了，于是他就就地取材，碰到有什么可吃的就吃什么，实在找不到吃的东西就饿着肚子赶路。

眼见着离太阳越来越近了，夸父也越来越有信心。可是离太阳越近，天气就越炎热，地里的作物就越少。饥饿的问题倒不是大问题，关键是口渴难耐。他跑到黄河边，一口气喝干了黄河水，可还是没有解渴。他又跑到渭河边，一口气喝干了渭河水，仍然没能止住干渴。他继续向北方的大泽跑去，跑着跑着，他忽然倒在了地上。这次倒下，夸父再也没能起来。他已经太过劳累了，如今又这样干渴，所以他支持不住了。

夸父没能追到太阳，但他却是族人的骄傲和榜样。在他临死的前一刻，他还想着自己的族人。他将手中的木杖扔了出去，木杖所落之处立即生出了一片葱郁的桃林。这片桃林终年繁盛，为所有路过之人解除饥渴。此后，再没有人在这里因饥渴而死了，这都是夸父的功劳。

嫘祖养蚕

黄帝的妻子嫘祖也很能干，她教人民养蚕，总结出一套喂蚕、缫丝、织帛的经验。从此人们既会制衣，又会做冕，还能制鞋，从上到下都装束起来，彻底改变了上古时代穿树叶兽皮的原始习惯。

相传，嫘祖出生在5000年前的古西陵国。嫘祖是一个美丽端庄且心灵手巧的女孩，名为嫘祖。嫘祖自小就失去了母亲，是父亲将她一手带大的。后来，父亲又常年带兵出征，家中只剩下了嫘祖一人。嫘祖一个人闲来无事，就常常和村里的其他女孩外出游玩。但毕竟都是女孩子，不能走得太远，一来二去，附近的地方嫘祖都走遍了，就觉得无聊起来。

一天，嫘祖忽然想到村外的桑树林她们从没有去过，就约了几个姑娘一起去。在桑树林，她们看到了很多白色的小果子。姑娘们很高兴，每个人都采了很多回去。回到家中，嫘祖想尝尝果子的味道，就咬了一口。谁知这个果子不仅没有任何味道，而且还根本就咬不动。嫘祖心想，也许这种果子不是生吃的，要用水煮着吃。嫘祖连忙烧了一锅水，将白果子全部倒了进去。煮了一段时间，嫘祖捞出一个尝了尝，还是咬不动。难倒是煮的时间不够？嫘祖继续煮，又煮了很长时间。可捞出来一尝，还是一点儿也咬不动。这下可把嫘祖惹生气了，她找来一根木棒，放到锅里使劲地搅。搅了一阵之后，嫘祖有些累了，她把木棒拿了出来，结果发现木棒上缠着很多细细的白丝。嫘祖从没见过这样的丝，她继续用木棒在锅里搅，渐渐地，锅中的小白果全都变成了细细的白丝。

嫘祖用手一摸，还挺结实，不像蜘蛛丝那样容易断，但是很乱，嫘祖想太乱了也没有什么用，就丢在了一边，然后就进屋歇息去了。睡梦中，王母娘娘笑着来到她的面前，对她说："聪明的孩子，这茧抽出的丝虽然乱了，但是可以织锦呀！"说完就教她怎么样抽丝不乱，怎样织锦。

醒来后，嫘祖很好奇，重新来到桑林，观察了很多天。嫘祖发现桑虫吃了桑叶会越长越胖的，最后化成肚子里装满丝线的茧壳。她就在桑树上找到一些白白胖胖的小虫,摘了很多的桑叶,然后把它们带回家。起初,嫘祖把树上的小虫叫天虫,后来叫蚕,结成的小圆团叫茧。

回家以后,嫘祖先把桑叶放到一个大大的筐箩里厚厚地铺了一层,然后,把蚕虫放进去,等到蚕虫化成蚕壳后,她又把蚕壳按照不同颜色分开,倒进大锅里煮,煮一会儿又用小木棍挑,挑起一根丝就缠在上面边抽边缠,不几天就缠了很多闪光发亮的丝坨坨。

她又按照王母娘娘在梦中给她的织锦机的图样,请爹爹帮她做了一架织锦机,然后,她就按照王母娘娘教给的步骤织起锦来,五颜六色漂亮极了。她把细细的蚕丝织成布,代替树叶、兽皮穿在身上,又轻巧,又暖和,干活还方便。在嫘祖的倡导下,全村的女性都开始养蚕纺线,并用蚕丝做出了很多美丽的衣裳。为了纪念嫘祖的功绩,人们就将其称为蚕神或先蚕娘娘。

嫘祖成为黄帝的正妃以后,将栽桑养蚕的技术也带到了黄帝的部落,并用她的勤劳和智慧做起了黄帝的后勤保障工作。她组织了一大批女子养蚕织锦,其中有一个女子异常的聪明,总是能解决各种难题。嫘祖觉得这位女子非常贤德,就暗中撮合她与黄帝。不过这位女子相貌丑陋,开始并没有引起黄帝的注意。后来,这位女子发明了纺轮和织机,黄帝才对其重视起来。再加上嫘祖的极力撮合,这位丑女最终成为了黄帝的次妃,后人都尊其为嫫母。

仓颉造字

在河南省洛阳市的南边有座凤台寺,相传是古代仓颉造字的地方。传说仓颉长得方头大脸、龙颜善面,脸上长着四只眼睛,眼光像电光一样犀利明亮。

仓颉是黄帝手下一个非常能干的官员。黄帝将管理牲口和食物的事情都交给他,他总能做得井井有条。当时还没有文字,仓颉便想出了结绳记事的办法。他用不同颜色的绳子和不同的结来代表不同的牲口和食物,使所有人都能一目了然。

黄帝见仓颉如此能干，便将更多的事务交给他做。这样一来，要记录的事物越来越多，原来的结绳记事也就不再奏效了。后来，他又在绳子上画圈圈、挂贝壳，用以表示不同的事物。如此又用了很多年，但黄帝交给仓颉的事情每年都在增加，用不了多久，这种方法也会失去效用。怎么办呢？仓颉很想找到一种简洁明了且可用来记录复杂事物的方法，用来代替结绳记事。为此，他日思夜想，却始终没有更有效的方法。

一天，仓颉跟随黄帝外出狩猎。在走到一个十字路口的时候，黄帝手下的人忽然争吵起来。有些人说要往这边走，有些人说要往那边追赶，一时争论不下，队伍也就在此停了下来。仓颉不明白这些人为什么会出现意见分歧，就上前询问。原来，一伙人看到了老虎的脚印，就坚持追着老虎的脚印走；另一伙人看到了熊的脚印，就坚持追着熊的脚印走。听到这，仓颉已经无心再听他们争论了，因为他想到了更重要的事。既然动物的脚印可以用来识别动物，那么为什么我不能创建一种符号来代表我所掌管的事物呢？

仓颉在洧水河南岸的一个高台上造屋住下，专心造字。他将自己掌管的所有事物都摆在了眼前，整整看了一个晚上，终于找到了一种非常形象的符号来代替它们。从此，他开始用各种符号来表示事物。这样一来，记录事物就方便多了，再也用不着那些让人眼花缭乱的绳子和结圈了。他将自己最新的记录方法拿给黄帝看，黄帝大为赞赏。黄帝想，如果所有的事物都能用这种符号表示，那么以后人们的交流岂不是更方便了。于是，他命仓颉为所有的事物都找到一个替代符号，并让所有的人都熟悉这些符号，以便日后的交流与应用。

仓颉意识到这是一项伟大而艰巨的任务，他四处观察、分析，创造出了很多符号。后来，他就将这种能够记录各种事物且用于人们交流的符号叫作字。经过长时间的观察，他已经能够用字表述很多事物。于是，他便在黄帝的支持下开始到各个部落推广，以便更多的人能够用文字进行记录和交流。有了文字，人们的交流确实更为畅通了，人们的生活也更加便利了。每到一个部落，仓颉都会受到当地人民的热烈欢迎，有些人甚至奉其为偶像。渐渐地，仓颉变得有些骄傲了，传授文字也不再像以前那样尽心尽力了。黄帝得知这种情况以后，就找来族里一位一百二十多岁的长者商量对策。长者让黄帝尽管放心，他自有办法让仓颉意识到自己的错误。

一天，仓颉正在一个部落中传授文字，这位长者也来到了他们中间。待仓颉讲完，所有的人都离去了，只有这位长者还坐在原地，迟迟不肯离去。仓颉不解其故，便上前去问长者为何还不离开。长者说："先生，你造的字已经家喻户晓，可我年事已高，理解力差，有几个字我至今也没弄明白，你能不能再为我解释解释呢？"仓颉见这样一位老者都来向自己请教，很是高兴，便让老者尽管说出他的疑问。

长者说："马、驴、骡、牛都是四条腿的动物，可为什么你造的马、驴、骡字都有四条腿，而牛字却只有一条尾巴呢？"仓颉的笑容一下子僵在了那里，他没想到长者竟会问出这样的问题，一把抓住了他的漏洞。事实上，他最初在造字的时候，牛本来是用"鱼"字表示的，而"牛"字则是用来表示鱼的。不过他在传授的时候一时大意，将两者说颠倒了，所以才会出现这种无法解释的现象。

见仓颉不说话，老者又问："你造的'重'字，你解释说是有千里之远，可为什么在教读音的时候你却说是重量的'重'呢？还有你造的"出"字，你解释说是两座山和在一起，那本应是重量的'重'字，可为什么在教读音的时候你却说是出远门的'出'呢？"仓颉再也忍不住了，在长者面前，他只觉得无地自容。那些都是他马虎大意才留下的疏漏，如今全部被人揪出来，他这个文字发明者的面子往哪儿搁呢？他跪在长者面前忏悔，坦诚是自己的骄傲铸成了大错。

长者见仓颉已经知错，便劝仓颉说："仓颉啊！你造字的功劳是无人能够抹杀的，但你的任务还很艰巨，绝不能取得了一点儿成绩就骄傲，否则你的成就必将毁在你的骄傲之中。如今，那几个错字已经在各部落中传开了，你也无须再去纠正了，只要做好以后的造字、传播工作就行了。"仓颉连忙谢过老者。自那以后，仓颉再也不敢骄傲大意。在造任何一个字之前，他都要经过多次的查看和反复推敲。造出来之后，他也要找多个人进行评定。待大多数人都通过后，才将文字传播出去。

后人为纪念仓颉造字的功劳，把仓颉造字的高台叫"凤凰衔书台"，宋朝人又在这里建寺筑塔，称为"凤台寺"。

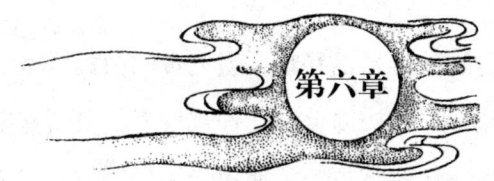

第六章

颛顼的传说

颛顼的诞生

相传，颛顼是黄帝的曾孙，是九黎族的首领。颛顼的爷爷是昌意，他是黄帝与嫘祖的次子。昌意在天庭犯了过错，被贬到若水，就是现在的四川境内。此后不久他就有了儿子韩流，韩流长相非常奇特：长长的脖子，小小的耳朵，虽然长了人的脸，却是猪的嘴巴，麒麟的身子，他的两条腿骈生在一起，长了个猪的脚。他娶了阿女做妻子，婚后生了个儿子就是颛顼。

颛顼性格深沉而有谋略，十五岁时就辅佐少昊，治理九黎地区，封于高阳（今河南杞县东），故又称其为高阳氏。黄帝死后，颛顼因为有谋略和才干，还有治理国家的能力，就把他立为天帝，当时他才二十岁。

幼年的时候，颛顼曾到他叔父少昊在东方建立的鸟国游玩。到了那里，颛顼别提多高兴了，因为这个国家和其他的国家都不一样，百官是各种各样的鸟，也可说那里就是一个鸟的王国。颛顼本来是到这里看望叔父的，但是看到这好玩的景象就不想回去了。于是他就待在这里，一边帮助他的叔父治理国政，一边和鸟儿们玩耍。年纪小小的颛顼在这里崭露头角，他把叔父交给自己的政务处理得井井有条，体现出了他非凡的治理国家的才能。他还帮叔父出谋划策，使鸟国越来越繁荣。

颛顼的年纪毕竟还太小，仍然喜欢玩耍。少昊就做了琴和瑟给颛顼弹。

颛顼很有音乐天赋，他弹奏的时候引来了很多鸟儿翩翩起舞，这些都很好地培养了他的音乐素养。

等到颛顼回到黄帝身边的时候，正好赶上蚩尤带领苗民捣乱。黄帝十分气愤，就派了他年轻的曾孙颛顼来协助自己处理这件事。黄帝对颛顼的才能早有耳闻，也正想考验考验他。除此之外，他想让年轻的后辈出去应战，一旦胜利了，可以告诫那些想要犯上作乱的人，不要轻举妄动。

颛顼果然不负厚望，颛顼与蚩尤征战数年后，最终帮黄帝平定了乱事。黄帝见曾孙颛顼既能干，又有谋略，是个不可多得的人才，就决定把中央天帝的宝座传给了他，让他代行神权。这样，颛顼就成为了神国的最高统治者。

颛顼和禹强

禹强是传说中的风神兼海神，据说他也是瘟神。禹强又叫"禹疆""禹京"，他是黄帝的孙子。当禹强以风神的姿态出现的时候，他就长着一张人的脸，鸟的身体，耳朵上挂着两条青蛇，脚下还踏着两条青蛇。禹强一扇动他那对大翅膀，就会形成了猛烈无比的飓风，这时候树叶会被呼呼地吹下来，有时甚至百年的大树也被禹强带来的大风吹倒。不仅如此，风里边还带着大量的细菌和病毒，人只要被这样的风吹到就会得病，有时甚至还会失去性命。

当禹强以海神的姿态出现的时候，他的样子就比较和蔼和善良。那时他的样子就和陵鱼差不多，呈现出鱼的身体，但是有手也有脚，他这时驾着的是两条青龙。禹强为什么是鱼的身体呢？因为他本来就是北方大海里的一条鱼，名叫"鲲"，实际上就是鲸鱼。他的身体都不能用巨大来形容——从他的头都看不到他的尾巴，足足有好几千里长。这条大鱼拥有无边的法力，他只要摇身一变，就能变成一只大鸟，这鸟的名字叫"鹏"，实际就是一只大凤。这个鸟的身体也非常的巨大，单单是他的背就有几千里宽，这个鸟要是落到人间，估计方圆几千里的范围都得变成废墟。禹强一愤怒，就会张开翅膀朝天上飞，这时候，他的两只翅膀就像垂在天边的乌云，人就是在它的影子下边走，一个月都走不到头。

每年冬天，当海潮运转的时候，禺强就从北海迁徙到南海。他在北海的时候是一条大鱼，到了南海就变成了一只大鸟，也从海神变成了风神。冬天呼呼怒吼、凛冽刺骨，夹杂着雪花肆无忌惮地吹过原野的西北风就是这位大鸟风神扇动着翅膀制造出来的。冬天的时候容易感冒，就是因为风里边有禺强给扇出来的细菌和病毒。

禺强起飞的时候，他的翅膀能掀起三千里的巨浪，排山倒海。他扇动着翅膀，乘着大风，能直上九万里的云霄。他这么一飞就飞了整整半年，从北海一直飞到了南海，到达目的地才停下来休息。难道风神在飞行的过程中不用吃东西么？不得而知。有可能是在飞的过程中，饿了就抓几只鸟来充充饥吧，反正这个海神兼风神的禺强能耐还是很大的。

刚开始的时候，禺强是黄帝的大臣，就住在北海。但是，他好像并没有得到黄帝的重用，因为黄帝身边的能人实在太多了，很多时候黄帝根本就想不起禺强来。有一次，黄帝派给禺强一个任务就是给神仙们找一个居住场所。虽然不是什么大事，但是他终于有事做了，这让禺强很高兴，他尽心尽力地完成了这件事，黄帝也很满意。禺强心想看来我终于要被黄帝重用了。哪知，黄帝很快又忘记了他还有一个神通广大的孙子禺强。

为此禺强很伤心，他决定四处游荡一下。无意之间他就到了少昊的鸟国。禺强变身成一只大鸟，在鸟群中他是那么特别，就连一根羽毛都比那里最大的鸟还要大。马上就有鸟官把这件事告诉了少昊，颛顼正巧也在鸟国，就吵着要去看看。他跑到那里一眼就看到了禺强，他曾听说过自己有一个神通广大的叔叔，可以变成一只大鸟。颛顼怯怯地问了一句："你是禺强吗？"禺强感到很奇怪，难道自己很有名吗，怎么连小孩都认识自己，他高兴地点点头，回答："是啊。""我是颛顼。"小孩自我介绍说。此时，禺强才知道，遇到了侄儿。他对这个乖巧伶俐的侄儿很是喜欢，经常让他骑到自己背上带他飞到天上玩。他还和颛顼一起在鸟国处理事务，两个人配合得很默契，工作起来也是得心应手。

颛顼回到北方自己的国家时，禹强也和他一起回去了。他和年少的颛顼一起治理着北方积雪覆盖的荒野，大概一万两千里的地方。禹强虽然有很大的本领，但是在遇到颛顼以前，他却是默默无闻，英雄无用武之地。

现在，他终于有机会把自己的才能发挥出来了，虽然是颛顼的叔叔，但是他心甘情愿地做了颛顼的部下，帮他治理国家，来报答他的知遇之恩。

在颛顼统治期间，西北方的黄河水怪作乱人间，搅得附近的百姓不得安宁。颛顼听说这件事后，就派人前去降服水怪，可是不知道是黄河水怪本领太高还是颛顼派去的人不中用，几年过去了，黄河水怪仍然在黄河兴风作浪。百姓们苦不堪言，纷纷请求颛顼帮助他们除掉水怪。颛顼本没把这件事放在心上，可如今他也不能坐视不管了。他决定亲自到黄河去会会这个水怪，看看它究竟有多大的本事。

在黄河边，颛顼遇到了黄河水怪。水怪似乎看透了颛顼的来意，眼睛放射出凶光。颛顼与黄河水怪便扭打在了一起。让颛顼没有想到的是，黄河水怪神通广大，他拼劲了全力与其激战了九九八十一天仍然不分胜负。颛顼知道他不能再这样打下去了，否则只会两败俱伤。他借机逃到了天上，找到女娲帮忙。女娲将天王宝剑交给他，并将使用方法传授给了他。有了天王宝剑，颛顼很快便制服了黄河水怪，并杀死了它。人们都很感激颛顼，从而更加尊敬他了。

重、黎隔断天地通路

一直以来，天和地都是有道路相通的。天神们可以随意下凡，人们也可以随时到天上去。也就是说，无论是神还是人，都可以自由往返于天地之间。起初，人类较少，他们上天对天神的影响很小。后来，人类逐渐增多，他们动不动就跑到天上去游玩一圈，且对天神也不再像以往那样敬畏，这就给管理者制造了很大的麻烦。为了解决这个问题，让人们重新对天神敬畏起来，颛顼决定将天和地隔绝开来，使人们无法再到天上来。

当然，颛顼决定将天和地隔绝开来，主要还是因为他亲身经历了一件天上恶神到人间作恶的事。这个恶神就是蚩尤。蚩尤偷偷潜到人间，煽动南方的苗民和他一起造反。起初，这些善良的苗民没有听他教唆，没有人肯跟随他，但是，蚩尤不罢休，他设计出各种酷刑，叫手下人使用这些酷刑来逼迫和残害人们。时间一长，人们自然都受不了这些刑罚，再加上他们亲眼见到行善积德的人们受罚，而作恶多端的人却春风得意，渐渐地，大家善良的天性消失了，都跟随恶神蚩尤作起乱来。蚩尤的目的达到了，善良的人们变得越加凶残起来，比最初跟随蚩尤的人还要凶残很多，他们还野心勃勃地想要帮助蚩尤夺得天帝的神座。

结果，许多善良的百姓都遭到了迫害，失去了他们宝贵的生命。这些遭迫害死去的人的鬼魂，就跑到黄帝面前去申诉他们的冤情。黄帝知道这件事以后，马上派人到人间去核实，结果令他十分气愤，居然还有人敢打自己的主意，他岂能坐视不理。黄帝立马召集天兵天将，到下方去平定叛乱。为首的将领就是颛顼。双方苦战数年以后，蚩尤最终被杀死了，作乱的苗民也被剿灭了，剩余的少数叛民再也不能兴风作浪了。

颛顼做了天帝以后，为了结束现在的这种混居生活，决定把人和神分开，以避免出现像蚩尤之类的恶神，再次煽动人们起来造反。经过深思熟虑之后，颛顼就让他的孙子重和黎去把天和地的通路阻断。

他将重和黎叫到身边，将自己的想法告诉了他们。重和离当即表示支持，并非常愿意承担此项任务。两人分好了工，便开始行动起来。重负责用力向上托天，黎负责用力向下按地。在两个大力士的努力下，天和地的距离越来越远。直到天与地的高度已经足够阻断天上人间的往来，重和黎才收了手。自重、黎割断天上人间的往来以后，他们自己也不能再在天地间自由来去了。因此，负责托天的重就专门管理天，负责按地的黎则专门管理地。黎到了地上以后，还生了一个儿子叫"噎"。这孩子长着一张人脸，但是却没有手臂，两只脚驾在头上，样子很奇怪。他住在大荒西极一座"日月山"的天门那里，这门是太阳和月亮进去的地方，叫"中"，他在这里帮助自己的父亲管理日月星辰的行次，是一位时间之神。

不久之后，颛顼就看到了天地通路阻断之后的好处：神和人分开了，阴阳有序了，天上诸神过得逍遥自在，地上的人们也活得幸福快乐。人是上不了天了，但是神还是能偶尔私下凡间，还有可能发生一段神、人相恋的佳话。即使是这样，大多数时间，神还是高高在上，无忧无虑地享受着人们的崇敬、供奉和祭祀。

奇禽怪兽

天和地的通路阻断以后，神和人之间自然就有了距离。没过几代，人间等级的分化就很明显了，一小部分人往高处爬，成为高高在上的统治者，而大部分人则成为了被统治者，受人压迫剥削。人间的这些统治者俨然就是地上的神，要风得风，要雨得雨。

这种分化出现以后，人间便有了种种不幸。那些能给人类带来灾难的神鸟怪兽一天天增加，在山林水泽中，添加了无数有势力的神灵。人们生活在水深火热之中，忧患和恐惧也时时陪伴着大家。

水泽中有一种蛇，名字叫"肥遗"，这个蛇和咱们平时见到的可是大不一样。它不但长着六只脚，居然还长着四只翅膀，能够在天上飞。这样的蛇，听起来都让人害怕，更何况是看到呢。据说，有一次当它在天上飞的时候，被一个人看到了。看到它的人当时就吓坏了，因为他从来没看见这样的怪物。这个人回家以后就一病不起，没过多久就去世了。这个肥遗，吓坏了人不但不内疚，反而变本加厉起来。它让大地上发生了可怕的旱灾，连续好几个月一滴雨也没下，庄稼干死了，牲畜也奄奄一息，人们没有水喝，没有饭吃，只好背井离乡去外边讨饭。后来大家都不敢轻易再往天上看了，万一看到肥遗不但自己倒霉，父老乡亲也要跟着遭殃，实在不值得。

有一种怪兽，形状像头牛，身上却长着老虎的斑纹，名字是"櫼䰩"。一天，一个猎户在森林里捕猎，看到一只体型硕大，却长着老虎斑纹的牛，猎户十分诧异，就追着它跑了一段。这个野兽，虽然体型庞大，但是动作十分敏捷。猎户追了半天，就是追不上。他感到体力不支，就停下来靠着一棵树，歇息片刻。就一眨眼的工夫，这个怪兽就出现在了猎户面前，居然还会说话。它大笑了一声，说道："追不上吧，你是个人，怎么能追得上我呢，我就是你们说的怪兽。告诉你，我每次出现，人间都会发生大洪水，你们好自为之吧。"怪兽说完，没等猎户反应过来就消失了。果然，第二天，狂风大作，电闪雷鸣，瓢泼大雨顷刻而至，这么大的雨一连下了好几天。地面上洪水泛滥，淹没了农田和村庄。以后这个怪兽在人间每出现一次，人类就倒霉一次，发一次大洪水，但是却拿它没办法。

还有一种怪兽，形状也像牛，但是脑袋是白色的，脸上只长着一只眼睛，尾巴像条蛇，名字是"蜚"，它也在人间出现过。一个老农在稻田里插秧，忽见前方出现一大片乌云，正当他看的时候，一只白脑袋的大牛从天而降。说时迟那时快，这只怪兽着地以后就奔跑起来。它经过稻田，稻田里的水就立马干涸了；经过草地，绿油油的青草马上就枯萎了……凡是它路过的地方，身后都是枯黄的一片，再有生机的土地也变得萧条了。只是这样也就罢了，更可恶的是，它出现以后，人间就要发生大瘟疫。那时候的卫生条件很差，瘟疫传染得很快，一天之内就会死很多人。这个怪兽的出现，也给人类带来了很大的痛苦。

有一种叫"毕方"的鸟，体型像鹤，青色的身体，红色的斑纹，嘴是白的，只有一只脚。它飞过森林，森林就变成一片火海；飞过田野，绿油油的庄稼瞬间自燃，化为灰烬；飞过村庄，人们就在火海中挣扎。它所到之处立刻就会发生火灾。

还有一种鸟，叫"酸与"。它的形状像蛇，四只翅膀，六只眼睛，三只脚。它到过的地方，平静的人们就会莫名的惶恐不安起来。小孩子不吃饭，不睡觉，不玩耍，无缘无故就哭；大人们则坐立不安，不思茶饭，每天都很惊恐。这样的情况得持续很长时间，给人们的身体和精神带来了巨大的伤害。

还有一种长得像狐狸的怪兽，白尾巴，长耳朵，名叫"狼"。狐狸这种动物最多就是狐假虎威，干些偷鸡摸狗的勾当。可是这个怪兽可比狐狸坏得多了，它把个太平世界搞得乌烟瘴气，兵戎四起。但凡它出现的地方，免不了要发生战争。

有一种五色鸟，长着人的脸，披着长长的头发，样子很吓人。它们每到一个国家，也不知道什么原因，这个国家就灭亡了。很多国王知道这件事后，都命令在全国各地布下天罗地网，来抓捕这种鸟，他们希望这种鸟不要飞到自己的国家。虽然，人们都严阵以待来抓捕它，可就是拿它无可奈何，还是有不少国家都灭亡了。

这些长相奇怪的奇禽怪兽，不断在人间出没，给人们带来了各种灾难和痛苦，使人们陷入了水深火热之中。天帝颛顼却对这些事情不闻不问，任由它们祸害人间。除了这些害人的奇禽怪兽，也有一些长相奇特，但是对人类无害，能够和人类和平相处的生物。

如南方泂山上的一种的野兽，形状像羊，但是没有嘴巴，更奇怪的是无论用什么方法都杀不死它。南海之外也生长着一种怪兽，它的身体是由三只青兽连在一起构成的，名字叫"双双"。北方天地之山上，有一种名叫"飞兔"的小兽，长着老鼠的脑袋，兔子的身体，它能够把背上的毛当成翅膀，随意地在天上飞行。它们也经常出没在人间，但是却没有做任何伤害人类的事，相反有时候还会帮助一下人们。

熊穴、九钟和鸟余、鼠突

湖北省西部边陲的神农架，是古代帝王的圣地，这位帝王，就是炎帝神农氏。神农架最早的名称为"熊山"。《山海经·中次九经》中记载：熊山上有一个很大的熊穴，有一些奇怪的神人经常从里边进进出出。神农架发现的熊不仅数量特别多，而且种类也多，不愧是"熊的王国"。其中的"神人"，是屈原《山鬼》诗中的"山鬼"，即现在轰动世界的神农架高大的"野人"。炎热的夏天一到，这个熊穴就自然打开了；而到了严寒的冬天，它又关闭了。

如果冬天的时候熊穴还不关闭，那么世上就会发生比较大的战争。

耕父神住在丰山，山上有九口钟。这个钟的特别之处就在于，每年一到霜降的时候，就会自然地响起来，声音清脆悦耳。据说，帝喾一行人（下章要写到）南行时，越过了一座大山，晚上在客栈中留宿的时候，远远地听见一种声音摇荡上下，断续不绝，仿佛和钟声一般。帝喾便问左右："何处撞钟？"左右答道："在前面山林之内。"帝喾又问："前面是什么山？"左右道："听说是丰山。"帝喾恍然道："朕知道了。这个钟声不是因人撞而响的，是自己会响的。听说这座丰山上有九口钟，遇到霜降，则能自鸣。现在隆冬夜半，外边必定有霜了，所以它就一齐响了起来，这个和磁针一样，是物类自然的感应，是一种不可解的道理。"左右人细听了一下，这个声音果然没有高低轻重之分，不像是人撞的，都感觉很奇怪。帝喾又说道："这座山里还有一个神人呢，名叫耕父，他常到山下一个清冷的湖里游玩，走进走出，浑身是光，仿佛一个火人，难道不奇怪吗？还有一种兽，长得像猿，红色的眼睛，红色的嘴，全身是黄的，名叫雍和之兽，难道不是一个奇兽吗？"左右人说道："明天我们去看看，也可以长长见识。"帝喾摇了摇头："这个是不能见，也不可以见的。雍和奇兽出现了，国家必定会有大恐慌发生；耕父神出现了，国家必然会有祸败的事情发生。耕父神是个旱神，不可能轻易出现，就连九口钟，外人也不可能轻易看见。"左右就奇怪了，问道："既然不能见，怎么知道有这么一个奇兽呢？何以知道有这么一个神人呢？更何以知道响的是钟，并且知道是九口呢？"帝喾道："当然有人见过的，而且不止一次。奇兽、神人每出现一次，国家就一定会发生恐慌，发生祸乱，所以后人才敢写到书上，世人才能知道。那九口钟是个神物，不知道什么时候会出现，也不知道什么时候就藏起来了，前人要是没见过，能乱说吗？"左右听了，都点头无语。

鸟鼠同穴山上有一种鸟，叫"鸟余"。它长得像沙鸡，但是比沙鸡稍微小一点，羽毛黄中带黑；有一种鼠，叫"鼠突"，形状和家中的老鼠差不多，但是尾巴要短很多。关于"鸟鼠同穴还有一个传说：鸟和鼠原本是一对恩爱的夫妻，妻子很勤劳，丈夫很懒惰，他们居住在渭水源头，生活过得清苦，但为人忠厚善良。有一天早起，妻子去担水，发现泉边有两条蛇在厮咬，一条白蛇被一条麻蛇死死咬住，眼看就要被咬死了。妻子发了善心，急忙从树上折了一根树枝把麻蛇赶跑了，白蛇得救后，钻到泉边的河里去了。当天晚上，妻子做了一个梦：梦见家里来了一个人，自称是渭河龙王的家里人。对妻子说：你今天做了善事，救了我们家主人，我家主人要报答你，请你在鸡叫头遍的时候到渭河边上来。妻子醒来，原是一个梦，她将信将疑，但是还是约丈夫一同前去。

第二天一大早，勤劳的妻子早早起身，穿戴整齐，出门的时候，懒惰的丈夫才从炕上爬起来。妻子到了河边，丈夫才到山腰。渭河龙王的家人早已在河边等待，并告诉妻子说：此番前去，龙王爷要好好地报答你，给金子，你别要，给银子，你也别要。你就要桌上放的两把花扇子和两颗玉石，你就终身享用不尽了。妻子点点头，记在心里了。来人让妻子闭上眼睛，背着妻子下了河。妻子睁开眼睛的时候，已经来到了渭河龙王的水晶宫。一个受伤的老爷爷非常热情地接待了她，连办了三天的酒席。临行时，老爷爷让下人给妻子端上来一盘"黄的"来，妻子一看是金子，没要。又让端来一盘"白的"来，妻子一看是银子，也没要。就要了桌上的两把花扇子和两颗玉石。龙王派下人把妻子送上河岸的时候，丈夫还在河边等候。妻子见到丈夫很高兴，就让丈夫看两样宝贝。丈夫不喜欢花扇子，就接过两颗玉石。他正看得起劲的时候，妻子打开了两把扇子，她一下子飞到空中去了。丈夫一看急了，想拉住妻子，情急之下，就把两颗玉石含到了嘴里，他一下子变出了一对尖利的牙齿。从此以后，这对恩爱夫妻便成了异类，妻子变成了鸟，丈夫变成了鼠。可是他俩总也忘不了过去的恩爱，就干脆同住一穴，这就成了"鸟鼠同穴"。他们在山上打三四尺的洞，鸟在外边觅食，鼠在洞里管家务，他们还生出了可爱的孩子，幸福地生活着。

山林水泽的鬼神

　　山林水泽的鬼神好多都是凶恶的，他们大多外表长得十分丑陋，叫人一见就很害怕，善良的比较少。朝阳之谷的水神天吴，长着老虎的身体，青里带黄的毛，他粗壮的脖子上有八个脑袋，每个脑袋还长着人脸，除此之外，他有八只脚，十条尾巴。如果这样一个怪兽站在一个成年人面前，也会把人吓死，何况是个孩子。有一群淘气的孩子由于好奇，就跑到了朝阳之谷里边玩耍。他们进去以后，被里边秀美的风光吸引了，又玩又闹，非常快乐。可能是由于他们的吵闹声太大，惊醒了正在午睡的天吴，他拖着笨重的身体，沿着笑声一路寻找过去。孩子们还在快乐地玩耍着，突然有个孩子听到了笨重的脚步声和尾巴敲打树木的声音。他立即告诉了其他的孩子，孩子们停下来仔细听了一下，果然听到了这些声音。他们害怕极了，靠在一起瑟瑟发抖，他们不知道这个怪兽从何方而来，也不知道从哪个方向逃走。只听见沉重的脚步声和喘息声越来越大，随着一声大吼，一只可怕的怪物从树丛中出来了。见到他，孩子们不由得大哭起来，四散着跑开了。这些孩子回家以后大都吓坏了，有的病了好久，还有一两个一病不起。从此，再也没有人敢擅自跑进这个山谷了，即使里边景色非常优美。

　　骄山上的山神，形象像人，长着羊角，老虎的爪子。他喜欢在睢水和漳水的深渊中游玩。其实这个山神去的地方人迹罕至，他似乎不喜欢和人类有任何交流，甚至不喜欢让人看到他。他每次出现的时候，身上就会发出闪闪的光辉，让人睁不开眼睛，还烤得人难受。所以遇到他的人类都得迅速地离开，以免把他给惹怒了。

　　住在光山的计蒙神，是一个长着人的身体和龙头的怪物。这个怪物很喜欢在有水的地方出现，也经常去漳水的深渊中游玩。他和大多数水泽中的怪物一样，非常喜欢人类，因此他出行的时候总是伴着狂风暴雨。附近的人们每次看到这种突如其来的狂风暴雨就知道计蒙神又出现了，大家就迅速地躲起来。如果有人胆敢无视他的出现，仍然我行我素，那么这种狂风暴雨会持续很长时间，即使那个人最终躲起来了，计蒙神还是要惩罚他。所以，人们只要知道他出现了，都不敢在外边多逗留，更不敢和他有任何交往。

平逢山的骄虫神长着人的身体，一个脖子上长着两颗丑陋的脑袋，他还有个很厉害的头衔——一切螯虫的首领。听到这里，大家肯定毛骨悚然了，只他自己已经很恐怖了，还和所有的螯虫扯上了，还有谁敢惹他。他甘愿把自己的两个脑袋贡献出来，给蜜蜂们做蜂巢，让蜜蜂们在里边酿蜜。有人曾经遇到过他，远远地就能听到蜂群嗡嗡的叫声，抬头一看，只见远处一个身体上两个黑乎乎的球慢慢移动过来，所到之处的蜜蜂还成群结队地加入进去。慢慢地，这个队伍就越来越壮大了。人们哪敢挡他的路，看到他就远远地走开了。

住在瑶水的无名天神，长着和牛一样的身体，有两个脑袋，八只脚和一条马的尾巴。他是一个灾祸之星，他出现的地方，就是再和平的国家都会发生战乱。人们想方设法地阻止他出现，可是收效甚微，因为那时的人力还不足以阻止这样的怪兽，人们只能眼睁睁地看着幸福的生活被他给毁了。

前边提到过的住在丰山上的耕父神，他喜欢去清泠之渊游玩。他是干旱之神，凡是他出现的地方就会发生旱灾，不仅如此，他所到的那个国家还会灭亡。可怜的人们只能流离失所，背井离乡。

这些可恶的怪兽，不但不能给人类带来幸福和快乐的生活，还使生活在幸福中的人们陷入痛苦之中。人们对他们只有惧怕，不敢轻易地触犯他们。

天帝帝台和吉神泰逢

在这些凶恶的鬼神中，也有个别是善良的。例如吉神泰逢和小小的天帝帝台，他们的存在，给了人们些许安慰和鼓舞。

帝台活动的地方比较小，只是在中原一带的几座小山上，大概就是在现在的河南省境内，他和吉神泰逢居住的地方比较接近。在他的活动范围内有一座休与山，上面长着一种五色斑斓的美丽石子，这些石子圆溜溜、光亮亮的，就像是鹌鹑蛋，被叫作帝台之棋。相传，这些石子曾被帝台用来祷祀过各方的神灵，因而这些石子身上就沾上了灵气。这些石子如果被人类找到，并用它们熬汤喝，就能免受妖魔鬼怪的蛊惑。在那个鬼怪横行的时代，人类难免会受到他们的骚扰，有一部分人就被蛊惑了。在这种情况下看大夫，抓药吃的效果都不明显，即使找来道士设坛施法也没有什么效果，人们只能饱受痛苦的煎熬。帝台知道这种情况以后，决心挽救处于痛苦中的人们。于是，他就用这些美丽的石子祷祀了各方的神灵，希望神灵们能保佑善良的人类，不要让鬼怪横行霸道。祷祀之后，这些石子就有了灵性。帝台把这些小石子送给被蛊惑的人，他们喝了用石子熬的汤，病就好了，帝台也把它们送给正常人用来驱除鬼怪。帝台之棋的出现，帮人类减轻了痛苦。

距离休与山不远的地方，还有一座鼓钟山。善良的帝台曾经在这里敲钟击鼓，召集各方的神灵们在这里聚会，商讨如何保护人类，使他们免受妖魔鬼怪之苦。神灵们有这样的想法：鬼怪们不但数量很多，而且都有自己的护身之法，神灵们的数量又少，怎么保护得了人类呢。帝台听后，就劝大家，如果神灵们都没有方法来保护人类，那人类自己的力量更加弱小，他们又怎么能保护得了自己呢。帝台大宴宾客三天，众神灵们也热烈地商议着。最终他们达成了协议，各自保护自己辖区里的人类，如果有需要就联合起来驱除鬼怪。

在距离这两座山稍微远一点的地方，还有一座山叫高前山。从山上会流下一股寒冷而清亮的泉水，这个泉水叫作帝台之浆。在那个混乱的年代，时常会有失去亲人的痛苦。前一刻，儿子还和母亲在一起闲话家常，下一刻，儿子离家砍柴买米，这样的分离就可能是生离死别。凶恶的鬼怪太多，没有人能保证自己出门不会碰到，一旦遭遇不测，亲人们就会伤心得痛不欲生。据说，喝了帝台之浆可以使人不再心痛。

帝台是一个管辖一方的小小天帝，仁慈、温和，他总是在尽自己最大的努力让人们生活得更好。

每个人都喜欢吉祥如意，所以吉神泰逢，就成了人们都愿意见到的天神，传说人们遇到他就会有喜事降临。吉神泰逢是和山的主神,那里盛产美玉。他的形状与人相似,但身后长着一条老虎的尾巴。泰逢往往居住在和山向阳的南坡,每当进出这座山时,他的周围都有彩色的光环闪耀。谁要是遇到吉神泰逢,他就把福音带给谁。泰逢喜欢喝酒,而且酒量很大。当酒喝多的时候就喜欢和人们开玩笑。吉神泰逢,具有变化莫测的法力,可以移动天地之气。

吉神泰逢的脾气一般情况下都很温和,但是如若遇到了他十分不喜欢的人,也会让他吃点小小的苦头。夏朝的昏君孔甲,不理朝政,每天只知道喝酒打猎、沉迷女色,而且为人残暴。有一天,孔甲来到东守阳山狩猎,吉神泰逢非常讨厌这个只知道玩乐的人,他就运用自己的神力感动了天地,求来了一场暴风雨,使孔甲迷了路,以此来惩罚这个昏君。

相传春秋时期,晋平公和著名音乐家师旷一起坐车出游的时候,在路上看到一个人坐着八匹马拉的车子向他们驶来。到了近前,那个人便从自己的车上跳了下来,跟在晋平公的车子后边。晋平公回头一看,觉得很奇怪,这个人的身后怎么会有一条老虎的尾巴。这可把他吓坏了,他就让师旷看这是什么怪物。师旷看了看,笑着说道:"大王不用害怕,这个人可能是吉神泰逢,你看他的脸红红的,一定是到霍太山的山神那里喝酒回来了。如今你遇到了他,恭喜你,要有喜事降临了。"晋平公将信将疑,但是不久以后他不得不相信师旷的话。因为,不久之后晋平公果然遇到了几件大喜事,他的军队连连打胜仗,疆土不断扩大,大臣们都说这是吉神泰逢给大王带来的福气。

虽然吉神泰逢总会给人们带来喜事,但是,如果得罪了他,他也会给你还以颜色。吉神泰逢对善良的人们总会给予关照,总是把令人欣喜的事情带给他们。

彭祖长寿之谜

彭祖是颛顼的玄孙,陆终的第三个儿子。传说他的父亲陆终娶了鬼方国的女嬇为妻，女嬇只有一乳，怀孕三年，但是孩子总是生不下来。在没有办法的情况下，只好在女嬇的左腋下剖开一道口子，从中取出了三个儿子，又在右腋下剖开取出三个儿子。其中第三个儿子嬇铿就是彭祖，他被封于大彭国——彭城。

据说彭祖从尧舜时代开始，活了八百多岁，一直活到了周朝初年。这个八百多岁的老爷爷，临死的时候，还觉得自己正当壮年，有种英年早逝的遗憾。彭祖为什么能活这么大岁数呢？难道因为他是天帝的子孙，这或许是其中的原因之一。可是天帝的子孙那么多，不见得每一个都能活这么多年，能够如此长寿吧。彭祖能活上八百岁，肯定有其他的一些缘由。

相传，殷朝末年的的时候，彭祖已经活了七百六十七岁了，然而他的容貌看上去并不显得衰老，耳不聋、眼不花、背不弯、腰腿不疼，而且看起来还相当的年轻。彭祖自幼喜好恬静，不追求名誉，不汲汲于世事，终日以养生修身为事。殷王请他做大夫，他虽极不情愿，但是又推托不了，只好应诺。彭祖不想参与政事，就常常以生病为由，不上朝。彭祖还精通补导之术，常常服用水桂、云母粉、麋角散等。他平日沉默寡言，从不夸耀自己有道。

彭祖还常常周游四处，只是他从不乘车马。即使要外出周游数十天，有时甚至上百天，他也不带干粮。令人惊讶的是，回来之后，他的衣着、身体和精神面貌与平常也没什么两样。彭祖也善于导引行气，经常从早到晚闭气内息，之后，揉擦眼睛，按摩身体，然后才站起来活动。彭祖也有身体疲乏不适的时候，那时他就导引闭气，使身体各处的气流通畅，这样身体又能恢复到以前的状态，舒服、自如。殷王听说以后，也想长命百岁。于是就亲自到彭祖府上，向他求仙问道，但彭祖却闭口不语。殷王又想了个办法，想用金钱让他开口。就派人给他送去了数十万两黄金，彭祖如数收下，把黄金全都分给了贫穷的百姓，仍是闭口不语。

当时，有一个叫采女的女子，也是个得道之人，也懂得一些养生的方法，虽然她有二百六七十岁，但外貌仍然像四五十岁的样子。殷王派采女询问彭祖长寿的秘诀，彭祖回答："长寿的秘诀可能真的会有吧，只是我见闻浅薄，对这件事知之甚少，实在说不出个所以然来。以我自己为例来说吧，我还没有出生的时候，父亲就去世了，我的母亲抚养我到三岁，她也死了。剩下我这个可怜的孤儿，又遭遇犬戎的捣乱，只能流亡到西域去，在那个条件艰苦的地方度过了一百多年的时光。从年轻的时候到现在，我已经死去了四十九个妻子，五十四个儿子。我经历了这么多令人悲伤的生离死别，精神大受摧残。由于我从小身体就不好，长大的过程中又没有得到好的调养，看我现在的身体情况，如此的瘦弱，恐怕不久于人世了，哪里还有长寿的秘诀啊。"

说完，彭祖叹息了口气，悄然离开，不知所踪。又过了七十年，据说有人在西部边境的流沙国看到了彭祖，他当时骑着一匹骆驼，慢慢地走着。表情怡然自得，精神矍铄。彭祖不肯说出他延年益寿的方法，大家就纷纷地猜想起来。有人说，他之所以如此的长寿，是因为经常服用一些药物；还有人说，他如此长寿，可能是修炼了什么奇功。其实事实并不像大家说的这样。

彭祖擅长烹调一种野鸡汤，他能把这种汤做得既美味可口，又新颖独特。他把汤献给了天帝，天帝品尝以后，大为赞赏，因为实在没吃过如此美味的野鸡汤。于是，天帝一高兴，就赐给了彭祖八百年的寿命。就是因为这样，彭祖才能如此的长寿，活了八百多年。但是心高的彭祖，直到他临死的时候，还觉得没有活够，认为他自己是英年早逝矣。虽然是个传说，但是其实彭祖的长寿，应该与他的善于保养有一定关系，只是他不肯向外人说罢了。

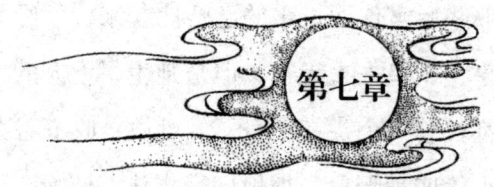

第七章

帝俊和帝喾

帝俊和他的妻子

古时候,在中华大地上生活着好多不同的民族,每个民族都有自己的信仰,他们祭祀的上帝和鬼神也不相同。随着历史的演进,各民族间的宗教和文化彼此吸收和变化,各自的神话和传说渐渐地演化成了历史。通常情况下,演化的结果可能是将一件事发生在不同的人身上,又或者是一个人化身成了几个人。帝俊和帝喾就是很好的一个例子。在历史上,他俩原本是一个人,但是在演化过程中却变成了两个不同的人。

在中国古代神话中,帝俊是一个谜一般的神性人物,他不属于炎帝世系,也不隶属于黄帝世系,是与炎、黄两大神系并存的第三神系。帝俊是上古时代东方殷民族所祭祀的上帝,帝俊部族与少昊部族均是我国东部以"鸟"为图腾的同一个远古部族。帝俊长着一个鸟头,头上还长着两只角,他有猕猴的身体,但是只长了一只脚,他必须常常拿着一根拐杖,才能正常行走。帝俊走路的时候弓着背,一拐一拐的,很特别。

帝俊是殷民族所祭祀的上帝,他的伟大程度和西方周民族所祭祀的黄帝相当。不过因为周民族最终战胜了殷民族,所以关于黄帝的神话保存下来的就偏多,看起来好像黄帝要比帝俊伟大似的,其实不然。黄帝一统天下以后,成为了人和神共同的老祖宗,比帝俊的声势要大很多。作为战败民族的上帝,帝俊的神话很多都散失了，只剩下一些片段。

帝俊有三个妻子，和那些后宫佳丽三千的皇帝比起来，已经是相当少的了。帝俊的一个妻子叫娥皇，娥皇夫人无子，但是她生了下方的一个国家，叫三身国。这个国家的人都长着一个头三个身子，姓姚，吃五谷杂粮。他们训练豹子、老虎、狗熊、人熊四种野兽，把他们当作仆人使唤。

帝俊的妻子娥皇比较普通，但是另外两个妻子都要比娥皇伟大很多。其中的一个是太阳女神，名叫羲和，她生了十个儿子，都是太阳。羲和常常带着她的十个儿子到东南海外玩耍，用那里清凉甘甜的泉水给她的儿子们洗澡，把他们洗得鲜艳明亮，让人看着都耀眼。她为这十个太阳安排好日程，每天都有一个人去值班，从来没乱过。她不但尽了自己做母亲的职责，还让儿子们也兢兢业业的工作，为天下的苍生造福。羲和还是古代掌管天文历法的人，相传这些天文历法都是她制定的。

帝俊的第三个妻子是月亮女神，名叫常羲。这个常羲生了十二个女儿，每一个都是月亮。常羲生的这十二个月亮，就决定了一年中有十二个月。她也在西方荒野外找了一处清幽僻静并且还有清冽甘泉的地方，给她的十二个月亮女儿洗澡。她把这些漂亮的女儿洗得美艳动人，就连清冽的甘泉都自惭形秽。她也为这些漂亮的女儿们安排了日程，每一个月有一个月亮来值班。每天夜晚，她看着天上明亮的月亮，向地面投下皎洁的月光时，就有一种发自内心的高兴与骄傲。

帝俊作为一方的主宰，和他的这些妻子儿女们幸福地生活着。他们每个人都各司其职，保佑一方百姓，使他们安居乐业，风调雨顺。百姓们对帝俊一家也十分尊敬，一直把他们供奉着。

帝俊和五彩鸟

东方的荒野上，有一个长着人脸、狗耳朵、野兽身体的奢比尸神。不用看样子，光听这个名字就令人毛骨悚然。在他的领地附近，住着一些美丽的五彩鸟，这些鸟儿总是唱着歌，面对面地翩翩起舞。每当它们跳舞的时候，周围的小动物都会忘情地看着他们，还有一些小鸟、小蝴蝶也会加入它们的队伍。只是这些小鸟、小蝴蝶们的舞姿和歌声要比这些五彩鸟们逊色很多。五彩鸟并不介意其他小动物的加入，它们的舞会越开越大。有时，奢比尸神也耐不住寂寞，大老远地看着这边热闹的景象，不知不觉地笑了。

帝俊时常从天上下来，和这些五彩鸟交朋友。可能是因为这些鸟儿的美丽，也可能是因为它们的善良，也或许是其他的原因，帝俊和这些五彩鸟成了很好的朋友。帝俊高兴的时候，也会忘情地跳上一会儿。他用自己仅有的一只脚，拄着拐杖，在五彩鸟中间起舞。帝俊总是弓着背走路，所以他的舞姿大家也不敢恭维，可是帝俊丝毫不介意，还是跳得很开心。帝俊在下方有两座坛，就是这些五彩鸟替他管理的。

天底下有那么多鸟，帝俊为什么单单喜欢和五彩鸟交朋友呢？原来，五彩鸟有三种，分别叫鸾鸟、皇鸟和凤鸟，这些鸟其实就是古代传说中的凤凰。它们的样子像鸡，但是长着五彩的羽毛，它们喜欢"饮食自然，自歌自舞"。它们只要一出现在人间，天下就会太平无事。这种名贵的鸟，是其他鸟儿无法相比的。它们生长在君子之国，翱翔在四海之外。据说，黄帝因为从没见过凤凰，觉得十分遗憾。一次，黄帝因为好奇就问了他的大臣天老，凤凰是什么样子的。这个天老自己没有见过凤凰，又怕照实说了黄帝不高兴，以为他见识浅薄，就凭着他丰富的想象力对着黄帝信口开河起来："据臣所见，凤凰是这样的：它身体的前半段像鸿雁，后半段像麒麟，长着蛇的脖子，鱼的尾巴，龙的文采，乌龟的背，燕子的下巴，鸡的嘴……"这个天老把自己见过和知道的几乎所有的生物特征都加到了凤凰身上。只见黄帝听得出了神，可能正在遗憾为什么没见过这么神秘的鸟。看到黄帝的表情，天老终于松了口气，看来黄帝真的对他的话没有产生怀疑。在天老的描述中，凤凰真的是一种很神奇的鸟类，让人有种闻所未闻、见所未见、必须一见的想法。但事实是凤凰其实也是一种很普通的鸟类，也没有什么神秘之处。

在古代的中国，黄河两岸曾经有大象和犀牛的时候，也曾经有过凤凰。

但是后来气候恶劣,地理环境也发生了变化,这种鸟就渐渐稀少,到最后灭绝了。帝俊结交的五彩鸟就是凤凰。在殷民族的神话中有这样一个传说,简狄在河里洗澡的时候,看见玄鸟,也就是燕子从天上坠下一个蛋来,她就把这颗蛋吞吃了。吃了之后,就怀孕生了殷民族的始祖契。而帝俊作为他们的始祖神,又长着一个鸟的头,而这个鸟头,正是玄鸟的头。玄鸟是东方民族崇拜的神鸟,在他们的想象中把玄鸟加以美化就成了凤凰。事实上,凤凰就是玄鸟,也就是燕子。长着一个鸟头的帝俊,和东方荒野里的这些五彩鸟们,在很早以前是同类。看到这里,大家或许会大跌眼镜吧,但事实就是这样,帝俊和五彩鸟们真的是同类,他单单和五彩鸟交朋友也就没什么奇怪的了。

帝俊的竹林

北方荒野的卫邱,方圆三百多里,土地肥沃辽阔。在卫邱的南面有一片竹林,它的主人就是帝俊。竹林里的竹子长得非常高大,需要几个人才能把它环抱过来。这里的竹子还有它们的特别之处,就是剖开其中的任何一根竹子,它都可以成为两只天然的船。所以这种竹子在战争期间的作用显而易见。有了它即使遇到再湍急的河流也不用害怕。它的携带也很轻便,而且这些竹子是通人性的,对打击敌军的帮助很大。闲来无事的时候,帝俊就会从天上下来,到这片竹林里散心。微风吹着竹叶,发出沙沙的响声,衣袖在风中起舞,和落下的竹叶相映成趣。林间不时还有小鸟嬉戏,它们从这只竹子上,蹦到那只竹子上,好不快活。帝俊带着他的琴,在林间抚琴一曲,和着婉转的乐曲,鸟儿们也翩然起舞,让日理万机的帝俊舒心不少。这片竹林,是帝俊的休闲乐园,是鸟儿们快乐的天堂。帝俊让人时刻仔细地维护着,竹子们越长越茂盛,帝俊每次来到后都开心而归。

在南方的荒野里也生长着这种竹子,名叫"泣竹"。可以长到几百丈高,三丈多粗,皮可以达到八九寸厚。这种竹子剖开以后也可以做船,大概也应该是帝俊的竹子吧。而且,"泣竹"这个名字,会使人不自觉地联想到美丽的斑竹，这个斑竹其实也应该是帝俊的竹子。

舜和帝俊其实也是同一个人，正如前边前边所说的那样，由于不同民族关于神话的记载有差别，所以使他们成为了不同的两个人。舜在晚年的时候曾到南方各个地方去巡视。但是很不幸，他途中死在了苍梧之野。噩耗传来，举国上下悲痛不已，大家都为他的死感到惋惜。与其共患难的两个妻子——这里与帝俊妻子的记载有所不同，娥皇和女英得知这个不幸的消息以后，更加地悲痛不已。她们两人坐上马车就要去南方奔丧，中间还换乘了由帝俊的竹子做成的船。这些竹子得知主人的死讯以后也是悲伤不已。经过竹林的人们常常听到竹林里悲痛的哀号，连里边的小鸟也发出悲伤的鸣叫。话说舜的这两位夫人坐上竹船以后，竹船像是读懂了两位夫人的心事，一路疾行，但是在行驶过程中船还稳稳当当的。两位夫人看着异乡的风光，想到物是人非，又止不住落下泪来。此时，用断了线的珠子还不足以形容出两位夫人哭时的景象。她们的泪水就像泉水般奔涌而出，这些伤心的眼泪都洒在了南方的竹林上。竹子的身上就都挂着斑斑点点的泪痕，从此以后就没消失过。南方从此就有了斑竹，这些竹子还被人叫作"湘妃竹"。

这两位夫人走到湘水的时候，遇到了大风浪，虽然竹船尽力想要保护好主人的两位妻子，但是无奈风浪太大，可怜的竹船还是翻在了湘水里。舜的这两位妻子奔丧不成不幸淹死在了半路，成了湘水的神灵。当她们心情好的时候，会出来在浅滩上徐徐地走着，人们还能看到她们那令人惆怅的眼睛里还噙着泪水。倘若遇上心情不好的时候，她们进出江水都会伴着狂风暴雨。这种景象多么令人悲伤啊！除了这两位夫人的有情有义，竹林对主人的思念也不曾间断，它们身上的点点斑纹记录的不仅仅是两位夫人的悲伤吧。

帝俊的子孙后代

关于帝俊子孙们的神话比较丰富，帝俊不但生了十个太阳和十二个月亮，就连地面上的许多国家都是他传下来的子孙。

在大荒的东部田野上，帝俊生了中容、司幽、白民、黑齿四个国家。其中，司幽国最为特别。在这个国家里分了男女两个不同的集团，男性集团叫作思士，女性集团叫作思女，这两个集团的名字也很特别吧。更有意思的是，男的不娶妻子，女的也不需要丈夫。他们生孩子的方式更加特别，据说只要男女两个人面对面站着，然后彼此瞪着眼睛互相望着对方，就能被感动，生出小孩子来。

在大荒的南部原野帝俊生了两个国家——三身国和季厘国。在三身国中河流湖泊的数量比较多。这其中有一个四四方方的大水池，它周围的环境甚是优美，树木葱郁，鸟语花香。据说，舜喜欢这里的景色，还经常到这里来沐浴。正如前边所说，舜就是帝俊本人吧。

大荒的西部原野上，有个叫西周的国家，也是帝俊所生。帝俊生了台玺和后稷，台玺生了均叔。后稷从天上下来的时候，把百谷的种子带到了人间。他将种子给了均叔，均叔就在人间播种这些种子。均叔是一个善于思考和观察的人，他觉得光是人力播种有点困难，就开始驯服野牛，把它们饲养起来，用来耕地。由于耕作方法科学，还有老黄牛们的帮助，他们的部族渐渐繁盛了起来。均叔的子孙后代们就组建了一个国家——西周国。

帝俊的子孙中有很多既聪明，又能干的人，他们发明了很多有价值的事物，在一定程度上推动了历史的前进。番禺就是其中的一个人，他成功地制造了第一艘船；吉光也毫不逊色，他使用木头做成了车子；宴龙精通器乐，他发明和制造了琴和瑟；帝俊的八个不知名的儿子创作了歌舞；羲均用他聪明的心思和灵巧的手艺制造出了各种工艺品。上古时期文明的曙光，在帝俊的时代渐渐展现了出来。这不得不归功于帝俊，正是他的英明领导，才会使文明更早地来到人间。

羲均是帝俊子孙中比较出色的一个人，他还有一个名字叫"筱"。由于他的心灵手巧，人们都叫他"巧倕"，他是尧时代的一个非常有名的能工巧匠。他创造发明了很多有用的东西，给人们的生活带来了很大的便利，也使人们的生活更加的幸福。人们不但对他敬重有加，还有很多人甘愿拜他为师，跟随他学习手艺。

但是到了周朝的时候，巧倕衔着手指头的形象被刻到了鼎上。还有人到处宣传说，巧倕的心灵手巧全无用处，只会引人走上邪路，跟他学艺不但不会给人们带来任何好处，相反他还会慢慢地伤害大家。这个消息一出，跟随巧倕学艺的人纷纷回了家，大家再看到他也没有了往日的崇敬和热情，都会远远地躲着他。这种情况的发生，也不能责怪当时的民众，因为那时人们的思想都很纯朴，很容易受到流言蜚语的影响。这只能说明当时的统治阶级害怕人民群众在跟随巧倕的学习的过程中，会渐渐地聪明起来，从而对他们的统治构成威胁。

帝喾和他的五位妻子

正如前边所述，帝喾和帝俊是一个人的不同化身，那么关于帝喾的神话在某些地方就会和帝俊的具有相似之处了。帝喾就是东方的上帝帝俊，原来就是一个天神，但是在经过一番历史化以后，他变成了半人半神的形象了。

帝喾生下来的时候发生了一件奇妙的事情。他刚一降生，就和周围的人说他的名字叫"倕"，其实就是帝俊。帝喾和颛顼有一个共同的爱好，就是他俩都喜欢音乐。当颛顼在天上做中央大帝的时候，帝喾生下来的时候，也是长着猕猴身子的怪物。据说，他是黄帝的后代，帝喾在人间做"天子"，受到万民的朝贺。这两个人物有着太多的相似之处，当颛顼在天上叫飞龙模仿风声作出八支曲子，又叫猪婆龙演奏音乐的时候，帝喾在人间也命令他的乐师咸黑作出《九招》《六列》《六英》等各种歌曲。帝喾还叫乐工巧爰制作了钟、磬、苓、管、椎钟等乐器，这些乐器制造出来以后，他就叫人按着乐谱演奏了起来，还有人在两旁有节律地拍着巴掌。

乐曲吹奏出来以后，在场的人因为从没有听过如此动听的音乐，都沉醉了。帝喾觉得似乎还少了点舞蹈，于是就召来一只叫"天翟"的凤鸟，到大殿上来表演舞蹈。在如此美妙的音乐声中，天翟展开了它美丽的翅膀，在殿堂上翩跹起舞。婉转的音乐，优美的舞姿，帝喾不知不觉地陶醉了。

帝喾有五个妻子。他的第一个妻子叫姜嫄。姜嫄是邰国国君的女儿，她为帝喾生育了后稷。相传姜嫄还没有嫁给帝喾的时候，一次外出游玩，因为踏上了巨人的脚印而有了身孕。姜嫄的家人得知后，都对此事极为懊恼。孩子出生以后，他们就将孩子抛到了荒郊野外。姜嫄不放心，偷偷去查看，发现自己的孩子非但没有饿死，而且还被各种飞禽走兽照顾得很好。于是，姜嫄就将孩子抱回了家。此后，这个孩子又被抛弃了很多次，但每一次都能平安回到姜嫄的身边。因此，姜嫄为他取名为弃。直到帝喾遇到姜嫄，他知道这个孩子绝非凡夫俗子，就主动要求做孩子的父亲。就这样，姜嫄嫁给了帝喾，弃也就成为了帝喾的儿子。弃长大之后，很喜欢农耕，他教人种植五谷，故被人们尊为后稷，成为了周民族的祖先。这段故事后文还有交代。

帝喾的第二个妻子是简狄。她吞吃了玄鸟蛋，生出了殷民族的始祖契。因为这个原因，契又被人们叫作玄王。由于前边已经介绍了，这里就不赘述了。

帝喾的第三个妻子是庆都，是陈丰氏的女子，她生了尧。据说，有一天庆都和她的父母在黄河边乘船观看风景，一条浑身赤红的巨龙突然从天而降。这条巨龙腾空掀起的大风被庆都吸到了肚子里。当时，她感觉有点不对劲，就以为是受了凉风。可是不久以后，她才知道自己怀孕了。十四个月后，庆都生下了一个儿子，取名放勋（尧是放勋死后的谥号）。大概由于放勋的出生有些怪异，所以他的长相也不同于常人，相传他的眉毛色彩缤纷，有"尧眉八彩"的说法。

常仪是帝喾的第四个妻子，是诹訾国国君的女儿，她善良厚道，明白事理。常仪从小精通音律，会弹奏非常好听的曲子。因为她喜欢弹琴，帝喾为她制作了很多琴。常仪虽是第四个妃子，却是第一个生育。常仪先生了一个女儿，叫帝女——他是帝喾的长女。帝女端庄秀丽，活泼可爱。帝喾非常喜欢她，把她视为掌上明珠。

帝喾的第五个妻子是邹屠氏的女儿。这个女人很不寻常，在后边将要详细介绍。

帝喾的前四个妻子所生的四个儿子，在历史上都是不同凡响的人物：姜嫄生了周民族的始祖后稷，简狄生了殷民族的始祖契，还有两个儿子直接继承了王位，就是尧和挚。

兄弟失和

帝喾的儿子们，并非都能和平相处，他们中的两位曾经还发生了争斗。帝喾的这两个儿子，老大叫阏伯，老二叫实沉，两个人还是一个母亲生的，所谓兄弟情深、血浓于水，他们俩可没有这样的感觉。两个人就像是前世的仇人一样，只要一见面就谁也不让谁，经常会打起来。

在他们很小的时候，就出现过这种情况。那时，帝喾根本就没把这件事情放在心上，因为他想孩子们小的时候难免会调皮和难以管教一点，长大了也就好了。兄弟俩不但动口吵架，有时候急了甚至动起手来。两个人年纪相当，打起来谁也不让谁，需要大人们把他们拉开，才能结束争斗。有时，如果没有人发现，两个人可能会打得头破血流，伤痕累累。

在他们十三四岁的时候，这种情况不但没有好转，反而更加严重了，兄弟俩见面必吵，动不动就大打出手。两人同住在母亲处，吵得鸡犬不宁。帝喾实在忍受不了这种事情的发生，就想了一个办法，他把兄弟两人送到了荒郊野外的林里。在那里时常会有猛兽出现，两个人要想生存就必须互相帮助，一致对外。时间长了，他们就能发现对方的重要性，也就不会不和了。

想到这里，他马上派人把这两个儿子送到了荒山野林，并时刻监视着他们的活动，以保证安全。帝喾把两个儿子送走以后，总算是暂时了结了一桩心事，他满心欢喜地期待着好消息。但是，兄弟两人在外面的表现好像和帝喾期待的相差甚远。在荒山野林里虽然处处充满着危险和敌人，但是两个人好像全然没有意识到这一点，仍然我行我素地各逞意气，互不相让。两个人每天从早到晚都在舞枪弄棒，不是你来打我，就是我去杀你。一次，一只凶猛的狮子发现了争吵中的两兄弟。它慢慢地向他们靠近，兄弟俩好像全然没发现狮子的存在，依然打得热火朝天，就当狮子要吃掉他俩的时候，在万不得已的情况下帝喾派出去保护他们的人只得出面杀死了这只猛兽。

监护人向帝喾汇报了这些情况，帝喾很伤心，但是又拿他俩没有办法，该做的都做了，两人还是不和，只能想办法把他们彻底分开了。经过仔细地思考，帝喾命阏伯迁到商丘，负责管理东方明亮的心宿。心宿，也叫商星，是情人们的星，它象征爱情像心一样坚贞稳固；他又命实沉迁到西方大夏，负责观察参星。他们管理的两个星座总是东升西落，两个人从此之后就再也没有见过面。难怪杜甫有这样一句诗"人生不参见，动如参与商"，后人就把兄弟不和叫作"参商"。

这个故事讲的其实是一个星空神话。阏伯主辰，辰又叫大火星，即东方苍龙七宿中的心宿。古人种地是用火耕，每年开春放火开荒。上古时期放火烧荒的初春时节，正好是心宿从东方升起的时候，所以心宿就成为火耕的标志，被称为大火。而阏伯作为心宿之神，也就成了火神。

盘瓠立功

在帝喾统治天下的时候，后宫中有一个宫女得了耳疾，奇痒无比，本来她以为没什么事，可是耳朵却越来越痒。到最后痒得实在受不了了，她就用一个耳挖去挖，可她哪里知道越挖耳朵就越痒。到了第二天，这个耳朵竟然渐渐肿了起来，还是非常的痒，好像耳朵里边有什么虫子在爬似的。这宫女痒得没办法，于是就请了一名御医前来诊治，医生看了看说道："你的耳朵里边有一个怪物，需要把它拿出来，否则你的耳朵好不了。"于是，御医就用一把小刀剖开了耳朵肿胀的地方，从里边取出了一个大如蚕茧的小虫儿，有头，有眼，有尾巴，有脚，还在蠕动，大家都不知道这是什么东西。

这个虫子被取出来以后，宫女的耳朵就不痒了，肿也消了。在这个宫女屋内刚好有一个瓠篱，也就是用半个葫芦制作的漏勺，宫女就将这个怪物放到瓠篱上面，又用一个陶盘盖住。宫女就将医生送出了门，等她回来的时候，揭开盘子一看，那小怪物已长大了许多，竟然变成了狗的形状。有一名年轻的宫女亲眼目睹了这件怪事，就和其他的宫女说了，大家纷纷前来观看，都认为这件事情很奇怪。

此事很快就传到了帝喾的母亲握裒那里，她就命令宫人将这只小狗送来让她看一看。过了一会儿，宫女就带着小狗来到了握裒宫内，宫女手中握着一个瓠篱，握裒掀开盘子一看，里面果然有一只很小很小的狗趴在那里，长着五色的狗毛，十分可爱。宫女说道："现在又比刚来的时候长大了许多。"握裒问宫女究竟是怎么回事，宫女便将事情的经过又向握裒说了一遍。恰好帝喾退了早朝，到握裒处来请安，看见了这只小狗，又听见了这番述说，也觉得十分诧异。在不知不觉间，这小狗又大了许多。帝喾看了看，说道："天生万物，必有它的道理，决非偶然。此物生得奇异，不知道它将来变化如何。"说着，便问那宫女："你这只小狗有无用处？可否将它送给朕？朕当另以金帛酬谢。"宫女听了，慌忙答道："这只小狗，宫女绝无用处，既然陛下喜欢，就留在这里吧，哪里还敢要陛下的赏赐！"帝喾说道："朕向来不喜欢奇异的东西，只是想看看它将来的变化，所以想留它在此，你若不想收朕的酬谢，就只能将它带回了。"宫女道："既然如此，宫女在这里拜谢了。"说着就急忙向帝喾施礼。帝喾便叫宫人取了两匹锦，赏给宫女，宫女再次拜谢而去。

帝喾有个女儿叫帝女，她天生聪明伶俐，又美丽动人，大家都很喜欢她，特别是帝喾的母亲，一直把她看作是掌上明珠，对其疼爱有加。这时，帝女也听说了有这样一个怪物，就跑过来看，她见这只小狗长得十分可爱，就拿出食物来喂它，这个小狗看到帝女以后也非常高兴，吃了不少东西。说来非常奇怪，不到三天的工夫，这只小狗已经身长四尺，毛色五彩斑斓，长得非常雄骏，而且异常机灵警觉，它不但能听懂人说的话，还能了解人的意思，因此在宫中很讨人喜欢。帝女更是十分疼爱它，这只狗也最喜欢亲近帝女，总是跟在帝女旁边，寸步不离。因为这只狗小时候被放在瓠篱之上，用盘子盖过的缘故，所以帝女就给它起了个盘瓠的名字。

正是在那个时候，北方有个叫戎吴的民族，经常侵犯国家的边境，帝喾多次派兵去征讨，但是都没有成功。这可把帝喾愁坏了，他寝食难安，不把这个戎吴给打败，国家的安全不保啊，人们也没有安宁的日子可以过了。看到父亲这么为难，一天晚上，帝女来到父亲的书房，对愁容满面的帝喾说："父王，不要太过操劳，女儿倒有一个方法可以试试。""什么办法？"帝喾急切地问道。"父王，要不这样吧，你写一个告示昭告天下，凡能杀死戎吴将军，打败戎吴者，赠金千两、封邑万户、许配帝女公主为妻。我想这个告示一出，会有很多人英勇奋战的，说不定很快就能打败戎吴了。""但是，也不能这样委屈你啊！""父王，我没事，关键是要先打败戎吴，让百姓安居乐业啊！"帝喾看到女儿这么深明大义，感动得热泪盈眶，默默地同意了帝女的方法。

第二天一早，帝喾就颁布了这个告示。告示一出，盘瓠最先有了反应，它偷偷地溜出宫去，害得帝女到处找它都找不到。这下可把帝女急坏了，这么长时间相处下来，她把盘瓠看成是一个好朋友，有很多心事都和它说。它这么一失踪，让帝女本来就不怎么好的心情更差了。帝女就这样每天在宫里等着胜利的消息，但有时她又害怕知道。

这样过了几天，突然盘瓠回来了。当帝喾还在早朝的时候，盘瓠这只五彩的大狗冲了上去，在它的背上还驮着一个口袋。守宫门的卫士本来准备拦下盘瓠，但是他们却拦不住它，这只狗的力气特别大。帝喾命人打开盘瓠身上的口袋，大家一看，竟然是戎吴将军的人头。此时正好有人从前方传来了战报，说有一只五彩大狗，应该就是盘瓠吧，在前线杀死了戎吴将军，而且还使戎吴退了兵。满朝文武听到这个消息以后都长长舒了一口气，大家都为这件事感到高兴。但是，这却让帝喾为难了，他可不想把自己的女儿嫁给一只狗，他就命人把盘瓠带了下去，精心喂养它，还赠金千两、封邑万户，就是没提帝女的婚事，很显然这让盘瓠很失望，它耷拉着头跟着宫人下去了。

它的这个表现，帝喾看在眼里，自然很不开心，一条狗都敢打帝女的主意，他命人把盘瓠关了起来，不让它见公主。帝女知道盘瓠立功以后，很开心，但是想到那张告示，自己心里也有点不是滋味。为了让帝喾不失信于天下百姓，帝女又去劝说父王答应了这门婚事。这次帝喾更是老泪纵横，觉得对不起女儿，但是有没有更好的办法，只能把帝女嫁给了盘瓠。

他们成亲以后，盘瓠就带着公主离开了帝喾的皇宫，到一座山上去生活，在那里他们生活得很开心。据说，盘瓠最后变成了人的样子。

第八章

尧的故事

尧帝的诞生

帝喾的妻子庆都生了一个儿子，名叫放勋，也就是尧。说起这个尧的出生，那可真是一件奇事，别说在当时引起轰动，现在说来大家也会感到惊讶。

庆都是陈丰氏的女儿，她和帝喾成婚以后，仍留在娘家住。这年春天，陈丰氏老两口带着庆都，坐上小船在黄河上游览观光。这天阳光分外明媚，轻柔的微风缓缓吹来，几个人看见沿岸的柳树绿了，小草也发芽了，鸟儿快乐的在林间嬉戏，好不惬意。小船就这样顺流而下，他们一路看着笑着，玩得很开心。

刚刚正午的时候，忽然迎面刮起一阵狂风，天上还卷来了一朵红云，在小船上形成了龙卷风，仿佛这旋风里有一条赤龙在飞舞。老两口惊恐万状，怕小船翻在河里，他们看了一眼庆都，她似乎一点都不害怕，还若无其事地冲着那条赤龙笑呢。老两口十分奇怪，就问庆都在笑什么，庆都仍是笑而不语。傍晚的时候，风停了，云也散了，赤龙也消失了。他们才放了心，上岸后，他们急忙找个地方住下休息。老两口似乎被吓到了，都早早地睡下了，只有庆都似乎还沉浸在幸福当中，一直傻傻地笑着。

第二天，他们又上了小船准备回去。船行到昨天出现赤龙的位置，又刮起了大风，卷来的那片红云之中又出现了赤龙，不过这次它的形体小了些，也就一丈来长。因为它并没有加害于人，老两口也就不像昨天怎么害怕了。庆都看到这条龙再次出现以后，明显比刚才兴奋很多，她脸颊绯红的看着那条龙，那条龙似乎对庆都也很感兴趣，在她上方久久徘徊不肯离去。老两口看得诧异，却又不知其中原因。只得催促划船之人快点前行，躲开这条赤龙。可是赤龙就这么一路跟着他们，直到天色将晚，它才驾云离去。赤龙走后，庆都明显有些许失落，怏怏地跟着父母回到家中。

晚上，老两口由于近日比较劳累，早早地就睡了，可庆都却睡不着。她闭着双眼还不由得抿上嘴，笑出声来。蒙眬中她听见外边风声大作，也许是因为累了，她渐渐地睡着了。那天夜里，她做了一个梦，梦到了白天出现的那条赤龙。那条龙好像还和她说了什么话，只是她都不记得了。

第二天一早，等到庆都醒来，看到枕头边上放着一张画儿，上面画着一个红色的人像，脸形上锐下丰，八采眉，长头发，而且画上还写着几个字：亦受天佑。她将这幅画藏了起来，此后不久，庆都就发现自己怀孕了。她住在丹陵，过了十四个月，生下来一个儿子。庆都拿出赤龙留下的图一看，儿子生得和图上画的人一模一样。

帝喾得知庆都为他生了儿子，非常高兴，本来准备要将他们母子接回身边。但是，他的母亲恰巧在这个时候去世了。帝喾是个孝子，为母亲的去世哭成了个泪人儿，哪里还有高兴的心情呢。他为母亲一连服孝三年，也顾不下庆都和儿子的事。庆都带着儿子仍然住在娘家，直到把儿子抚养到十岁，才让他回到父亲的身边。这个孩子就是后来的帝尧。

帝尧在帝喾身边慢慢地长大了，帝喾发现尧很善良，为人也极好，而且这个孩子相当有才干，是其他孩子不能及的。等到帝喾年老的时候，他将自己的位子传给了儿子挚。帝挚按照父亲的旨意做了皇帝，可是他发现尧的治国才能要比自己好很多，就有意将位子禅让给尧。帝挚做了十几年的皇帝，治国平平，虽没出现什么大的事情，但国家也没有什么大的发展。思忖再三，他就把皇位让给了尧，就这样，尧就做了皇帝。

尧帝的治国奇迹

帝尧是一位治国有方、节俭、朴素，为百姓着想的好皇帝。他的节俭程度，说出来可能都不会有人相信。据说，他住在用茅草盖的房子里，房梁就是直接从山上拿下来的粗糙木头架上的，这木头甚至都没有进行刨光。他平时吃的是糙米饭，喝的是野菜粥，穿的是粗布麻衣，天气冷的时候，他再在外边加一件鹿皮披衫来挡风。这位皇帝平时使用的器皿就是一些土碗，土钵子，屋内也没有一件像样的家具。当人们得知帝尧生活这样朴素后，都不由得感叹道："恐怕就连守门的小官，过的生活都比尧好上很多吧！"可是尧一点儿都没有因为物质生活的匮乏而停止追求的脚步。他兢兢业业，把国家治理得井井有条，人们安居乐业，生活富足。

尧顾念人们的程度也是其他皇帝不能及的，很少有人能做到他这种程度。在尧的国家曾经有个人因为没饭吃，饿肚子了，帝尧知道以后，惭愧地说："是我没有好治理好国家呀，居然还有人没饭吃饿肚子！"如果有人因为贫穷没有衣服穿，而受冻了，帝尧肯定会说："是我的过错，使他穿不上衣服的。"在帝尧的国家中，如果有人犯了错误，他必定会说："是我没有感化好他，才使他陷入了罪恶的泥坑。"帝尧对待罪犯，从来不使用各种刑具，对他们进行身体上的摧残，他总是用自己的善良来感化他们，所以犯罪率越来越低，人们也越来越善良。尧就是这样，把所有的责任都担在自己的肩上。在他做国君的一百年中，即使人们遇到了旱灾没饭吃，旱灾之后又发生了水灾，冲毁了人们的房子，大家也毫无怨言，因为他们知道尧会带领大家克服困难，走出困境，重新过上好生活。对这样的一位好国君，大家只会衷心的爱戴他，又怎么会有怨言呢。

一天，在尧的宫殿里，其实就是那简陋的茅草房中，发生了一些吉祥的征兆，例如喂马的草料变成了稻子，凤凰飞到了天井中……可能是尧的行为感动了上帝，才发生了这种事吧。有两件事，使帝尧受益匪浅。

在帝尧的茅草房前面，有几级台阶，台阶的缝隙里长着一种草，叫"历荚"。这种草非常奇特，每个月的初一，就开始长出第一个豆荚，以后每一天都会长一个，直到生长到第十五个。从第十六个开始，每天就落下一个豆荚，到月末就全落完了。假如月小只有二十九天的话，最后一个豆荚就会焦枯地挂在上边，不落下来。这个豆荚按着月历，每个月都会重新表演这么一番。人们看到豆荚的生与落，就知道了这天具体是哪天。这个奇妙的豆荚，就成了尧的日历，给他的工作带来了极大的便利。

还有一种生活在碗橱中的草，叫"抔蒲"，这个草也相当奇妙。它的叶子形状像一把把扇子，能够自然地摇动，一摇动就有习习的凉风吹过来。它就利用吹出来的风驱逐苍蝇和虫子，还可以使夏天碗柜里存放的食物不会因为天气的炎热而变得酸臭。这个草的作用，类似于现在用的冰箱，这也给尧带来了极大的便利。

这些事情的发生，可能是因为尧太节俭了吧，他从不关心自己，而是把所有的精力都献给了国家和百姓。为了鼓励他的行为，上帝就给了他这些有用的物品，使他工作起来能更加方便。

尧封防风国

尧刚开始治理国家的时候，天下太平，人们的生活还算不错。但不知道什么原因，地上瞬间发起了大洪水，大水很快吞噬了人们的田地，还呼啸着向村庄冲去。

人们的生命受到了这么大的威胁，这可急坏了尧，爱民如子的他怎么能看着自己的人民遭受这样的痛苦呢。当时有个大臣叫鲧，他是黄帝的孙子，也算是名门之后了，他是被贬到人间的。有几个大臣就向尧推荐鲧去治水，尧虽然觉得他担此重任有些不合适，但是又没有更合适的人选，就只好任命鲧为治水大臣。

鲧在下界的时候，还偷了天帝的一件宝贝，这件宝贝的名字叫息壤，据说是一种可以自己生长的神土，鲧就是利用这个宝贝来治理洪水的。鲧治理洪水几乎就要成功了，只是在这个关键的时候，天帝发现了鲧的行为，大为震怒，派了火神祝融下界将鲧杀死在羽山。又收回了息壤，就这样鲧的治水失败了。

洪水泛滥的时候，地面上不知从何处来了一只玄龟，它在水中游来游去的时候，遇到了同样不知从何而来的防风。就这样，玄龟和防风就成了好朋友，防风去到哪里，玄龟就跟去哪里。这个防风长得真是高大，他的头差点就碰着天了。他看看脚底下白茫茫的洪水，又看看地上青色的稀泥，觉得很奇怪，就伸出手来摸了摸。只见"啪啪"地掉了几块小灰尘，可别小看这几块灰尘，它们一落到地面上就成了一座座高大的山。帝尧知道这件事以后，别提多高兴了，他觉得终于可以找到能制服洪水的人了。他把地面上长出来的那座大山命名为"封山"，并把它给了防风。

就这样，防风带着玄龟开始了他的治水之路。他一块一块地把天上的青泥弄下来，但是他发现青泥弄下来以后都在地面上差不多同一个地方长成了小山，这样并不能很好地疏导洪水。这可愁坏了防风，仅凭人力怎么可能移动得了这么大的山呢，但是不把这些山移到它们该去的地方，又怎么能治得了洪水呢。就为这事，防风每天都愁眉不展，寝食难安，治水一时又陷入了困境。

玄龟看出了防风的心事。一日它走进了防风的房间，看到他比前几日似乎瘦了不少，玄龟自然很是心疼，就对防风说道："你不要发愁了，据我这几日观察，这些山似乎都不是太大，现在它们的根基还不是很牢固，咱们只要把它们搬到其他的地方，洪水自然可以退去。"防风苦笑了一下说："帝尧那么信任我，把这么重要的事交给我，可我真的很难制服这么大的水。谁能搬得动这么大的山呢？""我能！"玄龟说。"你不要和我开玩笑了，你怎么行？""真的能。"说完玄龟带着防风来到了外边。

玄龟叫防风把小山放到它的背上，然后它驮着小山向远处游去了，它把小山放到低洼的地方又回来继续驮其他的山。就这样，防风一边把青泥弄下来，一边把小山放到玄龟的背上，他们配合得很默契。玄龟驮啊驮，驮了八十一座山，填平了不少低洼之地。可是它的腹部也裂开了，背也碎了，实在驮不动了。防风就叫它到天上休息去了，自己则开始疏导河道，他不知道埋头苦干了多久，终于把洪水引到了大海里。防风不但治理了洪水，还使地面上多了不少名山大川，使人间的景色更加美丽。

洪水消退了，帝尧自然非常高兴，他见防风治水有功，就将封山周围方圆几百里的地方封给他成立了防风国。

尧王访贤

帝尧有十个儿子，长子丹朱为人骄横，欺压百姓，非常不成器。当洪水肆虐的时候，他没想帮尧治理洪水，而是每天乘船出游，好不快乐，从没有想过要去关心人们的疾苦。洪水退去以后，丹朱每天还是坐船出游，美其名曰"陆地行舟"。拉船的人累得汗流浃背，气喘吁吁，他不但不让大家停下来休息，还催促他们快点拉。人们恨他恨得牙根都痒痒，但是却拿他没有任何办法。他还时常欺负自己的弟弟们，所以他的弟弟们也很讨厌他。

尧把这些事情看在眼里，只是无奈，这个丹朱太难管教了。随着尧的年纪越来越大，他必须考虑让谁来继承他的位子。丹朱显然不行，国家要是交给他，很快就会民怨沸腾，人们也不会过上好日子。其他的儿子还小，难当重任，大臣中也没有合适的人选。经过仔细思考，尧决定自己出去寻找继承人。

尧访贤到了垣曲的皋落，酋长向尧推荐舜，还讲了许多关于舜孝敬父母，疼爱弟妹，忍辱负重，助人为乐的故事，这些事深深打动了尧王的心。然后，尧王又来到垣曲的乐尧，大族长们也都推荐舜，说舜既贤孝又有才干。尧听完后，心中已有几分欢喜，觉得舜可能就是自己要找的贤能之人，他决定亲自去见见舜。

这一天，尧来到了历山，就是舜居住的地方。在那里，他看见一个年轻人正驾着一头黄牛和一头黑牛在犁地。这个人手中没有拿鞭子，而且每只牛的屁股上都绑着一个簸箕，这让尧感到很奇怪。当时，有一个头发花白的老人担着一担柴从远处走来了。小伙子看到以后，急忙放下手中的农活，跑过去接了老人的担子，一直帮老人挑到山下。等老人走到尧面前时，他拱手问道："老人家，这个小伙子是你儿子吗？"老人说："不是，他是我们的小首领舜，我是他的百姓。"尧又问："那既是首领，还帮你担柴？"老人笑着说："这你就不了解他了，我们的小首领和别的首领可不一样，他见谁有困难就帮助谁，还不用别人替他干活，你没见他正在犁地吗？"

尧听了老人的话，点了点头，回过头去，对舜说："看来大家说的真是没错，我早听说你是一个尊老爱幼，孝敬父母的好人，今日一见，果不其然。"舜笑笑说："老伯过奖了，这些都是我应该做的，其实也都不是什么大事。"尧看到小伙子这么谦虚，被他感动了。突然又想起牛屁股上的簸箕，尧又问舜其中的原因，舜说："牛虽然是牲畜，但它为我耕地已经很辛苦了，我怎么能用鞭子打它呢。再说，我要是打了黄牛，黄牛痛，猛地向前拉，而黑牛还按部就班的话，不但耕地乱了套，牛也得受苦，没什么好处。在它们屁股上绑上簸箕，打黄牛，黑牛也听见了，打黑牛，黄牛也听见了，都拉快了，谁也不受挨打的苦。"

尧王听了，觉得舜真是个仁慈、细心的人，就称赞道："有道理，有道理。"尧要舜带他随便看看，舜很爽快地答应了。他带尧转过历山，展现在他们眼前的是万亩良田。庄稼长得十分茂盛，黑乌乌绿油油的，非常喜人。尧王看到眼前的景象，喜出望外，对舜有了更深刻的了解。

在和舜交流的这段时间里，尧感觉舜真的就是他要找的人。于是，他就向舜说出了自己的身份，舜得知面前的这个人就是帝尧以后，又惊又喜，慌忙给尧跪了下来，说道："陛下乃是贤明君主，今日得见真是三生有幸。"尧笑着将舜扶了起来，并向舜说明了自己的来意，舜连连推辞，谦虚地认为自己不能胜任。但是尧却执意要带他回去，舜最终还是答应了。

舜跟着尧来到了都城，他果然不负厚望，在群臣面前对答如流，他回答的问题涉及治国的各个方面，上至天文，下至地理，舜都对答如流。大臣们无不被他的才华折服，这样的人才打着灯笼都难找。于是舜就继承了尧的帝位，成为了舜王。

丹朱化鸟

在黄河北沿的范县濮城东五十里，有个地势较高的村子叫丹珠薨堆。尧的大儿子丹珠的坟墓就在这里。尧的大儿子因为瞎了一只眼睛，人们都叫他"单珠"，后来人们就叫他"丹朱"。

尧有十个儿子，这十个儿子脾性各不相同，尤以大儿子丹朱与尧的差异最大，也是最不让尧省心的一个。尧是有名的贤德君主，将国家治理得井井有条，可是他的大儿子丹朱却与尧完全不同，不仅丝毫不体察百姓的疾苦，而且还骄横暴虐，任性妄为。对于这个儿子，尧也是异常苦恼。虽然对其多次教化，但却毫无用处。丹朱仍然我行我素，想干什么就干什么。把他逼急了，他就甩手走人，甚至还用言语顶撞过尧。

丹朱喜欢和朋友们四处游玩。尽管父亲不让他到处乱走，但他还是有办法悄悄溜出来。尧忙于政事，总不能天天看着他，也只好由他去了。每次出门，丹朱都要带上大量的随从供他驱使。他的脾气很差，只要有一点儿不顺心的地方就迁怒于人，虐待随从们。随从们受尽了屈辱，但却敢怒而不敢言。即使在家里的时候，丹朱对随从们也是想打就打，想骂就骂，有时他还会想出一些歪点子来折腾随从们。

看到丹朱如此任性妄为，弟弟们都对他很不满。每当弟弟们对他提出异议，他总要以自己的身份来压制他们。可是弟弟们对这个哥哥早就已经没有丝毫的尊敬，因此全都不服他的管教。为此，兄弟之间常常出现纷争，彼此的关系颇为紧张。尧看在眼里，急在心里。他希望找到一种可以改变丹朱性情的方法，后来，他发明了围棋。开始的时候，丹朱确实被这个新鲜的玩意儿吸引住了，可没过多久，他就失去了兴趣。他觉得还是和朋友们一起四处游荡最开心，所以又出了家门。

尧对丹朱已经彻底失去了信心，他认为自己已经管教不了这个儿子了，所以也就放任不管了。作为尧的长子，丹朱是王位理所当然的继承者。可是他又怎么能担当如此的重任呢？尧已经暗下决心，待其退位之后，便将王位传给贤能的舜。但他也知道，丹朱必然会不服气。为了防止他寻衅滋事，他将丹朱放逐到了南方的丹水去做诸侯。对于这样的安排，丹朱当然很不痛快。但此时以他的能力，还不足以与他的父亲对抗，所以也只能收拾行李去往南方。

在途经中原的时候，丹朱在一个叫作三苗的部族停留了数日。这个部族的首领与丹朱的关系很好，他们很为丹朱打抱不平，于是决定发动政变，替丹朱争回王位。得知三苗叛乱的消息后，尧并没有慌张，更没想过要放弃自己的政治主张。他亲自率领军队平定了三苗的叛乱，取得了绝对性的胜利。三苗的部众打了败仗，再也无法在中原立足，就跟随丹朱一同到南方的丹水定居下来。

在丹水养精蓄锐多日，丹朱与三苗首领决定卷土重来。于是，一支以丹朱为首的军队成立了，他们决定择日进攻中原，推翻尧的统治。没想到事情败露，消息走漏，传到了尧的耳朵里。尧再次带领大军出征，以平定南方的叛乱。尧的到来有些突然，当时丹朱和三苗的军队还没有做好准备。不过丹朱的军队长期生活在水边，善于水战，而尧的军队则要逊色一些。因此，在起初的交战中，尧的军队不仅没有占据上风，而且还损兵折将打了败仗。

尧命令大军退后稍作休整，以便他思考退敌之策。既然他的水军不占优势，那就先从陆上进攻吧！三苗的军队都是陆军，他们是抵不过尧所率领的军队的。如果能率先攻下三苗的军队，那么三苗与丹朱的联盟就会破裂，这样再去攻打丹朱就容易多了。在与三苗的对抗大获全胜以后，尧又设计击败了丹朱的水军。叛乱再一次被平定了，尧满意地带着军队回到了中原。虽然他没能擒获丹朱，但这也未尝不是一个好结果。他也不希望亲手斩下儿子的头颅，就算再不成器，也毕竟是自己的儿子，做父亲的还是心有不忍。

丹朱大败以后，带着剩余的部众逃到了南海。此时的他已经无颜再活在人世，便跳到南海中自杀了。死后，他的灵魂变成了一只鸟。这种鸟有着猫头鹰的外形和好似人手的脚爪，后人为它取名为朱。据说朱鸟停留的地方，必有人要遭到放逐。至于他的子孙后代，则在南海附近聚集成了一个国家，名为罐头国。罐头国的人长相怪异，他们虽有着人类的脸庞，却长着一张鸟嘴。他们的背上长有一对翅膀，但却只是摆设，不能用来飞翔。不远处，是三苗族后裔聚集的三苗国。三苗国的人也生有一对翅膀，只是长在腋下，且非常小，也不能用来飞行。

皋陶断案

皋陶，又写作皋繇，出生于公元前21世纪，他活跃在"三皇五帝"时期，是父系氏族社会晚期的政治家。后世史学界和司法界公认他是中国司法的鼻祖。他辅佐大禹理政、治水和发展生产，在华夏族和东夷各民族的融合中发挥了重要作用，为中华民族的形成做出了重要贡献。以他的思想体系为核心的"皋陶文化"是上古中国进入文明社会的重要标志之一。

皋陶出生在"少昊之墟"，大约在今天的山东曲阜一带，相传为东夷部落的首领。皋陶的相貌非常奇特，青绿色的脸，就像一只削了皮的瓜，他的嘴巴长长地伸了出来，像马嘴，据说这是至诚的象征。他学识渊博，能洞察人情，舜就举用他为掌管刑法的官，称大理（以后的大理寺就延此而来）。

皋陶当法官可谓精明能干，铁面无私，无论多么复杂的案子到了他手里，都能迎刃而解，是非黑白他都能辨得清清楚楚。皋陶使用一种叫解豸的怪兽来断案。解豸类似麒麟，全身长着浓密黝黑的毛，双目明亮有神，额头上长有一角，俗称独角兽。虽然这独角兽长得难看了点，但是它却拥有很高的智慧，懂人言知人性，它怒目一睁，就能辨是非曲直，识善恶忠奸。它如果发现奸邪的官员，就用锐利的犄角把他触倒在地，然后吃下肚子；当人们发生冲突或纠纷的时候，解豸就用角指向无理的一方，甚至会将罪该万死的人用角抵死，令犯法者不寒而栗。

所以皋陶为大理时，天下能够无虐刑，无冤狱，那些卑鄙的小人，或做了坏事的人都非常害怕他。皋陶铁面无私，执法如山。他经常带着解豸到民间走动，为老百姓审案断案，深受人民的爱戴。

有一次，他又带着解豸来到集市上巡视。从远处，就能听见喧嚣吵闹的声音。他很好奇，就加快了脚步，赶上前来。只见一位妇女头发散乱，躺在狼藉的地上，旁边一个无赖口吐狂言，漫骂不止。皋陶见此情景，一声怒喝，无赖吓得立马无语，眼睛都直了。他早就听说这个相貌奇特的大理官和他的神兽非常厉害，没想到今天让自己碰上了。他就一下子跪在了地上，喊道："大人，是我错了，我再也不敢了。"皋陶走上前去，扶起躺在地上的妇女，轻声地安慰了几句，又怒目投向那个无赖。只见无赖仍旧跪在地上磕头，口中还不停地说道："大人，饶了我吧，我再也不欺行罢市了，我再也不敢了！"皋陶满脸威严，义正辞严地说："你若保证以后再也不做恶事，不欺负百姓，我便饶你一次"。说着，拍了拍旁边同样怒目圆睁的解豸："该如何惩罚他？"只见解豸用蹄子在地上踏出一个圆圈。皋陶朗声笑道："好，你就在这圆圈内跪上三天三夜吧，这就是你的监狱。"这个无赖只得照着皋陶说的做了，真的在那个圈里跪了三天三夜。从那以后，这个坏蛋也洗心革面重新做人了，他再也没干过一点坏事，相反还经常帮助别人。

从此，"皋陶造狱，画地为牢"就成为了一段司法佳话，被流传下来，皋陶也被尊称为狱神。

一脚夔的音乐创作

在我国音乐史上，有不计其数的优秀音乐家。其中夔称得上是我国历史上有记载的最早的音乐家。夔生活在荒凉偏僻的地方，他和东海流波山的那个只有一只脚的夔牛，好像有点远亲的关系。夔具有非凡的音乐才能，他受到尧的赏识，尧就提拔他为乐官，主理音乐舞蹈之事。

夔不但掌管音乐舞蹈，还亲自教导年轻人，使他们在音乐方面的才能也能得到发挥。夔敲起石磬，顿时乐声悠扬，周围的年轻人都有跳舞的冲动。于是，夔就让大家扮成百兽边歌边舞，一时间舞姿翩翩，景象好不热闹。

一次，夔到山间游玩，那里树木葱翠，百花齐放，他从没见过如此美丽的景色，就在山间徘徊游玩，流连忘返。正当夔玩得高兴的时候，他突然听到前边的溪水发出清脆的响声，就快步走到前方去。等他到了以后，发现眼前又是另一番景色，有泉水从山间"叮叮咚咚"地流下，在山下汇集成一条小溪，向远方流去。溪水在流的时候和周围的岩石撞击，发出清脆的响声。夔忍不住被这声音迷住了，这声音沁人心脾，他又怎么能放过呢。

回去以后，他受山川溪谷流水声的启发，就作了一首乐曲，名叫《大乐章》。每当他演奏的时候，人们都会聚精会神地听，完全沉醉在他的音乐之中。人们还说，听了夔的曲子，他们自然而然就能心平气和，再苦恼的事情都能烟消云散，还能减少无谓的争端。一时间，这首乐曲流传得相当广泛。

夔还有一种本领，就是他敲打石块和石片的时候，也能创作出乐曲来，这个乐曲不是给人听的，而是给飞禽走兽们听的。每当这时，它们就从远方赶到夔的面前来，忘情地跳起舞。而且百兽们竟然还能和着夔的节拍，或急或缓，丝毫不乱，这真的令人难以置信。

夔不但是乐舞的组织者和指挥者，而且有高超的音乐演奏才能，编导了具有当时最高水平的乐舞《箫韶》。相传这部乐舞一直流传到一千多年以后春秋战国时期的齐国，孔子听后赞叹曰"韶尽美矣，又尽善也"。由此可见，夔的音乐才华非比寻常。

许由和巢父

尧的儿子丹珠凶狠残暴，因此尧不打算把帝位传给自己的儿子，他准备寻找一个德才兼备的贤人来做国君。在没找到舜之前，尧听说许由很有才干，是治理国家难得的人才。尧就决定亲自去拜访许由，他一个人辗转了很久才找到了许由的住处。尧看到许由的时候，认为自己真是找到贤人了。这个许由不仅长得一表人才，英俊潇洒，而且为人行事也甚是得体，这更坚定了尧让位给他的决心。

尧向许由说明了他要禅让帝位的意图。许由是个孤傲清高的人，他连忙摆手，说道："我许由何德何能担此重任，您还是另找高明吧。"尧走后，许由趁着天黑连夜跑到了箕山。这箕山脚下有个颖水，景色秀丽，许由就在这个地方住下来了。

尧见许由不肯接受帝位，还躲了起来，知道自己再去也不太合适，就派了身边两个大臣去找许由。许由见尧又派人来找他，很不高兴，但是又不能赶他们走，只得勉强接待。来人对许由说："尧知道你不肯接受帝位，但是他想让你去做九州的州长。"清高的许由听到后极其厌恶，连忙跑到了颖水边上掬水来洗自己的耳朵。

此时，他的朋友巢父正好牵着一头小牛到颖水边上饮水，他看到许由这个怪异的行为感到很奇怪，就问他其中的原因。许由说："前段时间尧找到我，要把帝位传给我，我不答应，就跑到了颖水躲了起来。但是，今天他又派人来找我，让我去做九州的州长，我讨厌他们老是来烦我，说这些我不爱听还惹人恼的话。所以，我就到颖水边上来洗洗耳朵。"巢父听了他的话很不以为然，从鼻孔里小声地哼了一下，说道："得了吧，老兄，你要是一直居住在深山穷谷，存心不想让人们知道的话，那怎么还会有人来烦你呢？你整天在外边东游西荡，就怕别人不知道你，有了好的名声，别人找你做官，你却跑到这里洗耳朵，别装清高了，把水污染了，可千万别脏了我小牛的嘴巴！"

说完，巢父就径自牵着小牛到上游喝水去了。许由听了巢父的话，一气之下，干脆就隐居到了箕山之上，从此再也没有出来过，他死后也葬在了箕山之上。现在，箕山上还有许由的墓，山下也有个牵牛墟，颖水旁边还有一个泉叫犊泉，这泉边的石头上还有小牛的足迹，那就是巢父从前牵牛饮水的地方。

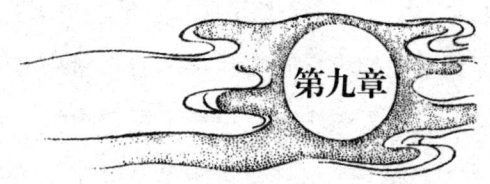

第九章

舜的传说

瞽叟的怪梦

尧帝时,在历山下住着一户人家。这户人家的男主人是个瞎老头,所以邻居们都叫他瞽叟。瞽叟夫妇结婚多年,可就是没有孩子,因此夫妇二人整天愁眉苦脸。瞽叟的妻子更是经常以泪洗面。

有一天晚上,瞽叟早早躺下,不久就进入了梦乡。他做了个梦,梦见了一只长着两个瞳仁的鸟。这只鸟长得和鸡的大小差不多,可叫声却像凤凰一样清脆。它飞到瞽叟的面前,将嘴里含着的果实送给他,并且对瞽叟说:"我知道您无儿无女,我愿意当您的儿子,可以么?"瞽叟听后特别高兴,他伸出手想要抱住这只鸟。但就在这时,梦醒了。

醒来后瞽叟越想越奇怪,于是就把这个梦原原本本的说给妻子听。妻子听完后也觉得不可思议,于是夫妻二人就去请教村里最有文化的族长。族长说:"你梦见的这只鸟叫作重明鸟,因其每个眼窝里长着两个瞳仁而得名。此鸟驱鬼避害,无论是妖魔鬼怪还是豺狼虎豹,只要听到它的叫声,都会吓得不敢露面。这种鸟不是很常见,因此,人们或者用土捏,或者用木刻,做出这只鸟的样子,放在屋顶上,用来吓唬妖魔鬼怪。这只鸟如此的不寻常,瞽叟你能梦见此鸟,可以说是祥瑞的象征。"瞽叟夫妇听了族长的话后很高兴,放心地回家去了。

说来也神奇,瞽叟梦见重明鸟后没有几个月,瞽叟妻子的肚子就渐渐隆起来了。在他妻子分娩的那天,天空飞来一只重明鸟,落在瞽叟家的窗户上,咕咕咕地叫了好一会儿。等到屋里的小孩子呱呱坠地时,窗户上的重明鸟就不见了。众人再一看刚生下来的小男孩,眼窝里长了两个瞳仁,和刚才那只重明鸟的眼睛一样。大家都说,这个小男孩是重明鸟转世。

瞽叟给这个聪明伶俐的小男孩起名为舜。长大后的舜,是个身材魁梧,仪表堂堂的男子汉,不仅勇敢,还足智多谋,是个远近闻名的好青年。他经常独自一人带着弓箭到深山中去打猎,无论多么凶猛的野兽,都不是他的对手。在与野兽厮杀的过程中,即使衣服被撕破,身体被抓伤,他都毫不在乎。

那时候,经常有野兽出来害人,许多人都成了野兽的美食。百姓叫苦不迭,每天都提心吊胆地生活,后来,听说舜是个好猎手,都找他帮忙。就这样,舜为许多地方的百姓除了害,让他们过上了安稳的生活。舜也因此得到了许多人的爱戴。

舜不仅聪明勇敢,还特别孝顺父母。瞽叟因行动不便,家里的脏活重活,都落在了舜的身上,他砍柴挑水,一句怨言也没有。过了几年,舜的母亲病重卧床,舜不仅要打理家里的事情还要照顾母亲。附近的村民知道了舜的事情后,都来帮助他。每当舜出去打猎或者为别的地方的百姓除害时,村民们都自发地帮助他照顾家里。但不幸的是,舜的母亲病越来越重,最后还是去世了。

舜很伤心,经常一个人躲在角落里,思念自己的母亲。但他很快就从悲伤中解脱出来了,因为还有许多地方的人等着他去消灭野兽。

继母的虐待

舜的母亲去世后,他的父亲瞽叟又为他娶了个继母。这个继母为舜的父亲生了个男孩,取名为象。瞽叟本来对舜疼爱有加,可是舜的继母是个心肠不好的女人,她把舜当成眼中钉,百般刁难,经常不给他饭吃,还在瞽叟的面前说舜的坏话,不是说舜欺负了象,就是说舜不干活。瞽叟刚开始不相信这些话,但是时间长了,瞽叟对舜就不如以前那样好了。

舜的弟弟象,和他的母亲一样刻薄,不仅陷害舜,还常常跑到瞽叟面前说舜欺负他。每当这时,瞽叟就会用手里的拐杖教训舜。舜怎么分辩也没有用,只能默默承受。

有一次,舜的继母出去办事,把象交给舜看管。舜非常头痛,因为他知道象是个专横、不讲道理的小孩,只要一不听象的话,自己的祸事就要到了,因此舜小心翼翼地带着象。

舜正好要去放牛,让象好好待在家里等他回来,可是象说什么也要和舜一起去放牛,舜说不过象,就带他一起去了。在放牛的路上,舜骑在牛背上,赶着牛往前走,很是悠闲。象在下面走,看到舜如此的舒服,心里非常生气。他大声地对舜说:"哥哥,也让我骑下牛吧。"舜说:"你还小,等你长大了再骑。"象一听不让他骑,马上就撒起泼来,躺在地上打滚,怎么叫也不起来。舜实在没有办法,就把象扶到了牛背上。骑了一会儿,舜看象还算听话,就把手松开了,到旁边去赶别的牛。

象看舜离开了,就不再像刚才那样乖了,对这头牛又踢又打。这头牛受不了虐待,就狂奔了起来。象大声喊起来:"哥哥,哥哥,快来救我。"舜马上跑过去追牛,可是已经太晚了,象从牛背上摔了下来,脸、衣服全都摔破了,鲜血顺着脸淌了下来。象大叫起来:"都赖你,我要回去告诉母亲。"说完就往家里跑。舜心里明白,今天又少不了一顿毒打。

象跑回家里,正好他的母亲从外面回来,看见自己儿子这般模样,顿时暴跳如雷,拉着象就来到了瞽叟跟前。她在瞽叟面前大喊大叫,大哭大闹,象也在旁边呜呜地哭。瞽叟实在听不下去了,拄着拐棍来到院中等舜。

这时,舜从外面赶着牛回来,看见瞽叟站在院中,赶忙跪在爹爹面前。瞽叟问舜是不是他把象弄成这个样子的。舜只得承认说是自己不小心让弟弟受伤了。瞽叟一听火冒三丈,举起手中的拐棍就向舜打去。舜跪在地上一动不动,任凭父亲责罚。舜的继母和象站在旁边偷偷地笑。

隔壁的邻居正好从舜家门口过，看见瞽叟正在打舜，忙上前阻挡，瞽叟这才停下了手中的拐杖。这时，舜的继母走过来对舜说："今天晚上罚你不准吃饭，还要把家里的活都干完才能睡觉。"

晚上躺在床上，舜遥望着窗外，想着自己的母亲，眼泪只能往肚子里咽。

虽然继母心肠歹毒，但是舜还是对她很孝敬。他总是想尽办法照顾弟弟，以博得继母的欢心。然而，舜的努力却丝毫感动不了他的继母，最后舜实在在家里待不下去了，就一个人搬到外面去住。在妫水附近，舜开垦了一块荒地，搭了两间茅草屋。

舜发明箫

在妫水附近定居下来后，舜发现这里的人们很不团结，经常会为了一点小事争吵。舜想了许多方法感化他们都没有效果。

这天，舜到山上去打柴，干活累了，就在路旁的竹林里休息。坐在茂密的竹林里，听着风吹过竹叶发出的沙沙声，舜感到非常的舒畅。他想既然竹叶能发出这么好听的声音，那竹子的枝干是不是也会发出悦耳的声音呢？于是，他用刀砍下了一节竹子，将其修整成一寸大小。然后，放到嘴边去吹。呜……呜……呜，竹筒发出声音了，尽管不太好听，但舜却很高兴。

休息了一会儿，舜又继续砍柴。快到傍晚的时候，他背起柴火，拿着竹筒下山去了。走着走着，舜觉得很闷，就把竹筒拿出来吹。这时，竹筒发出来的声音没有刚才单调了，好像还出现了别的音符。舜很纳闷，仔细检查了一下竹筒。原来，不知道什么时候，竹筒上被虫子钻出了一个小洞。舜想既然竹筒上有洞，就可以发出其他的音符，要是多打几个洞，不就会发出更多的音符了么，想到这，舜拿起刀在竹筒上又钻出了几个小洞，竹筒的声音更加优美了。

从此，舜有了一个排忧解闷的好伙伴。累了的时候，他就吹响竹筒；想家的时候，他也吹响竹筒；在田间干活的时候，他还会吹竹筒给其他人听。

听着优美的乐声，人们不自觉地就会忘了疲劳。所以，每当干完一天的活，大家都会围在舜的身边听他吹竹筒。

有一天，舜正在田间干活。张家和李家为了土地分界线的事情吵了起来。张家说李家越界了，李家说张家偷偷挪了界石，越吵越凶，最后围了很多人。舜赶忙去劝解，可是怎么说都不管用，两家人谁也不让步。舜听着吵架声心里非常难过，他不明白人们为什么就不能好好地相处。

舜没办法了，就坐在旁边的土堆上，拿出竹筒吹了起来。曲调悠扬，人们不禁侧耳倾听。渐渐地，吵架的声音小了，大家都聚在舜的身边，听他吹竹筒。舜吹完了，大家还沉浸在其中。这时，张家的人突然说："都是我们不好，没看清界线。"李家的人说："我们也有错。"舜说："大家都谦让一下就没事了。"一场争吵就这么化解了。

舜回到村子里，看见两户渔民正在吵架。这家说那家占了自己的鱼塘，那家说这家抢了自己的鱼，吵得不可开交。刚才吵架的张家和李家正好也回到村子里，他们就对舜说："舜，赶快吹你的竹筒，只要你一吹，他们就不会吵架了。我们就是被你的音乐声感化的。"舜赶紧拿出竹筒吹了起来。果然，渔民听到音乐就真的不吵了，还互相承认错误。

从那以后，只要有人家吵架，舜都会过去吹竹筒。

村里人都知道舜有一个让人不吵架的宝贝，就来找舜学习吹竹筒。舜趁着这个机会，给村里人讲人与人相处的道理。渐渐地，这个村子里的人都和谐相处了，民风也变得淳朴了。

有人问舜这个神奇的竹筒叫什么啊？舜说："这个叫箫。因为它是用竹子做的，并且能消除人们的怒火，所以把它称之为箫是再合适不过了。"

箫真的有这么大的威力么，我们不得而知。不过，西汉时期的张良就是用箫吹散了项羽的八千子弟兵。

尧王嫁女

尧王是上古时期部落联盟的首领，他爱民如子，英明果断，很受当时人民的爱戴。他有两个貌美如花的女儿，大女儿叫作娥皇，是尧王的养女；小女儿叫作女英，是尧王的亲生女儿。

娥皇聪明伶俐、心灵手巧；女英善良美丽，开朗活泼。这两个女儿是尧帝的掌上明珠，含在嘴里怕化了，捧在手里怕碎了。两个人虽然从小生在帝王家，可是没有一点儿小姐脾气，对周围的人都非常的友善。转眼间，娥皇和女英都到了该嫁人的年龄。

为了确保两个女儿的幸福，尧王要亲自为女儿们挑选女婿，于是，派大臣四处寻访优秀的人才。最后，舜成了尧王心目中的人选，他决定将女儿们嫁给舜。舜非常高兴，从此以后他就可以不再孤单了。可是又出现了新的问题，尧的两个女儿谁当正房，谁当偏房呢。娥皇和女英两个人都非常善良贤惠，她们都不在乎是当正房还是侧房。

尧的妻子却不这样想，她想让自己的亲生女儿做舜的正夫人，让养女去做偏房。尧王听了以后并不同意，但终究还是说不过妻子，最后只好用比赛来分胜负，胜出的人做正房。尧和群臣商量以后，出了三道考题。

第一道考题：煮豆子。尧王给两个女儿每人一斤豆子和五斤稻草，谁先把豆子煮熟谁就获胜。

娥皇虽然是尧王的女儿，一点儿也不娇生惯养，经常亲自下厨做些父母爱吃的饭菜，所以这道考题一点也难不住她。她在锅里倒了一些水，将豆子放了进去，没过多久豆子就煮熟了。相反，女英对做饭一窍不通，她拿到豆子以后，在锅里放了许多水，等到稻草烧尽了，豆子还没有煮熟。这一回合的比试，当然是娥皇胜了。

第二道考题：纳鞋底。尧王分别分给两个女儿一双鞋底和纳鞋用的绳子，并规定谁先纳完鞋底谁就取得胜利。

娥皇是做鞋的高手，经常纳鞋底，手艺非常熟练。她先将纳鞋用的绳子分成小节，然后，才开始纳鞋底。这时，女英已经纳了一圈鞋底了。女英心想这回一定是自己领先了。没想到的是娥皇虽然动手慢，但是速度很快，不一会儿娥皇已经纳了多半只鞋底了。女英一见姐姐超过了自己，非常着急。俗话说忙中出乱，她越急就越纳不好，越急就越拽绳子，结果绳子打结，反而拽不动了。最后，娥皇赢得了这场比赛，她纳出来的鞋底平平展展，又好看又结实。再看妹妹女英纳的鞋底，凹凸不平。

尧王的妻子看自己的女儿输掉了两场比赛，就说尧王偏心。尧王也不与之理论。很快，姐妹俩出嫁的日子来到了，大家都准备好了送新娘子的车马。在动身之前，尧王出了第三道考题：比谁快。姐妹俩谁先到达舜的住处，谁就获胜。

这时候尧王的妻子说话了："娥皇是姐姐，应该坐马车，女英是妹妹，应该骑骡子。"尧王知道妻子偏心，但碍于情面，又不好说什么，就同意了妻子的建议。

女英一个人骑着骡子，在路上飞快的奔跑，很快就把姐姐落在了后面。娥皇坐着马车，带着嫁妆在后面慢慢的前进。让人想不到的是，女英走到半路，骡子突然下驹了，这可真是天下奇闻。女英无法骑骡子了，只好徒步向舜家走去。这个时候，娥皇的马车恰好赶到。娥皇见妹妹徒步走在路上，很是心疼，急忙把妹妹拉上了马车。这样两人就一起乘坐马车开开心心地来到了舜的住处。

舜与娥皇、女英成亲之后，他对这两个妻子一视同仁，没有长幼偏正之分。姐妹两人齐心协力帮助舜料理家务，照顾老人，一时传为美谈。

恶徒们的阴谋

尧王把娥皇和女英两个女儿嫁给舜以后，还把葛布衣和一把琴赐给了舜，同时又派人修缮了舜的茅屋，给他盖了谷仓，送给他一群牛羊。舜成为了天子的女婿以后，瞽叟一家人见他一下子平步青云，不仅娶了两个貌美的妻子，还有丰厚的家产，非常嫉妒。

舜成家以后，带着自己的妻子回家去看望父母和兄弟。舜带了好多礼物送给他们，还和从前一样，一点都不骄傲。瞽叟他们深受感动，主动和舜和好。这样，舜带着妻子又搬回家里住了。娥皇和女英一点没有贵族小姐的架子，主动承担起家务，对待公婆十分友好。

虽然这样，舜的弟弟象在心底还是不服气，总是想着要把舜弄死，好把两个嫂子夺过来。按当时的风俗，哥哥死了，嫂子就要下嫁给弟弟。舜的后母当然清楚自己亲生儿子的想法，为了帮助儿子达成心愿，她早就想干掉舜了。瞽叟是个糊涂人，一切都听妻子的，加上对舜的财产的觊觎，也同意干掉舜。这样，几个人不谋而合，每天趁舜出去干活的时候在一起商量阴谋诡计。最后，几个人终于定好了一条毒计。

一天，象来到舜的门口，说："哥哥，我们家的谷仓漏了，爹叫你过去修一修。"舜听了爽快地说："知道了，你告诉爹，明天一早我就过去修理。"

象走了以后，舜回到屋子里告诉妻子们明天要去帮父亲修谷仓。娥皇和女英一听，赶忙说："明天你不能去，他们想烧死你。"舜听后很吃惊，说："爹怎么能烧死我呢，再说，爹叫我做的事情，我怎么可以不做呢。"

娥皇和女英知道舜十分孝顺，就对舜说："明天你可以去，但得穿上我们给你做的新衣服，穿上这件衣服，你就能化险为夷了。"娥皇和女英不仅能未卜先知，还有神奇的法术。这天晚上，两姐妹一晚上没有睡觉，给舜做了一件绘有鸟形的衣服。第二天，她们让舜穿上这件衣服，去给父亲修谷仓。

恶徒们看见舜来了，心底里暗自高兴，但看见舜穿了一件花衣服很是奇怪。他们表面上对舜很亲热，又是端水，又是帮着舜拿梯子。舜看见他们这样心里很感动，还暗自埋怨妻子多疑了。舜来到一座高高的谷仓前，顺着梯子爬到了仓顶。这座谷仓年久失修，顶部都已经腐烂了。舜看到这，马上专心致志地干起活来。恶徒们看见舜埋头干活，根本没注意他们，马上把梯子撤掉，在谷仓下点起火来。

舜看见谷仓下燃起熊熊大火，大喊道："父亲，你们这是干什么啊？"

舜的后母露出狰狞的面目，狂笑着说："送你上天堂啊，傻孩子。"瞽叟在一旁帮腔："是啊，是啊。"象更是乐得手舞足蹈。

眼看谷仓的火快要烧到顶了，舜在上面无计可施。他心一横，决定从上面跳下来。当他张开双臂的时候，穿在身上的鸟衣突然舒展开来，舜像长出了两支翅膀一样，从谷仓上飞了下来，平平稳稳地落在了地上。恶徒们一个个惊得目瞪口呆。

舜从火海中逃了出来，恶徒们的阴谋落空了。

井底遁逃

舜的父亲、后妈还有狠毒的兄弟，一心想要治他于死地。眼看着舜从火海逃了出来，恶徒们不甘心，决定再想个办法害舜。

经过了几天的商量，恶徒们又想出了一条毒计。

这回，瞽叟亲自来到舜的家门口，坐在舜家的台阶上，边哭边说："儿子啊，上回我们么做是一时糊涂，你就原谅我们吧，呜呜呜……"瞽叟就这样坐在舜的家门口，痛哭流涕。哭着哭着，又厚着脸皮说："儿子啊，我们家的井坏了，打不上来水，麻烦你明天帮爹修修。呜呜……爹就你这么一个好儿子。"

舜对瞽叟说："爹，你放心吧，明天我一定去。"

瞽叟走后，舜把这件事情告诉了娥皇和女英。妻子们说："这次也是凶多吉少，不过你放心吧，我们自有办法。"娥皇和女英回到屋子里，从娘家陪嫁带过来的一个大木箱子里拿出一块布料，要给舜做一件衣服。忙了一晚上，二人赶做了一件画着龙纹的衣服。第二天，她们叫舜把这件衣服穿在里面，到了危机时刻再脱去外衣。

舜穿着龙纹衣来到瞽叟家。恶徒们见舜这一次没有穿什么奇装异服，暗自高兴，这回一定能够成功了。他们还像上一次那样，对舜十分殷勤。

舜拿着工具，来到井边。他让象在上面拿着绳子，自己则吊在绳子上，下到深井里。他刚到深井的底下，上面的绳子就被割断了。舜赶紧大喊，可是怎么喊都没有人回答自己。紧接着，从上面丢下来大大小小的石块。舜因为有过上次的经历，马上把旧衣服脱掉，露出龙纹衣。舜立刻变成一条金光闪闪的游龙，顺着井底的水道钻了进去，然后从别人家的井口钻了出来。

恶徒们以为这次舜一定死定了，因为井口被填得死死的，舜就是有天大的本事也飞不出来。他们又跳又叫，以为大功告成了，嚷着要去舜家分财产。

娥皇和女英这时候也听到了凶信。两个人不知道真假，在屋子里大声痛哭了起来。这时候，瞽叟、恶母、象得意忘形地走进了舜的家里。

象张开他那丑陋的嘴说："这个主意是我出的，所以舜的财产给谁也应该由我做主。财产我一份也不要，我只要那两个美人，剩下的你们自己分吧。"说完，就走进里屋。象看着两个美人，乐得嘴都合不上，正好看见墙上挂着一把琴，就取了下来，厚颜无耻地说："两位美人不要啼哭，我给你们弹奏一曲。"说完铮铮地弹了起来。娥皇和女英听到琴声哭得更加厉害了。

瞽叟和妻子在外屋就遗产如何分配吵得不可开交。瞽叟说："舜是我的儿子，他的家产都应该是我的。"恶妻说："我也养过他几天，怎么说也有我一份，你可不能独占。"两个人正吵得火热，舜从外面若无其事地走了进来。瞽叟和恶妻都惊得发不出声音来。

象在里屋觉得情况不对，抱着琴走了出来。他看见舜，吓得把琴都掉在了地上。这些恶徒都以为是舜的鬼魂来找他们算账了。

娥皇和女英看见丈夫回来了，高兴地飞奔过去。恶徒们这才反应过来，舜并没有死，一个个吓得不知道说什么好。

"哥，我们以为你死了，正在劝嫂子节哀顺变，处理家产呢，没想到你回来了，正好，我们也不用忙了。"象说完就带着瞽叟和自己的亲娘灰溜溜地逃走了。

舜天生宅心仁厚，虽然父母和兄弟几次三番谋害自己，但他还是像从前那样对待他们。邻里们听说了这些事情都夸舜品德端正。

又一个阴谋

虽然两次谋害舜都没有成功，但恶徒们一点悔改的意思都没有。他们还在寻找机会，好致舜于死地。这一天，他们又想到了一条毒计，就是假意请舜喝酒，然后趁其醉酒，杀了他。

这回谁去请舜过来呢？恶徒们商量了一下，决定一起去请舜。

恶徒们来到舜的家门口，假装痛哭流涕，请求舜的原谅。舜看见父母和兄弟哭得这么伤心，心里十分难过，忙把他们让到屋子里。娥皇和女英听说瞽叟他们来了，赶紧从里屋出来。瞽叟拉着舜的手，泪流满面地说："以前是我们不对，这回我和你母亲特地准备了酒菜，向你赔罪，明天你一定要来啊。"

他们走了之后，娥皇和女英犯起愁来，不知道这次又会有什么阴谋诡计。舜心里不想去，可是考虑到都是自己的亲人，又不好不去。舜拿不定注意，只好向妻子们询问："明天去还是不去呢？你们都知道我不胜酒力啊。"娥皇和女英笑着对舜说："你放心吧，我们姐妹俩自然有妙法。"

她们说完，回到屋子里，从一个大箱子里拿出一包粉末，对舜说："你把这个药和黑狗屎和在一起，涂抹在身上，然后用清水洗净，明天你喝酒的时候就不会醉了。洗澡水我们已经帮你烧好了，现在就可以去洗。"舜接过这包粉末，马上照办。

瞽叟他们回到家以后也没有闲着。象把家里的刀具都找了出来，重新用磨刀石磨了一遍，然后把锋利的刀藏到了门后，就等着舜明天到来。

第二天一早，舜穿上干净的衣服，告别了妻子，来到瞽叟家。恶徒们看见舜真的来了，非常高兴。他们殷勤招待，不一会儿酒宴就摆好了。

象端起了酒杯说："哥哥，以前都是我不对，请哥哥一定原谅我。这杯酒是我的赔罪酒，哥哥一定要喝。"舜接过酒杯一饮而尽。喝了一杯又一杯，象看舜一点没有醉的迹象，就说："今天是赔罪酒，我们应该换大碗喝。"说完，把舜手里的小酒杯换成了大碗，舜接过来一饮而尽，丝毫不在乎。就这样，一碗又一碗，劝酒的人已经舌头打结，左右直晃了，舜还是那样清醒，好像刚才喝的都是白水一样。

最后，酒坛子里的酒全部喝光了，菜也全部吃完了。恶徒们你看我，我看你，不知道还能用什么来招待舜。舜站起身来，向父母鞠躬告辞。这时，象突然站了起来，借着酒劲，拉着舜不让他走。他边打着酒嗝边说："哥哥，酒虽然喝完了，可是还有助兴节目呢。"说完，他从门后拿出一把刀，舞了起来。他一边舞一边用眼睛瞄着舜，想找个时机下手。舜多聪明，明白象的意图，坐在那里看着，只要看见象的刀向自己挥来，就马上躲到后母的身后。一连几次，象看无法下手，只得作罢。

舜接受尧的考试

尧王年事已高，决定将王位传给一个可靠的人，在他心中，舜是一个不错的人选，可尧王还是有点不放心，决定考察一下舜的才能。

首先考察的是舜的政治才能。他把舜安排在朝堂上当官，先让他从最低级的官员做起，如果他做得好就可以升迁，直到把所有的官职都做过一遍。舜虚心向其他官员学习，有不懂的地方及时请教，没过多久，就对每个职位了如指掌。他在自己的岗位上，任劳任怨，勤勤恳恳，没有一个大臣不夸奖舜的。没过几年，舜就把所有的官职都做了一遍。

在任职期间，舜不但将政事处理得井井有条，而且在用人方面也有独到的见解。舜启用了早有贤名的"八元""八恺"，舜命"八元"管土地，让"八恺"管教化；在处理"四凶族"（帝鸿氏的不才子浑敦、少皞氏的不才子穷奇、颛顼氏的不和子梼杌、缙云氏才子的不才子饕餮）的问题上，他并没有将这些人斩杀，而是将"四凶族"流放到边远的荒蛮之地。通过这些事情，舜展示了他治理国家的方略和政治才干。

其次考察的是舜的胆量和勇气。尧王对舜的政治才能十分满意，但不知舜是否有承担起天下的胆量和勇气，所以决定测试一下。

在尧王统治的区域内，有一片茂密的森林。这座森林常年笼罩在雾气当中，人一到里面就会迷路，并且虎豹豺狼很多，没有一个人可以从这片森林里活着走出来。尧王决定让舜到这个森林里走一遭，并且还要活着出来。娥皇和女英听说了这件事情后非常担心，但又不能用法术帮助舜。舜对她们说："你们放心吧，我以前经常在深山老林中打猎，十分熟悉森林的情况，那些猛兽都不是我的对手。"

在一个雷雨天，舜从容地走进了森林里。天空中雷电交加，森林里雾气缠绕，伸手不见五指，可舜一点儿也不害怕，径直地向前走去。这时，一条毒蛇从草丛中窜了出来，看见是舜，主动为他让路。虎豹豺狼看见了他，也躲得远远的。不一会儿，倾盆大雨从天而将，雨水打在舜的身上，把他全身都淋湿了。舜一点儿都不在乎，他停了下来，揉了揉眼睛，仔细辨认了一下方向，只看见周围的树像怪物一样，长着血盆大口。要是别人，一定会被这些景象吓得昏过去，可是勇敢的舜凭借自己的经验，在森林里走着，丝毫没有被周围的环境干扰，最后穿过了这片森林。在林子外等候的人们看见舜出来，都欢呼雀跃起来。娥皇和女英赶快跑到舜的身边，查看舜有没有受伤。

舜通过了尧王的两次考试，还剩下最后一道考题了。尧王把自己的九个儿子送到舜住的地方，让舜教导他们。尧王的这九个儿子十分顽劣，可以说是无恶不做。怎样才能将这九个人教化过来，舜真是下了一番苦心。他让这九个人和他一起到田间劳动，帮助他们改掉好吃懒做的坏习惯；在闲暇时间，舜会教这九个人弹琴、吹箫，用音乐净化他们的心灵；舜自己也不忘身体力行，虽然父亲、后母及兄弟象几次想害死舜，舜还是对父母十分孝顺，对兄弟关爱有加……尧的九个儿子被舜的德行感化，全都改邪归正了。

通过这几项考试以后，尧王决定将天子的位子禅让给舜。

舜继尧位

舜掌管政权以后，开展了一系列重大的政治活动。他重新修订了历法，对几项重要的祭祀活动做了明文规定，如每年都要祭祀上帝，祭祀天地四时，祭祀山川群神。为了表明新君主对各诸侯的认同，舜把诸侯的信圭收集起来，择定吉日，在国都召见了各地的诸侯，举行了一次隆重的授权典礼，重新颁发信圭给各封地的诸侯。

在舜即位的头一年，他亲自到各地巡狩，祭祀名山，召见诸侯，考察民情。同时还规定以后每五年都要巡狩一次，考察诸侯的政绩，用于赏罚。

舜还规范了国家的刑罚，即"象以典刑，流宥五刑"，就是在器物上画出五种刑罚的形状，起警戒作用；用流放的办法代替肉刑，以示宽大；虽然取代了肉刑，并不意味着刑罚不严，对不肯悔改的罪犯，舜又设立了鞭刑、扑刑、赎刑。

舜把共工流放到幽州，把欢兜流放到崇山，把三苗驱逐到三危，把治水无功的鲧流放到羽山，应该受到处罚的人都得到了应有的惩罚，天下人对舜更加敬仰和诚服。

舜即位28年后，尧才去世。三年服丧期满之后，舜便将王位传给了尧的儿子丹朱，自己隐居到南河。但是，天下诸侯还是将舜当成君主，每年都去朝见舜，从不把丹朱放在眼里。老百姓打官司，也都到舜那里去告状。民间的百姓编了许多歌谣赞颂舜。丹朱见到了人心所向，决定将王位还给舜。

舜从丹朱手中接过政权以后，在政治上又进行了大刀阔斧的改革。禹、伯夷、夔、龙、垂、皋陶、契、弃、益等人都是舜手下的得力干将，但是他们的分工一直都不是很明确，这回，舜按照这些人各自的特点，明确了他们的职能。他任命禹担任司空，治理水土；任命弃担任后稷，掌管农业；任命契担任司徒，推行教化；任命皋陶担任士，执掌刑法；任命垂担任共工，掌管百工；任命益担任虞，掌管山林；任命伯夷担任秩宗，主持礼仪；任命夔为乐官，掌管音乐和教育；任命龙担任纳言，负责发布命令，收集意见。职责明确了，这些人办起事情来更方便了。这些人中成就最大的就是禹。当时，天下洪灾泛滥，舜帝派禹去治理水患。禹为了治理洪水，身先士卒，三过家门而不入。十三年过去了，禹终于平息了洪水，使天下的百姓过上了安定、幸福的生活。

舜年老以后，认为自己的儿子商不具有担任君主的才能，于是向尧王学习，选了威望最高的禹为继任者。

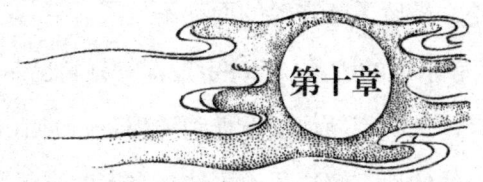

鲧和禹治水

心系民生疾苦的鲧

尧统治时期，鲧是分封在崇地的伯，所以人们又叫他"崇伯鲧"或"有崇伯鲧"。鲧是黄帝的孙子，黄帝是管理一切的天帝，那么鲧也是上界的一位天神了。

鲧生活的时代，出现了许多无恶不作的坏人。他们为非作歹，做出了许多伤天害理的事情，使得天下的老百姓叫苦连天。这件事情触怒了天帝，他认为人间充满了邪恶，决定降下洪水警示世人。

这样，人间就发生了特大的洪水灾害，房屋被冲垮了，良田被淹没了，人们还没有反应过来是怎么回事，所有的东西就都被洪水冲走了。人民生活在水深火热之中，吃没得吃，住没得住，只得扶老携幼，东奔西走。田地被洪水侵没，人们不能种植粮食，但野草却长得异常茂盛。野草多了，飞禽走兽也跟着增多，飞禽走兽和人争夺起地盘来。在这样恶劣的环境下，人要么被饿死，要么就是被禽兽吃掉。

鲧封地里的人民逃的逃，饿死的饿死，鲧看到这些非常难过，他在心里埋怨自己的祖父，只要惩罚那些作恶的人就好了，为什么还要牵连到这些无辜的百姓。鲧决定上天庭和祖父理论。

鲧见到了天帝，把人民受的苦难详细地说了一遍。天帝这时正在气头上，哪里听得进去鲧说的话，他认为自己的决定没有错，人类作恶就应该受到惩罚。鲧劝说了几次都没有用，最后天帝连鲧的面都不见了。

洪水来势凶猛，一点没有消退的迹象。鲧决定要保护好自己封地的人民，他将封地中剩下的人们集合起来，带领他们迁徙到地势较高的山上，在一处稍微平整的地方安居下来。住的地方解决了，可这么多人的吃饭却成了大问题，汪洋把田地都淹没了，上哪里找吃的啊。鲧开始犯愁了，他召集大家一起想办法。

"我们还不如在原来的地方被洪水冲走算了，在这里不也是被饿死。"一个大个子的年轻人说。

"这种危难时候，我们最需要的就是团结，一切困难都会过去。我年轻的时候，曾经经历过洪水，那次洪水跟这次也差不多持久、凶猛，可我不还是活下来了么。"一个白发苍苍的老人说。

"我这里还有一些种子，是我从洪水中抢回来的，不知道还能不能种出东西。"一个中年妇女说。

就这样，你出主意，我想办法，很快，大家不再互相埋怨，都紧紧地围绕在鲧的身边。鲧把大家手里的种子收集上来，在山坡上开垦了一块地，开始种植。因为这些种子有的被水浸泡过，不是都能长出新芽，鲧和人民只能一粒一粒地试种。最后，终于发现有一粒种子可以长出芽，大家才松了一口气。

粮食有了，还缺家畜，这可怎么解决呢？夜里，大家都睡着了，只有鲧还在月光下思考问题。这时，他看见从远处跑过来一个黑乎乎的东西，直冲向田地，吃里面刚长出来的嫩苗。鲧非常着急，那些嫩苗实在太珍贵了。鲧马上跑到田边看个究竟。原来，不知道从哪里跑来了一头野猪。鲧灵机一动，马上想到如果能把这头野猪抓住，不就有家畜了么。于是，他悄悄地拿来一段绳子，套了个圈，瞄准野猪就抛了过去。这头野猪一定是饿坏了，根本没注意到旁边有人。鲧很容易地就捉住了这头野猪。

鲧发挥自己的聪明才智，带领人们过上了安定的生活。但洪水还是不停地肆虐，丝毫不见消退，持续了好多年。

鲧偷取息壤治水

很多天神都不满意天帝的做法，可没有一个人敢去劝谏。鲧想把人们从苦难中拯救出来，让他们过上幸福快乐的生活，就一次次向他的祖父求情。可是，天帝还在生下界人的气，丝毫没有收回洪水的打算。不论鲧怎么劝说、祈求，都不能改变天帝的心意。到后来，只要鲧一来求情，他就会怒斥鲧一顿。

鲧知道想让天帝收回洪水是不可能的事情，他决定自己想办法，解除人民的痛苦。可是，天下都被洪水包围了，用什么办法才能消除洪水呢？他为这件事伤透了脑筋。

鲧正在忧愁的时候，从远处走来一只猫头鹰和一只乌龟。它们走到鲧的面前说："你是谁啊？什么事情让你如此烦恼啊？"鲧说："我叫鲧，我正在为洪水发愁。天下百姓被侵害，过不上一天的好日子，我在想用什么方法可以把洪水击退。"

猫头鹰和乌龟齐声说："原来你就是为民请命的鲧啊。据我们所知，要平息洪水并不难，听说天庭中有一种宝物叫作'息壤'，这种东西见风就长，只要一小块，就可以堵住洪水。"

鲧听了猫头鹰和乌龟的话，非常高兴，忙问："你们知道这个宝物藏在哪里吗？"

猫头鹰和乌龟把头摇得像拨浪鼓一样，说："这是你祖父的宝物，他藏在哪里我们怎么会知道呢。你可以问问你祖父。"

鲧愤愤地说："他一定不会给我的。我多次劝谏，为天下的百姓求情，他都不答应，像这种铁石心肠的人，怎么会把息壤给我呢。"

猫头鹰和乌龟小声地说："天帝如果不给，我们可以用其他的办法。"

鲧说："难道我要从祖父那里把息壤偷出来？"

猫头鹰和乌龟互相看了一下，问鲧："只有这一个办法了。不过，你不怕天帝惩罚你吗？"

鲧坚定地摇了摇头说："我不怕，只要能帮助天下百姓脱离苦难，我受到什么样的处罚都不怕。"

鲧谢过猫头鹰和乌龟后，马上来到天庭，旁敲侧击地打听息壤的下落。最后，他终于知道息壤被他的祖父藏在极其隐秘的地方，并且派了勇猛的天神把守着。庆幸的是，鲧和看守息壤的这个天神关系很好。鲧决定想一个好办法把息壤偷出来。

这天，鲧拿了一坛好酒，请这位天神喝。天神一看鲧，就放松了警惕。他们边喝边聊，不一会儿鲧就躺在地上假装自己喝醉了。天神一看鲧醉了，就把剩下的酒都喝了。等到天神睡熟过去，鲧悄悄地爬起来，从天神身上取下钥匙，偷走了息壤。

鲧拿到息壤以后，马上到人间治理洪水。息壤见风而长，鲧只用了一小块就把一处洪水填平了。鲧用这样的方法，把各处的洪水都填满了，大地露了出来。住在高山上的人民，看见洪水消退了，都露出了久违的微笑。

人们在这片土地上重新建设家园，又过上了幸福安定的生活。不幸的是，这样的好日子没过几年，洪水再次泛滥，原来被鲧用息壤填堵的地方又被洪水冲开了，鲧只好再用息壤填堵。

可是，洪水来了堵，堵了还会被冲开，就这样，鲧治水九年还是没能击退洪水。

鲧被杀于羽山

尧王爱民如子，看见百姓受到洪水的侵扰，十分着急。他把大臣找来商议，决定派一个人去治理洪水。当时有两个合适的人选：鲧和共工氏。

共工氏是一部落首领，治水专家，他发明了筑堤蓄水的方法：把高地铲平，低地填高，在平坦的地面上修筑堤坝，用来挡水。这种办法十分有利于农业发展，因此共工氏管辖的地方土地肥沃，收获颇丰。但这种堤坝招架不住凶猛的洪水，每次大洪水到来的时候，堤坝都会被冲毁，造成更大的损失。尧王对共工氏治水的成效很不满意。

这时候，一个部落的首领四岳提议说："让鲧来治水吧。我听说他有一种叫息壤的东西，可以堵住洪水。"尧王听了以后很高兴，但他又很担心，毕竟鲧的治水经验没有共工氏丰富，可也确实没有比鲧更好的人选了，于是就同意了。

鲧接受任命以后，早出晚归，四处巡查，然后回到家里慢慢思索，想研究出一套治水的好办法来。虽然鲧有息壤，可以对洪水进行填堵，可他曾在自己管辖的地方使用过，效果并不是那么显著。

鲧想来想去，想了几个月，也没有想出更好的办法来，只好继续用息壤堵治洪水。但这次填堵与以前有了很大的不同。他采纳了共工氏筑造堤坝的方法，他把提防修得更高，把洪水围到当中，然后用息壤填满。这样在大地上就出现了一座又一座的高山。这种方法暂时制止住了洪水。

天下的老百姓非常的高兴，都说鲧为人们做了一件大好事。可是，填堵毕竟不是最好的治理洪水的方法。这种好日子只过了几年，洪水又反扑过来，冲垮了堤坝，冲毁了田地，夺去了很多人的生命。

更不幸的是，天帝知道了鲧偷取息壤的事，非常震怒。他把火神祝融叫到了凌霄宝殿，对他说："鲧竟偷去我的息壤，帮助那些应该受到惩罚的百姓。你马上下界杀掉这个大逆不道的鲧，并把息壤夺回来。"火神接到命令，踏着风雷赶往人间。

这时，鲧正在带领人们治理洪水，天空中忽然风雷大作，并不时有火球击落下来。人们都不知道出了什么事情，停下手里的活，向天上望去。只见，天空中的云彩裂开一条缝，一个满脸胡须，脸庞火红的天神从中露出头来。他在天上喊道："哪个是鲧？还不出来。"

鲧一看是来找自己的，就从人群中走出来。天神说："我是火神，奉天帝之命，前来取你性命。"鲧大声应答："我犯了什么错，祖父为什么要杀我。"火神哈哈大笑起来："你还不知道自己犯了天规了吗？你私自偷盗息壤，帮助凡人治理洪水，就凭这一点，你就该杀。"鲧面不改色地说："都是天帝的错。我盗息壤来帮助受难的人们，有什么错。错的是你们，你们不应该乱用神力，杀害无辜。"

火神一看自己说不过鲧，就懒得再说。他拿着自己的利器就向鲧劈去。眼看鲧的生命受到威胁，周围的百姓主动用自己的身体将鲧围了起来，令火神无处下手。可普通百姓怎么会是火神的对手。火神伸出手，将鲧从人群中揪了出来，腾云驾雾，将其带到羽山，然后杀害了鲧。

据说，这羽山在北极之阴，连太阳都照不到。这里只有一条烛龙，嘴里衔着一根蜡烛，用来代替光亮，守在这里。人世间传说的幽都就在羽山。可惜，鲧一生为民造福，最后死在了这个荒芜和凄凉的地方。

虬龙禹诞生

鲧含冤而死，魂魄却不散，因为他还想着那些饱受洪水折磨的百姓们，不愿就这么离去。他的魂魄穿过了极寒之地，向灵山飘去。据说灵山上有几位仙人，法术十分高超，可以将死人救活。

鲧的灵魂来到灵山脚下，正好看见一个小童子在采药。鲧忙上前打招呼："小童子，请问你家师父在吗？"小童子看了一眼鲧，恭敬地说："师父在家，请问有什么事情吗？"鲧说："我是鲧，有事情找你家师父，麻烦通报一声。"

鲧来到仙殿之内，看见一个白发苍苍的老者正在打坐。鲧上前深深一躬，说："仙长，请帮帮我，把我救活吧。"

"既然死了，为什么还要活过来呢？"仙长问到。鲧长叹了一口气，说："我还有重要的事情没有做完。现在洪水肆虐，老百姓生活在水深火热之中，我还没有把洪水治理好，怎么能就这样死去呢。"

仙长听了以后连连摇头，说："你的事情我都听说了，我非常同情你，但我没有办法救活你，因为救活死人的那种药，我们用光了。"

"哪里才能找到这种药呢？"鲧焦急地问。

"天帝的后花园里有一棵长生不死树,上面结着不死药。只要能弄到不死药,你就可以得救了。"

"我是不是把药拿过来,您就可以救治我了?"

"不用那么麻烦,只要你拿到不死药,吞服下去就可以了。"

鲧辞谢了仙长,灵魂向天宫飞去。在天宫后花园的外边,鲧看见几个仙长正在给一个人治病。鲧走上前去说:"仙长,能不能医治一下我呢?"

那几个仙长看了看鲧,其中一个人说:"你是谁啊?为什么要医治你。"

"我是鲧,因为偷了天帝的息壤,触犯了天规,被火神杀死。"

"原来你就是鲧啊。可是,天帝是万物之主,我不能违背他的命令。我如果医治你的话,天帝就会惩罚我们的。"

鲧听了仙长的话后,放声大哭起来。鲧哭得非常伤心,惊天动地,旁边的人无不被他的哭声所感动。这时,一个叫巫阳的仙长说:"鲧,我们都知道你是一个为老百姓着想的好人。你想把百姓从洪水中解救出来,这是一件好事。可是,连盘古、女娲这样的正神都会死去,何况是你呢。"鲧说:"那我怎么办呢?"这位仙长说:"你可以培养一个接班人。"

鲧顿时醒悟,告别了仙人回到羽山。在羽山,他用自己全部的精力,在肚腹中孕育生命。日子一天天地过去了,鲧的肚腹终于隆起,一个小生命正在蓬勃地生长。鲧每天对着这个小生命说话,把自己治水的方法,遇到的困难都告诉给他。说来也奇怪,这个小生命好像能听懂鲧说的话一样。

天帝知道了这件事情以后,非常害怕,派天将去刺杀鲧。天帝说:"这个鲧不知道用了什么妖法,竟在肚腹当中孕育出生命。我怕一般的刀剑不能伤他,特赐你一把吴刀。"天将接过吴刀直奔羽山。

天将来到羽山,开始寻找鲧的尸体。找来找去,终于在一块平坦处看见了鲧。鲧躺在地上,脸色红润,就像活人一般栩栩如生。只见他肚腹隆起,里面好像还有东西在动,马上就要出来。天将不敢耽搁,赶忙拿起吴刀向鲧的肚子砍去。只听见一声巨响,从鲧的肚腹中窜出一条虬龙,飞向天空。这条虬龙就是禹。

鲧看见自己的孩子安全诞生，就幻化成一条黄龙，跃进旁边的深渊中去了。

禹受上帝命

鲧用自己的神力孕育出禹以后，变成黄龙，跃进深渊后再也没有出来过。禹变成虬龙一下子飞回到了鲧的家里，正好落进一个妇女的怀里。妇女惊得说不出话来，只见虬龙变成了一个小男孩。

小男孩看着妇女，笑眯眯地说："母亲，我是你的儿子。"妇女听了更是吃惊，忙问是怎么回事。禹把事情的经过和妇女说了一遍。妇女这才如梦方醒，说："你真是娘的孩子。"这位妇女是谁呢？她就是鲧的妻子修己。

修己自从嫁给鲧以后，每天在家里忙着家务，十分贤惠。鲧就是因为有了这个贤内助，才可以安心地带领人们治水的。鲧经常在外面不回家，修己一句怨言也没有。后来，鲧因为盗取息壤，触犯了天帝被杀死在羽山，修己听到噩耗哭得死去活来。可是，人死不能复生，修己每天只能以泪洗面。没想到，丈夫用自己的全部精力孕育出了一个接班人，修己激动得哭了起来。

禹看见母亲掉眼泪，赶忙伸出小手去擦，说："母亲，你不要哭。父亲虽然死了，可是还有我啊。"修己连连点头，止住了悲伤。

"母亲，我要继承父亲的遗志去治水。"禹坚定地说。

"你还小，怎么懂得治水的事情呢？"修己面露忧色，丈夫就是因为治水丢掉了性命，现在自己的儿子又要继承父业，让人怎么不担心呢。

"父亲把他治水的经验都传给了我。父亲说他以前用的填堵方法不对，让我想个更好的办法去治水。"禹胸有成竹地说。

修己说："你父亲花了几年时间也没有想出好办法，制止住洪水，你能有什么好方法呀。"

"父亲用填堵的方法，那我就用疏导的方法。天下的河流都是从高处流向低处，只要我把它们都引导到大海里，洪水不就消退了吗。"

"儿呀，你的想法很好。可是，你太小了，等你长大了再去治水吧。"

禹从修己的怀里跳了下来，说："母亲，我马上就可以长大。"说完，禹举起双手，大声呼喊了一声，立即长成了一个高大威武的小伙子。修己看到自己的儿子长大了，激动地哭了起来。

禹的喊声震动天地，直上云霄。天帝在宫殿里也听到了声响，忙问旁边的天神出了什么事情。天神说："这喊声是鲧的孩子禹发出来的。"天帝很惊奇，自己不是派火神去杀鲧的孩子了么，怎么禹还活着呢？

天帝马上把天将找来，问他出了什么事情。天将不敢隐瞒，把杀鲧的经过和禹诞生的情况详细地说了一遍。天帝听后，非常惊奇，决定要见见禹。他命令天将把禹带上天宫来。

天帝看着禹，心里不免赞叹，真是一个少年英雄。也许是觉得对不起禹的父亲，天帝对禹非常的友好。问他这，问他那，十分亲热。最后，天帝说："听说你要继承父亲的事业，继续治水？"禹从容地回答："是的。"天帝把脸一沉，说："你父亲就是因为治水偷了我的息壤触犯天条才被处死的，你不害怕么？"禹笑着说："我不怕。我想到治水的好办法了，不用偷你的息壤一样可以制服洪水。"

天帝听后很是惊奇，忙问："什么方法？"禹回答道："疏导，让天下的河流都归入大海。"天帝听后不住地点头："你这样聪明勇敢，我决定任命你去治理天下的洪水。"禹听了天帝的话，非常诧异。因为这天下的洪水本来就是天帝用来惩罚人间的，现在又要自己去治理，真不知道天帝是怎么想的。

不管怎么说，禹从天帝那里得到许可，可以名正言顺地去治水了。同时，天帝还派了许多神仙去帮助他，更把自己的爱将应龙派去辅佐禹。

禹会群神，逐共工

禹接受天帝的任命，带着应龙和其他大大小小的龙，到下界去治理洪水。

应龙的主要任务是引导主流，群龙的任务是引导支流。禹有了得力的帮手，治起水来得心应手。没过几天，就疏通了一条河流。

这可激怒了水神共工，因为他受天帝的命令降下洪水惩罚天下的百姓。本来想趁这个机会好好表现一番，没想到天帝竟然让一个毛头小子来对付自己。共工越想越气，决定去找禹算账。

这天，禹正带领着大家疏通河道，忽然，一个人面蛇身，有着红色头发的怪物从水中钻了出来。他冲着禹哇哇大叫："小娃娃，你就是禹吧，我是水神共工，你竟敢和我作对，胆子不小，我要让你好看。"说完，共工施起法来，河水顿时波涛汹涌。共工身边的两个手下相柳和浮游也跟着叫嚣了起来。相柳长着九个脑袋，它也是人面蛇身，全身青色，性情残酷贪婪，专以杀戮为乐。另一个浮游长得凶神恶煞一般，也是一个作恶多端的家伙。

禹看着共工和他的同党们，说："我治水是奉了天帝的命令，你们应该尽快收回洪水。"共工哈哈大笑："我发起洪水也是受了天帝的命令，现在那老儿竟不认账了。呵呵，我才不管那一套，我就是要天下变成汪洋。"

应龙在旁边看不过去，对禹说："这个共工太嚣张，让我给他点颜色看看。"说完跳到河里，与共工打了起来。应龙一个人怎么能抵挡住对方的三个人呢。没过多久，就败了下来。共工更加得意了，站在水边叫嚣得更欢了。

禹拿共工没有办法，只好忍气吞声。共工看自己怎么挑衅，禹也没有反应，就带着帮手走了。应龙看着共工远去的背影，气愤地说："一定要除掉这个祸害。"禹紧锁着眉头，想着对付共工的办法。

共工看禹这么不堪一击，非常得意，施展法术，让洪水来得更加凶猛，一直淹到了空桑，也就是中国极东的地方。水神这一发怒，不知道有多少老百姓成了鱼虾的食物。

禹知道对付共工，用道理是说服不了的，要用武力把他打得心服口服才行。禹找来手下人商量对策，有人提议邀请群神来帮忙，一起对付共工。

于是，禹让应龙联系各路神仙，让他们在会稽山下集合，共同商讨对付共工的事情。群神早就受不了水神共工的骄横，都来帮助禹。禹说："大家有什么好办法可以打败共工呢？"一位神仙说："共工是水神，只有在水里他才能发挥威力。如果我们把他骗到陆地上，就可以打败他。"大家听了都觉得这是个好办法。

禹来到了河边，大骂共工。共工听了，十分生气，跳上岸来抓禹。禹就骑在应龙的身上，往陆地跑去。共工气昏了头，什么都忘了，一心想抓到禹。禹把共工引到了设好埋伏的地方，众神一起出来将共工包围住。共工这才知道上当了，可是已经太晚了。经过一番激战，共工钻了个空子，逃跑了，再也不敢出来作乱了。

从此，禹可以专心致志地治理洪水了。首先，他用息壤将很深的沟壑填平，把人们居住的土地加高。那些特别高的地方，就成了今天的名山。其次，他叫应龙用尾巴划地，应龙的尾巴指向哪里，哪里就出现河道。就这样一直通向大海。这些河道也就成了今天的大江大河。

河伯献图，伏羲赠玉简

河图是黄河水神河伯送给大禹的。

河伯本名叫冯夷，华阴潼乡人。年轻的时候，一心想成仙。他听说只要连续喝一百天水仙花的汁液，就可以成仙。于是，他四处寻找这种仙汁。他听说在黄河对岸有这种水仙花，就经常渡过黄河去寻找。转眼九十九天过去了，只要再吮吸一次水仙花的汁液，就可成仙了。冯夷很高兴，又过黄河去寻找水仙花。这天，冯夷找了个水不深的地方，准备趟水过河。可是当他走到河中间，河水突然涨了起来。冯夷一慌，就跌倒在黄河中，活活被淹死了。

冯夷死后，一肚子怨气，恨透了黄河。他不服气就跑到天帝那里去告黄河的状。天帝早就听说黄河没人管理，经常泛滥，危害百姓。他见冯夷已经喝了九十九天的水仙花汁液，已经具有了神性，就问冯夷愿不愿意当黄河水神，治理黄河。冯夷听后非常高兴。马上答应下来。

这样，冯夷就成为了黄河水神，人称河伯。因为从来没有治过水，一下子又担起治理黄河的重任，他束手无策，直发愁。最后，河伯决定向天帝讨教办法。天帝告诉他，要治理好黄河，先要熟悉黄河的水情，然后画成河图。这样依照河图再去治理黄河就会省事多了。

河伯按着天帝的指点，下定决心要画成河图。他回去以后，风里来雨里去，跋山涉水，察看黄河水情。就这样，河伯一跑就是好几年，最后终于弄清了黄河水道的分布，河图也绘制了出来。

后来，天下洪水泛滥，禹受天帝命，来治理水灾。河伯听说了这件事，决定把黄河河图授给禹。这一天，河伯听说禹已经来到黄河边，他就带着河图从水底出来，寻找禹。河伯和禹没见过面，所以找了半天也不知道哪个是禹。河伯走累了，就在岸边歇了一下，看见河对岸走来一个年轻人。这个年轻人高大威武，想必是禹。河伯就大喊起来："年轻人，你是禹吗？"

对岸的年轻人不是禹，而是后羿。他抬头一看，在河对岸站着一个仙风道骨的老人。后羿问道："你是谁？"

河伯说："我是河伯。你是大禹吗？"

后羿一听是河伯，顿时怒冲心头，冷笑一声，说："我就是大禹。"然后张弓搭箭，不由分说，就射了河伯一箭，正好射中河伯左眼。河伯捂着眼睛，大骂道："混账的禹，怎么这么不讲道理！"他越想越气，就要去撕那张水图。

正在这时，猛地传来一声大喊："河伯！不要撕图。"河伯忍着巨痛用右眼一看，对岸走过来一个头戴斗笠的人，拦住了后羿。这个人就是禹。他知道河伯画了幅黄河河图，正要找河伯求教呢。后羿推开禹，又要搭箭张弓射河伯。禹牢牢地拽住后羿，把河伯画图的艰辛讲了一遍。后羿这才后悔：因为自己的冒失莽撞，竟射瞎了河伯的左眼。

后羿赶忙向河伯承认过错。河伯看在禹的面子就没有再追究。禹对河伯说："我是禹，特地来找你请教治理黄河的方法。"

河伯说："我把黄河的所有水道及其走向都画在在这张图上，只要有这张图，就可以治理黄河了。现在我把这张图授给你。"

禹从河伯手里接过河图，上面密密麻麻，圈圈点点，把黄河的水情画得一清二楚。禹非常高兴，赶忙谢谢河伯。河伯早就跃进黄河不见了踪影。

治理黄河时，禹得到的第二件宝物是玉简。

那天，禹正在开凿龙门山，偶然间发现了一个大岩洞。那岩洞很深，越走越黑，忽然前面出现了一个闪闪发亮的东西。禹顺着光亮往前走，想探个究竟。原来那个放光的东西是一条大黑蛇，大约十丈长，头上有角，嘴里含着一颗夜明珠。大黑蛇在前面给禹带路。

走了一会儿，到了一个开阔光明的地方，好像是一座殿堂。在大殿中间，一群人簇拥着一个人脸蛇身的神。禹一看这个神，就知道他是谁了。原来这位神正是九河神女化胥氏的儿子伏羲。

伏羲问："你是谁啊？"禹说："伏羲王，我是禹，治水正好路过此地，没想到打扰到了伏羲王。"伏羲听说是禹，非常的高兴，和他交谈了起来。伏羲在小的时候吃过洪水的亏，所以对禹做的事情非常钦佩，愿意帮助他。伏羲交给禹一支竹简。这支竹简薄得像竹片一样，只有一尺二寸长。伏羲说这个玉简可以度量天地，并告诉了禹竹简的使用方法。禹和伏羲交谈了一个晚上，都有相见恨晚的感觉。

第二天，禹不得不离开，因为还有更重要的事情等着他去做。

告别了伏羲，禹运用河图和玉简，并在众神的帮助下，平定了洪水，使人民过上了幸福的生活。

大禹取《水经》

禹治水来到了太湖一带。这个地方四周都被洪水包围着，老百姓被洪水害得家破人亡，流离失所，都挤在山头上，要吃没吃，要喝没喝，小孩子哭声一片。禹看到这些，心里很难过，暗下决心一定要治理好这里的水患，如果治理不好就不回家。

一年过去了，洪水没有消退，还是像以前一样泛滥。禹非常着急，一天天地瘦了下去。他四处奔走，想尽各种办法，摸水路，找对策，可还是没有好方法。

有一天，禹走得又累又饿，坐在山脚下的一块石头上休息，他从布袋里掏出两块硬梆梆的饼正准备吃，突然听到远处传来了有气无力的呼救声："谁来可怜可怜我这个孤老头啊？我都快要饿死啦！"禹顺着声音查找，只见前面的石头上躺着一个白发苍苍的老爷爷。老人家穿着破烂的衣裳，双眼紧闭，奄奄一息。

禹看到这种情景，心里十分难过。正是因为洪水吞没了农田，才导致许多人无家可归，这位老爷爷就是其中的一名受害者吧。禹把仅剩下的一块饼拿了出来，送到老人面前，说："老人家，先吃了这块饼，充充饥吧！"

老人吃了饼，有了精神，对禹说："我有件事情不知道怎么办，不知道年轻人能不能帮我出个主意啊。"禹点了点头。老人说："一只黄鼠狼总是来吃我养的鸡，怎么办啊？"禹想了一想说："为了不让更多的鸡被黄鼠狼叼去，应该关好鸡窝，然后抓住这只黄鼠狼。"

老人听了以后非常高兴地说："我今天吃了你一口饼，就赠送给你三卷《水经》，你可以去林屋洞取书。"禹听了老人家的话，十分纳闷，正想问个究竟，忽然眼前白光一闪，老人已经无影无踪了。但老人刚刚吃的那块饼，却又出现在石头上。禹拾起来一看，这饼变成了一块闪闪发光的玉石。

禹看着这块玉石，只见两面都刻着几行字，一面是"疏之导之，百川归海"，另一面写的是"至诚所至，金石为开。"禹这才明白，那位老人是一位神仙，是来为他指点迷津的。于是，他马上奔向林屋山取《水经》。

林屋山在哪里呢？林屋洞又在哪里呢？禹不知道，只好到处打听。他踏遍了南方所有的丘陵、群峰，寻找了足足一个半月，也没有找到。干粮吃完了，水也喝光了。

禹翻山越岭，终于找到了一座山，还寻到了一个山洞。洞口黑漆漆的，深不可测。禹决定下去探个究竟。禹摸索着朝前走，大约走了一个小时，在黑暗的洞穴里发现了一些亮光。他朝着亮处走去，越走亮光越强。禹好不容易走到了洞底，谁知那亮光消失了，出现在面前的是一个又高又陡的石壁。

禹不甘心，他用手在石壁上摸啊摸，最后，他发现石壁是两扇紧闭着的石门，门上挂着一把大石锁。怎么才能打开这把大锁呢？正当他犯愁的时候，忽然想到挂在胸前的那块玉石。禹把玉石往锁眼里一塞，吱吱呀呀，石门顿时发出响声，渐渐地打开了。

石门内有一间高大的石屋。屋外有一座八角凉亭，都是用玉石做成的，好看极了。禹看见亭子当中的圆桌上，放着一个小包袱。禹赶忙走过去，打开包袱一看，里面放着三卷书。书上写的是甲骨文，封面上有两个醒目大字："水经"。打开一看，写满了密密麻麻的文字，看也看不懂。

禹正在凝神看书，忽然听见一声吼叫。只见从石亭边的水潭里窜出一只独角兽，张着血盆大口，向禹扑了过来。禹慌乱之中，抓起那块玉石，用力向怪兽掷去。说来也奇怪，那怪物竟一口接住了玉石吞了下去。接着，独角兽朝禹点了点头，好像在说谢谢。然后，独角兽朝地上一趴，做出要驮人的架势。禹走过去骑在独角兽背上，刚刚坐好，那独角兽就奔跑了起来。

独角兽一直把禹送到了天台山。禹在那里又遇到了那位白发苍苍的老人。老人看着禹，笑着说："我们又见面了。"禹赶忙上前施礼说："老人家，这《水经》我看不懂，快教教我吧。"老人把《水经》上面的文字逐条解释给禹听。禹听了讲解以后，明白了要根治水患，一定要疏蓄兼备。禹回去以后，用《水经》上的方法治理太湖，没过多久，太湖的洪水就消退了。

遍治天下诸河

禹治水走遍了天下的名山大川，留下了许多动人的传说。

在龙门下游几百里的地方，是有名的三门峡，相传是禹开凿的。这天，禹疏理河道来到龙门下游，一座大山拦住了河道。禹召集大家来想办法，怎么才能把这座大山移走呢？其中一个人说："我们可以在中间开一道缝，这样水不就可以流过去了吗。"另一个人又问："什么样的利器才能把山劈开呀？"大禹听他们这样说，忽然想到了天帝的神斧，决定借过来用一下。

禹让手下的人继续开凿河道，自己来到天宫。禹见到天帝，赶忙行礼说道："天帝，我受你的命令治理人间水患，现在我遇到了困难，想请天帝帮忙。"天帝爽快地说："需要我怎么帮助你呢？"禹回答道："我想借你的神斧。"天帝命一位天神把神斧取了出来，交到禹的手中，并教给他使用的方法。

禹拿着神斧回到人间，急忙赶到大山的脚下。禹将神斧放到手中，念念有词，然后使劲向大山劈去。由于禹使用的力气太大，将这座大山劈成了几段。这样，河水就顺着裂缝流了出来。由于正好分成了三段，所以叫作三门。这三门各自有自己的名称：鬼门、神门、人门。现在从黄河岸上俯视河谷，只看见水浩浩荡荡地从上游奔流下来，往东流，一进三门峡，河水就被劈成三股激流。现在大型的三门峡发电站就建在这里。

现在，在三门峡还有禹王治水的遗迹，那就是七口石井。传说，禹王在开凿三门峡的时候，凿了七口石井，用来解决喝水问题。这样三门峡又叫作"七井三门"。在鬼门道的崖头上，有像马蹄印一样的圆坑。据说这叫"马蹄窝"，是禹王骑马过三门峡的时候留下的。

大禹治水时，路过一个地方。这个地方总是刮风打雷，天气环境十分恶劣，治水的工程没有办法顺利的开展下去。后来，禹知道原来是有妖怪作祟，就召集群神想办法除妖。他们同心协力在水中擒获了一个妖怪。这个妖怪长得像一个猿猴，白脑袋，高额头，牙齿尖尖的，两眼露出金光。这个怪兽力气奇大，身体十分灵便，就是被捉住了，还是在那连蹦带跳，最后把绳子挣脱开，逃跑了。大家都没有办法，禹只好用一条锁链套在他的脖子上，这才制服他。大禹将他镇压在了龟山脚下，从此治水工作可以顺利地进行了。

禹治水又来到巫山三峡，在开凿水道的群龙中，有一条龙不知道什么缘故，竟然走错了路，结果开凿出了另一条峡谷。大禹发现这条峡谷没有必要开凿，非常地生气，就把这条做了错事的龙斩杀在一座山崖上。通过这件事，大禹警示了其他的龙，所以，以后再也没有出现过开错河道的事情。现在巫山三峡还有"斩龙台"这个地方。

禹治水的范围非常广，规模也非常大，并且空前绝后。他治水的足迹走遍了祖国的名山大川。他与居住在各江河流域的许多氏族部落都保持着友好的关系。禹治水路过这些地方，当地的首领都热烈的欢迎他。如果有矛盾分歧，他们都会通过和平的方式解决。

鲤鱼跳龙门

一般来说，"鲤鱼跳龙门"的龙门是指黄河从壶口咆哮而下的晋陕大峡谷的最窄处，也就是"禹凿龙门"的"龙门"。

禹治水来到了龙门山。这座山跟吕梁山相连，刚好挡住了黄河的去路。黄河的水流到这里就流不过去了，只好往上游流。这样就造成洪水泛滥，把上游的许多地方都淹了。禹带着应龙他们凿开了龙门山，让它分跨在黄河的两岸。这两座山就像两扇门一样，让河水从中间奔流而下，所以这个地方取名为龙门。

禹要挑选能跃上龙门的钟灵毓秀之才管理龙门。听到这个消息以后，东海中的一大群金鲤鱼、白鲤鱼和灰鲤鱼成群结队地游向龙门。

还没望见龙门的影子，那一条条灰色的鲤鱼便被黄河中的泥沙打得晕头转向，辨不清方向，结果又顺着来时之路，游回了东海。不幸的是，张着大口的鱼鳖海怪正等着它们呢，这群可怜的灰鲤鱼就这样呜呼哀哉了。金鲤鱼和白鲤鱼很聪明，它们紧紧地围在一起向前游，轮流打前阵，迎风破浪，日夜兼程，终于游到了龙门脚下。

它们争相把头伸出水面，仰望龙门的神采。只见龙门的两旁，各有一根粗粗的汉白玉柱。玉柱上面雕刻着活灵活现的玉龙。龙身缠绕着玉柱，盘旋而上，一直到柱顶。龙门中水浪涌动，透明的水珠打在龙头上，正好构成了"二龙戏珠"的奇异景象。龙门两侧有石刻的对联：上联是"长长长长长长长"，下联是"朝朝朝朝朝朝朝"。这里的景色十分优美，胜过蓬莱仙境。鲤鱼们看完都争着向禹王报名应试。

禹王一见这么多鱼都来参加，非常高兴，说："鱼和龙本是同种而生，你们有谁能跃上龙门便会变成龙。"鲤鱼们一听，立即鼓足劲，使尽平生气力向上跃去，没想到刚跳出水面一丈多高就跌了下来。但是它们并不灰心丧气，而是一个接一个地向龙门跃去。就这样七七四十九天过去了，还是没有一条鱼能够跃过龙门。

大禹见鲤鱼们这样锲而不舍，非常感动，就点化它们说："这么多群鱼啊！"有条金鲤鱼听了禹王的话，有所领悟，对其他群鱼说："禹王说：'这么多群鱼'，不就是启发我们团结一致跃上龙门吗？"群鱼高兴地欢呼起来："谢谢禹王！"

鲤鱼们高兴得摇头摆尾，一条条鼓足了气力，用尾巴猛击水面，只听见击水的声音接连不断。一跃七七四十九丈高，在半空中一条鱼为另一条鱼垫身，喘口气儿，又是一跃七七四十九丈高。只差两丈了，禹王决定帮助这些鱼，就用手扇过一阵清风，这阵风托着鲤鱼们跃上了它们日夜向往的龙门。

有条在最底下为其他鲤鱼垫背的金鲤鱼，看着同伴们都跃过了龙门，只剩下自己还留在龙门脚下，非常着急。但它并没有气馁，而是想着如何才能借水力跃上龙门。这时正好黄河水冲到河心的一块巨石上，浪花一溅几十丈高。金鲤鱼一看机会来了，猛地窜出水面，跃上浪尖，借着水力，一跃而起。没想到这一跃竟来到了天上，忽儿地一下又落在龙门之上，如同天龙下凡一般。

大禹一见赞叹不已，于是在这条金鲤鱼的头上点了一下。霎那间，金鲤鱼变化成一条金龙。大禹命令这条金龙率领众鲤鱼看护龙门，从此金鲤鱼也就成了吉祥的象征。现在还有这样的传说，在黄河上捕鱼的人如果能捞到头顶有红点的鲤鱼，就要立即放生。

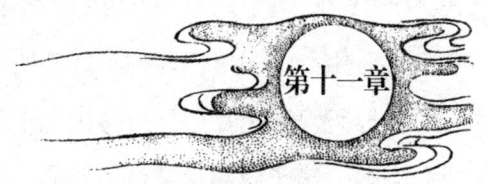

第十一章

远国异人

大人国与小人国

禹为了治水,走遍了九州大地,天下万国。据说他和他的助手伯益写了一本叫作《山海经》的书。在这部书中记载了治水过程中所见的各种各样有趣的事情。其中大人国和小人国的传说特别多。

太阳和月亮升起的地方,附近有一座山叫作波谷山。大人国的人们就住在这座山上。这些大人在母亲的肚子里孕育三十六年才能出生,生下来后头发就是白的。更奇怪的是,他们生下来就已经是高大魁梧的巨人了,不用学就会腾云驾雾。他们是龙的后代。

龙伯国也是大人国。他们一钓竿就可以钩起六个背山的大龟。恐怕要算是一切大人的始祖了。后来因为触犯了天帝,他们的身体被缩小了,缩得不能再缩了,但是身高还有三十丈。可见他们有多高。还记得被大禹杀死在会稽山的防风么?他的一节骨头需要用整部车才能装得下,是后世巨人的祖先。

除了人间,在天上也有大人,如把守天庭的门阙。他长着九个脑袋,力大无穷,拔大树像揪草一样。他发起怒来,成千棵的大树不一会儿就能拔光。地狱里也有大人,那就是把守幽都的土伯。他头上长着锋利的角,肚子大大的,他用血淋淋的大手驱起幽都里的鬼魂。

小人国的人只在人间活动。在海外，有一个叫僬侥国的小人国。这里的人天生矮小，能长到三尺就是高个子了，最小的只有几寸长。他们和中原地区的人一样，穿衣戴帽，非常斯文，住在山洞里。他们非常聪明，会制造许多灵巧的东西。尧帝在位的时候，他们曾进贡过箭。这些小人平时以耕地为生，就是怕凶猛的白鹤来吃他们。因为这些白鹤身材比他们高大得多，可以很容易将他们吃掉。幸好附近住着大人，经常帮助小人们驱赶白鹤，他们才能安全地工作。

这个僬侥国还有一类奇特的小人，叫作菌人。据说在银山上有一棵女树，就是这些小人栖息、玩耍的地方。天刚亮的时候，树枝上就会生出一些光屁股的小婴孩，太阳一升起，他们就会爬下女树，到陆地上行走、嬉戏和玩耍。可是太阳一落山，这些小婴孩就会消失在地面上。第二天在树枝上又会长出另一批新的小婴孩。

西海中有一个大食国。在这个国家的岸边岩石上生长着一些红叶子、青枝干的树。这些树上生长着一些小孩子，只有六七寸长，脑袋连着树枝，整天笑嘻嘻的。他们手脚都可以动，只是离不开这棵树。如果把他们从树上摘下来，他们马上就会死掉。这类小人也叫菌人。

大人国和小人国里的人，只是身体发育异常的人类而已。但他们似乎又和长寿联系在一起。如前面所讲的龙伯国的大人，据说能活到一万八千岁，池移国的小人也能活到一万岁。

终北国

大禹来到北海，请教完海神禹强治水的事情以后，在回去的途中，天降大雪，漫天飞舞的雪花挡住了禹的视线，根本分不清东南西北。禹本来是要往南走，结果走错了方向，朝着北越走越远。渐渐地，走出了风雪的包围。四周的风景变得不同寻常，一座光秃秃的山岗拦在了禹的面前。

这个山岗上没有一棵树，不长一片草，更不要说飞禽走兽了。禹觉得很奇怪，为什么别的地方都长草，就这个山岗不长呢？禹带着疑惑决定爬上去看个究竟。禹好不容易爬到山顶，往下一看，原来下面是平坦的大地。大地上有许多弯弯曲曲的河流，纵横交错。在河边有许多人，男男女女，老老少少。他们有的躺着，有的坐着，有的在唱歌，有的在跳舞，每个人都那么地开心快乐，脸上挂着满足的微笑。

这时，一个男人走到流淌的溪水旁边，用手捧着连喝了好几口水。他喝完以后，就像喝醉了一样，摇摇晃晃，最后躺在地上像个死人一样睡着了。其他的人继续唱歌、跳舞、聊天、玩耍，没有一个人去管这个醉汉。

禹非常好奇，走下了山岗。想看看究竟是怎么回事。禹来到山下，立刻引起了人们的注意。禹找到一个年龄大些的人问道："请问这是什么地方啊？"那个人回答道："这是终北国。你是谁啊？""我是大禹，治水路过这里。"禹回答道。

禹接着说："我从远道而来，不了解你们这儿的风俗，能不能带领我参观一下啊？"那个人很爽快的就答应了。他带着禹沿着河流走到山顶，让禹从山上俯看。

终北国，是北方最遥远的一个国家。这个国家的地形好像一个磨盘，四周的小山岗就是磨盘的边沿，也是天然的屏障。在中央有一座山，叫作壶领。这座山像一个腌菜的圆坛子，从那圆坛子的口上会流出一汪清水，灌溉山下的河道。

到了中午，禹拿出干粮吃了起来。终北国的人看见了觉得很新奇，就问禹吃的是什么。禹笑着说："我吃的叫作干粮，你们难道不吃这种东西吗？"终北国人摇了摇头说："我们只要喝河里的水就可以了。"禹听后很吃惊，忙问："喝水就能饱吗？"这些人点了点头。

原来这水叫作"神瀵"，香甜可口，还可以充饥。只要吃上那么一点点，就可以填饱肚子还解渴。如果喝得多了，就会像喝醉了一样，睡上十天才能醒过来。禹听到这才恍然大悟。原来那个醉酒的男人就是因为喝了"神瀵"。

这个国家气候特别好，不热不冷，不刮风也不下雨，没有霜也没有雪，没有白天也没有黑夜，每天都像春天一样。在这里，人们不愁吃不愁喝，所以也就没有人去耕种。人们不用劳动，衣食无忧，当然就不会有剥削这样的事情发生。

他们每天生活得快快乐乐，吃饱了就玩，玩累了就睡。人人都可以活到一百岁，最后在睡梦中，就上了天国。

禹来到这里以后，受到了热情的款待。他们请禹吃"神潢"。禹尝了一下，觉得非常可口，就连喝了几口。喝完后，禹觉得头发昏，倒在地上呼呼大睡起来。当禹醒来的时候，知道已经过了七天，心里非常内疚，怪自己不应该贪杯。

治水的工作还没有完成，禹心里十分惦念那些处于水深火热中的人们，怎么忍心在这里多待呢？禹匆忙告别这里的人们，登上了归程。

君子国

大禹将中原的洪水治理得差不多了以后，他就向着东方走啊走。有一天，他忽然来到了名叫君子国的国家。刚走进君子国，大禹就被吓了一跳。怎么回事呢？原来君子国的人，每个人身边都带着两只大老虎。但这些老虎和中原的不太一样，它们都十分温顺驯良，乖乖地伴在自己主人的身边，从不乱跑乱叫。所以街上虽然人和虎走在一起，却十分和平安稳，没有任何事发生。大禹不禁感叹，真不愧是名叫君子国的国家。连老虎都这样的温和有礼貌。

君子国人的打扮都非常的文雅。大禹在街上走着，见每个人都穿着整齐的衣帽，佩戴着长长的宝剑，温文尔雅，十分谦让。他们互相遇到的时候，会作揖行礼。耕田的人站在田边，让行路的人先过去，而行路的人也站在路上，请耕田的人先走。全国上下的每一个人，不论是富人还是穷人，是做官的人还是普通的老百姓，他们的一举一动，一言一行，全都非常有礼貌。他们把礼节看作最重要的东西，每个人都从心底里喜好有礼节的生活。

一般在买卖东西的时候，卖主是努力加价，力图能卖出一个更好的价钱，买主是不停压价，希望能用一个更低的价钱买到货物。但在君子国的市场里，情况却正好相反。卖主是努力地要把最好的货物卖给来买东西的人，却只收取最低的价钱；而买主则是努力地要出高的价钱，买次的货物，希望把好的货物留给后来的人。

君子国的君主，曾经下过严格的诏令，臣民们如果有敢用珠宝器物献给他的人，不但进献的珠宝器物要烧毁，就连进献东西的这个人，也要抓起来问罪。这样的一个国家，从上到下都流行着君子的作风，每一个人都将礼乐作为自己最喜欢的东西，最高的追求。这个国家的人，从来不会发生争端，更不会发生战争之类的事情了。在这个国家里生活，真是令人觉得非常幸福。

在君子国里，到处都生长着一种名叫薰华草的植物，从名字上就可以知道，这种植物非常香雅，但它的寿命很短暂，早上开始生长，晚上就枯萎死去了。这种奇异而美丽的花儿开遍了君子国的各个地方。它的寿命虽然很短，但吃了它的君子国的人，每一个人都非常长寿。

轩辕国

从君子国出来，一直向西走，走过很远很远的路程，就会来到了一片无边无际的山峰。它的名字叫作穷山，意思就是处在最远的地方的山。在这片崇山峻岭之中，隐藏着一个名叫轩辕国的国家。这个国家的人，都长着人的脸，但身体却像蛇一样，盘曲转折，尾巴缠在头上。第一次见到这种样貌，实在很让人害怕。但是这副样貌，实际上却和上古的天神十分相似。我们前面说过，人类的祖先伏羲和女娲，也都是长着人的面目、蛇的身子，就连黄帝，传说中也有四张脸，这样，他稳坐在中央，就可以同时看到东南西北四面发生的事情，能够对每一件事情做出处理。而传说中教给黄帝战胜蚩尤的方法的玄女，也是人的头，鸟的身子。所以，轩辕国的人的这种样貌，其实反倒是最像神的样子。或许这个国家的人，也和我们一样，都是黄帝和炎帝的子孙吧。

轩辕国的人，和君子国的人一样，寿命都非常长。如果一定要比一比的话，或许轩辕国人的寿命，比君子国人的寿命还要长一些呢。因为在轩辕国里，就连最不长寿的人，都能活到八百岁，更不用说那长命的人了。生活在这里的人，虽然没有薰华草可以食用，但是他们每天所吃的东西，也同样非常珍奇。因为在轩辕国的北面，有一个土丘，名字叫作轩辕之丘。这也是轩辕国这个名字的来历。这个轩辕之丘是方形的，有四条蛇在那里相互缠绕，大概是守卫着那里的神灵。以这里为中心，包括轩辕国在内，这一片广阔的山野，就是传说中的"诸天之野"，也就是传说中诸神所在的地方。在这里，生活着神鸟鸾和凤。鸾鸟也是凤凰的一种，传说它浑身以青色为底，披着五彩的花纹，形状大概像鸡那样，歌声非常优美动听。在轩辕国这里，鸾鸟每天都在歌唱，凤凰每天都在飞舞，轩辕国的人们，每天所吃的，就是凤凰的卵，每天所喝的，就是清晨散布在叶片上的那些甘露。吃饱以后，他们就随着鸾鸟的歌声，与凤鸟一起翩翩起舞，希望能和鸾凤一同飞翔。

轩辕国的人们，是和百兽生活在一起的。在轩辕国的四周，生长着各种各样奇异的动物。除了刚才说的守护着轩辕之丘的四蛇、鸾鸟和凤鸟以外，还有一种神异的鱼，生活在轩辕国北边的水里。它的名字叫作龙鱼。龙鱼具体长什么样子，很少有人说得清。有的说，龙鱼长得就像陆地上的狸子那样，身量很大、很长，有的时候，会有神人乘着它去游历天下四方；也有的说，龙鱼其实生活在诸天之野的水中，它长得就像鲤鱼一样。虽然不知道龙鱼到底长的是一个什么样子，不过它一定是一种神异的生物。

轩辕国的人，每天就是这样生活着。他们平常也会射箭，但他们射箭，从来都是只向东、西、南三面射的，而不敢向北面射，因为北面是穷山和轩辕之丘的所在地。他们这样做，是出于对神灵的敬畏，也是出于对祖先和神的感激和崇敬。

白民国和奇股国

刚刚我们曾经提到过，在轩辕国北面的水里，有一种奇异的龙鱼。如果从龙鱼生活的地方继续往北走，走很远很远以后，就可以到达下一个国家，它的名字叫作白民国。这个国家生活的人的样貌，从它的名字上就可以看出来，这个国家里的人，全身都是白色的，他们的头发披在身上，连头发都是白的，所以叫"白民国"。就像有一个国家叫"毛民国"，里面生活的人，全身都长着毛发；还有一个国家，每个人身上都长着一对翅膀，所以叫"翼民国"，"翼"就是翅膀的意思。这些国家，都是用生活在其中的人的奇怪样貌来命名的。

白民国里的人长得虽然奇怪，但是他们也都很长寿。因为他们拥有一种奇异的动物，这种动物叫作"乘黄"。"乘黄"长得就像狐狸一样，但是它的背上却有角。人只要骑上它跑一跑，寿命就可以达到三千岁。和君子国、轩辕国比起来，白民国既不生长薰华草，也找不到凤凰卵，但依靠着这种神异的"乘黄"，白民国人的寿命也很长。

还有一个国家，虽然它位于遥远的西方，和北面的白民国相距万里，但和白民国相同的是，它也出产一种奇异的动物，可以使人获得长寿。这就是奇股国。这个"奇"不能念"qí"，而要念"jī"，因为这里的这个"奇"是单数的意思，就是说只有一个。只有一个什么呢？中原地区的人们，每个人都有一双手、一双脚，而奇股国的人呢，就只有一只脚。"股"就是腿的意思。还有一种说法，说"奇股国"其实应该叫"奇肱国"，因为它那里的人只有一只手。我们也没有办法知道哪一种说法才是对的。或者这个国家里的人，有的是一只手，有的是一只脚，可以叫作"奇肱奇股国"也说不定。

比起中原和其他国家的人，奇股国的人虽然少了一只手或一只脚，但他们却非常精于工艺技术，或许是为了弥补自己的缺陷，让自己的生活更加便利，他们制造了很多非常精密的机器，有的可以捕捉鸟雀；有的可以浇水耕地。据说因为奇股国建在山坡上，那里一年四季风不停地吹，奇股国民从风里面获得灵感，还制造出了一种奇妙的飞车，名叫飞轮。乘上它，就可以随着风远行。

奇股国出产一种神异的动物，名叫"吉量"，是一种神马，它浑身是黄黑色的，上面有赤红色的花纹，眼睛像黄金那样炯炯有神。它跑起来的时候，会有一只双头的神鸟，在它的旁边飞翔。这种奇异的景象，可以令我们想起著名的"马踏飞燕"铜塑，可以想象，这种神马跑得有多么迅速。如果谁有幸可以骑上"吉量"的话，他的寿命就可以达到一千岁以上。虽然不及"乘黄"可以令人活到三千岁的神异，不过也已经非常了不得了。

不死国

君子国的薰华草、轩辕国的凤凰卵、白民国的"乘黄"和奇股国的"吉量"，这些奇异的动物和植物都是可以让人长寿的。但有的国家，就算没有这些东西，也可以长寿，甚至还可以长生不死。在遥远的大荒西北，有一个名叫"无启"的国家，这个国家里的人，外貌和普通人没有什么区别。他们住在山洞里，每天吸风饮露，有的时候也会去河里抓一些小鱼来吃，生活十分简朴。

但无启国的人，有一个十分特殊的地方，这个特殊之处，比轩辕国、白民国的人还要神异许多。因为轩辕国、白民国的人不论如何长寿，总有一天却还是要死去的，而无启国的人，却可以长生不死。

无启国的人死了以后，其他的人就会把他埋进土里。但是他的心却不会朽烂，仍然还在跳动。他就在地下这样躺着，就好像睡着了一样。过了一百二十年以后，旁人把他从土里挖出来，他就又复活了，重新作为一个人生活在世上。无启国的人不分男女，也没有后嗣，就是没有子女，他们每一个人都可以像这样生而至死，死而复生，永远永远地生存下去。所谓"无启"，就是"无继"，就是没有后继的意思。虽然没有后代，但因为可以长生不死，无启国的人就能永远保持着他们最初生活的那种状态，无启国也就可以永远地存在下去。这和其他国家的人比起来，这不是一个最神异的地方吗？

我们在科幻小说里，经常可以看到，有的人在临死的时候，让别人把自己冰冻起来，过了很多很多年以后，再解开冰封，这样这个人就可以复活了。这倒是一个很美好的愿望，但现在的科技，还无法做到这一点。而无启国的人，却可以凭借着自身的特性，达到长生不死的目标，真是令人称奇。

除了无启国之外,还有一些国家,也可以称得上是"不死之国"。传说在极南之地,有一个小国家,这个国家的名字就叫作不死之国。不死国里的人们,都长着黑色的皮肤,他们每天所吃的,是带有甜味的树木。在这个国家里,有一座山,名叫员邱山,山上有不死树,吃了不死树的果子,就可以长寿;旁边还有一股泉水,叫作赤泉,喝了赤泉的泉水,就可以不老。所以这里的人们,都可以长生不死。

结胸国和比翼鸟

看过了可以长寿和长生不死的国家,我们再来讲一讲其他神异的国度。在这些国家生活的人,都具有十分奇特的样貌。

顺着西南方向一直走去,经过很远很远的路程,就可以到达一个名叫"结胸国"的国家。这个国家里的人,就像他们的名字那样,每个人的胸前都高出一大块。这样在街上走,就好像每个人的前胸都顶了一个小包裹一样。据说结胸国的人生成这样的样貌,是因为他们好吃懒做,所以天神才让原本正常的结胸国人,每个人的胸前都长出一个大包块来,这样他们吃东西的时候,就会十分费力,也就不能再好吃懒做了。

结胸国还有一个奇特的地方,就是在它的附近,生长着一种神异的鸟儿,叫作"比翼鸟"。这种鸟儿生长在结胸国的东边,也有说是在南山的东边的。比翼鸟的形状,很像我们今天所见到的水鸟"凫",但和凫不一样的是,每一只比翼鸟只有一只翅膀、一只眼睛,浑身长着青赤色的羽毛,非常漂亮。普通的鸟都有一双翅膀、一双眼睛,比翼鸟只有一只,那怎么飞呢?所以每一只比翼鸟,都一定要找到和它相配的另外一只鸟儿,两只比翼鸟合起来,就有了一双眼睛、一双翅膀,就可以一起飞翔了。之所以叫作"比翼鸟",就是说这种鸟一定要将各自的翅膀合在一起,才可以共同飞翔。

一旦一只比翼鸟找到了和自己相配的那只鸟儿,它们就从此一起飞翔、一起游戏,累了的时候一起停歇、一起饮水、啄食,双宿双栖,终生不再分开。活着的时候在一起，死的时候也不分离。也就是因为这样，比翼鸟经常被用来比喻夫妻恩爱。白居易的《长恨歌》里说，"在天愿作比翼鸟，在地愿为连理枝"，就是用比翼鸟来形容唐明皇和杨贵妃的爱情的。曹植的《送应氏诗》也说，"愿为比翼鸟，施翮起高翔"，也是这个意思。

传说这种比翼鸟，本来就是两个相爱的人化成的。他们在生前不能厮守在一起，就在死后化作了一对小鸟，唱着美丽的歌儿，在天空中一起飞翔。或许哪天你从森林里经过，还能听到它们婉转的歌声呢。

交胫国与岐舌国

在结胸国的东边，还有一个国家，叫作交胫国。交胫国里的人，腿和脚都是弯曲的，还相互交叉在一起，他们走路的时候，也是这样交叉着走的。因为这个原因，交胫国的人身子都很矮，大概也就是普通人身高的一半左右。他们走起路来，都是一瘸一拐的，显得十分奇怪。但交胫国的人自己却一点都不觉得自己难看，《镜花缘》里多九公和林之洋等人到了交胫国，反倒被交胫国里的人笑话，觉得他们直着腿走路才是奇怪的样子。

像结胸国、交胫国里的人这样，在胸前长出一个大包，或者腿是弯曲着生长的，还不算是特别奇怪，真正奇怪的，应该算是岐舌国的人。"岐舌"是什么意思呢？"岐"就是分叉，据说这个国家里的人的舌头，都是分叉而生的。所以他们能够发出两种频率的声音，因而被称作"岐舌"。因为舌头是分叉而生的，所以岐舌国里的人说话，都非常的奇怪，只有本国的人彼此之间才能听懂。外人初来乍到，是根本听不明白他们在说什么的。《镜花缘》里唐敖、林之洋、多九公刚刚到岐舌国的时候，也是听不懂他们的话，费了很大的力气，才弄到了一张音韵表。林之洋用打拍子的方法，猜出了这张音韵表的规律和用法，才弄明白了当地人说的究竟是些什么意思。

枭阳国的赣巨人和猩猩

在结胸国、交胫国的附近，有一个国家，叫作枭阳国。枭阳国里的人，相比以上三个国家要吓人得多。这个国家里的人，都长着人的脸，但是嘴唇要比普通人长得多。他们浑身都是黑色的，长着长长的毛，脚却是反转着生的，就是脚跟在前面，脚掌反而在后面。虽然这样，但是他们却能够跑得飞快。

这样一种类似于野人的生物，每次一遇到人，就会格格格地笑，笑够了，就会露出凶恶的面目，张开血盆大口，把人吃下去。据说在他们的左手里，还经常拿着一只大管子，大概是类似于竹筒一类的东西，可能是他们用来袭击人的兵器吧。不小心误入这里的人，可以说是九死一生，非常危险。后来就有人想出一个办法，就是在手上藏一只竹管，枭阳一抓住人，就翻起嘴唇，大笑个不停，甚至会把自己的嘴唇翻到脸上去。趁这个时候，把手从竹管里抽出来，用刀把他的嘴唇钉在额头上，这样他就没有办法再动弹了。

枭阳还有另外一个称呼，叫作赣巨人。这一方面是因为他们的体型都非常庞大，就好像巨人一样。另一方面，是因为他们没有什么智慧，抓住人的时候会格格地笑，笑得把嘴唇都翻到额头上，到最后反而被人捉住，显得傻气十足，所以叫作"赣"巨人。

如果不小心来到了枭阳国，还要小心另外一种生物，就是猩猩。枭阳国的这种猩猩，和我们平常所见的大猩猩不太一样。枭阳国的猩猩，都长着狗一样的身体，和一张很像人的脸。走路的时候也像人一样，端端正正的。

这种猩猩非常聪明，却很贪吃。看到一个人，就能够叫出这个人的名字来。我们在动物园的时候，如果想让小猴子到自己旁边来，可以用花生、果子一类的东西摆在附近，引它过来吃、逗它玩。如果想要捉住枭阳国的猩猩，也可以用这种办法。人们只要在猩猩们经常出没的地方摆上几坛酒，再放上几双鞋子、几个大碗，不一会儿，就可以看到猩猩从树林里慢慢地出来了。一开始，它们还有点戒心，不敢轻易去靠近酒坛和酒碗，可过不了多长时间，它们就抵挡不住酒的诱惑，开始一点一点地喝起来，等到它们都喝醉了的时候,人们就可以过去,毫不费力地将它们捉住了。

其他异形国家

以上介绍的这些国家,因为样貌十分奇特,与普通的人不同,所以给它们一个总的名称,可以叫作"异形国家"。除了结胸国、交胫国、岐舌国、枭阳国、鬼国之外,在遥远的山海之外,还有一些异形国家。这些国家里的人,也都长得十分奇特,让人觉得十分有趣。

凿齿国和黑齿国

凿齿国的人,牙齿都非常长,据说最长的足足有三尺。形状像凿子一样,无论多硬的壳,用他们的牙齿一磕,就磕开了。据说在尧的时候,后羿曾经在南方一个叫寿华之野的地方,遇到了一只名叫凿齿的怪兽的袭击。这只怪兽长着长而坚硬的牙齿,凶猛异常,羿费了很大的力气才把它杀死。凿齿国的人们,传说就是怪兽凿齿的后代。

黑齿国的人,牙齿也很奇怪。虽然不像凿齿国人的牙齿那样又长又坚硬,但他们的牙齿都是黑色的。无论男女老少,都是这样。他们笑起来的时候,都会露出一排——乌黑的牙齿。传说他们是帝俊的后代。每个人都知书达理,十分文雅。黑齿国的人,除了很喜欢吃蛇以外,饮食和中原人并没有什么不同,不知道他们的牙齿到底为什么是黑颜色的。

三首国和三身国

三首国位于凿齿国的东边。这个国家里的人,每个人都长着三颗脑袋。说话的时候,三个嘴一起说,停下的时候呢,三个嘴又一起停。让人很难听清楚他们在说什么。

和三首国的人正好相反,三身国的人,每个人都只有一个脑袋,却有三个身子。看上去非常怪异可怕。据说他们也是帝俊的子孙。在三身国附近,有一座名叫巫山的山峰,是天神收藏仙药的地方。有一只大凤凰,就住在这座山上,看管着这座山,让寻常人没有办法盗走仙药。

长臂国和长脚国

长臂国国如其名，里面居住的人手臂都非常长。他们站着的时候，手臂能一直垂到地上。传说这是有福气的象征。长臂国紧挨着大海，国人以捕鱼为生。在抓鱼的时候，这样长的手臂，倒是给他们帮了不少忙。他们站在海里，随便一抓，就可以把那些藏在比较深的海水里和礁石缝里的鱼全都抓到，烤一烤，就是一顿丰盛的美餐了。

长脚国又叫长股国，这个国家里的人，腿和脚都很长。据说因为离得不远，长脚国的人有时候会和长臂国的人搭伴，一起去海里捕鱼。长脚国的人因为腿和脚非常长，所以可以不用船就走到水很深很深的大海中央去。捕鱼的时候，长脚国的人就背着长臂国的人，走到大海中央，长臂国的人拿着一个背篓，把长长的手伸进海里捞鱼，捞到一条，就放进背篓里，过不了多一会儿，背篓里就装满了活蹦乱跳的鲜鱼。这方法，可比我们今天用渔船和渔网捕鱼方便多了。

玄股国

玄股国的人样貌也很奇怪，他们的两条腿全都是黑色的。他们平时居住在海边，衣服都是用鱼皮做的。平常除了吃稻米以外，他们也会去海里抓鱼来吃。但是他们抓鱼的方式很奇特，不是亲自动手去抓，而是每个人的手里抓着两只海鸟，让海鸟去替自己捉鱼。这种方法，有点像今天江南一带的渔民。他们平常会驯养一种叫作鱼鹰的水鸟，在捕鱼的时候，自己站在船上，把鱼鹰放出去，不一会儿，它们就会从水里钻出来，把捉到的鱼从长长的嘴里一条一条地吐出来。传说很久很久以前有一个神人，名叫王亥，在他的双手里，也是各拿着一只鸟。玄股国的人的形象，或许就是从这里生发出来的吧。

在玄股国的南方，还有一个小国家，叫作雨师妾。雨师妾国的人浑身都是黑色的，两只手各抓着一条蛇，左边耳朵上缠着一条青蛇，右边耳朵上缠着一条赤蛇。也有人说是拿着两只乌龟的。传说这个部族的人，能够呼风唤雨。他们站在海边，大声呼号，过不了一会儿，海面上就会风雨大作，雷声隆隆。蚩尤攻打黄帝的时候，据说就曾经请来风伯雨师，兴起风雨。雨师妾国的人，或许也在其中。

博父国

前面曾经讲过，在上古时代，曾经有一个追赶太阳的人，叫作夸父。他追着太阳的足迹，一直跑啊跑啊，最终累死在邓林。博父国的人，传说就是夸父的子孙。在博父国的旁边，有一片繁盛茂密的绿林，据说就是邓林。每到夏天的时候，林里就会结满鲜美的果实。博父国的人，也就以这些果实和自己种的粮食为生。他们长得都非常高大，就像他们的祖先那样，十分强壮。在他们的左手里，抓着一条黄蛇，右手里握着一条青蛇。蛇也很听从他们的命令，十分驯服。

传说大禹在治水的时候，曾经在博父国的东边垒了一座石山。河水流到这里的时候，就绕过博父国，都流进石头中间的缝隙里了。博父国的巨人们，想必在这个过程当中，也帮了大禹不少的忙。

聂耳国

聂耳国位于博父国的西方。这个国家的人，每个人都长了一对非常长的耳朵，从脸的两侧一直能到肩膀下面，就像每个人都在脑袋旁边戴了一个奇形怪状的大头饰。因为这两只长耳朵，他们走路、干活都很不方便，走到哪儿都必须用手托住两只耳朵，以防止它们垂下来碰到别处。聂耳国的人，就像君子国的人那样，每个人都具有驯服老虎的本领。他们每个人的身边，都跟着两只浑身花纹的大老虎，保护他们的安全，帮他们做各种事务。

深目国

还有一个很有意思的国家，叫作深目国。这个国家的人和普通人不一样的地方在于，他们的眼眶都非常深，眉骨下面，都有深深的凹陷。深目国的每个人都只有一只手，他们以捕鱼为生。

除了以上所说的这些国家以外，其实在遥远的地方，还生活着无数的远国异人。他们有的可能长得并不奇特，但却具有神奇的禀赋，下面就让我们一起去看一看吧！

下篇
民间传说

第一章

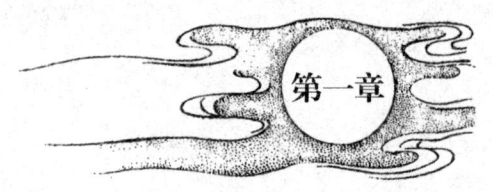

神怪趣闻

龙之九子

传说龙王有九个儿子,他们不但相貌长得不一样,而且脾气秉性也有很大的差异。龙王觉得儿子们长大了,不能再整天游手好闲地逛荡了,就想根据他们各自的性情能力,给他们安排一个合适的职位。于是,他就装成一个普通的老人,到九个儿子家探访。

龙王先来到了长子家,长子名叫赑屃。龙王一进院子,就看见赑屃正顶着一块大石头在练力气。龙王想,这孩子从小就负重耐劳,应该给他安排一个和这有关的差事。

龙王又来到老二家,老二名叫螭吻。龙王刚走到他家门口,就看见螭吻站在屋顶上,正在东张西望,很高兴的样子。龙王知道这孩子从小就喜欢登高望远,还能够吞火。心里一想,也就知道该给他安排到哪儿去了。

龙王离开螭吻家,向老三蒲牢家走去。哪知刚走到半路,就听见一个洪亮的吼声。龙王一听,这不正是蒲牢的声音吗?心想这孩子平生好鸣好吼,得给他安排一个合适的差事才好。

于是龙王转过身,又来到了老四家。老四名叫狴犴。还没进门,龙王就听见狴犴在屋子里高谈阔论,跟人辩驳着什么。龙王想这孩子天生相貌威武,又喜欢议论辩讼,应该把他安排到一个和这些有关的地方去。

龙王又去看老五。老五名叫饕餮。一进门，就发现饕餮坐在屋里，张开大嘴，不停地吃啊吃。龙王心想这孩子还真是贪吃，将来可得安排一个和吃有关的差事给他。

龙王走着走着，来到了河边。一抬头，看见了自己的六儿子蚣蝮。蚣蝮正在河里玩水，一会儿喷水、一会儿游泳，玩得十分高兴。龙王知道这个儿子最喜欢水，心里也作好了打算。

龙王又掉头去看老七。老七名叫睚眦。离他家还有十里地，龙王就见旁边一户人家也没有，从这里走过的行人，也都神色慌张、脚步匆匆的。龙王拉住了一个人，问是怎么回事，那人说："这位老先生，前面就是龙王七王子的住处了，他平生好斗喜杀，十分危险，我劝你还是不要往前走了！"龙王听了，心想，自己这个七儿子确实是好斗了一点，应该把他安排到和争斗有关的地方去。

龙王又来到老八家。老八名叫狻猊，平生喜静不喜动，又喜欢烟火。龙王进门一看，狻猊果然在家里焚香默坐呢。

最后，龙王又去看自己最小的儿子椒图。椒图平常就经常紧闭着口，什么话都不愿意多说。龙王来到他家门前，只见四面围墙高筑，不许闲人走近。龙王想了想，也知道该让椒图去做什么了。

考察完毕，龙王回了龙宫。第二天，他召九个儿子前来，对他们说："孩子们，你们都已经长大了，今天，我就将你们的职位分派好：老大赑屃性格沉稳，负重耐劳，今后就负责驮天下的石碑；老二螭吻喜欢登高望远，又会吞火，今后就站在宫殿和庙堂的屋脊两头，负责看守；老三蒲牢吼声洪亮，就做大钟上的钟钮；老四狴犴喜欢辩论，就担当监狱门上的装饰；老五饕餮天生好吃，就做钟鼎彝器上的装饰，随时都能吃到好东西；老六蚣蝮喜欢玩水，以后就在桥头上驻守；老七睚眦好斗喜杀，就趴在刀剑上，威慑敌人；老八狻猊性情和顺，又喜烟火，就专门看守香炉和佛座吧；老九椒图天生爱闭口，不喜欢闲人，就把守宫殿、庙宇和人们的家门吧。"

龙王的九个儿子领了旨，从此就担任着各自的任务，一直到了现在。

龙王夺海

"东海里,浪滔滔,一只小船摇呀摇。"在我们的印象里,东海一向是辽阔无边、碧波荡漾的一片水域。站在海边向海面上望去,映入眼帘的是一片无边无际的碧海蓝天,非常美丽。但是你知道吗?在很久很久以前,东海并不像我们今天所见到的这样大、这样美,它只是很小很小的一片水域。我们今天所见到的东海,是东海龙王用诡计夺来的。

那还是在很久以前,玉帝将敖广封为东海龙王,命令他掌管东海。东海边上有一个城,名叫东京,由妙庄王来统治管理。敖广和妙庄王一开始关系很好,各自守着自己所管辖的地方,互不侵扰。

但不久以后,水族的数量越来越多,海里变得十分拥挤。小小的一片东海,已经快容纳不下这么多的水族了。敖广看到这样的情况,十分发愁。他想要扩大东海的面积,好让水族们都有居住的地方,不再拥挤。但他四周的土地和水域都有人管理,如果他私自占领,玉帝一定会责罚他的。

忽然,龙王想起一件事来:几年以前,不知是因为什么事,他曾经刮起大风大浪,淹没了旁边东京的一大片土地,但事后妙庄王并没有来责问他,也没有向玉帝报告。敖广想了一想,心中开始有了一个计划。

第二天,他装作十分殷勤的样子,拿着礼物去拜访妙庄王,跟他说了许多恭维的话。还说自己与他相邻而居,应当互相友好之类。妙庄王不知道是怎么回事,但收到了这么多礼物,心中还是十分高兴。后来敖广还邀请妙庄王去东海龙宫,准备了不少的美味珍馐来招待他,还让虾弹奏起优美的乐曲,穿着漂亮丝绸衣服的鱼美人们,随着乐声翩翩起舞。妙庄王哪里见过这样奇异美丽的景象,没多一会儿,就沉醉在这美景当中了。

后来,龙王就经常请妙庄王来做客,甚至到最后,还将自己的女儿,长得非常漂亮的龙公主,嫁给他做妃子。妙庄王在龙王的计划当中,抵挡不住诱惑,一步步地沦陷下去。他开始不理朝政,不务政事,每天尽情享乐。不久,东京城里就变得一片混乱。龙王看到这种情况,心中暗喜,他连忙跑到天庭去，向玉帝报告，说："妙庄王不理政事，弄得老百姓怨声载道，东京城一片混乱，已经找不到一个好人了，这样的城市，还留着有什么用，请玉帝下令，把东京城淹掉吧！"

玉帝听到妙庄王的所作所为，十分生气，刚要答应敖广的请求，忽然听到廷下有人反对，抬头一看，原来是八仙之一的吕洞宾。他向玉帝躬身揖了一揖，然后说："如果您下令水淹东京，会淹死多少无辜的人哪，我就不信，东京城里一个好人都找不到了！"

玉帝想了想，说："那这样吧，吕洞宾，朕派你下界查探，以三年为限，如果三年之内一个好人都找不到，朕就下令水淹东京。"吕洞宾领了旨，便下凡去了。

吕洞宾到了东京城，在最热闹的地方开了一家油铺，不论卖油时卖出多少，每次都只要三枚铜钱。人们一听有这样的好事，都拿了很大的容器来买油，有的拿盆，有的拿瓶，甚至有的还拿缸来盛。见此情景，吕洞宾不禁叹了口气。

终于有一天，一个姑娘来到油铺，说自己是来还油的。姑娘名叫葛虹，她说自己拿着买到的油回家，被母亲责骂了一顿，告诉她不应该占别人的便宜，她自己也觉得很羞愧，就来还油了。吕洞宾一听，非常高兴，他终于找到一个好人了。他拿出一个水瓢，递给葛虹，并告诉她："在东京城的城门口，有一只石狮子，如果有一天你发现石狮子头上出血了，就赶快拿出这个水瓢，它会救你一命。"那石狮子其实是守护着东京城的神兽，玉帝要水淹东京，一定会用血腥味将它召回天庭。所以吕洞宾告诉葛虹，一旦见到石狮子头上出血，就要马上逃跑。

这时，暗中注意吕洞宾一举一动的东海龙王看到他找到了好人，心里非常着急。于是他趁着夜色，将一盆猪血倒在了石狮子的头上。第二天，葛虹一见，知道大事不好，便连忙向家跑去，但已经来不及了，石狮子大吼一声，凌空飞起，转瞬之间，大水已经吞噬了东京城的大门。葛虹好不容易才跑到家，拿出水瓢，水瓢慢慢变大，成了一只小船，葛虹和母亲坐了上去，才发现东京城已经变成了一片汪洋。

吕洞宾将葛虹母女救上岸，将她们安置在一小块陆地上，那原本是一座高山的山顶，现在只剩下一个尖了。葛虹母女所在的这个地方，无论敖广怎么兴风作浪，都无法淹没。她们就这样凭着自己的善良幸存了下来。

而东京城早已变成了一片汪洋，敖广的计划成功了，东海扩大了好几倍，变得无边无涯、辽阔无比。而那位昏庸的妙庄王，则被玉帝发配到了一个名叫崇明的小岛上，再也做不了东京城的帝王了。

弥勒佛与新年

"大肚能容，容天下难容之事；开口便笑，笑世间可笑之人。"无论天南还是海北，我们去到寺院的时候，常常能看到一尊长得胖乎乎、露着大肚皮、手携布袋席地而坐的胖菩萨，他张着大口，喜笑颜开，非常高兴的样子。这就是著名的弥勒佛。也有人称他布袋和尚。不过布袋和尚和弥勒佛并不是一个人，布袋和尚应该是弥勒佛的化身。但因为他们的样子很像，又有着这么深的渊源，所以后世也常常将他们作为一个人了。

传说弥勒佛的身体很胖，有着宽宽的大肚子，走起路来摇摇晃晃的。饿了就吃东西，困了随便找一个地方就睡着了。他常常用一根杖子挑着一个大布袋，在集市里走来走去，人们把吃的东西送给他，他就放进布袋里，但是从没有人见他把东西从布袋里倒出来过，一倒过来，那布袋又是空的。也有的人向弥勒佛请教佛法，他就把布袋子从肩头放下，如果那人不明白他的意思，还继续问，他就把布袋子提起来，头也不回地离开，一边走还一边捧腹大笑。

有个国家有一个暴君，在他的统治下，老百姓的日子过得非常痛苦。富的人越来越富，成了财主，穷的人越来越穷，成了长工。财主总是欺压长工，经常打骂他们。等到祭灶王爷的那一天，长工们就偷偷地来到灶王爷的画像前面，向灶王爷诉说他们生活的艰难和痛苦。灶王爷听了，十分可怜他们，就向玉帝报告说："现在人间的老百姓生活十分痛苦，时常没有饭吃，生病了也没有钱治病，请玉帝速派一位大神前去治理。"

玉帝听了，不禁大吃一惊，连忙颁下一道旨意，要派一个神仙去管理人间的衣食住行，让人们都过上幸福的日子。旨意虽然下来了，但是众神仙你看看我，我看看你，都不敢领这个旨意。这时，有一个浑厚的声音响了起来："既然你们没有人去，那就让我去管理吧！"

大家一看，原来是胖乎乎、总是笑着的弥勒佛。玉帝见弥勒佛愿意去，就派他下凡去了。

弥勒佛到了人间，第一件事就是让人们过一个快快乐乐的年。他运用法力，变出了许多许多好东西，让人们吃好的、穿好的，不用干活。人们也就遵照他的吩咐，高高兴兴地放下手中的活计，开始办年货、赶大集，为过年准备起来。二十四，扫房子；二十五，磨豆腐；二十六，蒸馒头；二十七，杀年鸡；二十八，把面发；二十九，打黄酒；三十，吃扁食……。同时，还要请来各路神仙，准备好香箔纸锞，用来招待他们。到了大年初一，人人都穿上新衣服，戴上喜庆的配饰，放起鞭炮，互相祝贺，尽情地吃喝玩乐，共同庆祝新年的到来。

这样欢乐的日子持续了半个月，玉帝的棋都已经下完了。他见弥勒佛还没有回来，心里有些着急，便亲自下到人间察看。到了人间，他看到每个人都穿着崭新的衣服，吃着好吃的东西，却什么活也不做，这样下去可怎么得了啊。玉帝十分生气，就把弥勒佛找来，责问道："我派你到人间是让你掌管人间的事务的，谁叫你只让人们享福不干活？"弥勒佛还是那副笑呵呵的样子，说："陛下，你叫我掌管人们的衣食住行，可并没叫我让他们干活呀！"玉帝哑口无言。他后来想了想，觉得弥勒佛说的话也有些道理，便不再责怪他了。但是，这样的日子一年只能有一次，春节过了，就要继续下地干活。从此，春节就成了一年一度人们可以不用干活、尽情欢乐的日子。人们感念弥勒佛的好心，在寺院里立起他的塑像，年年都用香火来奉养他。

哪吒闹海

商朝的时候，陈唐关总兵李靖的夫人怀胎四年零八个月后，生下一个肉团。李靖非常生气，认为这是一个妖孽，便抽下宝剑一刀劈开。肉团裂开后，里面蹦出一个白白净净的小男孩，还高兴地抱着李靖的腿叫唤着："爸爸，爸爸。"

可李靖很不喜欢这个怪异的儿子，正在闷闷不乐的时候，一位叫太乙真人的仙人赶来贺喜，还要求收他为徒。太乙真人送给小男孩两件宝物，一件是名为乾坤圈的手镯，另一件是名为混天绫的红色肚兜，并给他取名为"哪吒"。

哪吒七岁那年，东海龙王一滴雨也没有下，田里的农作物都枯死了。有一天，天气炎热，哪吒和几个朋友去海边洗澡、戏水。这时，东海龙王的三太子敖丙带着一群虾兵蟹将来到海边上，正想抓一些健康的、细皮嫩肉的小孩去"孝敬"龙王，没想到一上岸就遇到一群小孩，心里非常高兴。为了向太子邀功请赏，夜叉迫不及待地举起叉子向孩子们叉去。哪吒见了，连忙把乾坤圈扔过去，夜叉一命呜呼。太子见一个小孩胆敢杀掉自己的得力大将，又恼又气，举起长剑向他刺去，可是没有刺中，哪吒每次都灵巧地躲过去了。三太子还是紧追不放，情急之下，哪吒取下混天绫向他抛过去。那混天绫变成一块很大的布，将三太子和那些虾兵蟹将包得严严实实。哪吒用乾坤圈一打，他们全部现出原形，死了。哪吒想到爸爸正缺少一根腰带，于是把三太子的龙身拿回了家。

龙王知道自己最心爱的儿子被打死后，非常悲痛，变成一个读书人进入李靖府中，找他算账。李靖不相信龙王的话，说："不可能的，他只是一个小孩子，怎么可能杀死三太子和夜叉呢？"龙王说："不信，你自己去问他。"李靖在后花园里找到了哪吒，见他正在抽取龙身上的筋，知道闯了大祸，就问龙王想怎么处置。龙王说要杀掉哪吒。李靖觉得事情本来是三太子挑起的，况且哪吒只是一个七岁的小孩子，这种惩罚不公道，就拒绝了。龙王恨恨地说：“那好，你不肯杀掉他，我现在就去天宫告状。"

哪知，哪吒抢先一步赶到南天门，挡住龙王的去路。龙王一见哪吒就气得眼珠直冒火，举起大斧子气势汹汹地朝他砍去。可他哪里是哪吒的对手，不但没有伤着哪吒，反而被哪吒打得半死。哪吒见老龙王的鳞片特别大，又去揭他身上的鳞片，想带几片回去给小朋友们玩。龙王疼得连忙求饶。最后，龙王变成一条蚯蚓，钻到哪吒的小肚兜里，由哪吒带到东海里，并保证再也不去天宫告状了。

龙王回宫后，连夜纠集了北海、南海、西海三个龙王，发起了特大洪水，还把李靖绑起来。哪吒对龙王说："一人做事一人当，打死三太子的是我，打伤你的也是我，这跟我爸爸没有任何关系，你快把我爸爸放了。"龙王说："好，要我放了你爸爸也行，那你必须得死。"哪吒说："只要你答应我不伤害我的父母和其他人，我马上就死。"说着，就拔出宝剑，自杀了。龙王总算解了心头之恨，把李靖放了。

哪吒死后，太乙真人赶过来，用莲花和鲜藕做成人的身躯，把哪吒的灵魂找来："哪吒，哪吒，快过来，快复活。"那莲花和鲜藕做成的人果然变成了哪吒，还奇迹般地活过来了。

复活后的哪吒脚踏风火轮，手持火尖枪，比以前更加勇敢、英武了。他踏着风火轮再次来到龙宫，舞动着火尖枪，搅得海水如同沸水一样剧烈翻腾。哪吒如猛虎般径直冲入龙宫，谁也不敢阻拦。龙王哪里是哪吒的对手，斗不过几个回合，就被杀死了。

龙王死后，大害终于被除掉了，从此风调雨顺，人们又过上了太平日子。

八仙过海

相传在遥远的蓬莱仙岛上，曾经居住着一位名叫白云仙长的仙人，他是这蓬莱仙岛上的守护人。有一天，蓬莱仙岛上的牡丹花盛开了，每一朵都娇艳欲滴，开得十分漂亮。白云仙长看到这美丽的景象，决定请八位仙人一起来赏花。这八位仙人是谁呢？他们是铁拐李、汉钟离、吕洞宾、韩湘子、曹国舅、张果老、蓝采和以及何仙姑。他们原本都是凡人，因为都怀有一颗拯救世人的心，又经过修炼，才得道成为仙人的。至于他们是如何得道成仙的故事，我们以后再讲，今天我们先来讲一讲这八仙过海的故事。

且说八仙参加完白云仙长的牡丹盛会，在回程的时候，来到了辽阔的东海边上。要越过东海，才能回到中原。这时，吕洞宾呵呵一笑，提议说："既然我们都是仙人，这次就不妨试一试我们各人的法力，用自己的神通渡过这大海，怎么样？"说完，就将自己的长剑向海里一扔，自己纵身一跳，跳到了长剑上。长剑所过之处，海浪纷纷向两边分开去。剩下的七位仙人一见，也都纷纷显出自己的神通。

铁拐李拿出装酒的葫芦，向海里一扔，葫芦瞬间变大，铁拐李向上轻轻一跳，正好坐在葫芦中间，晃晃悠悠就过了海；

曹国舅脚踏玉板，在浪涛间稳稳前行；

汉钟离打开蒲扇，迎风而飞；

蓝采和扔出花篮，喊了一声"大、大、大"，花篮瞬间变大，蓝采和跳上去，如同乘上了一条漂亮的花船；

韩湘子拿出玉箫，投进海中，玉箫迎风而长，劈风破浪，韩湘子站在上面，衣袂飘摆，俊逸非凡；

何仙姑默念咒语，将自己手中的莲花扔向海里，莲花变大，载着何仙姑稳稳前进；

张果老更是神通广大，他拍一拍自己的坐骑小银驴，驴儿就跳上海面，踏浪前进。

一时间，长剑、葫芦、玉板、蒲扇、花篮、玉箫、莲花、银驴，都漂浮在海面上，八仙站在各自的宝物上面，相视而笑，迎风前进，好不惬意。

但八仙在海面上这么一比不要紧，海面下的龙宫可乱了套。八仙在海面上纷纷使出神通渡海的时候，掀起了巨大的波浪，水下的龙宫也随之摇摇晃晃，几乎快要倒了。龙王连忙下令，让自己的三太子去看看发生了什么事情。

龙王三太子到海面上一看，八仙正坐着自己的宝物过海，弄得海面上波澜起伏、水下也摇摇晃晃。他气极了，对手下的虾兵蟹将一声令下，就要去抢八仙的宝物。八仙哪里肯让他们欺负，也都摆开了阵势准备迎战。

铁拐李将自己的拐杖往海里一插，口念咒语，微微一吹，海面上顿时燃起了熊熊大火，海水随之沸腾起来，整个东海都快要煮开了。水下面的龙宫里，虾兵蟹将被烧死了不少，龙王也被烫得伸着舌头、不停吐气，他连忙派人去找三太子回来，拉着他出了东海，径直到天宫报告玉帝去了。

玉帝听了东海龙王和龙王三太子的诉说，便派托塔李天王带着天兵天将下凡去，要捉拿八仙。在半路上，他们碰到了观世音菩萨。菩萨听说了事情的经过，就来到东海，对八仙说："你们用宝物渡海，弄得水下的龙宫晃动不宁，水族无法生活，龙王三太子虽也有不对，但你们也不应该火烧东海，让生灵涂炭啊。"八仙听了观世音菩萨的话，也觉得自己做得有些过分，就拜谢了观世音菩萨，将东海的大火熄灭了。龙王和三太子也回到了龙宫。

事情平息了，八仙拿出宝物，飘飘荡荡，继续在风平浪静的大海上迎风而行，最终渡过了辽阔的东海。这就是八仙过海，各显神通的故事。

李玄借尸还魂

我们前面说到要讲一讲八仙的故事。八仙里面，资历最老、成仙时间最早的，就要算是铁拐李了。

传说铁拐李原名李玄，本来是一个长得眉清目秀、身材高大的读书人。他每天都认真读书，希望能考得一个好功名。但谁知考场腐败，考官收了别人的贿赂，故意不让他考中。李玄十分灰心，便看破红尘，学道求仙去了。

李玄找到了一个幽静偏僻的山洞，住了下来，每天潜心修炼，静坐沉思。但是好几年过去了，却仍然没有什么变化。他觉得自己无法得道的原因，是因为没有老师的指点。于是，他决定到华山去拜访太上老君李耳。

李玄一路跋山涉水，历尽千辛万苦，终于到了华山。他站在山顶上，向四面望去，没找到老子居住的地方，正在失望之际，忽然看到有两个道童子向他走来。两个童子走到他面前问道："你是李玄吗？"

李玄说："是啊，二位怎么会知道我的名字？"道童说："我家师父早就知道你会到华山来找他，便命我二人来接你。"

"不知你家师父是哪一位？"

"正是你要拜访的太上老君。"

李玄听了，非常惊喜，便随两个童子来到了太上老君隐居的地方。

到了堂上，李玄看到一位道骨仙风的长髯老者坐在正中，知道他就是太上老君，便上前叩拜。老君听他讲完了来意，对他说道："学道是要靠自己修炼和领悟的，需要耐心和恒心，老师的指点是起不了太大用处的。你只管专心致志地去修炼，总会有成功的一天的。"

李玄受到教诲，拜谢了太上老君，回到自己原来的岩洞，继续潜心修炼。他常常凝神静思，还常到高山之巅吸风饮露，吐故纳新。渐渐地，他的境界有了很大的提升，可以使精神脱离身体，飘到很远的地方去。

一天，李玄正在山上修炼，忽然听得耳边仙乐飘飘，抬头一看，天上飞着一只仙鹤，仙鹤上坐着太上老君和宛丘两位仙人。老君对李玄说："我听闻你的道术大有长进，今日一见，果然如此。我和宛丘要到各地出游，想命你同去，十天以后，你神驰我处，切莫失约。"说完，就驾着仙鹤离开了。

十天过去了，李玄要赴老君之约，临走之前，他叮嘱一个叫作杨子的徒弟说："为师去赴老君之约，神魂离去，肉身留在这里，你要好好看护。如果过了七天，我的神魂还没有回来，你再将我的肉身焚化。"说完，李玄席地而坐，默念咒语，转眼之间，神魂就已经离开肉体，飘然而去。

杨子遵从老师的教诲，精心看护着老师的肉身，一步也不敢离开。就这样过了六天。可第六天，杨子的哥哥忽然来了，告诉他母亲病重，要他赶快回去。杨子又伤心又着急，指着师父的肉身，对哥哥说："师父的神魂离开肉身出游去了，我必须在这里小心看护，不能离开。"杨子的哥哥说："有谁死了六天还能活过来的，你还是快将你师父的肉身焚化，和我一起走吧。"

说完，就叫杨子一起搬来柴草，把李玄的肉身焚化了。

李玄神游回来，辞别太上老君。临走时，老君对他说："辟谷不辟麦，车轻路亦熟。欲得旧形骸，正逢新面目。"李玄没明白其中的奥妙，便告辞离去了。回到岩洞中一看，不见自己的肉身，不禁大吃一惊，又在山坡上看到火烧的痕迹，才明白自己的肉身已经被焚化了。正在担心自己的神魂无处安身之际，他忽然发现前面不远处有一具乞丐的尸体，便顾不得细看，将自己的灵魂附在了上面。站起来一走，才发现原来这乞丐是个跛子。又到水边一照，只见自己衣衫褴褛，蓬头垢面，黑脸卷须，长得十分难看。正在垂头丧气的时候，忽然听见空中传来笑声。李玄回头一看，原来是太上老君。老君对他说："还记得我送你的那几句偈语吗？真正的道应该是在表象之外求得的，不可只看相貌。只要你功德圆满，便是得道真仙。"李玄顿时大彻大悟。老君又送他一只金箍、一根铁拐，自此，李玄功德圆满，得道成仙。因为老君送他的那根铁拐，所以人们又都叫他"铁拐李"。

汉钟离成仙的故事

八仙之中，名气排在铁拐李之后的就是汉钟离了。传说他是汉代人，又复姓钟离，所以人们都叫他汉钟离。其实他的原名叫钟离权，父亲和哥哥都是汉朝时有名的大将。汉钟离生下来的时候，他的母亲梦见一个巨人走进自己的房间，弯下腰来，对她说："我是上古时候的黄神氏，要托生在这里了。"说完，就转身离去了。这时，只见一道奇异的光芒，如同烈火一般掠过天空，现出五颜六色的异彩。而也就在这个时刻，汉钟离出世了。他一生下来，就像三岁的孩子一般大，长着宽宽的额头、厚厚的耳朵，脸颊像苹果一样红润，非常精神。他生下来的前六天，不吃不喝，也不哭不闹，什么声音也不出。到了第七天，他忽然开口说话了，而且这句话一说出来，就吓了他父母一跳。原来他说，自己曾经"身游紫府、名书玉京"，原本是天上玉皇大帝仙班中的一员。他的父亲知晓自己的这个儿子并非凡人，便给他取名为"权"，就是因为他一生下来就具有知识，知道权衡轻重。

汉钟离长大以后，做了朝廷的大将军。有一次，他领着兵去打仗，但是因为奸臣陷害，只给了他两万老弱残兵。刚一交战，他就吃了败仗。汉钟离带着剩下的队伍，逃到了一个山谷当中，不久就迷了路。后来，他遇到了一个身穿草衣的僧人，那僧人带着他走了好几里地，到了一个村庄里面，并让他在一个小院里歇息。过了一会儿，忽然有一位身穿白鹿裘、手扶青藜杖的老人，来到他面前，问道："你莫非就是大将军钟离权吗？"钟离权十分吃惊，连忙答道："是。请问老先生如何知道？"老人向他讲述了自己的来历，原来这位老人就是东华真人，名叫王玄甫，是位得道仙人。此时汉钟离已有求仙之志，便拜老人为师，向他学习成仙之法。东华仙人便送他一部长生真诀、一颗金丹，以及一把青龙宝剑，又教他青龙剑法，引他学道求仙。此后，汉钟离便找了一处隐蔽的岩洞，潜心修炼。不久，他又遇到了一位华阳真人，教给他玉匣秘诀，汉钟离从此成为了真仙。

成仙以后的汉钟离，头发梳成了丫髻，袒胸露腹，手里摇着一把蒲扇，整日笑呵呵的，似乎没什么本领，但实际上却是法力高强。此后，他有时当官，有时隐居，经历了魏、晋两个朝代。他在晋朝当大将军的时候，见皇帝昏庸无道，便辞官归去了。一直到唐末的时候，他才再度出现，度化了吕洞宾。

张果老的传说

"修成金骨炼归真，洞琐遗踪不计春，野草漫随青岭秀，闲花长对白云新。风摇翠筱敲寒玉，水激丹砂走素鳞。自是神仙多变异，肯教踪迹掩红尘。"在《全唐诗》里面，有这样一首名字叫作《题登真洞》的诗，传说这首诗的作者，就是八仙之一的张果老。

张果老据说是唐代玄宗时候的人，他姓张，名果，因为年纪很大，白须飘飘，所以人们又敬称他一个"老"字，就叫作"张果老"了。张果老经常骑着一头白色的小驴，来往于襄阳的名山秀水之间。这头小白驴十分奇异，它可以日行千里，比千里马跑得还要快。张果老不骑它的时候，就把它叠起来，大概只有纸片那么薄，放在巾箱里，随身携带；等到需要骑的时候，就把它再拿出来，含一口水，往上一喷，小驴就又恢复原状了。

张果老也是很有善心的人，经常帮助老百姓排忧解难。他经常在距离邢州西北三十里左右的一座山上游玩，看见其中有清澈的泉水涓涓流出。他又看到云梦山下面的老百姓因为缺水生活得十分困苦，就用手一指，原先干涸的井里，立刻就涌出了甘甜的泉水，至今那里的老百姓都感念着他的恩德。

后来他有一次到赵州桥去，过桥之前，他问当地的人："这个桥我能过去吗？"众人都大笑起来，说："这桥坚固得很，车辆马匹，甚至犀牛大象从这里走，都好像什么都没有一样，更何况一头小小的驴儿呢？"张果老于是就骑着小驴，走到桥上，刚一上去，桥就开始摇晃起来，再走两步，桥动得更厉害了，就像马上要塌了一样。人们这才知道张果老是位仙人。

后来唐玄宗听说了张果老的故事，就派一个叫裴晤的官员去迎接张果老，请他进宫。张果老不愿意到宫里去，就在半路上倒地气绝，假装死去。裴晤连忙焚香祝祷，张果老这才苏醒过来，但仍然不愿意进宫去。后来唐玄宗又派了一个叫作徐峤的官员去请他，张果老感到玄宗的诚意，这才随着官员一同来到皇宫里面。

到了宫里，玄宗对张果老十分敬重，礼遇有加。有一次，玄宗问他道："先生，你是得道之人，为什么头发这么白、牙齿也快要掉光了呢？"张果老回答道："我得道的时候，就是这个样子，今天陛下这样问，那我倒不如把牙齿和头发都拔去了更好。"说完，就拔掉了自己的白头发和牙齿。玄宗一看，连忙说："先生为什么要这样做呢？快去歇息一下吧。"过了一会儿，张果老从歇息的地方走了出来，玄宗一看，吓了一跳，原来张果老的头发和牙齿不但又重新长了出来，而且头发变得很黑，牙齿也变得很整齐，好像返老还童了一般。

唐玄宗非常佩服张果老的仙术，就赐予了他"银青光禄大夫"和"通玄先生"的名号，还想把自己的女儿玉真公主嫁给他。但是却被张果老婉言拒绝了。他唱道:"娶妇得公主,十地升公府。人以为可喜,我以为可畏。"唱完,便从箱子里掏出小纸驴,骑上驴儿,驾着云气飞走了。

后来,张果老云游四方,便经常手拿渔鼓、铜板,一边走一边唱,点化世间的人们,为他们排忧除难。

何仙姑成仙的故事

何仙姑是八仙之中唯一的女子,她在八仙之中,就好像万绿丛中的一点红,十分引人注目。据说何仙姑原本叫作何秀姑,是湖南零陵人。传说她出生的时候,曾经有一团淡淡的紫气,笼罩在她家的上空,一群仙鹤在紫气之中上下飞舞。不一会儿,有一只矫健的梅花鹿驮着一个身穿红肚兜、头扎小辫的小女孩飞入何家,何仙姑就在这个时候诞生了。

何仙姑的父亲开了一家豆腐坊,何仙姑从小便帮父亲打理生意。十四岁那年,何仙姑跑到野外游玩,来到了一条清澈透亮的小溪边上。何仙姑正在溪边玩耍,忽然听见有人在叫她,她抬起头来一看,站在面前的是三个很奇怪的人:一个手里拿着一根铁拐杖,头上戴着一个金发箍;另一个是一位白胡子老爷爷,倒骑在一头白色的小驴背上;还有一个人,身穿布袍,腰挂长剑,风神俊逸,道骨仙风。三个人问了她附近的一些路怎么走,还有关于当地山水的一些问题,何仙姑都十分伶俐地一一回答,三个人都很满意。临走的时候,拄着铁拐杖的人送给她一只鲜嫩水灵的桃子,骑着小驴的老爷爷送她一颗朱红色的大枣,腰挂长剑的人从旁边的溪水里一捞,取出了一片闪耀着五彩光泽的云母片,送给了她,让她吃了下去。

说来也怪,自从吃下了这三样东西以后,何仙姑就再也不会感到饿了,而且精神还比以前更好了。后来,这三位仙人还带她到她家附近的一座云母山上去,教她采撷和服食云母片的方法。此后,她就经常一个人到山上去,采食云母,调理气息。渐渐地,她觉得自己的身体变得越来越轻,可以在陡峭的山路上行走如飞。何仙姑还学会了采集药草、为人治病;此外,她还能预测一些人事的祸福。后来，人们渐渐地忘记了她的本名何秀姑，都称她为何仙姑了。那三位仙人，原来就是八仙之中的铁拐李、张果老和吕洞宾，听说她心地灵慧，特地来点化她的。

何仙姑的名声越来越大，后来传到了当时的女皇武则天那里。武则天原本就对佛道仙术很感兴趣，听说了何仙姑的神异，便派官员到零陵去请她。何仙姑随着官员，来到了当时的东都洛阳。在等待渡洛水的时候，忽然不见了她的踪影。官员们十分着急，连忙四处寻找，但是怎么也找不到。到了薄暮时分，众人正坐在河边发愁，忽然何仙姑从空中翩然而降，并告诉他们："我已经到过皇宫，见过女皇，你们可以回朝复命了。"说完，就飘然离去了。

使臣们回到皇宫一问，果然如此。何仙姑不但在那天下午来见过武后，还与她相谈了半日的时间。何仙姑劝武后要清心寡欲、努力修炼，还要多做善事，积累功德。何仙姑的这一番劝告，说得入情入理，令武后深受启发。

后来有一天，何仙姑忽然看到遥远的天空中，铁拐李正站在一朵五色祥云之中，挥舞着他的拐杖，仿佛是在召唤着她。她心里一动，身体忽然变得很轻，渐渐地飞了起来，升入了天空。这时，她的一只珠鞋掉到了地上。第二天，珠鞋掉落的地方便多了一口水井，里面的水十分清澈甘甜。

据说很多年以后，已经成仙的何仙姑有一次到广东的一个荔枝园里游玩，偶然将自己的绿色衣带挂在了其中一棵荔枝树上。从此以后，这棵树上所结出的果实，都异常鲜美可口。因为这种荔枝从顶部到根蒂处，都带有一条淡淡的绿色线痕，又生长在广东的增城，所以得名"增城挂绿"，是荔枝中的名品。人们都说，这是因为感染了何仙姑的"仙气"的结果。至今，在零陵和增城等地，都有供奉着何仙姑的庙宇，人们都十分感念她的恩德。

蓝采和的传说

在八仙之中，有一位神仙，无论长到多少岁，外貌都是小孩子的样子，这就是蓝采和。

据说蓝采和也是唐朝时候的人。他从小跟着爷爷学习医术，十八岁便成了一位医生。蓝采和心地善良，常常免费为穷人诊治疾病。他还经常手提竹篮，去山上采药。

有一天，他像往常一样，去山上采集药草，经过荷花塘的时候，他看到有一位老人，正卧在池塘的边上。他的肚子上，长了一个很大的毒疮，一边已经破了，黑黑的脓血从里面流了出来。蓝采和一看这种情况，连忙跑到老人身边，开始诊治。他用手挤疮，想要把脓血挤出来，但他挤了半天，脓血还是出不来。蓝采和非常着急，最后他一狠心，索性用口把脓血吸了出来。吸完了脓血，他便用自制的一张药膏贴在了老人的伤口上。都处理完了，他刚松了一口气，没想到老人的伤口上却又流出血来。蓝采和不禁愣住了，这种药膏，是他自己研制出来的，可以说是百试百灵，很有效果，怎么这次会不管用呢？

蓝采和正想着，老人却忽然睁开了眼睛，冲着他喊道："傻瓜，伤口流血了，还不赶快去河边，用篮子给我提点水来洗洗啊！"

蓝采和吓了一跳，连忙拿上自己的竹篮，跑到河边，刚想要打水，却忽然反应过来：竹篮子又怎么可能打上水来呢？他把篮子放进河里，提上来，用最快的速度跑回老人的身边，却还是没有剩下几滴。

老人见状，又对他喊道："用水塘里的泥糊在篮子上，不就行了吗？真是笨蛋！"蓝采和无奈，只得照老人说的，又去提了一回，这回水倒是提上来了，但是水跟泥一混，变得十分浑浊，没办法洗了。

老人一看，十分生气，说："笨蛋！还不赶快把它倒掉，换一篮子清水来！"蓝采和心里窝火，却又十分可怜老人，不忍心抛下他就这样离开。正在发愁的时候，他听见一个清脆甜美的声音说："蓝大夫，为什么不试试用荷叶呢？"蓝采和回头一看，是一位非常端庄秀美的女子，正朝着他微笑。蓝采和恍然大悟，连忙按照女子所说的方法，摘下了几张宽大碧绿的荷叶，垫在篮子里面，提了一篮清澈的水来。他让老人躺在地上，把水轻轻地泼在他的伤口上，老人的大疮立刻就不见了，皮肤平整光洁、完好如新。蓝采和非常惊讶，瞪大了眼睛，张着嘴，望着老人。老人微笑了，指着荷花塘中的水说："喝一口吧，看看是什么？"蓝采和迟疑了一下，就站起身来，走到荷塘边，用手掬起一捧水喝了下去。顿时，一股奇异的清香，沁入了他的五脏六腑。蓝采和觉得身体变得轻飘飘的，似乎能随着云气上下飘动。这时候，他再一看那老人，已变成了一位身材高大、手拿蒲扇的仙人，刚才的那位女子，手里拿着一朵荷花，站在他的旁边。他们二人正站在半空当中，脚下是奇异的五色祥云。蓝采和这才明白过来，原来这是两位仙人，特意来试验他的。只见那老者随手一拉，蓝采和和他的竹篮就离开了地面，三人登上五色祥云，一同飞升而去了。

这二位仙人，就是八仙中的汉钟离和何仙姑，他们是特地来度化蓝采和成仙的。从此，蓝采和也便成了八仙中的一员。

黄粱一梦

八仙里面，吕洞宾可以说是名声最大的一位了。提起他来，几乎没有谁不知道的。关于他也有很多的传说故事。传说吕洞宾原本叫作吕岩，"洞宾"是他的字。他是唐朝时候京兆府这个地方的人。据说他母亲生他的时候，屋子里忽然异香扑鼻，空中传来了悠扬的仙乐声，一只白鹤随着乐声从天上飞来，一直飞入了吕母的帐中。吕洞宾生下来，果然超凡脱俗，他从小就聪明过人，读书识字，过目不忘，出口成章。长大以后，就更是气度非凡。他原本就身材高大，又喜欢穿黄色的道衫，戴华阳巾，更显得他风神俊朗、仪度超然。

吕洞宾到了二十岁，母亲开始着急了。人家的孩子，十八九岁就已经成家立业了。但吕洞宾二十岁了，却还没有丝毫想要娶亲的意思。吕洞宾的母亲十分着急，但吕洞宾自己却一点儿都不将这件事放在心上。他每天除了读书练剑之外，还常常跑到附近的山上去游玩，探幽寻奇，不愿与世俗为伍。

有一次吕洞宾去庐山游玩，遇上了一位仙风道骨的老人，老人见他颇有灵性，就传授了他一套剑法，名叫天遁剑法。这套剑法非常厉害，吕洞宾每日练习，不但剑法精进，还觉得身体也日益轻健。后来他才知道，原来那位老人是一位得道的仙人，名叫火龙真人。经过火龙真人的指点之后，吕洞宾对仙术道学越来越感兴趣，后来他索性远离了家乡，云游四方。有一年，他在长安漫游。在一间酒家喝酒的时候，碰到了一位隐士，这位隐士身穿青衣白袍，正在墙壁上题诗。吕洞宾见他所题写的诗飘逸优美，不禁喊了一声："好诗！"

那隐士转过头来，吕洞宾见他样貌不凡，便询问他的姓名。隐士见吕洞宾灵心慧性，又有意学道，便说："我叫作云房先生，住在终南山的鹤岭，你愿意和我一同回去吗？"

吕洞宾迟疑了一下，他心想：人间还有那么多有意思的东西，还有那么多我没有达到的目标，何苦非要去深山修炼呢？想到这里，他就没有答应云房先生的建议。

云房先生见吕洞宾不愿与自己同去，知道他凡心未了，也没有多说什么，还是继续和吕洞宾喝酒聊天，一直到了晚上，两人一同在酒肆里留宿。吕洞宾感到有些饿，正想去找些东西吃，云房先生拦住了他，说："我正好也饿了，这样吧，我去蒸一点儿饭，你就在房间里休息一下吧。"吕洞宾见状，也便没有推辞，回到房间里面，忽然觉得眼皮十分沉重，不一会儿，就睡着了。

醒了以后，他忽然发现自己身穿红袍，帽插宫花，正骑在一匹高头大马上。旁边还有很多随从，正吹吹打打地跟着他前行。他叫过来一个人，问道："这是要去什么地方？"随从说："老爷，您刚刚中了状元，又被丞相招为女婿，正要去相府成婚啊！"吕洞宾听了，有些纳闷，但也没有多问。后来，他娶了如花似玉的丞相千金，又成为了朝廷里举足轻重的大臣，仕途得意，子孙满堂，享尽了荣华富贵。但与此同时，因为他的耿直和正义，也招来了朝廷里不少奸佞小人的嫉妒和怨恨。忽然有一天，皇帝颁下旨意，说他犯了大罪，家产全被没收，妻子儿女也要和他一同被斩首。吕洞宾惊出了一身冷汗，突然梦醒，他才知道刚才的一切，原来只是自己的一场梦而已。他觉得自己已经经过了生老病死，很长的时间，但其实云房先生的饭还没有蒸熟。这个时候，云房先生端着黄粱米饭走了进来，微笑着吟道："黄粱犹未熟，一梦到华胥。"吕洞宾吃了一惊，说："先生怎么知道我刚才做的梦？"云房先生摇摇头："升沉百态，荣辱万端，五十年浑如一梦。得到并非欢喜，失去亦无所伤悲。人生原本如梦幻一场，又何苦苦心追逐？"吕洞宾顿时大彻大悟，领悟到人世间的一切荣华富贵、喜怒悲欢，原本都是空幻一场，便向云房先生深深一拜，说道："请先生收我为徒，准我跟随先生学道！"云房先生呵呵一笑，吕洞宾再起身时，见到站在自己面前的乃是一位头梳丫髻、手摇蒲扇的仙人，原来云房先生就是汉钟离所化。汉钟离伸手将吕洞宾搀扶起来，笑着说："总算为师没有看错人！"从此，吕洞宾就正式成为了汉钟离的徒弟，跟随他学习道术。

龙七公主赠洞箫

八仙里面有一位俊朗文雅、书生打扮的神仙，他就是韩湘子。传说他是唐代大文学家韩愈的侄孙子，自幼失去父母，由韩愈将他养大成人。韩愈本希望他能够努力攻读儒学，将来取得功名，为国效力。但韩湘子生性放荡不羁，对儒家学问没有兴趣，相反倒是十分喜欢读道家的书籍，向往自然。也正是由于这个原因，他与自小抚养自己长大成人的叔祖父韩愈之间不是十分愉快。在二十多岁的时候，韩湘子便拜别了韩愈，一个人去游历名山大川。后来在旅行的途中，他遇到了已经成仙的吕洞宾。经过吕洞宾的点化，韩湘子很快得道。

有一年，韩湘子来到了东海之滨。他望着月光下波光粼粼的大海，心中有所感动，便拿出了随身携带的洞箫，轻轻地吹奏了起来。他的箫声深沉忧郁，悠扬的曲调，在静谧的夜空之中飘扬。大海仿佛都陶醉在了这优美的乐声中，静悄悄的，只能听到海浪拍打的声音。

韩湘子忘情地吹奏着，不知过了多长时间，他才缓缓地睁开眼睛，重新凝望眼前的大海。这时，他发现有一条小鳗鱼，正伏在他脚下的岩石旁边，它浑身是银色的，在柔和的月光之下，显得更加闪亮。它的眼睛里，还闪烁着盈盈的泪光，仿佛还陶醉在韩湘子的箫声之中。

韩湘子见状，便俯下身来，笑着说："小鳗鱼，难道连你也能听懂我的箫声吗？"

出乎他意料的是，那条小鳗鱼居然直起身来，轻轻地点了点头。

韩湘子十分惊异，犹豫了一下，他又重新拿起了洞箫，放在嘴边，吹了起来。没想到，小银鳗随着他的箫声，跳起舞来。姿态优美，世间罕见。韩湘子不停地吹，它也就不停地跳。在银色的月光下，构成了一幅奇异美丽的图画。

这样的情况一连发生了三个晚上。韩湘子每天晚上都会到东海边来吹箫，小鳗鱼也每天都伴着他的箫声起舞。第四天的晚上，韩湘子照例来到海边，等来等去，却不见小鳗鱼的影子。他心中有些失望，正想回去的时候，忽然听到后面有人在喊他，他回头一看，原来是一位老婆婆。他赶忙迎上前去，问道："老婆婆，有什么事吗？"

老婆婆向他行了一礼，说道："仙人，我是东海龙宫中龙王七公主的仆从。实不相瞒，前几天来听您箫声的小鳗鱼，就是七公主变成的。她被您的箫声所吸引，所以来伴您歌舞。但这件事被龙王发现了，把她关了起来，不许她再来见您。公主感念您的箫声，今日特命我来，送上南海普陀神竹一枝，以供仙人制箫之用。希望您能用公主送您的这枝竹，吹出更加动听的乐曲来。"

说完，老婆婆便向海中纵身一跳，不见了。

后来，韩湘子将这枝神竹做成了洞箫，命名为紫金箫。这支箫的神奇之处在于，不论什么样的妖魔鬼怪，只要听到韩湘子吹起的箫声，便都乖乖降伏。这支箫也就成了韩湘子的法器，替他斩妖除魔，维护正义。

曹国舅的传说

八仙之中，唯一一个曾经做过官的，就是曹国舅了。据说曹国舅原本名叫曹景休，是宋朝一位皇后的大弟弟，所以别人都尊称他为国舅。曹国舅本人谦和有礼，待人亲切，不贪图功名富贵，平日里爱读道家书籍，喜欢清心幽静。老百姓也都十分爱戴他。但曹国舅有一个弟弟，被称为二国舅的，却飞扬跋扈，凶恶狠毒。他仗着自己是皇帝的亲戚，平日里横行霸道，为非作歹。有一次，曹国舅出门办事，刚刚走到门口，就遇到了几个哭得很伤心的老百姓。他一问之下，才知道是自己的弟弟强占了人家的田产，不但不给他们钱，还派了打手打了他们一顿。这几个老百姓实在没有办法，便来找曹国舅申诉冤情。

曹国舅一听，非常气愤。他派人带着几个老百姓去治伤，自己回到府里，找到了弟弟，责问他是不是有这么回事。没想到弟弟不但不承认错误，还说没什么大不了的。曹国舅非常生气，却也没有办法。

曹国舅的弟弟总是这样仗势欺人、为非作歹，曹国舅屡次规劝他，他不但不听，最后反倒还把曹国舅视为仇人。到了最后，为了谋夺家财，曹国舅的弟弟甚至设了计谋，想要杀死自己的哥哥。曹国舅眼见如此，失望至极，不禁长叹一声，说道："天下之理，积善者昌，积恶者亡。今日你为非作歹，他日必遭惩罚。到了那时，哪怕你只想牵着一条黄狗，自由自在地在东门外遨游，也是不可能的了。你好自为之吧。"

从此，曹国舅散尽家财，周济穷苦之人，辞别了家人和朋友，身着道服，云游四方。多年以后的一天，他正在深山之中静心修炼，忽然有两个人来到了他的面前。其中一个人问道："你在修炼什么？"曹国舅回答："修炼道。"那人微微一笑，又问道："道在哪里？"曹国舅没有回答，只是用手指了指天。那人又问："那天又在哪里？"国舅指了指自己的心。二人相互看了一眼，笑道："道即天，天即心，看来你已经明白道的真义了。"这两个人其实就是汉钟离和吕洞宾。他们见曹国舅已有所领悟，便送给他一本《还真秘旨》，让他好好修炼。没过多久，曹国舅便得道成仙，成为了八仙之一。

很多年以后，成仙之后的曹国舅再度回到自己的家乡，才知道自己的弟弟由于作恶多端，已经被投入监牢、按律处死了。他叹了口气，说道："早知今日，又何必当初呢？"说完，便转身离去了。

曹国舅虽然成为了仙人，但他所穿的，仍然还是那一身官服。腰系玉带，手持玉板，为百姓们伸张正义、消灾解难。

太岁头上动土

相传在大禹治水之前，天上一下暴雨地上就会有水灾。而当时人们的房子都是用茅草盖的，所以经受不住洪水的侵袭。洪水退后，人们就会流离失所，到处找山洞暂住。那时有个小伙子叫作晋安，他见房屋倒塌，人们居无定所，于是就到兜率宫找太上老君商量对策。

这一天，晋安找到太上老君。他走进兜率宫，见太上老君正在一心一意的炼丹，而对人间洪水泛滥的情况却不闻不问，于是难以抑制住心中的不满，上前一步道："太上老君，如今人间发了洪水，百姓死的死，逃的逃，你还有心情在这里炼丹吗？"哪知太上老君却说："你找错人了，这事哪里归我管呢！"晋安见太上老君并不上心，于是恳切的说道："这平原上住了千百万百姓，他们现在流离失所，没地方居住。都说你菩萨心肠，神通广大，请你给想个办法吧！"太上老君觉得他说得在理，于是放下手里的活计，沉思了良久说道："水火相克，如果用火烧土砌成砖墙来盖房子，水就难以冲毁它了。"晋安大喜，又接着问道："该怎么烧砖呢？还请您老赐教。"太上老君答道："制成土坯烧上七昼夜。烧的方法就如我炼丹一样，要能将热气聚集起来。"晋安很聪明，他听后立刻明白了太上老君的话，下到凡间去了。

晋安回去以后，立刻仿照炼丹炉制成了一个大土窑。他将制好的土坯有规则的放进窑里，然后将窑顶用土封了起来，经过七天七夜，土坯果然烧成了砖。晋安非常高兴，但是他立刻想到，有了砖还不够，怎样才能将房子盖起来呢？总不能用泥巴将它们固定在一起吧，这样大水一来，房子还是会倒啊。于是他又到天上找太上老君去了。

太上老君见晋安又来了，于是问道："砖没烧成吗？"晋安便说明了来意。太上老君听了哈哈大笑，说："这地上有种石头叫作石灰，火烧后会成为白色石块或石粉。之后再用水浸泡上两天，就是砌墙的绝好材料。"晋安听了忙给太上老君叩头，然后高高兴兴的下凡去了。这之后，晋安将这个主意告诉了天下的百姓，他们挖土制砖盖房子，忙得不亦乐乎。

有个管理凡间土地的神仙叫作太岁，他喜欢到处游玩。这天，他游玩归来，见百姓都在动土，顿时大怒，于是派手下查明事情来由。手下回来报告说："有个叫晋安的人，是他在带领大家盖房子。"太岁很生气，说道："这小子真是吃了熊心豹子胆，敢在我太岁头上动土。快将他拿下，我要亲自问问他！"手下于是将晋安带到太岁面前，只听太岁大吼道："大胆晋安，是谁指使你随便动土的！"晋安知道太岁正在气头上，于是恭恭敬敬地回答道："太岁您别生气。洪水冲毁了百姓的房屋，百姓没地方居住，我只好挖土烧砖，带领百姓重建家园。由于此事紧急，没有及时通知您，还请您见谅。"谁知太岁是个暴脾气，他才不管那许多，只说："你没经过我的同意就动了我的土，就要受到惩罚。"说着就叫来手下将晋安拖出去，先打上四十大板再说。晋安一看不好，说："慢着，这事就经过太上老君允许的，我们去找他评评理。"太岁一听这事牵扯到太上老君，也不好妄下结论，于是勉强答应了。

太上老君闻讯就来到了凡间，太岁见了忙上前问道："听说这小子动土是经过您的指点，如今您倒是给评评理，他也不跟我打声招呼，该当何罪！"太上老君听后，故意大声呵斥晋安道："这就是你的不对了，快回去准备些酒菜，给太岁赔罪。"之后他叫上太岁，来到晋安的砖窑，说："我们进去看看吧。"太岁也没在意，就跟着太上老君进去了。之后他们坐在一个烟洞房里谈话。烟洞房里的温度极高，烟雾也很浓，太岁坐了一会儿就坐不住了，要往外走。太上老君却死死的拉住他，故意说："太岁别走啊，晋安还没有来赔罪，你别说走就走呢？"此时的太岁被烟熏得眼泪都流出来了，他连打喷嚏，再也受不了了，于是松口道："罢了罢了，他动土也是为了百姓嘛，就算了吧。"说罢他甩开了太上老君的手，赶紧跑出了烟洞房。太上老君和晋安看着太岁的背影，不禁哈哈大笑。

之后，晋安带领百姓造了很多砖房，这房子不怕洪水冲袭，百姓都过上了幸福的生活。

黄大仙的传说

在浙江金华的赤松山，有一座宏伟壮丽的二仙殿，它背靠巍巍青山，面对悠悠碧水，景色非常美丽。这里，就是传说中赤松道人黄大仙得道成仙的地方。

黄大仙本名叫黄初平，因为在赤松山修炼成仙，所以又号赤松子。传说他本来是天上的施雨神，一次，玉帝命他降下大雨，三日三夜，不得停歇。黄大仙不忍见到人间洪水泛滥、暴雨成灾，于是私自停雨，被玉帝知道了，将他贬为凡人。

被贬下凡间的黄大仙，降生在一个贫民家庭，被起名为黄初平。因为家里十分贫穷，八岁的时候，黄初平就开始牧羊了。他每天赶着羊群上山，一边放羊，一边欣赏着山中的朝晖夕阴，风云变幻。久而久之，他便对山中的气候变化了如指掌。他也熟悉星辰的起落、草木的特性和鸟兽来往的踪迹。优美宁静的大自然也造就了他温和灵敏的性格，使他为人谦和，安雅从容。

十五岁那一年，黄初平牧羊的时候，在山上遇到了一个老人。老人对他说："我的腿受伤了，你能帮帮我吗？"初平立刻找了一些可以疗伤去毒的草药，研出汁液，给老人敷上。老人站起身来，走了两步，腿上的伤已经差不多好了。老人很高兴，便向初平道谢，初平连忙躬身答礼，说："这是我应该做的，您不用客气。"

老人呵呵一笑，初平只觉面前金光一闪，再抬头的时候，哪里还有什么受伤的老人，只见一位鹤发童颜、仙风道骨的真人站在自己面前。老人将初平搀扶起来,对他说:"我乃是天上的真人广成子,见你聪明善良,特来点化你的。"初平又惊又喜,连忙跪地拜谢。从此,初平便跟随着广成子,在金华的赤松山石洞中学道。初平这一走,就是很多年,家中的亲人不知道他去了哪里,都非常着急。他有一个哥哥,名叫黄初起,在家中苦等弟弟回来,等了很多年,却都不见他的踪影。于是,黄初起下定决心,外出游历,寻找弟弟。

很多年以后,他在集市中遇到了一个道士。初起向道士问起弟弟的下落,道士为他卜了一卦,告诉他在金华的赤松山,有一个牧羊儿和他要找的人很相似。初起听了,十分高兴,连忙拜谢道士。道士说道:"不用道谢,你且把眼睛闭上,随着我来。"初起心中疑惑,却还是按道士的话做了。忽然,他听得耳边风声大作,等他再睁开眼的时候,已经站在一个石洞前面了。

初起环顾四周,不知是什么地方,正想找一个人问问时,却见从石洞中走出来一位道士,不是别人,正是他失踪多年的弟弟初平。他连忙走上前去,喊住了弟弟。初平见是哥哥,也非常激动。兄弟相见,彼此都热泪盈眶。

初平问起初起,是如何找到这里来的,初起对他讲述了自己的经历。初平听了,便说:"哥哥,那位道士可能就是点化我的仙人广成子,不忍你我兄弟离别,特意带你到这里来的。"初起听了,十分惊异。初平又对他讲述了自己得广成子点化,遂在此地潜心修道的经历,并引导、启发哥哥,劝他抛却凡尘,一心向道。在初平的启发下,初起也有所领悟,于是便留了下来,和弟弟一起修炼。不久,他们就双双得道成仙了。

黄初平成仙以后,不但在家乡造福黎民百姓,还云游四方,劝善助人,除暴安良。他擅长炼丹和医术,曾经救过很多人的性命。他法力高强,惩治了很多强占一方、欺压良民的贪官恶霸。他心地宽厚仁慈、有求必应,被百姓们尊为财神和吉祥之神,崇敬非常。至今在全国各地,还有很多很多的黄大仙祠,香火鼎盛。

张天师的传说

张天师指的是东汉时期五斗米道的创立者张陵，因其自称是受太上老君之命为天师，所以被人们称为张天师。传说他神通广大，能用符咒破除"五毒"，消灾避祸，用雷霆驱散"五鬼"，镇妖驱邪。他常常身着道袍，身边环侍一龙一虎，作为护法，非常威武。

传说张陵的祖父名叫张刚，原本是乡下一个卖油的农夫。当地有一个大财主，因为要埋葬先人，请了一位风水先生来挑选合适的位置。风水先生在附近察看了一番，选定了一处绝好的地方，并告诉财主："这里是天门穴，如果将先人埋葬在这里，后代之中一定会出现神人。"财主非常高兴，给了风水先生很多钱，并准备好挑一个合适的日子埋葬先人。

这一天，张老汉卖油回来，路过风水先生为财主家选定的那块地方，突然狂风大作、暴雨如注，张老汉在倾盆大雨之中，看不清道路，不慎跌入财主家刚刚挖好的坟坑中。大雨又将泥土冲入了坟坑，张老汉就这样被埋葬在这块地之中了。天晴以后，财主家再想埋葬先人，可是却已经找不到原来的地方了。于是他们只好另选了一块地方以埋葬先人。

说也奇怪，正如那位风水先生所说，张家的子孙，到了张老汉孙子这一辈，果然出了一位神人，这就是张陵。传说他长得高大魁梧，额头宽厚，眉骨突出，望之令人肃然起敬。他从小聪明好学，天文地理、诸子百家，无所不知，无所不晓。

长大以后，张陵做了一阵子朝廷的官员。但不久，他就辞去官职，退隐北邙山中，修炼神仙之术。后来因为喜爱蜀中深邃灵秀的山林溪谷，他又去了蜀中，在鹤鸣山中继续修炼丹药、符咒之术。他有两个徒弟，一个叫作王长，一个叫作赵升，他们协助张陵一起，炼成了一种名叫龙虎大丹的丹药，吃了这种丹药，便可以返老还童。

一天，张陵在北岳嵩山遇到了一位衣着锦绣的使者，使者告诉他说："在嵩山中峰的石室里，藏着《三皇密典》和《黄帝九鼎丹书》两本非常珍贵的道书，如果你能找到它们，勤加修炼，就可以得道升仙。"张陵后来进入了石室，果然找到了那两本珍贵的经书，于是他便来到龙虎山，潜心修炼，渐渐地学会了法术，能将自己的形影分离开来。

后来有一次，张陵在梦中见到太上老君驾临，对他说："近来蜀中有六大魔王作威作福，残害百姓，你如果能够将他们降伏，则是功德无量，必能成仙。"太上老君还赐给他斩邪雌雄剑、平顶冠、八封衣、印绶等等宝物。张陵醒了以后，就带领弟子，立即赶往了蜀中的青城山，鸣钟叩磬，布下了龙虎神兵，施展法力，降伏了六大魔王。因杀戮过多，太上老君命他再继续清心修炼三千六百日。

十余年之后，一天，张陵见山中悬崖之下桃子成熟，便命弟子投身取之，遂得道。不久，他便与两个弟子在云台山飞升而去，得道成仙。后世景仰张陵，于是称他为张天师，把他看作正义威武的化身。

钟馗赶考

相传唐朝德宗年间，在终南山有一个出身贫寒的书生，名叫钟馗。钟馗自幼饱读诗书，才华出众，既能文，又会武。但他的相貌却长得奇丑无比，一点也没有读书人那种风流倜傥的气质。

这一年秋天，皇帝开科取士，钟馗便来到京城赶考。他在街上游逛的时候，看到旁边有一个测字算卦的卦摊。他便停了下来，坐到卦摊前面，对测字先生说："先生，我是来赶考的，你能给我算算前程如何吗？"测字先生拿出纸笔，说："好吧，你在上面随便写一个字吧。"钟馗想了想，提起笔来，写了自己名字里面的"馗"字。测字先生拿过来一看，沉吟片刻，摇了摇头。钟馗一见，忙问道："怎么，先生，难道我无法高中吗？"测字先生望了望他，停顿了一下，然后说道："不是的。相公此次考试，必能金榜题名、独占鳌头，但可惜你时运不济，你看，现在是九月，你来考试，必能摘得头名。但这个'首'字被抛在了一边，恐怕旬日之内会有大祸临头，希望相公谨慎才是。"

钟馗听了，心中有些疑惑。但他转念一想：自己是来考试的，又不是要做什么违法乱纪的事情，怎么会大祸临头呢？这样一想，他也就不再担心了。

转眼几天过去了，到了考试的日子。钟馗进了考场，看完考题，一气呵成地写完了文章，交了上去。主考官和副主考一看钟馗的卷子，有理有据，文采飞扬，不禁同声赞叹道："真是好文章！"立刻就将钟馗点为第一名，上报给了皇上。

德宗皇帝听说新科状元才华出众，非常高兴，便下了旨意，召钟馗上殿面君。

钟馗来到金殿上，叩谢皇恩。德宗一看他长得如此丑陋，不由得皱起眉头来，心想：这人相貌如此丑陋，我若点他为状元，不是显得我大唐没有像样的人才了吗？这时，德宗身边有一个奸臣，看出了他心中所想，便说："万岁，我朝人才众多，如此丑陋之人，如果点为状元，恐怕世人会笑我朝中无人啊！"

主考官听了，连忙反驳道："皇上，人才的优劣，不在他的相貌。晏婴虽然身高不满三尺，却身为齐国的宰相；周昌虽然口吃，却能够辅助大汉取得天下。希望皇上三思，切莫以貌取人。"

奸臣听了，便说道："新科状元应该内外兼修，如今考生人数众多，何不另选一个呢？"钟馗听了，不禁怒发冲冠，指着他大骂道："你这个昏官！有你这样的官在朝廷，岂不误国！"说罢，就挥拳向他打去。

德宗一见，非常生气，说道："大胆举子，竟敢在金殿之上放肆！如此之人，不要也罢！"说完，御笔一挥，便削去了钟馗的状元。钟馗见了，又伤心又气愤，一怒之下，他顺手拔出了旁边护卫腰间的宝剑，大喊一声："失意猫儿难学虎，败翎鹦鹉不如鸡。"说罢，将宝剑一横，自刎而死。

德宗见钟馗竟自杀而死，心中不免也有些后悔难过。于是他颁下旨意，封钟馗为驱魔大神，降妖除魔，掌管鬼神。

钟馗与望乡台

钟馗虽然长相丑陋，但是却博学多才，自从一怒之下刎颈自杀、被皇帝封为驱魔大神之后，他便拿起宝剑，开始履行自己的责任。遇到有做坏事的小鬼，他就会把它们抓起来，不让它们为害人间。

这天，钟馗巡视到丰都鬼城，隔得老远，就听见一阵一阵的哭声，哀伤凄厉，令人听了十分恐惧。钟馗十分奇怪，便来到了阎罗殿，找到阎王，问道："阎王，为什么附近传来这么大的哭声，难道是地府没有好好审判，弄得冤魂太多的缘故吗？"

阎王一听，连忙说道："大神有所不知，那哭声传来的地方叫作名山，就在离丰都不远的地方。有很多鬼魂，也不知是因为什么，老是在那里哭个不停。"

钟馗听了，便说："那你们怎么不派人去管一管呢？"

崔判官在旁边，听到他们的对话，便说："卑职曾经多次派鬼差去捉拿过这些鬼魂，但因为人数实在太多，根本就抓不完。"

钟馗一听，不由得皱起了眉头，他想了一想，然后对阎王说："阎王，既然如此，那就请让我去看一看吧。"

阎王说："那就有劳大神了。"

钟馗一路腾云驾雾，很快就来到了名山。到了山顶，哭声更是铺天盖地，震耳欲聋。钟馗随手拉住一个正在哭泣的鬼魂，问道："你为什么要哭呢？"

鬼魂行了一礼，哭着对钟馗说："我本来是一个樵夫，靠每天上山打柴维持生活、奉养母亲。可谁知有一天我去山上打柴的时候，迎面碰上一只吊睛猛虎，不由分说就将我吃掉了。如今我身在地府，不知我的母亲怎么生活。她身体不好，只有我这一个儿子，又经受到这样的打击，真不知道她一个人怎么活下去啊！"说完，鬼魂便呜呜地痛哭起来。

钟馗听了，心中不禁一阵酸楚。他一转身，见旁边站着一个老头，也正抹着眼泪。钟馗见了，便问道："老人家，你有什么伤心事吗？"

老人回过头来，对钟馗说："我很担心我的女儿，不知道她现在怎么样了？"

钟馗听了，问道："你的女儿出了什么事吗？"

老鬼魂说："大神，你不知道，我的女儿被缠绵鬼纠缠住了，把她从我身边抢走，还把她锁在山洞里，不让她回家。我为了救她，有一天，就偷偷地进到山洞里，让女儿藏起来，自己扮成了女儿的模样，结果被缠绵鬼发现了，就把我杀死了。不知道现在我的女儿她怎么样了啊！"话还没说完，老鬼魂就又哭了起来。

钟馗一听，非常气愤，说："居然还有这样的事情！老人家，你不要哭，你告诉我，那个缠绵鬼把你的女儿关在什么地方？"

老鬼魂忙把缠绵鬼住的山洞告诉了钟馗。钟馗赶到了山洞，杀死了缠绵鬼，把老人的女儿救了出来。

钟馗回到阎罗殿，阎王一见，十分高兴，便问他道："大神，你已经把那些哭鬼们都抓回来了吗？"

钟馗低头想了一会儿，然后说："阎王，这次你交给我的任务，我怕是没有办法完成了。"

阎王忙问："这是怎么回事？"

钟馗说："阎王，那些鬼魂并不是故意在那里哭泣吵嚷的，他们实在是因为思念亲人，心中悲伤无法抑制，才每天都在那里远望人间，希望能看到一些人间的情况。我们可以每天都见到自己的亲人，鬼魂们却和亲人永远地分开，再也无法相见，这实在是太可怜了，我实在不忍心再去捉他们。"

阎王听了，也十分同情，便说："那大神有什么好办法解决这个问题吗？"

钟馗说："不如修建一座望乡台，让鬼魂们可以看到自己生前的家乡和亲人，他们不就不会再哭了。"

阎王说："嗯，这真是个好办法，就按你说的办吧！"

从此，阎罗殿的旁边就多了一座"望乡台"，鬼魂在这里，可以看到自己的亲人，也就不再像从前那样伤心地哭泣了。

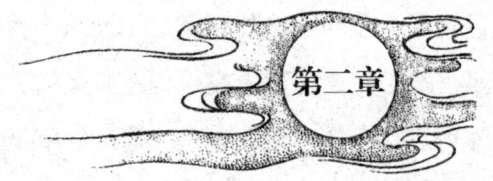

俗神的由来

福神的传说

在民间传说的诸神之中,福神的起源很早。每当过年的时候,老百姓都要贴上"天官赐福"的年画。年画中的天官身上穿着一品大员的红官服,手拿如意,长须飘飘,面貌安详和蔼,给人一种雍容华贵的印象。在有的年画上,天官还携带着五个小童子,这些小童子手中捧着仙桃、鲤鱼灯、石榴、春梅和佛手。在新年的时候,人们贴上这样的年画是为了祈求天宫赐福。

福神,本名叫阳城,字亢宗,定州北平人,是唐德宗时期的进士。他因为学识渊博,道德高尚,颇有盛名,因此受到唐德宗的重用,官升至谏议大夫。贞元十一年,陆贽等人因为边关军需困难的事情上书,结果受到裴延龄的诬陷。唐德宗大怒,要杀陆贽等人。朝廷中没有一个人敢上谏,只有阳城以死上书,力陈裴延龄的奸佞和过错,这才使得陆贽等人免于一死。后来,唐德宗想让裴延龄做宰相,阳城听说了此事又上书反对,列举裴延龄的种种罪行。唐德宗认为阳城诬蔑,不但不理会他的忠言,还将其贬为国子司业,后来又贬为道州刺史。

阳城在做道州刺史期间,为当地百姓做了不少好事,因此受到道州百姓的爱戴,将其功迹千载传诵。其中,最值得称道的就是其不畏权势,不进贡侏儒的故事。

唐德宗荒淫无道，喜好侏儒，于是就下令让各地向朝廷进贡侏儒。贡阳县就是后来的道州，向上进贡了一名叫王义的侏儒。王义从小就长不高，即使成年以后，也是身高不足三尺。王义虽然不高，但头脑灵活，口齿伶俐，还会唱小调，逗人取乐，深得唐德宗的喜爱，于是，唐德宗就下令贡阳县每年都要向朝廷进贡侏儒一名。这样，贡阳县进贡侏儒就成为了一项制度延续下来。到了唐代，贡阳县改为道州，但进贡侏儒的制度没有变。

道州并不产侏儒，只是当地男子的个子都很矮罢了。历任道州官员为了讨好皇上，同时也迫于上级的压力，就想尽一切办法到处搜索侏儒。毕竟侏儒是有限的，官员们就人造侏儒。他们把从贫苦百姓家中抢来的，或者以很低的价格买来的幼童，放到窄小的陶罐中，只将脑袋留在外面，用这种方法抑制孩子的生长，制造出了一个又一个的侏儒，进贡朝廷。这种丧尽天良的做法，给当地百姓平静的生活笼罩上了一层阴影。

阳城被贬到道州以后，听说了这骇人听闻的做法，决心铲除这个恶习，每当上级要求道州进献侏儒时，阳城就是不进贡。唐德宗多次下令责问他，阳城每次都据理力争，并上疏说："国家法典有规定，进贡本地有的东西，不能强迫进贡没有的东西。道州这个地方不产侏儒，只有极少数的矮人，所以不应该进贡。"最后，朝廷理亏词穷，也不得不下诏废除进贡侏儒的这项制度。

道州的老百姓知道了这件事情以后，欢呼雀跃，为了感激阳城的解厄赐福、为民伸冤，道州百姓建立寺庙供奉他，尊其为福神。后来，其他地方的百姓也纷纷效仿。

据说阳城的生日是在上元灯节，也就是元宵节，因此在这一天，各地的老百姓都为其庆祝生日——有各种各样的赏灯活动，游园盛会，祈福道场，每户添丁的家庭还要在祭祖的时候举行"点灯"活动。

禄神的传说

禄是指官职禄位。禄神是掌管文运、官运、功名利禄的神灵。在我国古代，做官是要通过科举考试来实现的，科举考试成功与否又与文人读书写文章的好坏直接相关，所以禄神不但受到官场人士的敬奉，也受到崇尚文化的老百姓的喜爱，成为民间的吉祥神。

禄神被人神化之前，专指天上的禄星。禄星位于文昌宫的第六星，专掌司禄。后来，人们对禄星的崇拜，渐渐将其人格化，成为和福星、寿星并列的神仙。福禄寿三神仙常常出现在传统风俗年画中，其中禄神抱着或者牵着一个小孩，所以有人把他叫作"送子张仙"。在戏曲中也有"禄星抱子下凡尘"的唱词。可见，禄神在民间受欢迎的程度。

有关禄神张仙的故事很多，其中最有名的就是为唐朝宰相娄师德消灾的故事。

娄师德年轻的时候体弱多病，看了好多名医，吃了许多补品也没有用。一天，有一个算卦的先生来到他家给他算了一卦，说他印堂发黑，三日必死。娄师德听后并不以为然，因为从小体弱多病，早就做好了死的准备。

在这三天中，娄师德将家中的仆人都召集了起来，跟他们说："你们不用再伺候我了。我已经把路费准备好，你们都回家去吧。"仆人们一头雾水，不知道主人出了什么事情，只好听从主人的安排。

处理好这些事情以后，他什么事情也不做，专门等待死亡的到来。等到第三天，娄师德看自己还活着，非常惊奇，心想可能是那个算卦的说得不准。

第三天晚上，娄师德躺在床上睡觉，睡梦中感觉有人从屋外走了进来。他睁眼一看是个紫衣人。娄师德想自己反正也要死掉了，管他是谁呢。只见那个紫衣人从怀里掏出一个弹弓，对着娄师德的脑袋就是一下。娄师德以为自己必死无疑，紧闭着双眼。等了好一会儿，娄师德只觉得神清气爽，病痛好像都好了。他睁开双眼，向四周看了看，那个紫衣人正站在他的面前。

娄师德赶忙下床，问到："请问是何方神圣，救了我娄师德一命，请受我一拜。"

紫衣人说："我是禄神张仙。你本应该高官厚禄，可是灾星盖顶，我特来救助你。"娄师德半信半疑地看着紫衣人。紫衣人说："你不相信的话，可以给你看看我的官禄薄。"说完，紫衣人就带着娄师德来到了一个小屋子里。在这个屋子里放着一本官禄薄，娄师德拿起来翻开查看。

只见自己的姓名、年龄、籍贯、进士及第、当宰相的时间及八十五岁的寿命都记录在上面，心中大喜。这时，他看见自己堂兄弟的名字也在上面，就想看看到底写了些什么。他刚要翻开看，一个怪兽拿着叉子闯进屋里，大喊道："大胆娄师德，竟敢乱翻官禄薄，泄露天机。"

说完，怪兽就用叉子刺向了娄师德。娄师德吓得惊醒，才知道原来是一场梦。后来，娄师德果然做了宰相，高官厚禄，验证了梦中的事情。

禄神在民间很受欢迎，老百姓认为禄神可以带来官职禄位。有了官位，就有了权力，也就有了金钱。因此人们喜欢在屋内张贴禄神的年画。传统的年画中，禄神有时候是一身华贵的打扮，左手张弓，右手拿弹，作仰面直射状。有时候禄神怀抱或者牵着一个小孩。又因为"鹿"与"禄"谐音，在中国的年画、风俗画和吉祥画中一般用"鹿"来象征"禄"。如"福禄寿三星图"中便是一个老寿星骑在一只鹿上，上空飞着蝙蝠。再如"加官进禄"画中，就是一个官员抚摸着一头鹿。

送子张仙

张仙是一位传说颇多的神仙，有人将其称为禄神，又有人将其称为"送子张仙"。

《历代神仙通鉴》记载，这位张仙是五代时期的一位道士，叫作张远霄。在巴蜀道教名山青城山修道成仙。他有一门最堪称道的绝技，就是擅长弹弓射击，百发百中。而射击的目标正是那些作乱人间的妖魔鬼怪，五代至北宋时期，他在巴蜀地区已经小有名气。那么这位张道士后来又是怎样成为送子张仙的呢？

宋朝开国皇帝赵匡胤举兵伐蜀，大获全胜。后蜀灭亡以后，孟昶的爱妃花蕊夫人被送给了新皇帝宋太祖赵匡胤。花蕊夫人不忘旧情，时时刻刻想念着前夫孟昶。于是就请工匠画了一张孟昶打猎的画像，挂在寝室的墙壁上。

一次花蕊夫人独自面对画像默默流泪，正好被赵匡胤看到。赵匡胤看见花蕊夫人对着画像哭泣，非常奇怪，就问："爱妃，怎么独自对着画像哭泣呢？难道画中是你的亲人吗？"花蕊夫人赶忙止住悲声，回答道："这画中人乃是送子的神仙。我嫁与皇帝多年，可是一直没有子嗣，非常的伤心，就命画师按照老家的风俗画出送子张仙。希望可以保佑我早生贵子。"赵匡胤听完，非常高兴。从此再也不问画中人是谁了。

后来这件事在宫中流传开来，那些想要子嗣的嫔妃都在自己宫中悬挂起送子张仙的画像。只是画中的张道士被褪去道袍，换上一身戎装，并拥有了孟昶英俊潇洒的美男子扮相，从此以送子的张仙闻名于世。后来这件事情传到民间，人们为了求子就供奉起张仙来。

这个故事不见于正史，真伪难辨。但北宋之初张仙送子的说法已风行于世，成为不争的事实。北宋文人笔记中记载了一则张仙送子显灵的故事。

苏东坡和苏辙两兄弟参加同一年的科举考试，并且兄弟两人同时高中进士，这个消息一时轰动朝野。其实早在两兄弟出生以前，他们的父亲苏洵就梦见过张仙弯弓向天射击，连发两弹。

据说，有一天，苏洵正在睡午觉，在梦中看见一人站在自己面前。苏洵赶忙上前施礼，说："请问你是谁啊？"这个人笑着说："我是送子张仙。"苏洵忙问："不知神仙有何事情啊？"只见张仙拿着弯弓向天空中连射了两弹。

苏洵不解其义，赶忙恭敬询问，张仙也不作答，隐身而去。后来，苏轼和苏辙两兄弟出生，一直到兄弟两人双双高中，苏洵才恍然大悟，原来张仙早就托梦给自己。为此苏洵还写过一篇名为《张仙赞》的长诗，以表示谢意。

另外，张仙射天狗的故事也十分有名。

据说宋仁宗赵祯年已五十多岁，尚无一子。宋仁宗非常苦恼，经常向上天祷告，希望赐予自己一个儿子。一天晚上，他在睡梦中忽然看见一个男子。这个男子衣着十分华丽，脸上好像敷了一层粉，五缕长髯在胸前飘洒。

仁宗看来人仙风道骨，赶忙施礼，说道："不知是哪位神仙驾临，有什么事情吗？"这男子挟着弹弓，来到宋仁宗面前，说："我是送子张仙。陛下因为天狗守垣，不得子嗣。今天我特地来为你用弹弓驱逐天狗。"

宋仁宗听后很惊讶，忙向这位美男子询问是怎么回事。这男子说："这只天狗在天上掩盖住了日和月，让天上的神仙看不到人世间发生了什么事情。然后跑到世间作恶，专门吃小儿，但是这只天狗最怕我的弹弓，只要一看到我就会逃跑。"宋仁宗听了以后非常高兴。梦醒来后，仁宗立刻命人按他梦中所见的张仙形象描绘了一张图，贴在宫中祈子。所以民间就有了"张仙射天狗"的说法。

张仙既能送子，也能护子。以前过年祭神的时候，家家都要请一张张仙神像贴在烟囱旁边。因为据传天狗会从烟筒里钻进屋来，吓唬小孩、吃小孩，或者传染天花给小孩。只要将张仙像贴在烟囱旁，天狗就进不来了。张仙神像旁还常贴上对联："打出天狗去，保护膝下儿"。横联是"子孙绳绳"。或"打出天狗去，引进子孙来"。横联是"子孙万代"。

麻姑献寿

人们为老人祝寿时，是有男女之分的。女寿星图中画的是麻姑。画中的麻姑腾云驾雾，一手拿着自制的寿酒，一手拿着王母娘娘赠送的仙桃。酒和桃成了麻姑图中不可缺少的两样东西。因此，酒和桃在人们心中也成为了长寿的象征。

麻姑是我国南北朝时期北方一位少数民族的姑娘。她长得十分俊俏，一条乌黑的大辫子垂到腰间。她不仅长得漂亮，还心地善良。麻姑的父亲叫作麻秋，性情十分暴虐，专横跋扈，经常欺压贫苦百姓。即使这样，麻姑对他的父亲还是很孝顺。

一天，麻姑到山上去采摘野果，好不容易找到了一个大桃子。麻姑舍不得吃，就把桃子揣在怀里，打算拿回家给父亲吃。

麻姑在回去的路上，看见路边围了一群人，就好奇地过去看个究竟。原来是一个穿着黄色衣衫的老婆婆病倒在路旁，不省人事。有几个人七嘴八舌的说："这个老婆婆一定是饿晕了，要是能有点吃的，还能活过来。"围观的人只是这么说，却没有一个人给老婆婆拿吃的。那时，兵荒马乱，田地荒芜，粮食十分珍贵。麻姑听完这些人的谈话后，想也没想，就把怀中的桃子拿了出来，蹲下来，去喂老婆婆。这个桃子又甜又多汁，老婆婆吃了以后，很快就醒了过来。旁边的人都称赞麻姑心肠好，将来一定会得到好报。

老婆婆醒了以后，还是很虚弱，开口对麻姑说："好孩子，谢谢你了，能不能再给我煮些粥喝呀？"麻姑听后，爽快地答应了。她让老婆婆坐在树下等她，自己快速的跑回家中。

麻姑回到家后，开始煮粥。这时麻姑的父亲回来了，麻姑就把刚才街上发生的事情告诉了父亲。麻秋听说女儿不仅把桃子送给了老太婆，还要给老太婆煮粥，非常恼火。于是他把麻姑关了起来，不准她出去。

可是麻姑放心不下那位老婆婆，等到半夜父亲睡着的时候，偷偷跑了出去。当她来到白天老婆婆等她的地方的时候，老婆婆已经不见踪影，只留下一颗桃核。麻姑只好把这颗桃核捡起来回到了家。躺在床上，麻姑在睡梦中好像看见了白天的那个黄衫老婆婆。老婆婆笑眯眯地看着她，对她说："好孩子，谢谢你的桃子了，我们有机会还会见面的。"说完就飘然而去。麻姑在梦中惊醒，觉得这个老婆婆一定不是寻常人。

早上起来以后，麻姑把那颗桃核种在院中。几个月以后，就长成了一棵又高又茂盛的桃树。奇怪的是，这颗桃树每年三月就结出又大又红的桃子。这时，就会有很多人来看热闹。麻姑就用结出来的桃子救济贫苦的老人。这些老人吃了麻姑的桃子，精神抖擞，身上的小毛病都不见了。麻姑这才明白当初的那个老婆婆是神仙下凡。

后来，国家打仗急需军事人才，麻姑的父亲应招入伍。麻秋因为骁勇善战，屡立战功，被封为征东将军。战事平息以后，皇上下令让麻秋负责修建宫殿，为了讨好皇上，麻秋抓来好多贫苦的农民，让他们没日没夜的干活。

麻姑非常同情这些人，就去劝说父亲。可麻秋怎么听得进去。麻姑就趁父亲不注意的时候，从将军府拿药、拿吃的给这些工人们。麻姑得知鸡叫的时候这些工人们才能休息。她就躲在鸡窝里，学鸡叫，好让工人们早些休息。可是这件事情很快就被麻秋知道了。麻秋十分恼火，叫人把麻姑关了起来。

麻姑运用聪明才智逃了出来。麻秋听说后十分恼火，决定要狠狠地痛打麻姑。就在这危急时刻，王母娘娘正好驾车经过此处，她早就听说了麻姑的善行，于是就把麻姑解救出来，收为徒弟。

有一年农历三月三日王母娘娘寿辰，天庭举行蟠桃大会，各路神仙都来祝寿。百花、牡丹、芍药、海棠四位仙子特来邀请麻姑一同去祝寿。四位仙子为王母娘娘送上了仙花。麻姑只拿了一个小土坛。其他各路神仙都掩嘴而笑，觉得麻姑的礼物太寒酸。

王母娘娘知道麻姑的礼物一定不一般，就说："麻姑，你送的是什么好东西啊？快让我看看。"神仙们听王母娘娘这么说，都不敢小看麻姑。

麻姑对王母娘娘说："今日娘娘大寿，小仙特酿了一坛寿酒，请娘娘品尝。"打开坛盖后，一股清香飘满瑶池。神仙们都凑到了酒坛跟前，交口称赞。连天宫中专管酿酒的神仙也都赞不绝口。原来，麻姑用山上的泉水，配上各种名贵的草药，放了七七四十九天，才酝酿出这坛美酒。王母娘娘大喜，封麻姑为虚寂冲应真人。

麻姑成仙以后，还经常回到家乡显灵，为穷困百姓消灾免祸。

王母娘娘蟠桃会

王母娘娘，也称瑶池金母、西王母，又叫瑶琼。传说中她是玉帝的妻子。在天上掌管宴请各路神仙之职，在人间掌管婚姻和生儿育女之事。王母娘娘住在瑶池，园里种有蟠桃，食之可长生不老。每年三月初三她诞辰之日，都要在瑶池中开蟠桃盛会，以蟠桃来宴请各路神仙。

王母娘娘种的蟠桃很神奇，小桃树三千年一熟，人吃了体健身轻，成仙得道；一般的桃树六千年一熟，人吃了白日飞升，长生不老；最好的九千年一熟，人吃了与天地日月同寿。因此，各路神仙都争先恐后地来参加蟠桃会。

参加蟠桃会最有名的，也最为我们熟知的几位神仙，就是孙悟空、沙和尚和猪八戒。沙和尚以前是天上的卷帘大将，因为在蟠桃会上打破了王母娘娘喜爱的琉璃盏，被罚贬入人间。猪八戒是掌管天河的天蓬元帅，在蟠桃会上酒后调戏了月宫仙子嫦娥，被罚转世误投胎为猪身。其中，孙悟空大闹蟠桃会的故事最为有名。

东胜神州傲来国有一座花果山，山顶耸立着一块仙石，受日月精华，产下了一个石猴。石猴身手不凡，异常勇敢，被推为水帘洞洞主。后来，石猴四海拜师求艺，在西牛贺州得到菩提祖师的真传。

菩提祖师给他取名为孙悟空，教他七十二般变化。这天，菩提祖师把悟空叫到了身旁说："你技艺已经学成，可以回去了。"悟空恋恋不舍地离开了师傅，一个筋斗云就翻回了花果山。

猴子们正在山上嬉戏玩耍，忽然看见自己的大王从天而降，高兴得欢呼起来。孙悟空给他们讲了自己学艺的经过，还演示了不同的法术。猴子们看得眼花缭乱，直拍手称好。这时，一个老一点的猴子说："大王，你这么大的本事，没有应有的工具也发挥不出来呀。"猴子们一听，都说：是啊，是啊。

孙悟空一听，也觉得有道理，就问："上哪里去找应手的工具呢？"老猴子说："听说东海龙王有件宝物，叫作定海神针。大王可以借过来。"

悟空非常高兴，马上去龙宫借定海神针。龙王说："你要是能拿得动，就送给你。"悟空在神针下面往上看，只见上面写着几个大字"如意金箍棒"。悟空心想：要是能小一些就好了。没想到，神针真的变小了。悟空将神针托在手里，对龙王说："现在这个宝物归我了。"龙王没有办法只好放他走。

悟空拿着金箍棒来到了阴曹地府。他找到生死簿，将上面跟猴有关的名字全部划掉。这一举动惹怒了阎王。他命令手下的牛头马面去捉拿孙悟空。这些人怎么是悟空的对手，一个个被打得鼻青脸肿。

龙王和阎王联合去天庭告状。玉帝想要派兵去捉拿。太白金星建议，把孙悟空召入上界，让他做个弼马温，在御马监管马。

孙悟空不知道弼马温是个什么官职，以为是和玉帝一样大的官，就高高兴兴地答应了。来到天庭，他才知道自己只是个养马的小官，气得拿起金箍棒打出了南天门。回到花果山以后，自立为王，号"齐天大圣"。

玉帝听说这个放马的猴子竟然自称齐天，气得胡子撅起老高。他命托塔李天王率天兵天将捉拿孙悟空，美猴王连败二郎神、哪吒二将。太白金星二次到花果山，请孙悟空上天做齐天圣，管理蟠桃园。

孙悟空听说吃了蟠桃园的桃子可以长生不老，就答应了。这天，悟空正在蟠桃园里睡觉，忽然一阵嬉笑声传到了他的耳朵里。原来今天是王母娘娘的寿辰，七仙女奉命来摘仙桃。

经过询问，孙悟空得知王母娘娘设蟠桃宴，各路神仙都请了，唯独没有请他。孙悟空火冒三丈，先是大闹蟠桃宴，自个儿开怀痛饮，还将所有仙酒仙菜席卷一空，装进乾坤袋，准备带回花果山。哪知酒喝多了，撞进了太上老君的宫殿，将专供玉帝服用的金丹吃了个干净，这才返回花果山，与众猴孙大开仙酒会。

玉帝和王母娘娘听说了此事后，气得咬牙切齿，立刻命李天王带领十万天兵天将，兴师问罪。孙悟空与二郎神斗了几百回合，不分胜负。最后，中了太上老君的计，不幸被擒。斧砍、火烧、箭射，都损伤不了孙悟空一根毫毛。玉帝大怒，将孙悟空打入太上老君的炼丹炉中炼烧。没想到孙悟空并没有被烧死，他跳出丹炉，打上了凌霄宝殿。一路上，天兵天将，望风披靡，玉帝狼狈奔逃。猴王大获全胜，回到了花果山，重新树立起齐天大圣的旗号，与猴孙们过着快乐的生活。

玉帝束手无策，求助西天如来。孙悟空终究敌不过佛法无边的如来，一路筋斗云翻不出如来的手掌。如来将孙悟空压在五行山下，饥吃铁丸，渴饮铜汁，苦度了 500 年。

泗州大圣

　　泗州大圣，又称泗州佛。传说他是一位西域僧人，人们称他为"僧伽大师"，是观音的化身。唐高宗时，僧伽大师曾来到长安、洛阳一带化缘，后来又去了吴楚等地。他手执杨树枝，到处说法。有人问他："大师姓什么呢？"他就答道说："我姓何。"又有人问："大师是哪里人氏？"他就答道："我是何国人。""何国"据说在西域碎叶国以北。

　　后来，他游历到泗州，就在这定居了。有一天，他在一户人家留宿，突然对主人说："这里本来是一座寺庙。"主人闻听后格外的惊奇，忙让仆人在院内掘地，果然发现了一块古碑，碑上题名为"香积寺"，又刨出了一个金像，人们看过之后都说是"燃灯古佛"，而大师却说是"普光王佛"。

　　景龙二年，唐中宗派特使迎接大师来京城，皇上远接高迎，百官行礼，颇为隆重。皇上还亲笔题写了"普光王寺"的匾额。景龙四年三月三日大师圆寂，归葬泗州，并漆身起塔。传说唐中宗曾问过僧伽大师："僧伽大师何人？"僧伽大师回答说："观音化身。"从此，泗州僧伽大师的圣名广为传扬。

　　宋朝太平兴国七年，宋太宗下令翻建泗州僧伽大师塔。雍熙元年，太宗又加封僧伽大师"大圣"谥号。从此"泗州大圣"更是四海名扬。

　　在福建、台湾、广东等一些地方，泗州大圣的职能正逐渐发生变化，产生了另外一个传说版本。泗州大圣被称之为"泗州佛"，其职能主要是掌管爱情婚姻。各地情侣们都祈拜他，并修了许多凉亭供奉他。泗州大圣就成为了爱情之神。

　　那么泗州大圣是如何成为爱情之神的呢？其中还有一段有意思的故事。

　　相传宋朝时候，在福建惠安和晋江两县交界处有条洛阳江。这条江的水流十分迅急，万分险要。这天，蔡襄的母亲正怀着蔡襄要过洛阳江。由于水流湍急，蔡襄的母亲在过江的时候，在船上受到了惊吓，上岸后她就对腹中的胎儿说:"我的儿子诞生后,要是能做官,一定要在这条险峻的河上修造一座桥。"

后来,蔡襄果然当上了泉州太守,他按母亲的意思来江边造桥。可江水湍急,连投放江中的石头都被冲跑了,更不用说在上面架起一座桥了。蔡襄束手无策,一愁莫展。

有一天,有个老翁与一名绝色女子划船来到江心。老翁宣布有谁以钱掷中姑娘,就把姑娘嫁给谁。于是前来投钱的人不计其数,可是钱都落在江里,没有一个人可以砸中姑娘。这样过了几个月,江底积满了钱,成为了架桥的奠基石。实际上,这位老翁是土地爷变的,姑娘是观音菩萨变的,他们这么做的目的就是为了帮助蔡襄架桥。

可是,就在大功快要告成之时,一个聪明的泗州人想了个巧妙的方法,用钱掷中了姑娘。老翁便叫他到凉亭中去商议婚事。这位泗州人到凉亭里一坐,就再也没有起来。原来他的灵魂被观世音菩萨度化到西天成佛去了,但肉体却留在了凉亭之中。这座肉身就成为了民间膜拜的泗州大圣。

人们传说,泗州大圣十分理解与同情那些追求美满婚姻的痴男怨女,所以只要在泗州大圣佛像的后脑勺处挖下一点泥巴,偷偷地撒在对方身上,对方就永远不会变心,这样爱情、婚姻就会得到幸福的结局。但是这一来,这座佛像的后脑勺处就只好一修再修了。

月老的故事

"愿天下有情人,都成眷属;缘分注定事,莫错好姻缘。"这是人们的美好愿望。月老,又叫月下老人,正是掌管人间姻缘的婚姻之神。据说,月老手中有一根红线,将一男一女的脚脖子拴在一起。所以,两个人即使是在天南海北,也能走到一起。

唐代杜陵有一个叫韦固的人,从小是个孤儿,本想早点娶妻生子,可是总是求婚不成,一次他外出游学,住在宋城的一家旅店里。在宋城这个地方,韦固遇见了自己的一位老乡。两个人就找个地方攀谈了起来。

当这个老乡知道韦固尚未娶妻的时候，就说自己可以帮助他介绍一户人家的女子。韦固非常高兴，相约明天早上在这里见面。晚上，韦固躺在床上睡不着，一心等着天亮。最后，韦固等不及了，穿好衣服，决定先去约会的地点等着。

他走在夜深人静的街道，看着天空中的明月，感慨颇多。自己从小孤苦伶仃，好不容易长大成人，有了些成就。可是就是找不到中意的媳妇。不知道这次能不能成功。他正胡思乱想着，忽然看见前面有一个人好像在月下看书。

他紧走了两步来到一座寺庙的门前，看见一个老人背着一个布袋子，正坐在台阶上翻书。

韦固心想：这个老头好奇怪啊，竟然在这种地方看书。韦固忍不住探头去看这个老人看的是什么书。

韦固凑上前一看，竟是一本无字的书。韦固暗想这老人家看的书怎么没有字呢？他向老人家拱了拱手，问道："老人家，您看的是什么书啊？"老人笑着回答道："这是天下人的婚书。"韦固觉得奇怪，心里想，我怎么没听说过天下有这么一本书啊。又问："老人家，您袋子里装的是什么啊？"老人说："装的是红线，是用来系住夫妻二人的脚。两个人如果被我的红线系上，就算是仇深似海，就算是贫富悬殊，就算是相隔天涯海角，都会在一起，想逃都逃不掉。即使两个人再相爱，我的红线没系，两个人也是不能到一块的。这就叫千里姻缘一线牵。"

韦固听了老人的话，很是好奇，就询问自己的姻缘："老人家，那我的妻子是谁啊？"月老翻了下书，笑着说："你的妻子现在刚刚三岁，是店北头卖菜的瞎老太婆的女儿。"韦固一听，心里暗自思量，想想自己的满腔抱负，怎么会娶一个卖菜人家的女儿。

于是，他对老人家说："我的同乡给我介绍了一户人家的女子，约我早上见面。没准这个女子就会成为我的妻子。"老人笑呵呵地说："这姻缘都是天注定的，怎么强求得来呢？"韦固告别老人，赶往约会的地点。他在那里等了一上午，也没见到自己的同乡，只好沮丧地回去了。

回到店房以后，韦固越想越生气，就喊来随行的仆人，命他暗中去刺死这个小女孩。第二天，仆人来到了菜市场，找到了那个小女孩，上去就是一刀，然后慌忙逃走。仆人因为做贼心虚，没有刺中小女孩的心脏，反而刺中了眉心。仆人回来以后将经过讲给韦固听，两人仓皇逃出了宋城。

十几年后，韦固驰骋沙场，骁勇善战，立下显赫战功。有一次，刺史王泰犒赏士兵，看见韦固英雄少年，十分喜爱，就将自己的女儿嫁给了他。

刺史的女儿十几岁，长得很漂亮，是个知书达理的人。韦固十分满意。可就是妻子眉心处总贴着一朵花，什么时候都不拿下来。韦固问她，她才说明原因："我的父母原是城里卖菜的，自幼贫寒，三岁时，父亲过世。有一天母亲抱着我去市场，不知道从哪里来了一个狂徒，想要杀死我。不过，我命大，只刺中了眉心。后来，我的母亲报告了官府。刺史大人负责调查此事，可始终不明因果。刺史见我可怜，就收我为义女。对待我如同亲生女儿一样。我觉得有这样一个疤痕不好看，就贴了一朵花在上面。现在才告诉夫君，请多包涵。"

韦固问："你的母亲是个盲人么？"

妻子回答道："是啊，你怎么知道的？"

韦固心想真是天意不可违，就把十几年前在宋城遇见月下老人的事情讲给妻子听。从此夫妻二人更加相敬如宾。后来他们生了一个男孩叫韦馄，官至雁门太守。

由于这个故事的流传，后人将其改编成戏剧搬上舞台。并且月老也成为了媒人的代名词。

刘海戏金蟾

在民间版画中，刘海戏金蟾的吉祥画十分流行。画中是一个永远长不大的胖小子，穿着红肚兜，笑眯眯的，两手各拿一串金钱，旁边配上三足金蟾、荷花、梅花等，呈现出一派喜庆的气氛。在针业，奉刘海为祖师爷，大概是取其"线过金钱眼"的动作。在地方戏曲中，有《刘海戏蟾》《刘海砍樵》等剧目。

刘海，历史上确有其人。原为五代时人，本名刘操，字昭远，又字宗成、玄（或元）英，居燕山一带，先为辽国进士，后出家修道，号海蟾子。刘海十六岁的时候中进士。后来，刘守光被后梁太祖封为燕王，刘海就当上了燕王的丞相。刘海特别喜好谈玄论道，与道士交往密切。有一天，一个道士来访，刘海以礼相待，讯问道士的姓名。这个道士听而不答，只是在刘海面前拿出十个鸡蛋，十文金钱，每一文钱间隔一个鸡蛋，将钱和蛋层层垒叠，最后蛋和钱垒成了一个塔状，却没有坠下来。刘海惊叹道："这太危险了！"道士告诉他说："你身家性命面临的危险，比这个更严重。"刘海问道："怎么样才能摆脱这种危险呢？"道士并没有回答，拿起鸡蛋、金钱，掷之地上，然后长笑离去。

原来，这个道士是说刘海现在身居高位，这高位就像垒起来的鸡蛋一样，随时有可能坠毁，要摆脱危险，免去杀身之祸，就要抛弃荣华富贵，就像道士将鸡蛋、金钱掷于地上一样，弃荣华富贵如敝履。刘海很聪明，马上就明白了道士的用意，当晚摆了一桌丰盛的酒席，美美吃了一餐，然后砸碎所有的宝器。第二天，解下相印，穿上道士的服装，假装发疯，出了燕国，远游去了。

在路上他又遇到那位道士，道士授给他服丹成仙的口诀。刘海这才知道他就是钟离权。两年以后，燕王刘守光僭称大燕皇帝，不久就被朝廷剿灭，刘守光遭诛灭九族之祸。而此时，刘海正云游天下访道。后来遇上了吕洞宾，授之以秘法，乃得道成为真仙。从此，刘海以钟离权、吕洞宾二位仙人为师，追随他们遁迹于终南、太华之间，不知所终。

元朝元世祖封刘海为"海蟾明悟弘道真君。"武宗皇帝加封为"海蟾明悟弘道纯佑帝君。"刘海出家后，取道号"海蟾子"，称为刘金蟾。后来，由这名字又附会上了刘海戏金蟾的传说，刘海就成为能给人间带来钱财、子嗣的吉祥神。

关于刘海戏金蟾又有不同的说法。一种说法是刘海以金蟾为食物。金蟾是民间信仰中的灵物，刘海以之为食，说明他神奇非凡。一种说法是刘海捉金蟾是令金蟾吐金，施济天下穷人。

在民间中，最流行的还是刘海捉三足金蟾的故事。

清康熙年间，苏州有一个乐善好施的大善人叫贝宏文。有一天，一个自称为阿保的小伙子主动找上门来做佣人，贝善人便收留了他。阿保一天到晚忙个不停，干活很卖力。而且他干活从不要工钱，还常常不吃饭，有时一连几天不吃饭都不饿。

贝家的人都很奇怪，问他为什么不吃饭。阿保只是笑，不回答。更令人吃惊的是，他可以把陶瓷做的尿壶像翻羊肚子似的翻过来，洗刷里面，然后再复回去，洗外面，陶瓷的尿壶在他手里竟然像柔软的面皮。

有一回元宵节，阿保抱着小主人去看灯，很晚未归，贝善人十分着急，派出家人四处寻找，哪里都找不到。快到三更的时候，阿保才抱着小主人回来。贝善人埋怨他回来得太晚，让一家人提心吊胆。阿保说："杭州的灯不热闹，我带着小主人去了一趟福建的省城，那里的灯好看。"贝家的人都不相信他说的话。不料，小主人从怀中掏出了一把新鲜的荔枝，这是杭州没有而福建才有的水果。贝家人这才相信了阿保说的话，在心中暗暗揣测阿保一定来历不凡。

这天，阿保到井里打水，打上来一个大蟾蜍。奇怪的是，这个大蟾蜍不仅形体巨大，而且只有三条腿。三条腿的蛤蟆是传说中的灵物。阿保对贝家人说："这个蟾蜍逃走已经好几年了，今天总算把它捉住了！"左邻右舍的人都跑来看热闹，并竞相传说这阿保就是戏蟾的刘海。阿保见自己的身份已经暴露，便谢过主人，升空而去。

妈祖的传说

在中国东南沿海地区，妈祖是一位重要的神，尤其是在台湾，有妈祖庙74座。每年三月二十三日是妈祖诞生日，要举行祭祀和妈祖像巡街活动。妈祖的信徒人数众多，香火旺盛，至今不衰。在东南亚、日本、朝鲜等国家，也有妈祖的信徒。

妈祖确有其人，姓林名默，居住在福建莆田湄州屿。在林默被人们尊为妈祖之前，有着许多传奇的经历。

五代时期，在福建湄州住着一户姓林的人家，林家世代海上经商。林家老爷去世以后，由其儿子林愿接管了家业，但林愿每次出海都不顺利。原来，做生意没有官府的保护是不行的。于是，林愿花钱买了一个巡检史的官。从此，他不仅可以收过往船只的税，而且自己家还可以不征税。林家海上的生意很快地红火起来。

林愿的妻子华氏为其生了四个儿子，可这四个儿子看上去体弱多病，一点都不出众。林愿就与夫人一起来到普陀山进香，祈求观世音菩萨再赐一子。

观世音菩萨和龙女去参加王母娘娘的蟠桃会，在经过福建莆田的时候，看见有黑气从海面上升起来。龙女赶忙往下观看，只见海中有一妖怪作孽，经常掀翻船只，把落水者当点心吃掉。龙女想要下去收伏这个海妖，观世音菩萨没有同意。等开完蟠桃会，回到了普陀山，正好碰到林愿与夫人求子。

观世音菩萨知道林家人心地善良，乐善好施，听到祈求之后，就对身边的龙女说："龙女呀，林家世代与人为善，今日来求子，师父不得不应允，你就投胎到林家去吧，到时还可以收伏海上的妖孽。"龙女听完后说："林家求的是儿子啊？"观世音菩萨说："天机不可泄露。"

林愿夫妻上完香回来，不几天华氏就怀上了身孕。三月二十三日这天，林府周围被一道红光笼罩住，一声巨响，华氏产下一个女婴。这个女婴一生下来，就不哭不闹，直到满月也不会哭笑。林愿以为这个小女儿是个哑巴，就将其取名为林默。

林愿找来许多名医为小女儿看病,可是没有一个人能够让林默开口说话。这天,林府外面来了一个和尚,说可以治疗林默的病。林愿赶忙请他进来,说:"大师,如果能让我的小女开口说话,一定不会忘了大师的恩情。"和尚笑着说:"施主严重了。还是让我先看看你女儿吧。"

林愿赶忙派人把女儿找了出来。说来也奇怪,林默一看到这个和尚就张开小嘴笑了起来。和尚走到林默的身边,俯下身去,在她的耳边说了几句。只见,林默点了一下头,又笑了起来。和尚走到林愿面前说:"明天她就会说话。"说完就飘然而去了。

第二天,林默果然张口说话了。林家人非常的高兴,想要感谢那个和尚,可是怎么找也找不到。原来,那个和尚是龙女的师兄善财变化的,受观音菩萨之命前来点化龙女。要不然,林默见到和尚怎么会开心地笑起来呢。

林默长大以后,经常来到海边为父亲和哥哥祈求平安,也为出海的其他百姓祈福。一天,林愿和大儿子出海办事。在家中睡觉的林默突然手脚紧紧的抓住被子,并不停的在床上翻滚。华氏正好路过林默的床边,看见女儿这样,以为她在做噩梦,就赶忙叫醒她。

林默从梦中醒来,哭着对母亲说:"不好了,父亲和大哥掉到海里去了。"林母听得一头雾水,以为女儿在说胡话,赶紧摸了摸林默的头。林默看着母亲,悲伤地说:"父亲他们刚才在海上遇到了很强的风暴。我双手各拉着一条船。左手拉着父亲的那只,右手拉着大哥的那只。本来父亲和大哥可以平安无事的。你把我叫醒,我匆忙之中,松了右手,大哥的性命是保不住了。"华氏听后很吃惊。等到林愿从海上回来以后,大儿子果然遭遇了海难,印证了林默的话。此事传开以后,大家都说林默是神人。

林默一生没有嫁人,她经常架船出海,凭着自己的好水性救助那些遇难的人们。林默死后,当地人修了庙宇祭祀她,并称她为神女、龙女、妈祖。她的神灵不时出现在海上救助人们。

宋徽宗时期,给事中路允迪奉旨出使高丽国。他率领的船只行驶到渤海海域时,忽遇大风,船只一下子刮翻了七八只。路允迪十分惊恐,跪在船板上祈求神女保佑。这时,路允迪觉得船平稳了。他睁开眼睛一看,一个红衣女子站在船头。靠着神女的保佑,路允迪的船只摆脱了风浪,安全的驶向高丽国。回朝以后,路允迪将此事报告给了宋徽宗。徽宗听后,为林默的庙宇题了一块名为"顺济"的匾额。

自宋以后,历代帝王都嘉奖过神女的灵迹,对林默的册封多达四十次。

文财神的故事

在民间,比干和范蠡被称为文财神。

比干是中国历史上著名的忠臣。他是商朝的宰相,也是纣王的叔父。比干小的时候就聪明,勤奋。20岁就开始辅佐帝乙,后又辅佐纣王。在他当宰相的这几十年,主张减轻赋税,发展农牧业,富国强兵。可是纣王荒淫无道。比干多次直言劝谏,纣王都不听。

妲己看比干不顺眼,就对纣王说:"大王,我有个心口疼的病,吃什么药都治不好。我听说只有用圣人的心做药引,才能够治好这个病。"纣王非常着急,关心地问:"上哪里去找圣人的心啊?"妲己说:"听说比干就是圣人,他的心一定能治好我的病。"

纣王听信了妲己的谗言,把比干叫进皇宫,对他说:"我听说圣人心有七窍,今天我要把你的心挖出来看看是不是真有七个窍。"结果比干被剖心而死,终年63岁。

还有一种说法,比干被纣王挖心以后,并没有死。一位仙人送给了他一粒仙丹,保住了他的性命。比干因为没有心,所以他能够做到不偏不倚,公正无私。后来,人们把这位受人尊敬的君子奉为文财神。

另一位文财神就是范蠡。他是春秋时期楚国人,后来和好朋友文种一起去越国。很快就得到了越王勾践的充分信任。

越国被吴国打败以后,越王勾践做了吴国的奴隶。范蠡也随勾践一起入吴,为吴王夫差驾车。在吴国忍辱偷生的两年里,范蠡鼓励勾践养精蓄锐,为了日后的复仇做准备。后来,吴王放勾践回国。勾践回国以后,卧薪尝胆,准备攻打吴国。为了振兴越国,勾践拜范蠡为宰相。范蠡采取了一系列措施富国强兵。为了麻痹吴王夫差,他把自己最心爱的女人西施送给了吴王。

吴王刚开始对西施充满了戒备之心。慢慢地,吴王还是没有抵住美女的诱惑,中了美人计。他对西施非常宠爱,为了博美人一笑,为她修建了豪华的宫殿。可是,西施一点儿也不高兴,整天对吴王冷冰冰的。别的妃子巴结吴王都来不及,哪敢这样对吴王使脸色。可是,吴王的占有欲非常强,越是得不到的,越想拥有。

吴王每天都围着西施转,想着怎样才能逗美人开心。渐渐地,吴王不理朝政。大臣们看不过去,都来劝谏吴王。其中一个大臣说:"大王,你可不能沉溺于美色之中了。越国正在养精蓄锐,准备随时消灭我们吴国。"吴王哈哈大笑,说:"你们想太多了。那个勾践是个懦夫,他恭维我还来不及,怎么敢反抗我呢?你们想得太多了。"

西施不辱使命,迷惑了吴王夫差,令他沉迷于女色,不理朝政。在西施的温柔乡里,夫差把称霸各国的豪情壮志全都抛到了脑后。

勾践在范蠡和文种的辅佐下,越国渐渐强盛了起来,报仇的时机也成熟了,越国对吴国发起了进攻。越军在范蠡的带领下,把吴王夫差围困在了姑苏山上。最后,夫差自杀身亡。

范蠡帮助越王消灭了吴国,洗刷了当年的耻辱。之后,范蠡又辅佐越王称霸诸侯,被越王奉为上将军。灭了吴国以后,越王还是面无喜色,范蠡观察到这个现象以后,思考到一定是自己功高震主,才惹得越王不高兴。于是,他就上书给越王,说:"当年大王在会稽受辱,我所以不死,就是为了报仇雪耻。现在大仇已报,臣请赐死。"越王读了范蠡的信以后,对范蠡说:"我还打算把国家分一半给你呢。"范蠡知道越王并不是真心对自己,早晚会加害自己。于是就带着西施逃到了齐国。

在齐国,范蠡隐姓埋名,治理产业,很快成为当地的富户。尽管范蠡有万贯家财,但他把金钱视为粪土,将挣来的钱都分给了穷苦的朋友和亲戚。

齐国的国君听说范蠡隐居在自己的国家，想请他出来做官。于是，带着文武大臣来到了范蠡的住处。范蠡听完齐国国君的来意后，委婉地说："大王，我的前半生一直在沙场征战。现在终于有了休息的时候，我想就这样终老，不想再卷入政治当中去了。"

齐君不死心，时常来看望范蠡。范蠡没有办法，只好带着家产偷偷地逃出齐国。

后来，范蠡带着钱财在陶地住了下来，自称陶朱公。范蠡既精通理财，又不惜散财，所以被人们尊为文财神。

武财神的故事

民间公认的武财神，一个是关羽，另一个就是赵公明。

关羽被人们称为关圣帝君、伏魔大帝、关公等，在道教被奉为护法神。

关羽字云长，三国时期河东人。幼年熟读兵书，一身好武艺，好打抱不平。因此，父母怕他在外面闯祸，就把他关在屋子里。有一天，关羽偷偷溜了出来，没走出多远，看见一个老妇人在路边哭。关羽就上去问出了什么事情。原来老妇人的女儿被县令的小舅子抢去了。关羽一听，火冒三丈，马上提着宝剑闯进县衙，杀死了县令的小舅子。然后，关羽逃到涿郡，正赶上刘备招兵买马，就投到了刘备的麾下。从此跟随刘备出生入死。

建安五年，曹操派兵东征，刘备惨败，关羽被俘。曹操十分赏识关羽，封他为偏将军。可关羽始终不忘与刘备的兄弟情谊，在帮助曹操立下战功以后离开去寻找刘备。

赤壁之战后，刘备收复荆州，封关羽为襄阳太守、荡寇将军。刘备平定益州以后，即位为汉中王，封关羽为前将军。随后，关羽率军进攻樊城，降于禁，斩庞德，一时间威震华夏。不久由于荆州失守，关羽被擒，誓死不投降，被杀害。

关羽被人们看作是忠义的化身。历代帝王也对关羽推崇备至。宋哲宗封他为"显灵王",宋徽宗封他为"义勇武安王"。明神宗封他为"三届伏魔大帝神威远镇天尊关圣帝君",顺治皇帝封他为"忠义神武灵佑仁勇威显护国保民精诚绥靖赞宣德关圣大帝"。

民间传说关羽能够保佑商人招财进宝,所以尊他为武财神。

另一位武财神赵公明,是陕西终南山人。他原来是天上十个太阳之一,后来被后羿射了九个太阳下来,赵公明就在其中。这九个太阳被射落后,坠落在山中,成为了鬼王。赵公明决定改过自新,不再危害百姓,就托生到一个姓赵的人家。

赵公明成年以后,一直隐居在深山之中,不问世间的是是非非,一心虔诚修道。一天,他云游到天师张陵炼仙丹的地方。赵公明见这个地方十分幽静,适合修炼,决定在这多待几天。没想到,张天师下山采药看见了赵公明。张天师觉得赵公明慧根很深,是个修道的苗子,就收他为徒,传授他法术。还赐给他一只黑虎和一条护法鞭。

后来,张天师炼成了两颗仙丹,其中一颗给了赵公明。赵公明吃了以后,面目全非,竟变得和张天师的外形容貌一样,而且连说话都很像。赵公明也具有张天师一样超凡的法力。

后来,张天师派他镇守玄坛。可是他听信了申公豹的挑唆,助纣为虐,最后被姜子牙降服。赵公明死后,被封为龙虎玄坛真君之神,管理人间钱财。

据说,赵公明的身边本来有一位财神娘娘,但是后来却被他休了。关于赵公明休妻,还有一段很有意思的传说。

有一个叫花子,好几天都没有讨到吃的,快要饿死了,就跑到一间庙宇里去求财神赵公明。他来到财神赵公明的塑像前,一个劲的磕头,祈求财神给他钱财。

这时,财神正在睡觉,没有听到叫花子的请求。这个叫花子哪里知道财神正在睡觉,还是在下面不停地磕头,嘴里念念有词道:"财神爷,请赏我些钱花吧。我已经好几天没有饭吃了。如果今天我还没有东西吃,就会饿死的。"

在一旁的财神娘娘不忍心，就想把身边的财神爷叫醒。财神睡得正香，怎么叫也不起来。钱财都在财神爷的兜里揣着，财神娘娘拿不出来。可是，如果不给这个叫花子钱，他就会饿死。

怎么办呢？财神娘娘挠了挠头，忽然碰到了自己戴着的耳环。她就把自己的一只金耳环给了这个叫花子。这个叫花子看见神坛上丢下来一个金耳环，很是高兴，知道是自己的真诚感动了神灵。

可是，当财神赵公明醒来以后，看见财神娘娘少了一只金耳环，就问怎么回事。财神娘娘就把刚才的事情说了一遍。赵公明一听，财神娘娘竟敢背着他把当年的定情之物送给一个叫花子，顿时大发雷霆。将财神娘娘休了。所以，财神像的旁边再也没有财神娘娘了。

每年的农历正月初五，是财神赵公明的诞辰。这一天，商家都会用三牲来祭祀他，将香烛、水果供奉在桌案上，迎接财神。历代如此。但是明代以后，民间传说赵公明是回族人，为了表示尊重，在供奉的食品中就不再用猪肉了。

门神的故事

每当过年的时候，各地都有贴门神的习惯。最初的门神是用桃木刻成人形，挂在门的两边，后来是将人像画在纸上张贴在门上。传说中的门神最初是神荼、郁垒兄弟二人。唐代以后，猛将秦琼、尉迟敬德二人成为了门神。此外还有将关羽、张飞、钟馗的画像当作门神的。门神像通常是在门的左右各贴一张，后代常把门神画成一文一武。

神荼、郁垒两兄弟是如何成为门神的呢？相传上古时代，沧海中有一座叫度朔的大山，山上有一棵大桃树，树的支干长达3000里，在支干的东北方向有一道门，叫作鬼门。这道门是众鬼出入的地方。有两个专门管鬼的神人驻守在这里，他们一个叫神荼，另一个叫郁垒。每天早上，他们都要在这棵桃树下检阅百鬼。如果发现有恶鬼为害人间，便将其绑起来喂老虎。

后来，人们在桃木板上画出神荼、郁垒的画像，挂在门的两边用来驱鬼避邪。南朝时期梁代的宗懔在《荆楚岁时记》中有这样的记载："正月一日，'造桃板着户，谓之仙木，绘二神贴户左右，左神荼，右郁垒，俗谓门神。'"从此以后，神荼、郁垒就成了门神。

到了唐代，秦琼与尉迟恭成为了新的门神。这里面还有一段很有趣的故事呢。

径河龙王为了一件小事和凡间的一个算命先生打赌，结果触犯了天条，罪该问斩。玉皇大帝任命魏征为监斩官。径河龙王为了保全性命，就跑到唐太宗这儿求情。龙王见到唐太宗哭着说："皇上，一定要帮帮小仙。"唐太宗不知道出了什么事情，问道："龙王，出了什么事，需要我帮忙啊？"龙王回答道："我因和凡人打赌，触犯了天条。玉帝命魏征为监斩官。我想求皇上帮我留住魏征。只要过了午时三刻，我就可以活命了。"

太宗皇帝答应了龙王的请求。快到了行刑的时候，便下诏宣魏征进宫与其下棋。魏征正准备上天行刑，可是皇帝召见又不好推脱，只好硬着头皮来了。太宗拉着魏征下了一盘又一盘棋，就是不放魏征走。

这时，太宗问魏征："过了午时三刻了吗？"魏征一听，就明白一定是龙王来找太宗帮忙。魏征说："快到了。"太宗这才放下心来，只要再坚持一会，龙王就得救了。没想到魏征下着下着就睡着了，只打了一个盹儿，魂灵就来到了天宫，将龙王斩了。

龙王抱怨唐太宗言而无信，日夜都在宫外呼号怒骂，要向唐太宗讨命。唐太宗每夜都睡不着，弄得精神疲惫，连上朝的心思都没有了。最后实在没有办法就找来群臣商议对策。大将秦叔宝说："臣愿意为陛下分忧解难，我和尉迟敬德将军身穿戎装立在宫门外，就是再凶的鬼怪也不敢来捣乱。"

唐太宗听从了秦叔宝的建议。晚上，秦叔宝和尉迟敬德两位将军，身穿戎装，手拿利器，微风凛凛地站在门外。龙王的魂魄晚上又来捣乱，看见两位将军站在门口，非常害怕，就悄悄地溜走了。

这天晚上，唐太宗没有听到龙王的呼号声。就这样，秦叔宝和尉迟恭两位大将每天晚上都为太宗守夜。太宗不忍心二位将军如此辛苦，就命令巧手丹青，将二位将军的真容画下来，贴在门上。龙王晚上来的时候，远远地就看见两位将军把守在门口，以为是真人，就不敢再来向太宗讨命了。

后代这件事传到了民间，百姓们也将这两员大将的画像贴在门上，保佑家宅平安。他们二位遂成为了千家万户的守门神。

明清以来关于门神的传说更是五花八门，据说河南人张贴的门神是三国的赵云和马超。陕西人将孙膑和庞涓当作门神，甚至小说中的金镖黄三太和盗九龙杯的杨香武也成为了门神。河北冀中一带的门神是薛仁贵和盖苏文，也有贴西羌猛将马超、马岱兄弟二人的。清朝乾隆年间，出现了以"门童"代替门神的现象。所谓"门童"，实际上是杨柳青印制的年画。北京人贴门神，大多沿用唐太宗时流传下来的秦叔宝和尉迟恭，俗称"白脸儿""黑脸儿"。

现代关于门神的分类大致如下：捉鬼门神，神荼和郁垒。祈福门神，赐福天官、刘海戏金蟾或招财童子。道界门神，青龙孟章神君，白虎监兵神君。武将门神，唐代名将秦琼与尉迟恭。

灶王的故事

在我国民间，祭灶是一项影响深远、流传极广的习俗。旧时，几乎家家都在灶间设有"灶王爷"的神位。人们称灶王为灶君、灶王爷、东厨司命。传说玉皇大帝亲封他为"九天东厨司命灶王府君"，负责管理各家的灶火。灶王龛大都设置在灶房的北面或东面，中间供上灶王爷的神像。没有设灶王龛的人家，将神像直接贴在墙壁上。

有人说灶王是钻木取火的"燧人氏"，或者是神农氏的"火官"。也有人说灶王姓张，名单，字子郭。虽然说法不一，但是在民间却流传着一个颇为有趣的故事。

有个叫张生的人，家境贫寒，后来娶了名叫郭丁香的媳妇。丁香十分贤惠，嫁给张生后，早起晚睡，辛勤持家，没过几年家业就兴旺起来。左邻右舍的人都说，张生娶了个好媳妇。

这个丁香，不但勤俭持家，还有一手好厨艺。她最拿手的菜就是肉汤。每当她做肉汤的时候整条巷子都飘满了香味。邻居们看在眼里都非常羡慕张生，而他却不以为然。

张生成了富户以后，十分骄横，看着渐渐变老的丁香，竟产生了喜新厌旧的念头。他整天不干活，一门心思想休掉丁香，好再找个年轻漂亮的媳妇。

一天，张生在院子里晒太阳。他看到仆人在晒谷子，就把丁香叫到身边。张生说："你把家里的黄豆拿出来晒晒。"丁香听后把一筐黄豆拿了出来。张生接过黄豆，就倒进了谷子堆里。然后对丁香说："把这些黄豆从谷子里捡出来，弄好了才能吃饭。"丁香知道丈夫这是在为难自己，但也没有办法，只好把黄豆一颗一颗地挑了出来。天黑了，丁香还在挑黄豆。张生只知道自己吃好喝好，不管丁香是否饿了、累了。邻居们知道了这件事都说张生是个负心汉。

张生整天故意找茬儿刁难丁香，丁香却逆来顺受，毫无怨言。张生见自己这样都难不倒丁香，干脆就写了休书，把丁香赶出家门。随后娶了个财主的女儿李海棠。

李海棠是财主的女儿，从小娇生惯养，好吃懒做，根本不懂得操持家务。二人整日花天酒地。李海棠想吃什么，不论多贵，多难买，张生都满足她的要求。一转眼几年工夫，张生挥霍无度，整个家产都败了个精光。张生又成了一个穷光蛋。这时李海棠嫌贫爱富，不愿意再和张生过日子，半夜里趁张生熟睡的时候，偷了剩下的钱财回家去了。

张生成了穷光蛋，孤苦伶仃，身无分文，只好讨饭。他想想当初要不是郭丁香为他操持家业，哪里会有万贯家财。自己过了几天好日子，竟休掉了丁香，现在想想真是后悔莫及。

话说这年腊月的一天，张生讨饭讨了一整天也没人施舍，从早到晚没吃过东西，饿得头昏眼花，不小心晕倒在一户人家门口。天快黑的时候，这户人家的看门人看到了他，连忙回去禀报主人。这家主人是个热心肠的人，就说："给他盛一碗肉汤吧。"一碗肉汤喝下去张生这才缓过气来，说没有吃饱，能不能再给一碗。主人吩咐看门人又盛了一碗给张生。张生喝完后，觉得身上有了力气，正要离开，看门人说："我家主人慈悲，看天色不早，叫你在厨房留宿。"张生听后感动得痛哭流涕，连忙磕头感谢。

看门人把张生领到厨房里住下。张生看到厨房里正煮着一锅肉汤，散发出诱人的香气。忽然觉得这肉汤的香味很熟悉。于是就说自己还很饿，能否再吃碗肉汤。看门人又给他盛了一碗。张生喝完说："你家主人是个大好人，请你帮我回报一声，我想见见他。"家人说："我家主人现在就来了。"刚说完，一位中年妇女走进了厨房。张生看着这个女人的脸很面熟，再仔细一看，原来是被自己休了的丁香。

张生追悔莫及，同时又无地自容，用双手遮住了脸。丁香一看是张生，就关切地问："你怎么落到了这步田地？"张生无言以对，羞愧难当。他心想，我还有什么脸活下去，不如死了算了。正好看见丁香家大锅底下的火烧得正旺，趁人不注意，一头钻到锅底下烧死了。

正好这件事被巡游的天神看见，就回禀了玉帝。玉帝觉得张生虽然有错，但他知道廉耻，勇于承认错误，说明他不是真的坏透了，还能回心转意；郭丁香勤俭持家、以德报怨，也是难能可贵。为了警示世人不要再像张生以前那样忘恩负义，玉帝要把张生的故事昭示天下，既然他是死在锅底下，就封他为灶王。

张天师奉命传下旨意：封张生为灶王，记录人世间的过错，每年腊月二十三骑马上天，回报人间是非，直到腊月三十那天再回来，在天上过七天。

张生被封了灶王之后，为了赎回自己的过错，对待人世间的事非常认真公正。谁家的儿媳不孝敬公婆，谁家的婆婆虐待媳妇，他都清清楚楚地记下来，等到腊月二十三那天上天回报。

这样一来，人们就不敢做忘恩负义，违背道德的事情，个个助人为乐，以德报怨。这样，人间的善恶是非都得到了应有的结果。

从此，每年在送灶的时候，都要在灶头上烧香点烛，供着慈姑、馄饨和用饴糖做的滥斩糖，又叫二十四糖，捏成元宝，祭祀灶王，然后在家门口，放上豆萁、稻柴，把供在灶上神龛里的灶王神像"请"下来，把他的嘴上涂上滥斩糖，再把神像粘在用稻草扎成的"神马"上，或者放进用彩纸糊成的"轿子"里，供上柴堆、丢上一些慈姑，连同锡箔折的元宝，点上一把火，烧个精光，算是送灶王上天了。等到来年正月再"请"回一张灶王神像，放在灶上的神龛里进行祭祀，算是把灶王又请了回来。

灶王奶奶

"小孩儿小孩儿你别馋，过了腊八就是年；腊八粥，喝几天，哩哩啦啦二十三；二十三，糖瓜粘；二十四扫房子；二十五，冻豆腐；二十六，去买肉；二十七，宰公鸡；二十八，把面发；二十九，蒸馒头；三十晚上熬一宿；初一、初二满街走。"这则歌谣说的就是关于灶王奶奶的故事。

传说，玉皇大帝的小女儿非常善良，十分同情天底下的穷苦人。她经常偷偷下到凡间，帮助那些有困难的人。一天，她路过一户人家，看见一个给人烧火帮灶的穷小伙子十分勤快。她就偷偷地暗中观察他，觉得他是一个靠得住的好人，便爱上了他，并在凡间与这个烧火的穷小伙子结了婚。婚后两个人过得虽然清贫，但很快乐。

玉皇大帝知道了这件事情以后十分恼怒，就下令把小女儿打下凡间，跟那个穷小子去受罪。王母娘娘十分疼爱自己的这个小女儿，在玉帝面前帮着说好话，玉帝这才勉强答应给这个穷小子封了个灶王的职位。从此人人就称这个"穷烧火的"为灶王爷，玉皇大帝的小女儿自然就成为了灶王奶奶。

灶王奶奶在民间生活，深知老百姓的疾苦，于是就常常以回娘家探亲为理由，从天上带回来些好吃的、好喝的分给穷苦百姓。玉帝大帝本来就对自己的穷女婿不满意，察觉到此事后，更是火冒三丈，下令只准小女儿每年年底回天宫一次。

第二年，马上就要过年了。可是穷苦的百姓什么吃的也没有，有的连锅都揭不开。灶王奶奶看在眼里，急在心里。腊月二十三这天，她决定回趟天宫，给老百姓拿些吃的回来。但自己家里连点干粮也没有了，路程那么远自己吃什么呢？老百姓知道这件事以后，便把各自家中剩下的唯一的一点粮食拿了出来，好不容易烙了些面饼，送给灶王奶奶，让她路上吃。

灶王奶奶回到天庭，看见自己的父亲，向他述说了人世间的疾苦。玉帝听后不但不同情，反而嫌女儿回来什么礼物也没带，只带回来一身穷灰，要她当晚就回去。灶王奶奶气得说不出话来，转身就要走。可转念一想，自己两手空空，回去后怎么向穷苦的乡亲们交代呢？再说也不能就这样向父亲认输了。王母娘娘在一旁心疼女儿，过来说情。

灶王奶奶马上顺势说："父皇，我今晚不走了，明天我要扎把扫帚带回去扫穷灰。"

二十四这一天，灶王奶奶正在屋里扎扫帚，玉皇大帝又来催她，让她明天就回去。她说："父皇，你别催啊，这就要过年了，家里还没有豆腐呢，明日我要做些豆腐。"

二十五这一天，灶王奶奶正在院子里磨豆腐，玉皇大帝来催她，让她明天回去。她说："父皇，不急，我家里没肉吃，明天我去割些肉回来。"

二十六这天，灶王奶奶刚刚从天庭的御膳房割了些肉回来，玉皇大帝又来催她明天回去。她说："父皇，这肉是有了，可家里穷得连只鸡也养不起，明天我要在天庭杀只鸡带回去。"

二十七这一天，灶王奶奶正准备杀鸡，玉皇大帝又来催她明天回去。她说："父皇，不要着急啊，我在回去的路上要带点干粮，明天我准备发面蒸馍。"

二十八这一天，灶王奶奶在厨房里发面、蒸馍，忙得不可开交。玉皇大帝又来催她明天回去。她说："父皇，过年都要喝点酒的，我家买不起酒，明天我去母后那灌些酒带回去。"

二十九这一天，灶王奶奶刚灌完酒回到住处，玉皇又来催她明天回去。她说："父皇，咱们一家人好不容易聚到一起，应该在一起吃顿饺子，也算是团圆饭。明天我要些包饺子。"

三十这一天，灶王奶奶正在包饺子，玉皇实在是忍无可忍，大动肝火，要小女儿今天必须回去。灶王奶奶看东西已经准备得差不多了，就说："父皇，让我再陪陪母亲吧，晚上我就走。"她陪着王母娘娘一直待到晚上才恋恋不舍地离开天庭。

人们得知这天夜里灶王奶奶要回来，家家户户都不肯睡觉，围坐在火炉旁等候灶王奶奶。当他们看见灶王奶奶回来了，纷纷点起香烛，放鞭炮迎接她。此时已经是初一了。

后来，人们为了纪念灶王奶奶的恩德，年年腊月二十三都要烙灶干，二十四扫房子，二十五做豆腐，二十六割肉，二十七杀鸡，二十八发面，二十九去灌酒，三十捏饼，夜里不睡觉"熬岁"，来迎接贤慧善良的灶王奶奶。

药王的故事

古人对名医十分景仰，并将其神化供奉在庙宇当中，赋予其主掌医药的职能，称之为药王。但药王究竟是谁，众说纷纭。有人认为神农氏是药王，因为《辞海》中说："首创医药，世称药王，后遂以药王称为颂神医之称。"也有的人认为药王是佛经中所说的药王菩萨。关于药王的故事不尽相同，但主要有三种说法。

说法一是扁鹊。扁鹊姓秦，名越人。渤海郡郑州人。战国时期的医学家，技艺高超，尤善诊脉。传说因为他饮用了长桑君的上池之水，并尽得其禁方，所以能够看见人五脏病症之所在，遂闻名于当世。他遍游各地悬壶济世，在齐地被称为卢医，在赵地则被称为扁鹊。扁鹊是一个全科医生，后因遭到秦太医令李醯的妒忌，惨遭杀害，后世尊称其为脉学的祖师。《汉书·艺文志》中说扁鹊著有《扁鹊内经》和《扁鹊外经》两本书，已佚。现存《黄帝八十一难经》七卷，是后人托名扁鹊的伪作。清代高士奇《扈从目录》中记载："沧州城在(东)北有药王庄，为扁鹊故里，药王庙专祀扁鹊。"

说法二是韦讯。《中国医学大辞典》中有记载："药王，韦讯道之别名。"

韦讯道其实是韦讯道人，也就是韦讯。他是唐代京兆人，自幼家贫，后来出家，道号为慈藏。武则天时期被封为御医，官至光禄卿。有趣的是韦讯在施药救人的时候身边常常带着一条黑狗。后来，唐玄宗继位想重用他。他拒绝了唐玄宗的请求，无心于仕途，受到后人的敬佩，被尊为药王。

说法三是孙思邈。孙思邈，京兆华原人，约生于隋开皇元年，卒于唐永淳元年，活了一百零二岁。人们尊称他为"药王"。

孙思邈从小勤奋好学，七岁开始读书，每天可以背诵一千字，被称为"圣童"。到了二十岁的时候，精通诸子百家学说，学问十分渊博。隋唐两代皇帝都想请他做官，他都一一辞谢了。原来他立志要学医。孙思邈有这样的理想是源于他切身的感受。他小的时候，体弱多病，经常请医生来看病。看病需要花许多钱，他的家庭可以负担起这沉重的医药费。可是还有许多贫苦的百姓，因为没有钱，有病的时候只能硬挺着，有的竟悲惨地死去。这沉重的现实使他感到："人命至重，有贵千金。一方济之，德逾于此"（《千金要方》自序）。因此，他十八岁开始就立志学医，并下了很大的苦功。经过长期刻苦的努力和钻研，他有了很深的医学造诣，成为隋唐时期医药界的佼佼者。

一次，孙思邈在路上看到一群送葬的人抬着一口棺材，从棺材里渗出几滴鲜血，滴在了路边。这时，走在旁边的老婆婆抹着眼泪说道："我可怜的儿呀，你怎么死得这么惨。腹中的婴儿还没出生，你怎么就死了呢？"

老婆婆说的话引起了他的注意。他上前问道："老婆婆到底是发生了什么事情，你哭得如此悲伤？"老婆婆说自己的独生女刚刚难产死了。孙思邈听完老婆婆的哭诉说道："你的女儿并没有死，我还能把她救活。"老婆婆一听，赶忙握住了孙思邈的手，求他救救自己的女儿。

孙思邈让人把棺材打开，将里面的产妇抱出来。他将产妇放在平坦的地上，只见产妇脸色蜡黄，没有一丝血色，跟死人一模一样，但还有微许的脉搏。孙思邈找好穴位，扎了一针。不一会，产妇就苏醒过来，胎儿也顺利地生了出来。母子得救了，大家十分都感激孙思邈。

全国各地供奉扁鹊、孙思邈的地方多，奉祀韦讯的很少。河北、河南等地多供奉扁鹊，陕西、山西等地多祭祀孙思邈。

兔爷的故事

兔爷大约起源于明末。明人纪坤在《花王阁剩稿》中说："京中秋节多以泥抟兔形，衣冠踞坐如人状，儿女祀而拜之。"由于小孩子经常在母亲祭祀的时候模仿，兔爷就逐渐让小孩子来祭祀了，再后来就演变成孩子的玩具，并产生了好多新的形象。

到了清代，兔爷的制作日趋精致，有的扮成武将头戴盔甲、身披戢袍，也有的背插纸旗，或纸伞、或坐、或立。还有的则坐有麒麟虎豹等等。还有扮成兔首人身的商贩，他们不是剃头师父、就是缝鞋的，还有卖馄饨、茶汤的，各行各业无不包罗。清末徐柯在《清稗类钞·时令类》中说："中秋日，京师以泥塑兔神，兔面人身，面贴金泥，身施彩绘，巨者高三四尺，值近万钱。贵家巨室多购归，以香花饼果供养之，禁中亦然。"可见兔爷在民间占有重要的地位。至今故宫博物院还珍藏着各种各样的兔爷。

关于兔爷的传说是这样的。

当时北京城瘟疫流行，老百姓吃什么药也无济于事，死了好多人。老百姓叫苦不迭，祈求上天保佑。嫦娥在月宫中看见了人们的疾苦，决定派玉兔下凡间治病。嫦娥把玉兔抱在怀中，轻声地说："现在人间百姓受苦，我派你去救助他们。"玉兔听懂了嫦娥的话，马上来到了人间。

玉兔变化成妙龄女子，走到一户人家前面。她轻轻地叩门，只见里面出来一个老者。玉兔说："老人家，我是天上的玉兔，专门来治瘟疫的。"老人狐疑地看了一眼玉兔，摇了摇头说："你还是走吧。"玉兔非常奇怪，忙问："我是来帮你们治病的，为什么撵我走啊？"老人说因为她穿了一身白衣服，觉得是不祥的象征。

没有办法，玉兔只好去找衣服换。这时，她正好路过一座庙宇，看见里面的神像穿着一副铠甲。玉兔走了进去，向神像鞠了个躬，说："我想借衣服一用，用完一定归还。"说完，玉兔将神像上的盔甲穿在了身上。

她打扮成男子的模样，看起病来非常的方便。玉兔挨家挨户的治病，医好了好多人。人们都要感谢她。她不要百姓的谢礼，只是借穿百姓的衣服。百姓们非常奇怪，但也都把自己的衣服借给了玉兔。

这样，下凡的玉兔就仿佛有千万个化身，以不同的形象出现在不同的人面前。时而男装、时而女装，时而农民、时而商贩。她有时还会骑上各种坐骑，骡马虎豹，足迹遍布整个北京城。

北京城中的人们都知道有个治瘟疫的神医，不过每个人见到的形象都不一样。他们有的说是个漂亮的女子，有的说是个威武的少年，还有的说是个年迈苍苍的老者。最后，有个老人说："她应该是嫦娥的玉兔。"原来他就是玉兔下凡后，到过第一户人家时遇见的老者。

为百姓消除灾难后，玉兔返回到月宫之中。但她美好、善良的形象永远留在了民间。老北京人为了纪念玉兔，用泥塑造出了她的形象，千姿百态，十分可爱。每到中秋节的时候，每户人家都要供奉玉兔，在桌子上摆出瓜果菜豆，酬谢她给百姓带来了吉祥和幸福。人们还亲切地称她为"兔儿爷""兔奶奶"。

实际上民间艺人凭借着高超的本领，不仅塑造出千姿百态的兔儿爷，还将其变成活动的玩具，俗称"叭哒嘴"。这种兔爷肘关节和下颌能够活动。

现在，兔爷已经很少见了。在厂甸、后海，以及少数商场的工艺店里还能偶尔遇见。东岳庙北京民俗博物馆中保存了一些各种造型的兔爷玩具。虽然这种民间工艺品的名气不如从前。不过还有一些年轻人、外国游客对这种民间味道很浓的兔爷感兴趣。

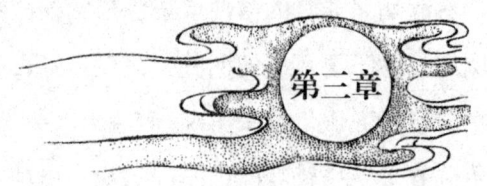

第三章

民间传奇

仙童的错误

据说在远古时期，人、牛、蛇都是一样老死，并不像现在这样，人是渐渐老去、然后死亡，牛却是被杀死的，而蛇则要脱皮。

有一天，创造万物的天神忽然心血来潮，他觉得这世上应该善有善报、恶有恶报，不能一概而论。于是，他想了想，拿起笔来，写了一份天书，交给自己的仙童，让他拿着这张纸，到人间去传布。纸上写的是什么呢？原来是几句咒语："牛老死，人脱壳，蛇该杀。"天神觉得牛每天都很辛勤地耕地拉车，很不容易，所以让它享受一定的寿命，然后老死；而人作为万物之灵，可以让他们长生不老，但是他们也经常做下坏事，所以要让他们经受脱壳的痛苦；而蛇经常偷吃鸟蛋，有时还咬伤其他的动物，所以该杀。于是天神就在纸上写下了这几句咒语，让仙童传布到人间去。

仙童接过天书，就变成了一只仙鹤，飞到了人间。人间实在是太热闹、太好玩了，仙童玩了好几天，才想起自己的任务来。但这时他才发现，自己竟把天书给弄丢了。他想了好几天，才想起三句差不多的咒语来。可是他把咒语给记错了，每到一个地方，他就喊：

"人老死，蛇脱壳，牛该杀！"

人、牛、蛇听了，觉得非常奇怪，但这是天神下达的旨意，他们也只好遵守了。天神在天上一看，知道是自己的仙童传错咒语了，却也没有办法。从此，全世界就都是这样了。

人龙本为友

很久很久以前，人类和禽兽的语言是相通的。人和动物之间可以彼此对话，可以互相帮助，甚至能够彼此通婚、结成亲友。

在各种动物中，人和龙的关系是最好的。人类有什么好吃的东西，都会分一半给龙吃；龙感激人类，也经常替他们看护庄稼和房屋。后来，人和龙的关系越来越好，不但成了亲家，还搬到一起住，成了一家人。

那个时候，龙的寿命大概只有百年，而人是可以长生不老的。但人每年都要脱皮，脱皮的时候，不但会发起高烧，还要忍受着全身上下的剧烈疼痛。少则七七四十九天，多则九九八十一天，脱皮才能完成。经过这样痛苦的过程，才能够获得重生。

渐渐地，人觉得龙不用忍受脱皮的痛苦，虽然只能享百年之福，却也是值得的；而龙却非常羡慕人的长生不老。于是后来人和龙商量，打个对调，龙经过脱皮长生不老，而人享百年之福。

可是这件事后来让一个多嘴的神仙知道了，就跑去告诉了玉皇大帝。玉皇大帝一听，非常生气，说："脱皮是我赐给人类的苦果，人要享受长生不老的生命，就必须要经受这样的过程，怎么能随便调换？"而这个时候，人和龙已经在家中调换过来了。玉帝听了，更加恼怒，下令让雷公电母去灭绝龙和人。众位仙人一听，连忙跪下，向玉帝求情。有的说："人和龙虽然有错，但错不至死，请玉帝开恩，饶了他们的性命吧！"也有的说："是啊，人也是忍受不了脱皮的痛苦，才想出了这样的方法，请玉帝饶了他们吧！"

玉帝见状，也只好开恩，说道："好吧，那朕就饶了他们的性命。但是死罪可恕，活罪难饶。从今以后，把人类变得愚蠢三分，使他们不能再与禽兽通语言，常有疾病和灾难！至于龙，就把它们打成蛇，赶到大海里面去！"

雷公电母领了旨意，下到人间，只听雷声隆隆、电光阵阵，龙就被赶到大海里去了。人和龙就此分离，不再是一家人了。人在百年之内死去，不必再忍受脱皮的痛苦，但要辛劳一生，而且常常会遇到疾病灾难。而龙变成了蛇，虽然年年要脱皮，但却有千年的寿命。

后来，为了纪念和龙之间的友谊，人就常常用"龙"给自己的孩子取名字。

望帝化为杜鹃

相传在远古时代的蜀国，曾经有一位帝王，名叫杜宇。他勤政爱民、仁厚慈祥，深受人们的爱戴。百姓们尊敬他，都称他为"望帝"，"帝"就是国王的意思。

望帝当国王的时候，十分关心老百姓的生活，他亲自带领蜀国人民开垦荒地、种植庄稼，叮嘱人们要遵循农时，及时播种、收割。经过很多年的努力，蜀国终于成了一个富饶的国家。

但那个时候，蜀国经常发水灾。每次一发大水，人们辛勤种植的庄稼就全都遭了殃。望帝看在眼里，十分着急，一直想找到一个好办法，解决这个问题。但因为找不到合适的人才，也就搁置下来了。

有一年，在蜀国的一条河里，人们忽然发现了一具尸体。奇怪的是，别的东西在河流里，都是顺流而下，而这具尸体，却是逆流而上的。人们又惊奇又害怕，谁也不敢动它。有胆子大的人将它从河里打捞了上来，放在岸上。没想到，过了一会儿，尸体居然复活了。他说自己是楚国人，名叫鳖灵，因为失足落水，才从家乡一直漂到了这里。

人们将信将疑，有好事的人，便跑去把这个消息告诉了望帝。望帝听了，觉得此人必有异能，就召他来见自己。其实鳖灵原本是一只具有灵性的大龟，经过多年的修炼，才变成了人。鳖灵朝见望帝，便对望帝说，自己有治水的本领。望帝一听，非常高兴，便封鳖灵做了宰相。

鳖灵到来后不久，蜀国就发生了一场大洪水。水从河里溢出来，几乎席卷了半个蜀国。巨浪不但席卷了庄稼田地，还淹没了人们居住的地方。老百姓死的死，逃的逃，伤亡惨重。鳖灵受望帝的委任，担起了治理洪水的重任。他先是带领着兵马和工匠，沿着河流，一直走到了巫山。他一看，发现这里堆积了很多泥沙和巨石，堵住了河水，才造成蜀国发生了这么严重的水患。如果能够打通了巫山，使水流从蜀国可以一直流到长江。这样，水患就解除了。于是，鳖灵带领着工匠，疏通泥沙、搬开巨石，经过了很长时间的辛勤努力，才将巫山疏通开了。蜀国的水灾平息了，老百姓们重新过上了平安富饶的生活。

鳖灵为蜀国立下了大功，望帝十分感谢他，他觉得自己身为一国之君，才能却并不及鳖灵，于是便将自己的王位禅让给了鳖灵，自己到蜀国边境的西山隐居去了。

鳖灵登上了王位，号称丛帝。一开始的时候，他还十分勤劳，种植粮食，兴修水利，使老百姓们过上了富庶的生活。但时间一长，他便开始懒惰下来。不愿意处理朝政，只知道享乐。他甚至还加重了税赋，让老百姓上交很多的钱物。渐渐地，百姓们的日子变得愈发辛苦，越来越无法忍受。

住在西山的望帝听说了这个消息，心中十分着急，他想要回到王宫，要回自己的王位，使鳖灵不能再任意胡为。但无奈此时的鳖灵已经大权在握，望帝根本就对付不了他。望帝没有办法，只能再次回到了西山。他眼见百姓受苦，却又无可奈何，只有每天悲愤、哭泣而已。后来望帝死了以后，便变成了一只能飞能叫的杜鹃鸟。它每天都在蜀国的土地上飞翔，一边飞，一边叫着："不如归去、不如归去！"向人们诉说着自己失去国家的哀伤。啼得多了、累了，甚至有时候还会啼出血来。人们哀怜它，都不去伤害它。一直到现在，在每年桃花盛开的时节，还能听到它的声声啼叫呢。

李冰杀蛟龙

李冰是我国古代的治水名家。两千五百多年前，他作为秦国的蜀郡太守，带领着自己的儿子和老百姓，在四川的灌口疏通河道、建立堤防，修造出了举世闻名的都江堰，终于消除了水患，使老百姓过上了安居乐业的太平生活。千年以来，人们都一直传颂着他的伟大功绩。

传说水患治理好之后的一天，李冰在家中小睡，忽然梦见一个身穿蓝布袍、头戴竹斗笠的老汉哭着跪在他面前。李冰连忙把他扶起来，问道："老人家，您这是干什么，出什么事了？您站起来慢慢说。"老人擦了擦眼泪，站了起来，说道："太守，我乃是这附近高景关的土地公，前不久，高景关旁边忽然冒出一座龙神庙来。庙里的龙神每天要吃掉九头牲畜，每隔十天，还要百姓们给它献上一对童男童女。这些日子，百姓们实在是没有东西再献给它了，它就四处兴风作浪，发起大水，淹没了无数房屋田地，弄得百姓们流离失所、无法生存下去。小神实在是没有办法，听说太守善治水患，特来求救，求您救救沿河两岸的百姓们吧！"

李冰听了，想了想，说："老人家，您不要着急，我决不会让恶龙再次兴风作浪、危害父老。您放心，我这就去您说的地方看一看！"说完，李冰叫人牵来一匹马，请土地公上马带路，自己也骑上马，带着官员军士，直奔高景关而去。

到了高景关，李冰一看，山下果然已经是一片汪洋，原本绿油油的千顷良田，都被大水所淹没，只能看到零星的麦苗尖，从水中冒出来。旁边的一座悬崖上，矗立着一座庙宇，匾额上书三个大字——"龙神庙"。走进大殿，只见一个面目狰狞、金盔金甲的龙神坐在正中，背后卧着一条正张着血盆大口的恶龙。

李冰一看，这不正是西海龙王敖顺的九太子吗？以前治水的时候就曾经遇到过它，没想到现在它又跑到这儿来了。

龙王九太子一看李冰来了，吓了一跳，连忙摇身一变，变成了慈眉善目、白发飘举的慈航真人的模样，对李冰说："李太守，你治理洪水功德无量，我今天特来度你成仙！"

李冰一看，龙神像背后的恶龙消失得无影无踪，而面前这位慈航真人的身上，正飘着和刚才那条恶龙身上一样的血腥味儿，立刻就明白了。他冷笑一声，抽出腰间的斩龙剑，大喝一声："大胆孽龙！竟敢变成普度众生的慈航真人，还不快快伏法！"说完，举起斩龙剑，就向恶龙刺去。

恶龙一见诡计没有成功，立刻就化作了一股青烟，冲上天空，现出自己九头龙的真身，掉转龙头，直冲李冰扑去。李冰举起斩龙剑，念动咒语，召唤出风神、火神，附在剑上。斩龙剑立即变成了无数把飞剑，向龙王九太子刺去。风神吹出的狂风，让恶龙睁不开双眼；而火神喷出的火焰，又烫得恶龙不敢近前。李冰与恶龙苦战了三天三夜，终于，李冰使出全身的力气，一剑刺中了恶龙，把它降服了。高景关一带又恢复了安宁和太平，洪水退去了，土地也比以前更加肥沃了。

据说李冰六十七岁时的一天，正站在高景关旁边的一块巨石之上，抚须佩剑，放眼四望。看着自己辛苦治理了这么多年的蜀郡，已是良田万顷，河道井然，心中升起无限感慨。忽然，他听见天空中传来一阵悦耳的乐声，抬头一看，只见羽衣使者从天而降，对他说道："李太守，你治理洪水多年，名闻天府，如今已经是功德圆满，随我升仙去吧！"

李冰抬起双脚，只觉得浑身轻如白云，他走上彩云，和羽衣使者一同飞去了。

后来，人们在高景关附近建起了大王庙，以纪念李冰的功绩。李冰杀蛟龙的传说，也一直流传到了今天。

牛郎织女

相传在很早的时候，曾经有一个忠厚老实的小伙子，他的名字叫作牛郎。牛郎很小的时候父母就去世了，他便跟着哥哥和嫂子一起生活。牛郎的嫂子是个心肠十分狠毒的人，她每天让牛郎干这干那，却还经常不给他饭吃。牛郎每天天不亮就要起来，拉着家里的一头老黄牛到山上去吃草。回来了以后，还要砍柴挑水、烧火洗衣。就是这样，他的哥哥嫂子仍然觉得他是个累赘，每天都在想怎么才能把他赶走。

这一天，牛郎的嫂子就对他说："你也老大不小的了，不能再让你的哥哥养着你了，我们还是分家吧。"

牛郎听了，也只好答应。分家的时候，哥哥和嫂子几乎拿走了家里所有的东西，只给他剩下了一头老黄牛和一辆破车。从此以后，牛郎便与老黄牛相依为命。他找了一块荒地，每天和老黄牛一起，辛勤耕种，还盖起了一间茅草屋，和老黄牛一起居住在屋里。

一天，老黄牛突然开口对牛郎说话了，它说："牛郎，今晚在碧莲池那里，会有几个仙女来洗澡，你提前到那里去，藏在旁边的草丛里，等她们都进了水池以后，你就到她们放衣服的地方去，找到一件粉红色的衣裙，偷偷地把它藏起来。记住，千万别让她们发现你。"

牛郎见老黄牛居然能开口说话，不禁吓了一跳，他连忙问："老牛，你居然能说话？"

老黄牛点了点头，说道："我本是天上的金牛星，因为偷了天上的五谷种子，撒到人间，惹恼了玉皇大帝，被罚下了人间。我见你勤劳朴实、忠厚善良，不忍心看你受苦，你按照我说的做，就能娶到一个仙女做妻子。"

牛郎听了，点了点头，说："好。"

到了晚上的时候，牛郎便提前到了碧莲池，躲在池边的芦苇丛里，过了一会儿，只见天上飘来一片五色彩云，闪耀着奇异的光彩，缓缓地降落在池边。从彩云里走出来七八个仙女，个个都长得清秀端庄、美丽极了。牛郎不禁看傻了眼。仙女们四下张望了一下，见没有人，便纷纷脱下轻罗衣衫，跳进碧莲池里。清凉的池水洗去了她们的疲乏，没一会儿，仙女们就互相嬉闹起来。

趁着这个时候，牛郎连忙从芦苇丛中蹑手蹑脚地走出来，来到仙女们放衣服的大石头旁边，他凑近一瞧，果然有一件粉红色的丝裙，混在衣服里面。牛郎连忙将它拿了起来，悄悄地藏在自己怀里。

然后他站到池水边上，轻轻地咳嗽了一声。仙女们一见有人来了，吓了一大跳，慌忙从水里出来，穿上自己的衣服，驾起祥云飞走了。牛郎转头一看，碧莲池里只剩下了一位仙女，她找不到自己的衣服，只得躲在池水中央，把自己的身体缩在水里。她的容貌比刚才牛郎所见的其他仙女还要美丽，秋水一般的双眸，樱桃一样的朱唇，乌黑的长发上还闪着水光，楚楚动人，漂亮极了。

牛郎一见，知道这就是老牛让他带回来的仙女。他便从怀中拿出那件粉红色的衣衫，对仙女说，要她答应做他的妻子，他才会把衣服还给她。仙女没有办法，便含羞答应了牛郎，跟着他一起回到家去了。

回到家以后，牛郎才知道仙女名叫织女，是玉皇大帝最疼爱的小女儿。织女和牛郎成亲以后，男耕女织，相亲相爱，日子过得非常幸福。不久以后，织女又给牛郎生下了一儿一女，一家四口在一起，生活得非常快乐。

但快乐的日子并没有持续多久，不久，王母娘娘知道了这件事情，非常生气，令天兵天将立刻到人间，把织女抓回来。

织女正在房里织布，忽听门外风声大作，隐隐有战鼓的声音传了过来。她出门一看，天兵天将已经到了屋前，他们不由分说，抓了织女，就要返回天庭。从地里赶回来的牛郎一见，连忙拉住了织女的手，两个孩子也揪住了母亲的衣襟，一家人哭得声嘶力竭，但最终，天兵天将还是硬生生地将他们分开，把织女带回了天庭，关了起来。

牛郎和孩子们在下面，哭得死去活来。到了晚上，牛郎一个人坐在屋子里面发呆，老黄牛忽然开口，对他说："牛郎，我马上就要死了。我死了以后，你把我的皮剥下来，披上它，就可以飞上天空，找到织女了。"

牛郎一惊，连忙说道："老牛，不要胡说，你怎么会死呢？"

老黄牛说道："不要伤心，我死了以后，魂魄会回到天上，重新变成金牛星。你快披上我的皮，到天上去找回织女吧！"说完，老黄牛就倒在地上，死去了。

牛郎含着眼泪埋葬了老牛。他下定决心，要到天上去，找回织女。他找来一对箩筐，挑起两个孩子，披上老牛的牛皮，刹那间就飞上了天空。到了天庭外面，两个孩子声嘶力竭地呼喊着自己的母亲。织女听见，不禁痛哭失声。她不顾一切地冲了出来，眼看她就要与牛郎和自己的孩子们团聚的时候，王母娘娘赶来了，她拔下自己头上的一只金簪，往他们中间一划，霎时间，一条波涛滚滚的天河就横在了他们之间。

织女站在岸边，望着对面的牛郎和孩子们，哭得撕心裂肺。牛郎和孩子们也同样哭得死去活来。旁边的仙女们看了，都非常难过，到最后，就连王母娘娘也有些感动了。于是，她便同意了让牛郎和孩子们留在天上，但是织女却要回到天庭当中。一年中只有七月初七这一天，才允许他们见上一面。每到这一天，天空中就会飞来许多喜鹊，用自己的身体为他们搭起一座桥，牛郎和织女就在这条鹊桥上相会。

从此，牛郎和他的一双儿女就住在了天上，隔着一条天河，和织女遥遥相望。至今，在明朗的秋天的夜空中，只要你仔细观察，还能看到银河的两边，各有一颗晶莹闪烁着的星星，那就是牛郎星和织女星；而在牛郎星的边上，还有两颗眨着眼的小星星，那便是他们的两个孩子。

天仙配

玉皇大帝和王母娘娘有七个聪明美丽的女儿，但只有小女儿最受父母的宠爱。七仙女不仅生得花容月貌，而且还心地善良，天上的神仙都很喜欢她。不过她也是最淘气的，每日待在天庭里让她十分厌烦，她很想到人间去走一走。可是她央求了父母很多次，都被拒绝了。这天，她趁着王母娘娘的生日又向母亲提起此事，王母娘娘心情大好，就允许她们姐妹七人到凡间走一趟，但务必尽快返回天庭。七仙女高兴地答应了，于是，小仙女与六位姐姐一同来到了人间。

在人间，一个名为董永的青年正在卖身葬父。董永自幼家境贫寒，母亲早早地离开了人世，后来父亲又病倒了，使得一家人的生活更为拮据。为了给父亲治病，董永几乎变卖了家里所有值钱的东西。可即使如此，他也没能阻止父亲离去的脚步。当父亲死去时，董永已经穷得揭不开锅了。他虽然不能为父亲举行一场隆重的葬礼，但还是希望让父亲尽快入土为安。可是他实在想不到其他筹钱的办法了，所以就只能在大街上卖身葬父。只要有人愿意出钱帮他把父亲安葬，他就愿意为其做三年的免费苦力。后来，一个姓王的财主出钱埋葬了董永的父亲，而董永也就理所当然地成为了他的家奴。

董永卖身葬父的一幕恰好被刚到凡间的七仙女看到了，她被董永的至孝至诚感动了，决定留在人间帮帮这个孝子。七仙女漫步到河边，忽然发现一棵老槐树很是特别。她一眼就认出了这棵树并非普通的槐树，而是经过千年修炼的槐树精。七仙女向槐树精说明了自己的心思，并请槐树精为她与董永说媒。槐树精知道对方是天上的七仙女，有些害怕，他好不容易才修炼的道行，要是让玉帝知道他给七仙女和凡人说媒，岂不是要降罪于他？可是看到七仙女一片赤诚，再说他也确实想帮帮董永，所以就冒险答应了此事。

董永感激王财主出钱帮助自己葬父，因此到了王财主家后，就开始拼命地干活。每天天不亮，他就赶着老牛到地里干活，等到天黑才拖着疲惫的身子回来。然而董永的苦干并没能换来王财主的同情，反倒是换来了更为繁重的劳动。这个王财主本来就并非善人，他之所以出钱帮助董永葬父，完全是因为董永的勤劳能干，而且只出很少的钱就可以换来三年的免费苦力，这种便宜事恐怕并不多见。如今见董永比他想象的还要能干，他自然要多安排一些活儿让董永干。

董永没日没夜的干活，辛苦疲惫自不必说，其内心的苦楚才是最折磨人的。他常常在想，自己要何时才能结束这种生活、恢复自由之身呢？三年虽说不长，但如此干下去，他真不知道自己是不是还能等到三年期满的那一天。这天，他又到地里干活，中途实在太累了，就到老槐树下乘凉。他实在太苦了，又没有任何倾诉之处，所以就忍不住向老槐树倾诉起来。董永并不知道，这棵老槐树早已成精，能够听懂他所说的一切。

在董永发泄完打算离开的时候，老槐树忽然开口说话了，"董永啊，我知道你是一个诚实善良的好人，你应该有好的命运。我虽然帮不上太大的忙，但是我可以为你促成一段姻缘。今天晚上你就在槐树下等待，到时自会有一位女子前来与你相会，那位女子将会成为你的妻子，她会帮助你渡过难关的。"董永简直不敢相信自己的耳朵。他穷得连自己的家都没了，怎么还敢奢望一段好的姻缘呢？又有哪个女子愿意嫁给他这个连自由都没有的穷光蛋呢？虽然有一些不敢相信，但年轻人都是渴望爱情的，他还是很期待晚上的相会。

当天晚上，董永早早地来到了老槐树下，等待着那位即将成为自己妻子的女子出现。七仙女在得到槐树精的通知以后，也来到了老槐树下。槐树下的董永虽然衣衫褴褛，但其俊朗的外表还是掩盖不住的。七仙女无悔自己的选择，她慢慢走到槐树下，站在了董永面前。董永抬起头来看到七仙女，马上被七仙女的美丽惊呆了。他没想到这位有如天仙的女子竟会走进自己的生活，成为自己的妻子。董永被七仙女迷住了，可是理智还是让他毫无隐瞒地将自己的情况都告诉了七仙女。七仙女再一次被董永的诚实所感动，她笑着对董永说："没关系，我愿意和你一起还债，直到三年期满的那一天。"

董永和七仙女结为了夫妻，他们并没有举行盛大的婚礼，甚至连酒席都没有摆，只是两个人简单地行了仪式，便生活在了一起。董永将七仙女带回了王财主家，与自己挤在一间茅草屋下。看着美丽的妻子要跟自己受苦，董永很不忍心，因此干起活来更加有劲儿了。他必须尽快重获自由，给妻子一个属于他们自己的家，让妻子过上幸福的生活。而在七仙女看来，即使与董永寄人篱下，住在茅草屋中，她也已经很幸福了。董永对她的呵护备至让她感受到了爱情的温暖，这是她从未感受过的。

七仙女的到来给了董永很大的动力，但没过多久，王财主便发现了七仙女的存在。王财主是个好色之徒，见到美丽的七仙女，就想要将其据为己有。他想董永是自己的家奴，又穷得一干二净，只要他向董永开出个优厚的条件，就一定可以得到七仙女。这天，他叫来董永，和颜悦色地说："董永啊！看你每日那么辛苦，我实在是心有不忍。如今我有一个让你重获自由的方法，不知道你愿不愿意尝试。只要你答应我一个条件，你欠我的债就一笔勾销，从此后你就自由了。"

听到可以马上获得自由，董永非常高兴，忙问王财主是什么条件。可当王财主提出要霸占他的妻子时，董永气得脸都变了颜色。他愤然拒绝了王财主的无理要求，并警告王财主不要再打七仙女的主意。没有如愿的王财主也很生气，对董永更加苛刻起来。他决心报复董永，让董永知道他的厉害。他让董永每天磨一百斤豆腐给他，如磨不完就要接受惩罚。于是，董永开始没日没夜的磨豆腐，根本就没有休息的时间。一连三天三夜，他连眼都没合过。

七仙女看到丈夫这样没日没夜的磨豆腐很是心疼。她来到豆腐坊，对董永说："你已经三天三夜没合眼了，快去睡一会儿吧！我来帮你磨。"可董永说什么都不肯。让妻子跟自己受苦他已经很不忍心了，又怎么能让柔顺的妻子来做这种粗活呢？七仙女拗不过他，就坚持要在豆腐坊陪他。董永答应了。七仙女假称要给董永解闷，就念书给他听。董永听着听着就入了神，不觉放慢了脚步，可磨盘却加快了转速。没用多久，一百斤豆腐就磨好了。

自打七仙女陪着董永磨豆腐以来，董永只需要很短的时间就可以将豆腐磨好，这样他就有多余的时间休息了。王财主见董永每天都能按时交出一百斤豆腐，很是纳闷，心想这个董永果然能干。为了难为董永，他要求董永一天磨出二百斤豆腐来。这下董永可犯了难，一百斤豆腐尚且吃力，那二百斤豆腐根本就是不可能完成的。七仙女让董永不必担心，她自有办法。七仙女用法力磨出了两百斤豆腐，准时交给了王财主。这下王财主彻底惊呆了，他怎么也想不明白，董永是怎么完成这不可能完成的任务的。他觉得其中肯定有诈，便叫人偷偷窥视豆腐坊的情况。

王财主家的下人来到董永磨豆腐的房间外，他捅破窗户纸向里一看，差点儿惊叫出来。只见董永正趴在桌上睡觉，七仙女坐在他的身边，而磨盘却在飞快地转着。下人将自己看到的一切如实告诉了王财主，王财主有些不信，非要自己去看看。在被自己的眼睛证实以后，王财主确定七仙女有某种非凡的法力。可他还想再试一试七仙女的本事，于是便提出要求，只要七仙女能在三天之内织出三十匹财帛，就可以为董永赎身。七仙女答应了。晚上，她叫来自己的六位姐姐，与自己一起织帛。三天过后，七仙女果然交出了三十匹财帛。王财主虽然有些后悔，但也不能耍赖，只好放了董永。

七仙女和董永离开了王财主家，在一个山清水秀的地方建起了他们的新家，从此过上了男耕女织的幸福生活。然而好景不长，王母娘娘得知七仙女与凡人婚配后非常生气，命令天兵天将抓她回来。七仙女被天兵天将带走了，只剩下董永一个人孤苦无依地生活在世上。他每天都到老槐树下等待七仙女回来，可直到他闭上眼睛，也没能等到七仙女。

天狗食日

在很久以前，有一个叫作目连的年轻人，生就一副慈悲心肠，对神灵也十分虔敬。可是他的母亲却与其大相径庭，总是做一些道德败坏的事情。目连多次劝说母亲，让母亲多行善事，可母亲就是不听。这让目连很是苦恼。虽然他坚决不赞成母亲的做法，但他是个孝子，不敢忤逆母亲，所以就总是跟在母亲后面收拾烂摊子，希望能减少给其他人带来的伤害。当然，他做的这些事情，母亲都是不知道的。

一天，目连的母亲突发奇思妙想，她想要整治整治寺院里的和尚。所有人都知道和尚是吃斋念佛的，不吃荤腥。目连的母亲就想让和尚们开一次荤，她让目连准备了三百六十个狗肉馒头，然后谎称是素馒头到寺庙里施斋。目连当然知道母亲这样做的严重后果，可是他又不敢阻止母亲。不得已，他只好提前通知寺庙里的方丈，让和尚们早做准备。方丈让每个人都准备一个素馒头藏在衣袖里，用来替换目连母亲送来的狗肉馒头。

目连母亲并不知道目连已经告诉了方丈，她带着三百六十个狗肉馒头来到了寺庙，向方丈施了一礼，接着表明了自己的来意。方丈也没有当场拆穿她，也假意谢过她的好意，说是等午饭时才将馒头发给僧人们。目连的母亲不让了，说是无论如何也要看到和尚们吃下馒头才肯离开。方丈暗自庆幸，如果不是早有准备，今天就真的要开斋了。他让目连的母亲留下来与他们共进午餐，到时候就可以亲自看到和尚们进餐了。

到了中午，和尚们纷纷来到饭堂。目连母亲将狗肉馒头亲手发到每个和尚手中，然后便催促和尚们快吃，方丈说道："按照我们寺庙的规矩，在吃斋之前，必须要先诵经。"目连母亲不耐烦地说："那就快念吧！"在诵经的时候，和尚们偷偷地把早就藏在衣袖里的素馒头与摆在桌上的狗肉馒头掉了包。待诵经完毕，和尚们便拿起桌上的素馒头吃了起来。目连母亲大笑着说："今天所有的和尚都开斋了！"说完，便得意地离开了。待其走后，方丈命人将狗肉馒头埋在了后院中。

目连母亲的荒唐行为没能让和尚开斋，但却惹恼了玉帝。玉帝下令将目连的母亲打入十八层地狱，使其化为一只恶狗，永世不得超生。目连虽然知道母亲是罪有应得，但他是个孝子，又怎么忍心看着母亲在地狱里受苦呢？为了将母亲从地狱中解救出来，他日夜苦修，终于成为了地下的地藏菩萨。到了地狱之后，他打开地狱之门，在放出母亲的同时，也放出了很多恶鬼。这些恶鬼投胎到人间作乱，搅得人间不得安宁。玉帝气得大发雷霆，他让目连亲自到凡间解决这个问题。目连到凡间投胎为黄巢，杀了八百万人，使这些人全部返回地府。

至于目连的母亲，则到处寻找玉帝。她对玉帝早已恨之入骨，恨不得将其碎尸万段。于是，她冲到天上四处寻找玉帝，可玉帝哪是那么容易找到的呢？因为找不到玉帝，发疯的目连母亲就吞下了太阳和月亮，使得人间变成一片黑暗。不过她很怕锣鼓和爆竹的响声，因此一听到锣鼓声和爆竹声，就又吓得将太阳和月亮吐出来，人间就又恢复了光明。就这样，人间便有了日蚀和月蚀，天狗食日的说法即是由此而来。

孟姜女哭长城

相传在秦朝的时候，有一户姓孟的人家。孟家只有一位老公公和一位老婆婆，他们没有孩子，每天的生活过得都很寂寞。有一天，孟公公在院子里种下了一棵葫芦,葫芦藤长啊长啊,伸到了隔壁姜家的院子里,结了一个大葫芦。葫芦一半在孟家,一半在姜家。两家一商量,决定把葫芦剖开,一家一半。可没想到,剖开大葫芦一看,里面竟然坐着一个白白胖胖的小姑娘,长得聪明可爱,漂亮极了。孟公公和孟婆婆一看,非常高兴,就认她做了女儿,给她起名叫作孟姜女。

孟姜女渐渐地长大了,出落成一个清秀美丽的姑娘。她心地善良,能歌善画,十里八乡的乡亲们都很喜欢她。孟公公和孟婆婆更是把她当成掌上明珠。

这一天,孟姜女在自家的花园里游玩,忽然一阵大风刮来,把她的手帕刮到了河里。孟姜女看了看,四下无人,便捋起半截手臂,伸到河里,去捡手帕。刚捡起来,孟姜女忽然发现旁边的大树后面躲着一个人。她吓了一跳,连忙问:"你是谁?为什么躲在那儿偷看我?"

树后面的人没有办法,只得走了出来。孟姜女一看,原来是一个长得十分英俊的青年公子。他向孟姜女行了一礼,说道:"小姐不要惊慌,我姓范,名叫范喜良。秦始皇修筑万里长城,四处抓民夫,我因为怕被抓到,才从家里跑出来的。我跑到这里,刚想歇口气,却忽然听见一阵人喊马叫的声音,原来这里也在抓人。我一着急,就翻过了旁边的一堵墙,进了这个花园,藏了起来。不是故意躲藏起来偷看小姐的。"

孟姜女听他说得合情合理,不像是临时编的谎话,便说道:"范公子,现在你已经看到了我的肌肤,我就不能再嫁给别人,只能嫁给你了。你可愿意?"

范喜良见孟姜女美丽大方,便也同意了这门亲事。他们一块回到屋中,向孟公公和孟婆婆说了这件事。老两口见范喜良举止大方,一表人才,也十分高兴,就选了一个良辰吉日,让范喜良和孟姜女成亲了。

到了晚上,范喜良走进新房,刚刚掀开孟姜女的红盖头,一小队秦兵就闯了进来,把范喜良抓走了。

范喜良自打走了以后,音讯全无。孟姜女整天哭啊、盼啊,可是盼了一年,仍然一点消息也没有。转眼到了冬天，天气开始变得寒冷，孟姜女做好了寒衣，要亲自去长城，给范喜良送去。老两口怎么劝也劝不住，只好让她去了。

孟姜女知道长城在遥远的北方，她就一直往正北走，不知翻过了多少座山，越过了多少条河，却还是看不到长城的影子。她走啊走啊，走得鞋都破了、脚底下流出了鲜血，也不肯停下。就这样日赶夜赶，终于有一天，孟姜女到了长城脚下。她放眼一望，成千上万的民夫，被逼迫着搬运石头、修筑长城，哭泣声、哀号声和监工的责骂声，响成一片。

孟姜女非常着急，她挨个找过去，却始终没找到自己丈夫的身影。她向修筑长城的民夫打听：您知道范喜良在哪里吗？问一个，人家摇摇头，又问一个，人家说不知道。不知问了多少人，她总算打听到一个邻村也被拉来修长城的民夫，她连忙问："您见到范喜良了吗？"

民夫低下头，过了半天，才哽咽着说道："范喜良上个月，就已经累死了！"

孟姜女听了，脑袋里嗡的一声，顿时觉得天旋地转，晕了过去。她醒来以后，放声痛哭，哭声响彻云霄。她一连哭了三天三夜，只听轰的一声，长城倒塌了一大段，里面露出斑斑白骨。孟姜女一下子就发现了丈夫的尸首，她扑了过去，抱着他哭得死去活来。

秦始皇听说长城被一个女子哭塌了一大段，非常生气，他带着大队人马，来到长城脚下，要亲自处置孟姜女。可他一眼看到孟姜女长得这么漂亮，立刻就改变了主意，逼着孟姜女嫁给自己。孟姜女哪肯答应，她恨不得一头撞死在这个暴君面前。但她转念一想，自己还要为丈夫报仇雪恨，不能白白地死去。于是，她强忍住悲痛，对秦始皇说："要我答应嫁给你也行，但你要答应我三个条件。"

秦始皇一听，喜出望外，说："你说吧，我什么都答应你！"

孟姜女说："好！这第一件，我要你给我丈夫立碑、修坟，用檀木棺椁装殓下葬。"秦始皇说："好，应你！"

"这第二件，我要你为我丈夫披麻戴孝，带着文武百官，给我丈夫送葬！"

秦始皇说:"我堂堂一个皇帝,怎么能给一个小民披麻戴孝啊,这不行。"孟姜女说:"如果你不做,我立时三刻,便撞死在你面前!"秦始皇忙说:"好好,我依你,依你就是了。"

"这第三件,我要去海边游览。"秦始皇说:"这个容易,我依你了!"

几天以后,范喜良的墓修好了,秦始皇披麻戴孝,亲自为他送葬。送完葬后,秦始皇和孟姜女来到了大海边上,孟姜女在海边走着,趁秦始皇一个不注意,她纵身一跃,就跳进了大海。

秦始皇急了,他连忙派人打捞孟姜女,但哪里还找得到孟姜女的影子呢?孟姜女就这样被海水冲走了。也有人说,孟姜女被仙人救起来,接到天宫里去了。

化蝶

从前有一位姓祝的员外,他有一个女儿,名叫祝英台。祝英台从小就生得美丽灵秀、聪明可爱。祝员外夫妇十分疼爱这个女儿。英台自幼就十分喜欢读诗书,十七岁那年,她想去外地求学,可是在那个年代,女孩子是不能进学堂的,英台好不容易才说服了父母,女扮男装,去杭州求学。

有一天在路上,忽然下起了大雨,英台到旁边的一个亭子里避雨,遇到了一个书生。一问之下,她才知道书生名叫梁山伯,也是去杭州求学的。两人越聊越投机,后来索性义结金兰,成了异姓兄弟。他们结伴赶路,一起到了书院。

到了书院以后,梁山伯和祝英台又恰巧被分在了同一个学堂里求学。在书院读书的日子里,他们白天用一个书桌,晚上住一个房间,相互照应,感情越来越深厚。

英台每天都小心翼翼,不让别人发现自己女孩子的身份。有一天,梁山伯与祝英台正在一起读书,山伯一抬头,忽然发现英台的两只耳朵上,各自有一个小洞,山伯十分奇怪,便问道:"贤弟,你的耳朵上怎么会有耳洞呀?"

英台连忙笑着答道:"梁兄,是这样的,我自小身体不好,小的时候,父母拿我当女儿养着,所以在耳朵上扎了耳洞,还戴过耳环呢!"

山伯也笑了,说:"噢,原来是这样啊。"

转眼三年过去了,有一天,英台接到了父亲的一封信,信里父亲催她赶快回家。英台将这个消息对梁山伯说了,两人即将分别,彼此都十分难过。

英台收拾好行李,梁山伯心中难过,非要送送英台。英台点点头,答应了。山伯和英台一面走,一面聊,想起了很多以前的事情。两人一会儿欢笑,一会儿沉默,彼此心里都很舍不得对方。英台很想告诉山伯自己是女孩子的事,但又不好意思直接说出来。正在这时,她看到旁边的河里游来两只大白鹅,便指着它们,对梁山伯说:"梁兄,你看,前面那两只大白鹅,公鹅正在前面游,母鹅在后面叫着哥哥。"

山伯看了看,忍不住笑了出来,说:"贤弟,鹅又不会说话,你怎么知道它在叫哥哥呢?"

英台在心里气得直跺脚,说:"我怎么看不出来,你看那白鹅正向你微微笑,它笑你梁兄真像个呆头鹅!"

梁山伯听了,莫名其妙,便也装出生气的样子来,说:"既然我是呆头鹅,那从今以后,你莫叫我梁哥哥。"

英台一听,连忙拉住梁山伯的衣角,说:"梁兄……小弟说错了。"山伯说:"以后不许这样了。"英台答:"嗯,不这样了。"

他们说说笑笑,又往前走,面前是一座独木桥。英台迟疑着有些不太敢走,梁山伯见状,便说:"贤弟,不要害怕,来,我扶你过去。"英台红着脸,握住了山伯伸过来的手。一边走,英台一边问:"梁兄,你看我们这样,像不像牛郎织女度鹊桥?"

山伯听了,以为英台在开玩笑,便说:"你呀!"英台也掩着嘴,偷偷地笑了。

二人不知不觉地已经走了很远,祝英台眼见已经走了这么远了,有些过意不去,便说:"梁兄,你已经送了我这么远了,有道是送君千里终须一别,不如我们就在这里分别吧。"

山伯望着祝英台，心中升起一种莫名的伤感，他说："贤弟，我们相处三年，情深意重，就让愚兄再送你一程，送你到当初我们结拜的长亭吧！"

英台十分感动，两人谁也没有说话，默默地向前又走了一段，走到了长亭。临别的时候，英台迟疑了一下，问道："梁兄，我还有一句话，想要问问你，不知梁兄是否已经成婚了？"

"贤弟，你早就知道愚兄尚未娶亲，何以今日又问呢？"

"梁兄，既然如此，小弟想给你做个媒。"

"贤弟愿意替我做媒当然好，但不知是哪家的小姐？"

"我有一个妹妹，排行第九，大家都叫她九妹，不知梁兄可否愿意啊？"

"九妹长得可像贤弟啊？"

英台答道："九妹的长相，就和我英台一模一样。"

山伯听了，便说："既然这样，那就多谢贤弟替我玉成此事了。"祝英台含着眼泪，说道："那梁兄，你可要尽早来我家提亲啊。你记住，我约你，七月初七这一天，到我家来。"说完，英台就告别了梁山伯，转身踏上了回家的路。

却说祝英台回到家以后才发现，原来父亲催她回家，是要把她嫁给一个叫马文才的人。马文才的父亲，是一个大官，但马文才这个人却不学无术，成天只知道吃喝玩乐，是个不务正业的浪荡子。祝英台当然不愿意嫁给他。祝员外便把她关了起来，锁在屋里，不让她出门。

而梁山伯回到书院以后，看着一切都依然如故，只是没有了祝英台的身影，忽然觉得心里空落落的，像少了点什么东西似的。夜里，他辗转反侧，怎么也睡不着，白天也吃不下饭去。他的师母见他这个样子，便对他说："山伯，其实英台是个女孩子，你这个样子，是喜欢上她了。"梁山伯这才恍然大悟，他又想起英台临走时对他说的那些话，顿时明白了，他立刻赶回家中，告诉母亲，准备去英台家提亲。

可是等他到了祝家之后，才发现祝员外早已将英台许配给马文才了。祝员外嫌梁山伯家庭贫穷，不肯把女儿嫁给他。英台得知梁山伯来了，不顾阻拦，冲了出来，与山伯相见。梁山伯看见了身穿女装、美若天仙的祝英台，又惊又喜，但祝员外马上就让人把英台抓回了房里，还派人把梁山伯打了一顿，赶了出去。

梁山伯回到家中，又伤心、又气愤，生了一场重病，没有几天，就去世了。祝英台听说了这个消息，哭得死去活来，晕过去了好几次。醒来以后，祝员外说："现在梁山伯已经死了，你还是听我的话，嫁给马公子吧。"

英台止住了眼泪，说道："好，我听您的，但我有个要求，成亲那天，花轿要从梁山伯的墓前经过，我要下轿亲自拜祭他。"

祝员外听了，也只得答应了女儿的要求。

成亲那天，祝英台穿起红嫁衣，告别了父母，上了花轿。吹鼓手们吹吹打打，喜气洋洋。花轿在路上稳稳地走着，不一会儿，就到了梁山伯的墓前。祝英台从花轿中走出来，跪在梁山伯的墓碑前，放声痛哭，直哭得天昏地暗。忽然之间，地上刮起了大风，天色变得昏暗一片，砂石四散飞扬，打得旁边的轿夫和吹鼓手们全都睁不开眼睛。就在这个时候，天上下起了暴雨，只听噼啪一声巨响，梁山伯的墓被雷电劈中，裂开了一个大口子。祝英台仿佛看到躺在棺里的梁山伯站了起来，正微笑着张开双臂迎接她。英台一下子扯下了身上的红嫁衣，露出了里面雪白的衣裙，奋不顾身地扑进了墓里。墓又缓缓地合上了。天空重新放晴。梁山伯的墓旁，长出了无数鲜花。鲜花丛中，一对彩蝶扑扇着翅膀，轻轻地飞向了不知名的远方。

人们都说，那对美丽的蝴蝶，就是梁山伯和祝英台化成的。他们从此相亲相爱，再也不会分离了。

白蛇传

很久很久以前，有一位白蛇娘娘，名字叫作白素贞。她原本是一条白蛇，因为天生具有灵性，又经过了千年的修炼，便具有了法力，可以化成人形。

她还有一个干妹妹，叫作小青，是一条小青蛇化成的。姐妹俩常常变化成人形，到四处去游玩。

这一天，白娘子和小青去西湖边游玩。西湖岸上桃红柳绿，风景如画。白娘子和小青这边走走，那边看看，欣赏着这美丽的景色，高兴极了。可是没一会儿，天空中忽然阴云密布，转眼之间，就下起了大雨来。白娘子和小青无处藏身，被大雨淋得透湿。正在发愁的时候，忽然，头顶的雨好像停了。白娘子回头一看，原来不是雨停了，而是一位清秀儒雅的年轻书生正撑着伞为她们遮雨，自己却被大雨淋湿了。青布衣袍上洒满了深色的水渍。

白娘子与书生望着对方，都不由得失了神。小青见状，忙把伞接了过来，说道："谢谢！"白娘子也深施一礼，说道："真是谢谢这位相公。"书生连忙还礼，说："二位不用客气。"白娘子又问道："请问相公高姓大名，家住何处，改天好将伞还给相公，登门道谢。"书生说道："小生姓许，名叫许仙，就住在这西湖边上。"

白娘子和小青道了谢，便撑着伞离开了。

几天以后，白娘子和小青果然到许仙的家里来还伞。此后一来二去，许仙与白娘子之间互生爱慕，不久就成亲了。

成婚以后，许仙和白娘子带着小青，开了一间名叫"保和堂"的药店。由于许仙医术高超，又心地善良，治好了很多疑难杂症，遇到穷苦的百姓，有的时候还赠医赠药，不收分文。一传十，十传百，很快就成了当地老百姓交口称赞的好大夫。白娘子经常到山里去，采摘草药，帮助丈夫。两人彼此恩爱，生活幸福极了。

但好景不长，保和堂的生意红火，却惹恼了一个人，就是附近金山寺的法海和尚。法海和尚会一些法术，平常靠着给老百姓发一些符咒、丹药，收取一些钱物。老百姓以前有了病，也都去金山寺找他。但许仙和白娘子的保和堂一开，就没有人再去找他了。法海十分生气，有一天，他就来到了保和堂，想看一看究竟是什么人在和他抢生意。

法海和尚装成一个云游僧人，走到保和堂门前，正好看到白娘子在大堂里给人看病。法海定睛一看，呀，发现白娘子竟然是一条蛇妖。他心思一转，有了主意。

一天，趁白娘子不在，法海和尚敲着木鱼，来到了许仙家门前，对许仙说："先生，你的脸上有股妖气！"许仙吓了一跳，连忙问："你这是什么意思？"法海和尚在屋子里走了一圈，说道："你的娘子是白蛇变的，你要赶快离开她，才能保住一命！"

许仙一听，非常生气，说："你胡说什么，我的娘子善良美丽，怎么可能是蛇妖呢！"

法海便说："你要是不信的话，可以在端午节那天，拿一些雄黄酒给你娘子，看她敢不敢喝下去。"

许仙虽然十分生气，但心中也不免有些起疑。到了端午节这一天，他果然拿了一些雄黄酒，让白娘子喝下去。白娘子知道许仙怀疑自己，没有办法，便只得喝了一口。没想到一口喝下去，白娘子立刻就头昏眼花，她勉强支撑着身体，来到床边，一下子就昏睡了过去。

过了一会儿，许仙轻手轻脚地来到了白娘子的床边，他撩起帘子一看，床上躺着的居然是一条大白蛇。许仙吓得一下子就昏死了过去。

白娘子醒来，见许仙已经没了气息，禁不住痛哭起来。小青在旁边，说："姐姐，哭有什么用呢？还是赶快想办法吧。"白娘子这才想起来，在昆仑山上有一种灵芝仙草，吃了它，人就可以回过魂来。她连忙赶去了昆仑山，找到了灵芝草。她偷偷地摘下一棵，刚想飞走，却被南极仙翁抓到了。白娘子向南极仙翁诉说了自己的事情，仙翁十分同情她，便破例准许她带走一棵灵芝仙草。白娘子谢过了南极仙翁，赶紧飞回到家中，用灵芝草熬好汤药，把许仙救了过来。

法海和尚见自己的计策没有成功，便把许仙骗到金山寺里，把他关了起来。白娘子见丈夫一连几天没有回来，心急如焚。她四处打听，终于打听到许仙被关在了金山寺。白娘子带着小青，划着小船，来到了金山寺门前，苦苦哀求，请法海放了许仙。可法海不但不放人，还骂白娘子是"蛇妖"，举起手中的青龙杖，就向她打去。白娘子这时已经怀了身孕，打不过法海。一阵打斗之后，白娘子有些支撑不住了。于是她拔下头上的金钗，迎风一挥，海面上立刻就掀起了滔滔巨浪，直逼金山寺。法海一见，连忙脱下自己的袈裟，向空中扔去。袈裟变成了一道长堤，挡在金山寺门外。大浪长一尺，长堤就高一尺，怎么也淹不了金山寺。没办法，她只能暂且逃回了杭州。

后来，被关在寺里的许仙趁法海不注意，逃跑了。他回到家里一看，家中已经人去楼空了。他非常伤心，从此就把自己关在家里面，每天以泪洗面。第二年的春天，又是一个阴雨天，许仙想起了自己与白娘子初次相识时候的情景，便又来到了西湖的断桥边。正当他伤心之际，忽然听到有人在喊他，他转身一看，竟然是白娘子。夫妻相见，禁不住抱头痛哭。

许仙与白娘子回家之后，没过多久，白娘子就生下了一个白白胖胖的男孩。许仙非常高兴。转眼到了孩子满月的这一天，许仙家门前来了一个卖东西的小贩，许仙见他那里有一个非常漂亮的金凤冠，便买了下来，送给了白娘子。白娘子也十分喜欢，坐到镜子前面，把金凤冠戴在了头上。可谁知白娘子刚一戴上，金凤冠立刻就变小了，它紧紧地箍住了白娘子的头，疼得白娘子昏了过去。

这时那个小贩跑了进来，原来他是法海变成的。他朝着金凤冠一吹气，凤冠马上就变成了一个金钵，白娘子被金钵收了进去，从此以后，就被压在了雷峰塔底下。

小青见姐姐被抓，忙上去与法海争斗起来。但她实在打不过法海，没办法，只得化作了一缕青烟，逃回了深山。许仙抱着儿子，泪流满面，他苦苦哀求法海，但法海都不答应。后来，许仙将儿子托付给亲戚抚养，自己出了家，在雷峰塔旁边搭了一间小茅屋，每天守着白娘子。

小青自从跑回深山以后，每天都在努力修炼，希望有朝一日能够打败法海，救回自己的姐姐。不知修炼了多少年，小青觉得自己的法力已经很高了，她便离开了深山，来到金山寺，找法海复仇。

法海一见小青来了，知道她是来复仇的。便拿起了青龙拐杖，和小青打了起来。小青原以为自己经过了这么多年的修炼，法力已经变得很强了。但法海这些年也没有放松修炼，法力同样也比以前高了。小青手持宝剑，法海手握青龙拐杖，叮叮当当地一连打了三天三夜，都没有分出胜负。最后，法海渐渐地支撑不住了。他的青龙杖被小青一下打飞。情急之下，他拿出金钵，想像当年收白娘子那样制服小青。小青一见金钵，想起了姐姐的遭遇，不由一股怒火，直冲心头。她提起宝剑，一下子刺穿了金钵。法海一见自己的两件法器都被小青破掉了，吓得连忙跑回了金山寺。

小青见法海逃跑了，也不去追，她站在寺门外，念动咒语，聚集起自己这么多年修炼得到的法力，呼地从口中喷出一股神火，火苗刹那间包围了整个金山寺。法海一见没有地方跑了，便连忙躲进了螃蟹肚脐下边的一道缝儿里，再也不出来了。

小青虽然打败了法海，但她没有办法推倒雷峰塔。只能望着塔伤心。多年以后，许仙和白娘子的儿子长大了，还中了状元。小青对他讲述了白娘子的遭遇，白娘子的儿子听了以后，忍不住泪流满面。他来到雷峰塔下，大喊一声"娘！"，随即跪倒，磕了三个响头。只听轰隆一声，雷峰塔倒掉了。白娘子从塔底走了出来，紧紧地抱住了自己的儿子，母子俩抱头痛哭。这时，许仙也从塔边的草屋里走了出来，一家三口终于团聚了。

而法海自从钻进了螃蟹壳里，就再也没有出来。原先螃蟹也都是直着走路的，但自从钻进了一个横行霸道的法海，就变成横着走了。

宝莲灯

相传很久很久以前，在华山上有一座神庙，名叫西岳庙。庙里住着一位清秀漂亮的仙女，叫作杨莲。因为她是玉皇大帝的三外甥女、二郎神杨戬的亲妹妹，所以人们也称她三圣母或三娘娘。三圣母美丽善良，但自从被王母娘娘派遣到华山以后，就一直过着孤单寂寞的生活。四下无人的时候，她就会从神台上跳下来，轻轻地唱一唱歌、跳一跳舞。

这一天，三圣母正自己在庙里唱歌、跳舞，消磨时光。忽然，有一个书生走了进来。三圣母吓了一跳，她连忙登上自己的莲花宝座，盘膝坐了下来，重新化作了一尊雕像。

书生名叫刘彦昌，是一位上京赶考的举子，他路过华山，听说山上有一座西岳庙，便登上山来，进了西岳庙，想要游赏一番。不知不觉地，就走到了雪映宫。刘彦昌走进殿里，一眼就看到了三圣母的塑像。他被她美丽、温柔的面容深深地吸引了，不由得心想，要是能娶到这样的女子做妻子，该有多幸福啊！但可惜，这只不过是一尊塑像罢了。想到这里，刘彦昌心中不免有些惆怅，他取出笔墨，随手在雪映宫的墙上题了一首诗，抒写了自己对三圣母的爱慕之情与求而不得的惆怅。

刘彦昌离开以后，三圣母从宝座上下来，走到墙边，看到刘彦昌留下的诗，体味到其中深深的爱慕之情，不由得也被感动了。她轻轻地抚弄着墙上的字迹。刘彦昌不仅诗作得好，书法也十分飘逸流畅。三圣母不禁对这个俊秀的书生产生了一些好奇。她掐指一算，知道刘彦昌已经离开了华山，走到了一个村子附近。于是，她就连忙驾着云雾赶到了他的前面，变作了一个民间女子，等着刘彦昌走来。

刘彦昌走到半路，又渴又累，这时，他看见前面有一间小茅屋，旁边有一位农家女子正在干活。他连忙走了过去，作了一揖，恭恭敬敬地说道："这位姑娘，我是去京城赶考的举子，走到这里，十分口渴，不知姑娘可否给我一碗水喝？"三圣母变成的姑娘对他一笑，说："好，请相公稍等。"说完，就进去拿水了。正在这时，天上忽然下起了倾盆大雨，刘彦昌来不及躲闪，被淋了个湿透，不久，还发起了高烧。三圣母连忙扶着他进了屋子，为他端水熬药，尽心尽力地照顾他。一来二去，两个人互生情愫，彼此都难分难舍，后来他们便结为了夫妻。转眼赶考的时间快要到了，刘彦昌要去京城，此时三圣母已经有孕在身。临别的时候，刘彦昌赠给三圣母一块祖传的沉香，对她说，以后孩子出生了，就起名叫作"沉香"吧。三圣母送刘彦昌，一直走了很远很远。

刘彦昌走了以后，三圣母就一个人在农家小院中居住。但是不久，三圣母私嫁凡人的消息被她的哥哥二郎神知道了。二郎神勃然大怒，他来到凡间，找到三圣母，要带她回天庭受审。三圣母怎么解释，二郎神也不听。实在没有办法的三圣母只得拿出了自己的宝物——一盏宝莲灯。这盏灯是当初王母娘娘送给她做镇山之宝用的，无论什么样的妖魔鬼怪、神仙高人，只要点起宝莲灯，让它放出光芒，都会被震慑降伏。二郎神一见妹妹拿出了宝莲灯，知道自己敌不过，便只得逃走了。

回到天上的二郎神越想越气，他想了半天，想出了一个办法。他让自己的哮天犬偷偷下界，趁着三圣母休息的时候，把宝莲灯偷了出来。二郎神重新下界，打败了三圣母，将她压在了华山山下的黑云洞里。

三圣母在暗无天日的黑云洞里生下了自己和刘彦昌的儿子沉香，她写下了一封血书，放进孩子的怀里，又偷偷托付土地神，把孩子送到刘彦昌身边。

此时的刘彦昌已经是金榜高中，被封为了扬州巡抚。他回到家乡，却不见三圣母的身影。他心中一沉，连忙跑到华山的圣母殿，在那里发现了一个正在呱呱啼哭的婴儿，凭着那封血书，他才知道这就是自己的儿子沉香，也知道了三圣母的遭遇。但无奈自己只是一个凡人，刘彦昌用尽了办法，也没能把三圣母救出来。

一转眼十多年过去了，沉香长大了，也懂事了。他常常问父亲，自己的母亲在哪里。刘彦昌每次听了，只是低头叹气，不告诉他实情。终于有一天，沉香在柜子里发现了三圣母留下的那封血书，才知道自己的母亲被压在华山底下受苦。沉香又惊讶又心痛，决心到华山去，救出母亲。他把想法对父亲说了，刘彦昌说："孩子，我们区区凡人，又如何跟神仙争斗啊？"沉香不信自己救不出母亲，于是他带上血书，自己一个人去了华山。

沉香历尽千辛万苦，好不容易到了华山，可是华山地方这么大，母亲到底在哪里呢？沉香找来找去，找不到母亲的踪影，忍不住放声大哭了起来。哭声惊动了路过的霹雳仙人。他走到沉香身边，问他："孩子，出了什么事了？你为什么哭得这么伤心啊？"沉香就将事情的经过告诉了霹雳仙人。霹霹雳仙人听了以后,深深地被沉香的孝心感动了。他说:"孩子,你别着急,你的母亲确实是被压在这华山底下,但凭你现在的力量,还不能把她救出来。你要想救母亲,就要从现在开始,努力练功。"霹雳仙人将沉香带回了自己居住的地方,教他武艺。沉香在仙人的指点下,刻苦练功,渐渐学会了十八般武艺和七十三变。十六岁生日那天,沉香收拾好行装,拜别了师父,要去华山营救母亲。临走的时候,霹雳仙人送给了他一柄神斧,告诉他关键时刻必有大用。

沉香一路腾云驾雾,来到了华山黑云洞前,大声呼唤母亲。三圣母听到了儿子的喊声,激动得泪流满面。但她也深知二郎神神通广大,凭自己儿子的法力,还打败不了他。于是,她就让沉香去向舅舅求情,还教给了他使用宝莲灯的方法。沉香来到二郎神庙,向他苦苦哀求。但铁石心肠的二郎神不但不肯放出三圣母,还拿起三尖两刃刀,和沉香打了起来。沉香抡起神斧,与二郎神打在一起。沉香越战越勇,二郎神渐渐有些抵挡不住了。关键时刻,他拿出宝莲灯,想要降伏沉香。但没想到因为不熟悉它的用法,反倒被沉香一下子抢了过去。沉香按照母亲教给他的方法,转动宝莲灯,宝莲灯射出万丈光芒,打败了二郎神。

沉香拿着宝莲灯,回到华山,他举起神斧,用尽全身的力气,冲着山劈了下去。只听轰的一声巨响,华山被劈开了。三圣母终于被解救了出来。母子俩紧紧地抱在一起,泪流满面。二郎神见此场景,不由得也有些感动。他决定放过妹妹一家,不再惩罚他们了。三圣母、刘彦昌、沉香一家团聚,从此过上了幸福的生活。

麒麟送子

麒麟是我国古代传说中的一种神兽。雄的叫"麒",雌的叫"麟",合起来就称为"麒麟"了。据说它形状像马,长着龙头、牛尾、马蹄,浑身还长着鱼一样的鳞片。它口能喷火,吼声如雷,但性情却十分温和,从来不伤害人畜,连花草也不随便践踏。因此人们又称它为"仁兽",把它作为吉祥的象征。

相传春秋时候,在山东曲阜有一条阙里街。街上有一户姓孔的人家。这家的男主人叫作孔纥,女主人叫作颜徵。孔纥六十六岁了,他有很多女儿,但儿子却只有一个,叫作孔孟皮。而孔孟皮的脚还天生有些残疾,不能担当家业。夫妻俩十分忧虑,常常一起到附近的尼山上去祈祷,希望上天能够再赐给他们一个儿子。

也许是孔纥和颜徵的祈祷感动了上天,不久以后,颜徵真的怀孕了。一天夜里,忽然有一头麒麟踏着祥云,来到了阙里。它浑身的鳞片金光闪闪的,非常漂亮。麒麟举止优雅,它走到孔纥家附近,不慌不忙地从嘴里吐出一块方帛来,上面还写着文字:"水精之子孙,衰周而素王,徵在贤明。"第二天,麒麟不见了,从孔纥家中传出一阵响亮的婴儿啼哭声,一个小男孩降生了。邻居们都说,这是麒麟送来的孩子,那块方帛上写着的字,意思就是说这孩子将来长大以后会具有帝王一样的德行,却不居帝王之位,所以叫"素王",是一位难得的大贤之士。

孔纥听了,非常高兴。他想了想,觉得这个孩子是自己和妻子经常去尼山祈祷,感动了上天,所以才得到的,所以给孩子起名为"丘",字仲尼。这个孩子长大了以后,果然具有大贤大德,被尊称为"素王""万世师表",古往今来,为无数读书人所敬仰。他就是我国历史上著名的圣人——孔子。而麒麟送子的故事,也由此流传开来了。

葫芦娃

从前,在一个小村子里,住着一个老阿妈,她还有一个女儿,名叫春姐。春姐心灵手巧,她织的布,能引来天上的百灵鸟和林间的花蝴蝶。

一天,春姐正在院子里织布,忽然听见草丛里传来窸窸窣窣的声音。春姐拨开草丛一看,原来是一只受了伤的燕子,正挣扎着想飞起来。春姐发现燕子的腿摔断了，就连忙找来草药，给它敷在了腿上。燕子休息了几天，腿伤好了，就飞走了。

过了两天，燕子飞回了春姐家中。它绕着春姐飞了好几圈，最后停在了她的手上，张开小嘴，把一颗金黄色的种子放到了春姐手中，然后就飞走了。

春姐将种子种在了自己家的院子里。没过几天，播下种子的地方就长出了一棵绿油油的小苗。春姐过去一看，发现原来是一棵葫芦苗。又过了几天，葫芦苗长大了，葫芦藤上还结了一个小葫芦，看上去十分可爱。春姐忍不住伸手摸了摸它。她的手刚一碰到，葫芦就啪的一声裂开了，一个粉脸粉腮的小娃娃落在了她的手中。他小极了，站起来，还没有春姐的手指那么高。但他却长得十分漂亮，一双眼睛闪着亮亮的光，精神极了。春姐和阿妈给他起了个名字，叫作"葫芦娃"。

从此，葫芦娃就在春姐家住下了，老阿妈和春姐对他都很好。葫芦娃也经常帮助老阿妈和春姐纺纱、织布。

有一天，春姐像往常一样，在院子里织布。忽然，从西北方刮来了一阵狂风。风过去以后，春姐不见了。老阿妈急得没有办法。这时，葫芦娃跳到她面前，对她说："老阿妈，你别着急，我去把春姐姐找回来。"

葫芦娃跑到了小溪边，找到了见多识广的花蝴蝶，问它道："花蝴蝶，你每天飞来飞去，一定知道春姐姐被风刮到什么地方去了。"

花蝴蝶说："在很远很远的西北方，有一座高高的大山，名叫聚宝山。聚宝山上住着一个绿脸妖，专门抢手巧的姑娘给他织布。春姐一定是被他抢走了。"

葫芦娃说："谢谢你！我这就去那儿，把春姐姐救回来！"

花蝴蝶赶紧对他说："葫芦娃，那太危险了。听说那个绿脸妖神通广大，他喊一声，山峰都会摇三摇，他吹口气，河水都能结成冰！你去了，肯定回不来了！"

葫芦娃摇摇头，说："我一定要把春姐姐救回来！"说完，他拿上干粮，就向西北方出发了。

半路上，葫芦娃遇到了金翅鸟，金翅鸟问他："葫芦娃，你要去干什么呀？"葫芦娃说："我要去救春姐姐，你愿意带我去吗？"金翅鸟点了点头，飞到了他的身边。于是葫芦娃骑到了金翅鸟的背上，向西北方飞去了。

不知飞了多远的距离，金翅鸟停了下来，对葫芦娃说："葫芦娃，我听见了青蛇在地上爬行的声音，看到了怪虫在旁边飞舞的轨迹，这地方太可怕了，我们还是回家吧！"

葫芦娃说："不行，还没有找到春姐姐，我不能回去！"金翅鸟见说不动葫芦娃，就拍拍翅膀，自己掉头飞回去了。

葫芦娃一个人继续往前走。走啊走啊，直磨得鞋破了，脚掌都流出血来，他也没有放弃。渴了就喝山泉，饿了就吃野果，走了整整七天，他放眼一望，忽然发现前面有一座高极了的大山，天空中的云彩，才到半山腰。这就是聚宝山。

葫芦娃费尽了力气，爬上了聚宝山的山顶。山顶上有一座宫殿，葫芦娃隔着宫殿的水晶墙偷偷往里一看，绿脸妖坐在宫殿里，好像睡着了。

葫芦娃刚想走过去，没想到绿脸妖忽然醒了，他大喊一声："有生人的味道！"然后向旁边的岩石吹了一口气，山顶上的岩石和冰块立刻就把葫芦娃冲走了。冰水寒冷刺骨，把他冻得昏了过去。

等葫芦娃醒过来的时候，发现自己落在了一棵大松树上，捡回了一条命。但这棵大松树长在悬崖上。只要一个不小心，就会掉进万丈峡谷里。葫芦娃十分着急，忽然，旁边飞来了一只大雕。葫芦娃灵机一动，等雕飞到自己身边的时候，纵身一跳，跳到了大雕的背上，对它说："大雕啊大雕，我来找我的春姐姐，你知道她在哪里吗？"

大雕说："在宫殿后面有几间石头屋，有一个被绿脸妖抓来的姑娘，被关在那里面。"

葫芦娃听了，说："大雕，你能带我到那里去吗？"

大雕点了点头，带着葫芦娃飞到了山顶上水晶宫殿的后面。葫芦娃说："谢谢你，大雕！"然后向下一跳，刚好落在了一堆稻草上面。

葫芦娃一看，果然有三间石头砌成的屋子，屋子里有一个姑娘，正在一边织布一边流泪，正是春姐。他连忙从窗户的缝隙里跳了进去，喊道："春姐姐，我可找到你了！"

春姐一看葫芦娃，又惊又喜，高兴得流下眼泪来。葫芦娃说："春姐姐，你别着急，我一定救你出去。"他看了看四周，大门是用大石头做成的，窗户上也都插上了坚硬的铁条。葫芦娃问春姐："妖怪把钥匙放在了什么地方？"

春姐说："钥匙在他的手腕上，一刻也不摘下来。"

葫芦娃说："春姐姐，你等着我，我一会儿就回来。"说完，就从窗缝里又跳了出去。

葫芦娃来到大殿，见绿脸妖躺在床上，睡得正香。葫芦娃蹑手蹑脚地走了过去，把钥匙从他的手腕上拿了下来。因为葫芦娃太小了，钥匙居然比他还要大。葫芦娃只能把钥匙扛在肩上，一点一点地挪。走到门口的时候，钥匙不小心碰到了门框上，发出了叮的一声。绿脸妖一下子醒了过来，他刚要抓葫芦娃，葫芦娃就躲到了墙缝里。绿脸妖想用手把他抓出来，却怎么也伸不进去，气得坐在一边呼呼直喘。

葫芦娃趁这个机会跑了出来，站到支撑大殿的石柱子旁边，大声喊着："绿脸妖，我在这儿呢！来抓我呀！"绿脸妖气得张开大嘴，一下子咬过去，没抓到葫芦娃，却把大柱子咬断了。葫芦娃又跳到另一根柱子底下，绿脸妖又咬断了这一根。不一会儿，大殿里的柱子就全被他咬断了。只听轰隆隆一声，大殿塌了下来，绿脸妖被砸死了。

葫芦娃扛着钥匙，跑到小石屋，拿起钥匙，打开了门锁，救出了春姐。

下山的时候，葫芦娃觉得十分口渴，就跑到一个山泉旁边，拼命地喝了起来。忽然，春姐惊讶地喊道："葫芦娃，你长高啦！"

葫芦娃低头一看自己在泉水里的倒影，果然长得很高很高，又壮实、又英俊。

春姐和葫芦娃手拉着手，高高兴兴地回家去了。

长发妹

很久很久以前，在一个小村庄里，住着一位美丽的姑娘，她的头发很长很长，久而久之，人们忘记了她的本名，都叫她长发妹。

有一年，一连好几个月天空都没有下雨，村庄里发生了严重的干旱。平日绿油油的田地，都旱得裂开了一条条大口子，村里的人们没有办法，只能每天去距离村子好几里地以外的小河中去挑水，一来一回，十分辛苦。

有一天，长发妹去山上割猪草，她爬呀爬呀，不知不觉，就爬到了山顶。她割完了猪草，刚要下山，忽然发现在一个悬崖的石缝里，长着一棵嫩绿嫩绿的萝卜缨。长发妹又惊又喜，想要把它拔下来，带回去给母亲吃。于是，她探出身子，抓住萝卜缨，用力往外拔。但拔了好几次，都没有把它拔出来。

长发妹十分奇怪，便紧握住萝卜缨，用尽全力，一下子把它拔了出来。这时候，奇异的事情发生了：萝卜缨拔出来的地方，留下了一个石洞。清澈透亮的泉水，正汩汩地从石洞里冒出来。长发妹忙把嘴凑到泉边，喝了起来。泉水又清又甜，简直像天上的琼浆玉液一般。一口喝下去，让人觉得几个月的干渴都解了。长发妹高兴极了，她心想，有了这眼泉水，乡亲们就不用再去那么远的地方打水了，这是多么大的一个好消息呀！她真想立刻跑下山去，告诉乡亲们这个好消息。

可就在这时，只听忽的一声，长发妹刚刚拔出来的萝卜缨忽然一下子从她的手里飞了出去，飞回到刚刚那个石洞中，堵住了泉水。一阵大风，把长发妹吹了起来，等她再睁开眼睛的时候，已经到了一个山洞里。

山洞里坐着一个巨人，长得十分可怕，他对长发妹说："我是山神，泉水是我的，你要是敢把这个消息告诉别人，我就杀了你。"说完，又刮起一阵大风，把长发妹送回了山下。

长发妹十分害怕，她只得把这个消息隐瞒了起来。日子一天一天过去，天上仍旧没有下雨。干旱越来越厉害。老百姓每天挑水，肩头都被勒出了一道深深的印痕。长发妹看在眼里，心里非常难受。她多想把山上有泉水的事情告诉大家呀，但一想起巨人的话，她又只得把话咽了下去。长发妹愁啊愁啊，渐渐地，头发都变成了雪白雪白的。

有一天，长发妹去河里挑水，回来的时候，看到一个老大爷挑着一担水，走着走着，不小心被一块石头绊倒了，头磕在地上，鲜血直流。长发妹连忙跑过去扶起他，老人顾不得自己的伤，只是一个劲地念叨着："水、水啊……"

长发妹顺着老人的手指看过去，原来他刚刚挑的两桶水已经倒在地上，都洒了出来。长发妹心里一阵酸楚，再也忍不住了，她脱口而出："老爷爷，山上有一个萝卜缨，只要拔掉它，泉水就能流出来！"

长发妹跑回村子里，一边跑，一边大声喊："乡亲们，山上有泉水，快跟我来！"百姓们都跟在长发妹后面。到了山顶，长发妹一把拔下萝卜缨，扔在石头上，让大家把它赶紧砍碎，防止它再飞回去。清泉马上就流出来了，大家都欣喜若狂，长发妹又让大家把泉眼凿开，凿得像小水井一般大。巨人再也堵不上了。泉水哗哗地向山下流去，百姓们高兴得一边喊着一边追着它跑去。只有长发妹还留在山顶上。一阵狂风刮来，她又被带到了巨人的山洞里。山神生气地朝她大喊："你居然敢告诉别人，我要杀了你！"

长发妹这时反倒不害怕了，她说："为了乡亲们，我不怕死！"

山神一见，便又说道："那好，我要把你放在悬崖底下，让泉水每天都从你的身上冲过！你永远也别想出来！"

长发妹说："随你怎么处罚我，但是请你让我最后回家一趟，见我母亲最后一面。"

山神同意了，他说："好吧，但是如果你敢不回来，我就把村子里的人都杀死！"

长发妹回到家，跪在母亲跟前，拼命忍住眼泪，对母亲说："娘，我有点事情，要出一趟远门，我已经请邻居大妈照顾您了，以后我不在，您要好好照顾自己。"长发妹的母亲点了点头，笑着答应了。

一切都安排好了以后，长发妹拖着一头长长的白发，毅然决然地向山顶走去。走到一棵大榕树底下的时候，她再也忍不住了，抱住大榕树，呜呜地痛哭了起来。不知哭了多长时间，长发妹再睁开眼睛的时候，忽然发现面前站着一位身穿绿衣服的老人。

老人问："孩子，你怎么哭得这么伤心啊？出什么事了？"

长发妹就对老人诉说了事情的经过。老人听了，呵呵一笑，说："孩子，别担心，我有办法。我凿了一个石头人，让它替你躺在悬崖下面。你现在只要把你的头发剪下来，缠在它的头上，巨人就认不出来啦。"

长发妹绕到大榕树后面一看，果然有一个石头人，模样和自己很像很像。长发妹将自己的头发剪下来，缠在了石头人头上。老人扛起石头人，把它放在了悬崖下，泉水哗哗地从山顶飞下，冲到石头人的身上，就好像是长发妹自己站在那里一样。

长发妹靠在大榕树上，见问题已经解决了，不禁开心地笑了。她忽然觉得头上有些痒，伸手一摸，哎呀，原来她又重新长出了一头乌黑油亮的长发！大榕树树干里传来老人的声音："长发妹，山神不会再找你了，回家去吧！"

长发妹向榕树老人道了谢，高高兴兴地回家去了。

柳毅传书

唐代仪凤年间，有一个名叫柳毅的书生，他到当时的京城长安去参加科举考试，可是没有被录取。回家的路上，他想起自己有一个朋友住在泾阳，就去他那里辞行。他骑着马走着走着，忽然看到道旁有一个女子正在放羊。她长得很漂亮，但是穿着十分破旧。她双眉微皱，面带愁容，好像刚刚哭过的样子。柳毅忍不住下马问道："姑娘，出什么事了？你怎么这么痛苦啊？"

女子向柳毅行了一礼，说道："这位相公，我是洞庭龙王的小女儿，父母把我嫁给了泾川龙王的二儿子。但他天生放荡不端，每天吃喝玩乐，我劝他，他不但不理我，还骂我、打我，公公和婆婆也偏向他。他们把我赶了出来，让我在这里挨饿受冻。我想要告诉家里人，让他们来救我，可是洞庭湖离这里好远好远，我怎么才能让他们知道呢？我心里难过极了，所以才在这里哭泣。我听说今天会有一个去南方的相公经过这里，想请您帮我带一封书信回去，但不知道您可以答应吗？"

柳毅说："姑娘，我听了你的故事，心里也十分难过，不要说是洞庭湖，就是刀山火海，我也要帮你把信送去。但我毕竟只是个凡人啊，洞庭湖水那么深，我怎么才能到龙宫呢？"

龙女说："这点您不用担心。在洞庭湖的南岸，有一棵大橘树，您到了那里以后，就解下腰带，绑在树上，再在树干上敲三下，就会有人出来问您。您就跟着他走，就能到达龙宫了。希望您将我的痛苦都告诉我的家里人。"说完，龙女从衣襟里拿出信来，交给柳毅，并且向他拜了又拜。

柳毅说："你放心，我一定替你把信送到。"

柳毅一路快马加鞭，来到了洞庭湖。到了南岸，他一看，果然有一棵大橘树。他连忙解下自己的腰带，绑在树上，敲了三下。一会儿，只见湖上忽然浪花翻涌，滚滚的白浪托着一位武士打扮的人，出现在柳毅的面前。武士向柳毅行了礼，问道："贵客从哪里来？"柳毅说："我受人之托，特来拜见大王。"武士说："既然如此，请跟我来。"柳毅看了看深深的湖水，露出了为难的表情。武士笑了，说："贵客不用担心，尽管跟着我就是。"说完，他向洞庭湖一挥手，湖水立刻就向两边分开了，中间出现了一条道路。武士让柳毅闭上眼睛，自己带着他前进。

等柳毅再睁开眼睛的时候，已经到了龙宫。过了一会儿，龙王从里面走了出来。他身穿紫袍，头戴龙冠，手执青玉。洞庭龙王打量着柳毅，问道："先生从何处来？所为何事呢？"柳毅就将自己在泾阳遇到龙女的事情说了一遍，并将龙女的信交给了龙王。龙王读完了信，伤心极了，忍不住哭了起来，对柳毅说："身为父亲，女儿在远方受难我都不知道。如果不是您仗义相救，为小女传递消息，我们到现在也不知道她过着这样的日子啊。您的大恩大德，真是粉身碎骨也难以报答啊！"说完，又哀叹了好久。旁边的侍从们，也都忍不住呜咽起来。

忽然，龙王好像想起了什么，说道："赶快止住哭声，千万不要让钱塘君听见了。"柳毅忍不住问："钱塘君是谁啊？"洞庭龙王说："钱塘君是我的弟弟，以前做过钱塘那一带的龙王，但是因为脾气太暴躁，早先在唐尧时代，曾经闹过九年的洪水，就是他发怒的缘故。如果这件事让他知道了，不知道又会闹出什么事情来。"

正说着，只听一声天崩地裂似的巨响，宫殿被震得摇摇晃晃。一条身长有千余尺的巨龙，闪电似的目光，血红的舌头，浑身披着金色的鳞甲，一下子从宫殿当中飞出去了。柳毅吓得扑倒在地上，洞庭龙王忙把他扶起来，说："不用害怕，这就是我的弟弟洞庭君，他一定是听见了我们刚刚的说话，去救小女去了。"

果然，过了一会儿，忽然有仙乐声响了起来，海中出现了朵朵彩云。一个身着华丽丝裙的女子，在侍女的簇拥下，缓缓地来到了柳毅面前。柳毅一看，正是托他传信的那个龙女。龙女走到柳毅面前，含着泪行了礼，说道："多谢相公，替我传书，我才得以被解救出来。"说完，就走到自己的父亲面前，随着龙王进去了。

过了一会儿，洞庭龙王和龙女重新出来，摆下了丰盛的宴席，请柳毅吃。又见有一个人，同样身披紫袍，手持青玉，站在龙王的身后。洞庭君向柳毅介绍说："这就是钱塘君。"柳毅起身上前，向钱塘君行礼。钱塘君也很有礼貌地还了礼，对柳毅说："我的侄女不幸，嫁了一个那么坏的小子，多亏您仗义传书，才将她解救出来。您的恩德，真是难以用言辞感谢。"柳毅谦让地作了一揖，表示不敢当。

龙王一家很热情地招待了柳毅，临走的时候，还送给他很多珍宝。柳毅回到地面上，努力读书，终于中了举。不久，父母为他娶了一门亲。晚上，柳毅掀开新娘子的红盖头一看，居然是他曾经救过的龙女。龙女说："相公将我从苦难之中解救出来，我感谢您的恩德，没有什么能够报答，请让我做您的妻子，照顾您吧。"柳毅高兴极了，从此，他们就幸福地生活在了一起。

河伯娶妻

西门豹奉命治理邺县。当他到达邺县的时候，发现这里人烟稀少，贫穷落后，百姓的生活十分困苦。他不明白邺县为何会如此荒凉，就找来县里的几位老人了解情况。老人们据实相告，向新县令大倒苦水。

原来，邺县附近有一条漳河，近些年来河水常常泛滥，使邺县的百姓饱受洪灾之苦。为了治理水患，人们想了很多办法，但却没有一点儿效果。后来，一个巫婆说漳河水泛滥是因为邺县的百姓触怒了下面的河伯，只有每年送给河伯一个年轻美丽的女子为妻，才能让河伯消气。自那以后，邺县开始每年为河伯选妻。这些被选中的女子在盛装打扮后，就会被投入漳河水中，说是到河里与河伯成亲。如今，已经有无数人家的女儿做了河伯的妻子。邺县人民每提到此事，都感到十分痛心，可他们又无可奈何。很多家中有女儿的人家，都搬离了邺县，以免他们的女儿被选中。

西门豹听了老人们的诉说，当即决定去会一会这个巫婆。如此骇人听闻之说，他还是第一次听说。如果不能破除妖言、为百姓除害，那他还有什么资格做邺县的父母官。他对几位老人说："河伯娶妻之事纯属子虚乌有，我会证明给你们看的。你们先回去吧！等到今年河伯娶妻的时候，我和你们一起去，我要当场揭开那个巫婆的真实面目，并让她得到应有的惩罚。"老人们将信将疑，各自回了家。

到了河伯娶妻那天，西门豹和众人一同来到了河边。不一会儿，几个人抬着轿子向河边走来了。走在最前面的是一个七十岁左右的老太婆，一边走嘴里还在一边念念有词地说着什么。后面跟着的花轿中坐着一位年轻美丽的女子，女子虽然做了精心的打扮，但却难掩其黯然的神色。她坐立不安地东张西望着，眼神中流露出凄凉和绝望。待轿子停在岸边，巫婆就开始做法。一阵故弄玄虚之后，她就下令将女子投入河中。后面的随从举起女子就要往河里头投，女子一边哭一边大喊："放开我，放开我，我不去！"可是她的哭喊是没有用的，随从们已经将她架起来了。

就在随从们欲将女子投入河中的紧急关头，西门豹及时制止了他们。巫婆见有人来捣乱，很是生气，但得知对方是本县新上任的县令后，也不好发作，只是请求县令不要误了吉时，以免惹怒河伯。西门豹笑着说："不急，不急，先让本县看看这个女子的容貌如何，我们可不能怠慢了河伯。"巫婆一听，知道县令不是来和自己作对的，忙高兴地说："大人请看，这是我精心挑选的，保管您看了满意。"西门豹揭开女子的盖头，故作生气地说："这样丑陋的女子也能去侍候河伯吗？不行，还是过两天再选一个更好的送去吧！"巫婆忙说："可是如果错过了今天的日子，我怕河伯会不高兴呀！"西门豹说："那就烦请您亲自去跟河伯说一说吧！"说着，便让人将巫婆投入了河中。

众人还来不及反应，巫婆就已经入了水。他们还不知道这位县令大人究竟要做什么，但看着巫婆被投入河中，大家都觉得很解气。尤其是刚刚被救下的女子，更是对西门豹充满了感激之情。在众人议论纷纷之际，西门豹却显得异常平静。他只是静静地注视着水面，彷佛在等待着什么。过了一会儿，西门豹回过头来对巫婆的随从说："她已经去了这么久，为什么还不回来呢？你去催一催吧！"说着，又命人将一名随从投进了河中。其余的随从已经被吓傻了，他们当然知道巫婆是不会上来的，如果这位县令大人高兴，那他们岂不是都要被丢到河里去？

又过了一会儿，西门豹又回过头来对剩下的随从说："我想一定是她们与河伯的谈判出了什么问题，那就烦请你们去帮忙跟河伯说说情吧！"随从们连忙跪倒在地，请求西门豹放过他们。西门豹冷冷地说："放不放过你们不是我说了算，那要问乡亲们肯不肯放过你们！"这时，乡亲们已经摸清了状况。他们早就对这些人恨之入骨，哪肯放过他们呢？西门豹假装无奈地说："看来是你们坏事做得太多了，乡亲们都不肯放过你们，那我也只好按照大家的意思办了。"说着，就让人将剩下的随从全都扔进了河里。

惩治过巫婆和她的随从们，西门豹又对所有在场的百姓说："这些人都是罪有应得，是他们的报应。你们都看到了，那个所谓的巫婆根本没有任何神通,她被投入河中也一样不会上来,所以她根本不是什么河伯的使者,至于河伯娶妻,那就更是无中生有的事了。这些年让大家受苦了,以后我会带领大家摆脱这种状况,让大家重新过上好日子!"人群中早已有人带头鼓起了掌,漳河边一片欢呼之声。

后来,西门豹带领人们兴修水利,挖渠引水,终于摆脱了洪水的侵袭。人们又过上了好日子,而那个所谓的河伯,也再没闹过事。

十不全和尚

在一些大的寺院里,通常供奉着很多罗汉像。这些罗汉大多被塑造得高大威武、相貌堂堂,或是慈眉善目,一脸祥和。但唯独有一个和尚,和别人都不一样。他长着癞痢头、头上长着歪嘴、歪鼻头、斗鸡眼和招风耳朵,他还驼背、鸡胸、跷脚、抓手、斜肩,长得十分奇怪。因为他有这十样毛病,所以叫作"十不全和尚"。第一次看到十不全和尚的样子的人,常常会觉得很有意思,还有一点可怕。但其实十不全和尚是个很有正义感的僧人。

传说十不全和尚原本是南宋时候的一个读书人,他文章写得很好,但是因为看不惯当时宋朝朝廷苟且偷安、任由金人欺负的态度,所以总是在文章里面冷嘲热讽、批评时事。他考了好几次科举,但都因为这个毛病,而被考官排斥。后来,十不全和尚看破了世道,就出家去庙里,当了一个烧饭的和尚,一天到晚疯疯癫癫的,常常胡言乱语,后来大家索性就叫他疯和尚。

那时候,秦桧和他的老婆王氏刚刚设下毒计,害死了抵抗金兵进攻的大英雄岳飞。老百姓们对秦桧都恨得咬牙切齿,但秦桧在当时手握大权,百姓们都是敢怒不敢言。

那年的大年初一,秦桧带着他的老婆王氏,去庙里烧香。他们一进门,就看见有一个穿得破破烂烂的和尚,正在院子里挖一棵桧树。那桧树青翠挺拔,看上去十分健康,不像是有病的样子。好端端的一棵树,这和尚干吗非要把它挖掉不可呀?秦桧十分奇怪,便走上前去问道:"和尚,大年初一的,应该讨个吉利,干吗要把这棵好端端的树挖掉呀?"

和尚直起身来,冷冷地看了秦桧一眼,说:"这树里生了黑心虫,要是不把它挖掉,就会危害到旁边的松树、柏树上了!"

秦桧没听出来和尚的话外音,又说道:"那把它锯掉就好了,何必花这么大的力气把它挖出来呢?"

和尚听秦桧这么说,不禁又冷笑了一声,说道:"大人,你这就有所不知了。俗话说得好:打蛇打七寸,挖树先挖根。你看这桧树,叶子像柏树,树干像松树,外表忠贞,里面却坏透了,这样不三不四的东西,留它何用啊?"

秦桧一听,心里明白了,原来这和尚是在指桑骂槐,听着好像是在说桧树,实际上却是在骂自己。他心里非常生气,但大年初一还没烧香,就抓人打人,又不好。正在犹豫的时候,他老婆王氏一看势头有点不对,便连忙拽了拽他的衣服,对他说:"赶快去烧香吧。"

秦桧啐了一口唾沫,领着老婆,大摇大摆地走上了佛殿。两人在佛祖面前点了红烛、烧了檀香,恭恭敬敬地跪在蒲团上,拜佛祝愿。烧完了香,秦桧和老婆起身要走。走到庙门口的时候,秦桧忽然看到墙上贴着一张大黄纸,上面歪歪斜斜地写了一首诗:

伏虎容易纵虎难,
东窗密计胜连环,
可恨彼妇施长舌,
痛煞老僧心胆寒。

秦桧一看,当时就呆住了。他以为东窗密谋、陷害岳飞的事,没有几个人知道,却没想到这写诗的人竟一清二楚!王氏见秦桧呆立着不动,便顺着他的目光看去,看到那首诗,也吓得呆在那里。夫妻俩你看看我、我看看你,不由得直冒冷汗。秦桧半晌说不出话来,最后,才喃喃地说:"反了!真是反了!"他叫来寺里的当家和尚,喝问道:"这诗是谁写的?赶快给我查明!"

当家和尚吓得索索发抖,连声说:"贫僧这就去查,这就去查。"一会儿,当家和尚领着一个僧人回来了。秦桧一看,正是那个挖桧树、吃狗肉的疯和尚。秦桧一见，勃然大怒，指着他骂道："我以为是谁写的，原来是你这个蓬头垢面的脏和尚！"

和尚冷笑一声，说："我还以为是谁在叫唤，原来是个专门吃里扒外的。"

秦桧气得暴跳如雷，他一眼看见了和尚的扫帚，便大声喝道："你扫帚这么新，不是个懒和尚是什么？"

疯和尚也顿时厉声喝道："你说我懒吗？告诉你，铁扫帚可不是扫地用的，是要扫尽天下一切卖国贼用的！"说完，就抡起扫帚，向秦桧扫去。秦桧连忙闪到一边，转过身来，一把拽住了疯和尚的腰带。这一拽不要紧，那腰带顿时变成了一条长蛇，张开血盆大口，向秦桧咬去。秦桧和王氏吓得魂不附体，当场就昏了过去。等他们醒过来的时候，那疯和尚早已不知去向了。

这件事后来被人们称为"疯僧扫秦"。百姓们敬仰疯和尚的气节和胆识，就把他奉为菩萨，塑了像，供在罗汉堂里，千秋万代让世人瞻仰。

父子斗鳄妖

很久以前，景星湖一带原本是一个富饶的鱼米之乡，百姓们耕地打渔，过着十分幸福的日子，但不知从什么时候开始，湖里来了一条修炼了五百年的鳄鱼精，四处兴风作浪、吃人吃兽，百姓们吓得谁也不敢接近湖边，也不敢去种地，渐渐地，很多人都搬走了。

一天，一位道人下山化缘，来到了景星湖畔，他见此地风光秀美、物产丰饶，人烟却十分稀少，觉得十分奇怪，就走到了一个铁匠铺，与铁匠夫妇攀谈起来。

铁匠姓雷，身体十分健壮，臂力过人，二三百斤的大铁锤，在他手里，就像玩具一般，转动自如。他的妻子聪明贤惠，他们还有一个儿子，名叫畴儿。听到道人问起这附近为何少人居住的事，他不由得长叹一声，将鳄鱼精作怪的事情告诉了道人，并问道人有没有办法把它除掉。

道人沉吟了一会儿，说道："办法倒也不是没有。鳄鱼精浑身都长着硬甲，刀枪不入，要想杀它，只有练成百步穿杨的功夫，用箭射中它的咽喉，才能将它杀死。"

雷铁匠说："既然如此，我愿意跟您学习射箭，为大家除害！"

道人说："那好，明天日出之前，你到庐山的仙人洞来找贫道，贫道自会教你。"说完，就化成一阵清风走了。

从此，雷铁匠每天日出之前就赶到庐山，向道人学习射箭的功夫，日出之后就下山。日复一日，铁匠射箭的本事已经有了很大的成就，百步以外柳树上挂着的小铜钱，他都能够一箭射中。铁匠觉得自己的功夫已经到家了，可以对付鳄鱼精了，就不再到庐山上找道人学艺了。

道人见铁匠好几天都不来，知道他已经骄傲自满，不愿意再来学艺了，就让仙鹤给他送去了一张纸条，上面写着"百步穿杨，水滴石穿"八个字。

铁匠的妻子看了纸条，问道："道长纸上所写的'百步穿扬'四个字，为什么把"杨"写成了"扬"啊？你想没想过，这是什么意思吗？"

铁匠哈哈大笑，说："能有什么意思？无非是道长写错字了呗！"

这一年的夏天，连续下了好几天的大雨，江湖泛滥，鳄鱼精又要来作祟了。铁匠每天都去江边，选择位置，考虑杀死鳄鱼精的办法。终于到了事先选定好的日子，铁匠的妻子帮他摆好弓、磨好箭，带着儿子畴儿，陪着他一起到了湖边。村民们听说了这个消息，也都从四面八方赶来了，为他鼓劲助威。

到了中午时分，天色突然变暗了，乌云阵阵、狂风怒号，鳄鱼精挥舞着利爪，出现在湖面上。雷铁匠连忙搭好弓箭，趁着鳄鱼精露出湖面的时候，刷的一箭，直冲鳄鱼精的咽喉射去。但鳄鱼精早有准备，它翻身一滚，躲过了利箭。箭头从它的咽喉旁边划过，射在了它的右脚上。鳄鱼精受伤，疼得大吼一声，张开血盆大口，一下子将雷铁匠咬成了重伤。雷铁匠的妻子和儿子赶忙跑到雷铁匠身边，但这时的雷铁匠早已奄奄一息，他拉着儿子的手，拼尽最后一点力气，对他说道："要记住……穿扬……石穿……报仇，为民……除害……"说完，就去世了。

雷铁匠的儿子畴儿聪明勇敢，他长大以后，决心继承父亲的遗志，消灭妖鳄，为民除害。他每天都努力地练习弓箭，终于也达到了能够百步穿杨的地步。他也想找一天去除掉妖鳄，但是母亲却不同意。畴儿十分奇怪，便问母亲是为什么。

雷铁匠的妻子拿出了当年道士送给铁匠的纸条，对儿子说："畴儿，当年你父亲临死的时候，要你记住'扬''石'这两个字，是有理由的。当年道长留给你父亲的纸条上，将'杨'写成了'扬'，我一直觉得奇怪。这些年，为娘想了又想，终于想明白了，道长之所以将'百步穿杨'的'杨'写成这个'扬'，是要告诉我们，不是要射静止不动的杨柳，而是要射飘扬摆动的柳枝。你爹当年没有明白这个意思，没练成这个功夫，所以才没能杀了鳄鱼精。"

畴儿听了母亲的话，迟疑了一下，说道："母亲，想要射中在风中飘扬的柳枝，可实在是太难了。"

母亲摇摇头，说："水滴石穿，只要有信心、肯努力，没有什么做不到的事！"

畴儿听从母亲的话，又苦练了十几年，终于能在任何恶劣的天气里，都能射中百步以外飘扬的柳枝了。一天，他看到家门口的一块大青石，被屋檐的水滴滴穿了。畴儿知道时候到了，于是准备好弓箭，来到当年他父亲射鳄的岩石上。妖鳄正在水中张牙舞爪、兴风作浪，一见畴儿，立刻张开血盆大口，扑了上去。畴儿不慌不忙，缓缓拉开弓箭，全神贯注地注视着鳄鱼精，乘妖鳄向他扑来的一刹那，他猛地拉开弓箭，用尽全身的力气，对准鳄鱼精的咽喉，把箭射了出去。鳄鱼精的咽喉被射穿了。只听它一声惨叫，摔进了湖里。湖水一片殷红，鳄鱼精在湖里挣扎了好一会儿，终于死去了。岸边的百姓们欢呼着，把畴儿抬了起来。

景星湖又恢复了曾经的美好与宁静，百姓们过上了幸福的生活。

俞伯牙与钟子期

春秋时候，晋国有一个叫俞伯牙的人，他是当时著名的琴师，善弹七弦琴。传说他弹琴的时候，连马儿都会陶醉其中，可见他技艺的高超。俞伯牙少年的时候，曾经跟随当时最著名的琴师成连学习琴艺。但伯牙跟随他学了三年的琴，却没有太大的长进。成连说："伯牙啊，做老师的只能教你弹琴的技艺，却不能教你领会琴艺的真谛。你到东海边去，找我的老师万子春，让他指点指点你吧。"

可伯牙到了东海，并没有见到万子春，他只看见了无边无涯的大海、汹涌的波涛和深密的山林。他站在海边的一块岩石上，闭上眼睛，听到四周传来无数奇妙的声音：波涛怒吼、林鸟悲啼。一股悲凉浩森的心绪充斥了他的整个心胸，伯牙顿时觉得豁然开朗。他连忙取出琴，坐在海边，弹了起来。自然的美妙融入了他的琴声，他创作出了《水仙操》。

俞伯牙终于体会到了琴艺的真谛，创作出了传世的乐曲，成为了一名杰出的琴师。但是，能够真正听懂他琴声的人却并不多。俞伯牙为此时常觉得十分寂寞。这一年，伯牙奉晋王之命，出使楚国。八月十五这天，他乘船来到了汉阳江口。因为遇到了风浪，所以停泊在了一座小山下面。晚上，风浪渐渐平息了下来。云开月出，清风缓缓地吹拂着他的衣袖。俞伯牙望着天上皎洁的明月，不由琴兴大发，取出随身携带的瑶琴，忘情地弹了起来。正当他沉醉在琴声当中的时候，忽然听到岸上有人叫绝。伯牙闻声，走了出来，看到一个樵夫站在岸边。伯牙将他请上船来，樵夫说自己名叫钟子期，是被伯牙的琴声吸引而来的。伯牙听了，很高兴，就坐下来，弹了几首曲子。他弹琴的时候，心里想着高山，子期听了一会儿，说道："好啊！这琴声雄壮高峻，好像高耸入云的泰山一样！"伯牙心里想着流水，子期说："好啊！浩浩荡荡，如同滚滚的江河！"伯牙兴奋极了，他激动地说："先生，您真是我的知音啊！"两人喝酒谈天，越聊越投机，成了非常好的朋友。二人约好，来年的中秋，再到这里来相会。

第二年，伯牙如约来到了汉阳江口，可是他等啊等啊，怎么也不见钟子期的身影。后来，他向一位老人打听，老人告诉他，钟子期已经不幸因病去世了。伯牙悲痛欲绝，他来到钟子期的墓前，弹起了一首凄楚之极的曲子。弹罢，他悲伤地说："我唯一的知音已经不在人世了，这琴还弹给谁听呢？"说完，他挑断琴弦，长叹一声，把心爱的瑶琴在青石上摔碎了。

后人被伯牙和子期之间的情谊所感动，特意在他们相遇的地方，筑起了一座古琴台。这正是：摔碎瑶琴凤尾寒，子期不在对谁弹！春风满面皆朋友，欲觅知音难上难。

聚宝盆

很久很久以前，有一个小村子。一天，有一户人家推着破车、带着瓦罐，来到了这个小村子里。这家里一共四口人，丈夫叫华良，妻子叫梁花，他们已经有了两个儿子，大的四岁，名叫华龙，小的两岁，名叫华虎。梁花又怀了身孕，很快就要生下第三个孩子了。但因为老家山东闹了灾荒，没有办法，才逃到了这里来。

到了村子里，夫妻俩找了一个破庙，安顿了下来。这间破庙原本是一个财神庙，但因为很长时间没有人来拜祭，日久天长，变得又脏又破、乱得不行。夫妻俩又扫又洗，一连干了两天，才把小庙收拾出了个样子来。梁花见财神爷的像东倒西歪、满是灰尘，还特意用水擦净了神台、神像，将财神爷重新立好，拉着丈夫一起，恭恭敬敬地拜了又拜，祈求财神爷保佑一家人平安。

后来，华良到村子里一位姓潘的财主家里，找了一个耕地种粮的活儿，成了潘家的伙计。梁花会做面食，就在自家门口支了个小摊子，每天在屋里擀好面条，然后拿出去卖。大家都觉得梁花做的面好吃，纷纷来买，一家人的日子渐渐好了起来。而财神庙因为来买面的人多了，一来二去，也便有了些香火。

一天夜里，华良睡着觉，忽然做了一个奇怪的梦。他梦见他在耕田的时候，挖出来一个大瓦盆，他刚捡起来，就看见迎面走过来一个白胡子老头。老头走到他面前，对他说，这是一个宝盆，放一粒米，就能变成一盆。用得好，一家人都能过上好日子；用得不好，就会家破人亡。说完，老头就离开了。

华良原本以为这只是个梦，但没想到第二天他扛着锄头去耕田，一锄头下去，竟然真的挖出一个大瓦盆来。华良吓了一跳，连忙把它捡了起来，走回了家。他把事情给梁花讲了一遍，又把瓦盆拿出来，给梁花看。梁花半信半疑地接过宝盆，抓了一把黄豆，放进盆里，只见盆里升起一阵白雾，白雾散去，居然变出了满满一盆黄豆。夫妻俩又惊又喜。华良拿过桌上的一枚铜钱，就要往盆里搁，却被梁花拦住了。华良说："怎么啦？"梁花想了想，说："你梦里的那个老头儿对你说，如果用不好，就会家破人亡。我们要靠辛苦和勤劳吃饭，不能靠这个投机取巧、不劳而获。"华良想了想，觉得妻子说得也有道理。从此，大瓦盆除了每天和面以外，不放任何东西。

华良仍旧每天去耕地，梁花也还开她的面食摊。不过他们不用再买面粉了。每天卖完面条，只要抓把面粉放进盆里，第二天，就又是满满一盆面了。

但华良却没有死心。有一天，他趁梁花睡着了，偷偷地往盆里放了一个铜钱。第二天早上起来，梁花一看，竟然出现了满满一大盆铜钱。梁花非常生气，她把华良拽过来，问他："是钱重要，还是我和儿子们重要？"华良知道自己错了，低下了头。梁花又说："这钱，我们就用来修缮财神庙，再给财神爷塑个金身，一个子儿你也不许胡乱花！"

一晃又过去了好几年，梁花和华良靠着卖面食，赚了不少钱。他们在财神庙旁边盖起了三间大瓦房。这年，发生了大旱，田里颗粒无收，饿死了很多人。梁花和华良商量，发放馒头，救济灾民。第二天，梁花蒸出一大锅馒头，拿出一个，放进聚宝盆里，一转眼，就变成了一盆。就这样一盆又一盆，没过多久，馒头就堆成了一座小山。华良和儿子在自家面食铺前面支了个摊子，免费向灾民们发放馒头。不一会儿，门前就排起了长队。人们一传十、十传百，都到华良家来领取馒头，大家都对华良和梁花夫妇感激不尽。

十几年过去了，华良和梁花都老了，他们的三个儿子华龙、华虎、华豹也都长大了。华龙开了饭馆，华豹开了布店，华虎继承父业，耕地种田。一天，梁花生了重病，话都说不出来了。她觉得自己可能命不长久了，临终之前，她把华良叫到床边，指了指聚宝盆，又比划了几个手势，意思是说，大儿子有饭店，二儿子有田地，三儿子有布店，都能吃上饭，留着这个聚宝盆没有好处，应该把它埋进地里，免生祸端。可华良却没有明白梁花的意思，还以为她是说三个儿子都能吃上饭，这个盆就自己留着，谁也不给。

没多久，梁花就去世了。华良给三个儿子分了家，自己带着聚宝盆，跟二儿子一起住。老大华龙和老三华豹每人分得了不少银子，但老二华虎只分到了一些麦种。老大老三见老二只分到了那么少的一点东西，却还很高兴，心里十分疑惑。兄弟俩找到父亲，一问之下，才知道父亲有个聚宝盆。兄弟俩乐坏了，连忙把宝盆抢了过来。老大老三心想，这下可要发财了。只有老二觉得，不劳而获不但不是好事，反而还会招来祸端。于是老大和老三约定好，每人轮着用一天。

老大把聚宝盆抱回了家，连忙把一锭银子放进了盆里，马上就变成了一盆；倒出来，留下一锭，不一会儿，就又是一盆。老大夫妻就这样一盆一盆地倒着，银子越来越多，整个屋子都堆满了，可他们还在不停地变。忽然，只听轰地一声，墙被银子压垮了，夫妻俩都被压在了底下。

华良和老二老三得知消息，连忙赶来，在废墟里扒着。老二和华良是想要救人，老三想的却是要找到聚宝盆。可是扒了半天，他们什么也没找到。老二和华良没找到老大，老三也没找到聚宝盆。废墟里也没有银子，只有一块一块的大石头。

名胜志异

石钟山的传说

蟠桃园里的仙桃成熟了,王母娘娘选定了五月初五这一天,决定办一次蟠桃会,好好地宴请一下众神仙。她吩咐手下的众仙女,在桌上摆好琉璃盏,美酒倒进碧玉杯,墙上挂起红玛瑙,几上置着紫珊瑚,四面金鼓两边立,五天红云铺正中,真正是金碧辉煌,美不胜收。

准备好了以后,王母娘娘先请来了玉帝,让他参观一下,看看满意不满意。玉帝来了一看,高兴得合不拢嘴,他这边看看,那边瞧瞧,觉得哪儿都好,可就是好像缺点什么似的。他想着想着,就说道:"一切都布置得很好,只是如果能在一进门的地方再挂上两口紫玉钟,那就更完美了。"

王母听了,点点头,说:"的确如此,可是蟠桃会的时间已经快到了,上哪儿去找紫玉钟呢?"玉帝笑笑,说:"你不必着急,我让二郎神马上到凡间去,搜寻美玉,加紧造好了,给你送来就是。"

二郎神领了旨意,驾起祥云,在空中慢慢地飞着,一边飞,一边寻找美玉。飞到九华山上空的时候,二郎神忽然看到山头上飘着一团紫气。他连忙飞到近前,仔细一看,山顶上竟有一对高四五十丈的紫玉,通体透亮,晶莹璀璨,美不胜收。二郎神高兴极了,他立刻从附近找来几十个能工巧匠,连夜赶工,花了九九八十一天,终于把两块美玉雕成了两口漂亮的紫玉钟。紫玉钟浑身晶莹剔透，闪烁着淡紫色的光芒，钟身上还雕刻着各式各样奇异的花纹，漂亮极了。二郎神大喜，真想立刻就把这两口玉钟搬回天上去。可是他用尽了力气，竟没能把两口钟搬动一丝一毫。二郎神试了半天，怎么也搬不动，最后没有办法，只好回到天庭，向玉帝报告去了。

玉帝听了，说："二郎神，你是天上有名的大力士，连你都搬不动，还有谁能把它们搬上来呢？"

这时，太白金星站出来，说道："陛下，凡间说不定有大力士，不如让二郎神君再去寻访一下，如何？"

玉帝听了，点了点头，命二郎神即刻下界，去找能搬动玉钟的大力士去了。

二郎神找了很多地方，都没有找到能搬得动玉钟的人。一天，他在峨眉山上空飞行的时候，偶然向下一看，忽然看见在山间的小路上，有一个身高九尺、面色红润的大汉，用大树做扁担，挑着两口大水缸，正在山路上健步如飞。二郎神见了，心想，这人不就是我要找的大力士吗？他这样想着，连忙降下云头，变成一个普通道人，走到大汉面前，现出真身，将自己的来意对大力士说了一遍，邀请他去凌霄宝殿走一遭。

这位力士姓高，人们都叫他高力士。高力士听了，想了想，就答应了。他跟着二郎神穿过南天门，走进凌霄殿，参见了玉帝。玉帝见了，说："这位力士，听说你力大无穷，你能否去九华山，在五月初四夜之前，将两口玉钟搬到这里来啊？"

高力士迟疑了一下，说道："陛下，这么远的路程，五月初四之前，恐怕是赶不回来。九华山离这里有四万八千里路，我至少要走八十一天，还要日夜兼程，才能赶到。但黑夜里又不能赶路，所以恐怕赶不回来。"

玉帝想了想，笑着说："这不难，我叫嫦娥夜夜为你用月亮照路，不就可以赶回了吗？"

高力士听了，拜谢玉帝，然后跟着二郎神到九华山去搬钟去了。

到了九华山，高力士见两口玉钟太大，他环起手臂，只能抱一只，另一只怎么办呢？忽然，他看见旁边有一棵高十来丈左右、又粗又大的椿树，他走过去，用力一拔，就把椿树连根拔了起来。他把树干的两端插进钟的挂环里，用力一抬，就把两口玉钟挑了起来。

高力士挑着两口玉钟，日夜不停地赶路，生怕误了五月初四午夜的期限。他披星戴月、日夜兼程，到了五月初四，高力士心中一算，只差半天，就可以赶到了。他不知不觉地就放慢了脚步，边走边盘算玉帝会给他什么奖赏。走到鄱阳湖上空的时候，天刚擦黑，嫦娥来到他的上空，捧出圆月来，为他照明。高力士低头一看，只见湖水清澈透亮，波光粼粼，岸边苍松翠柏，郁郁葱葱。古塔耸立，花木飘香。正看得眼花缭乱之际，他忽然发现前面有一位美貌的仙子，脚踏祥云，从他面前飞过。玉手纤纤，轻摇小扇，杏黄绸带，在晚风中飘扬。高力士目不转睛地看着仙子，不觉出了神，忽然，他脚下一滑，一脚踏空，担子一斜，两口玉钟瞬间就滑了下去。只听一声巨响，两口玉钟不偏不倚地落在了鄱阳湖的湖口，变成了一南一北，两座精巧玲珑的石山。

高力士见自己犯下大错，吓得浑身发抖。二郎神把他抓到玉帝面前，玉帝眼看已经无可奈何，只得罚他在玉钟旁边，永远看守。他命令夸蛾氏从太行背来了一座小山，把高力士压在下面，让他在石钟山旁边看守。

从此，鄱阳湖上就多了一南一北两座石钟山，在石钟山的后面，还有一座小山，传说高力士就被压在下面，永远看守着石钟山。

九马画山的传说

在桂林漓江岸边，有一座名叫九马画的大山。大山挨着江水的一边，是一面又高又陡的石壁。远远看去，石壁上的花纹，竟好像画着无数匹骏马一样，十分奇异。

传说当年玉帝造御花园的时候，命令天上的画师们先画出设计图来给他看一看，但玉帝看遍了所有的设计图，还是觉得不太满意，于是他就把太白金星叫来，让他到人间去寻访技艺高超的画师。

太白金星接下旨意，来到了素有"山水甲天下"之称的桂林，在漓江边四处寻访。

不久，他还真的打听到了一位技艺高超的画师。这位画师的真名实姓，很少有人知道，不过因为他画画得好，大家都管他叫画郎。画郎的技艺高超极了，他画的鲜花，能招来采蜜的蜜蜂；他画的森林，能招来美丽的飞鸟。太白金星变成一位白头发、白胡子的普通老人，来到画郎的家里，对画郎说："我是天上的太白金星，如今玉皇大帝造御花园，想要请技艺高超的画师替他设计，你愿意跟着我去天上吗？"

画郎听了，笑了笑，摇了摇头，说："老先生，对不起，我觉得天上没有人间美，我不想上天，只想在人间画画。"

太白金星听了，也没有强请。因为他早就算出来了，画郎三日内必有大难，到时候不必他相请，画郎自然就会跟着他到天上去了。太白金星不再劝说。他只是拿出一轴画绢，对画郎说："那就请你为我画一幅群马图吧，三天以后我来取。"

三天过去了，画郎画好了有九匹骏马的群马图，放在桌上，正等着太白金星来取。谁知忽然闯进一群兵丁来，说他得罪了府台大人，要抓他去问罪。原来上个月府台听说画郎画画得好，就派人来请他去画画，可府台是个贪官，画郎随便找了个借口推辞了，结果得罪了他。府台越想越生气，就派了兵丁来抓他。

画郎被兵丁团团包围住，正不知道如何是好的时候，忽然听到半空中传来一个声音，他抬头一看，原来是太白金星。太白金星在空中对他喊道："别急，打开那幅画，把里面的一匹骏马撕下来。"

画郎听了，赶紧展开群马图，把画在最上面的一匹马撕了下来。马儿落到地上，立刻活了起来，变成了一匹真正的骏马，画郎立刻跨上马背，飞也似地逃走了。兵丁见画郎逃走，一把火烧了他的房子，追了上去。

画郎骑着马跑到了冷水滩，马儿长嘶一声，忽然站住了。画郎一看，原来前面正是漓江。前有江水，后有追兵，画郎非常着急。这时，他见到太白金星正站在对岸的石壁上。太白金星解下自己身上的腰带，伸手一扔，腰带立刻变成了一座拱桥，然后，对画郎说："快过桥，跑上石壁！"画郎一抖缰绳，催马上桥，一下子就跑到了石壁顶上。太白金星伸出手，喊了一声："回！"拱桥就又变成腰带，回到了太白金星身上。河对岸的兵丁只能眼睁睁地看着画郎逃走，一点儿办法也没有。

画郎从马背上跳下来，把群马图交给了太白金星。说也奇怪，他刚刚骑的那匹马竟又回到了画上。太白金星卷起画轴，对画郎说："你已经不能再留在人间了，还是跟我上天去吧。"

画郎点点头，说："好，仙人，我跟你走，只是我如今的画只剩下你手里的这一张了，不如你把它还给我，让我留给人间，做个纪念吧。"

太白金星说："好吧。"然后，他把手里的画轴向上一抛，群马图自动展开后在空中越变越大，最后变成了一张巨大的画卷，落到石壁上，就紧紧地贴在了上面，再也不动了。画郎跟着太白金星，脚踩祥云，回到天上去了。

渐渐地，贴在石壁上的群马图就和石壁化在了一起，花纹也深深地刻进了石壁里面。从此，人们就管这座山叫作九马画山了。

五大连池的传说

五大连池是我国著名的风景名胜，传说很早以前，池子里还生活着各种各样的精灵呢。

那个时候，五大连池边上住着一对兄弟，哥哥名叫莫海，老实稳重；弟弟名叫莫江，热情活泼。兄弟俩都是十分优秀的猎手。弟弟莫江还天生一副好嗓子，唱的歌儿非常好听。

有一年七月十五的晚上，月色非常皎洁明亮，莫江打猎回来，经过五大连池，忽然听到一阵水声。他连忙躲在岸边的草丛里，想要看个究竟。不一会儿，忽然从水中出来了三位姑娘，她们都长着水灵灵的大眼睛和粉红色的脸庞，漂亮极了。莫江不禁看呆了。

三个姑娘站在湖面上，一挥手，顿时从水里出来很多精灵，手里拿着各种乐器。她们又一挥手，池上顿时响起了优美动人的乐声。三个姑娘随着乐声，唱起歌儿，跳起舞来。

莫江看得出神，不知不觉竟随着歌声站了起来，碰到了身边的草叶，弄出了响声。这时，只见池面上一个浪花掀起，浪花消失以后，池面平滑如镜，三个姑娘都消失了。

莫江回去以后，总是想起那三个姑娘来。于是，他每天晚上都到池边去唱歌，希望能用优美的歌声把三个姑娘引出来。

又是一个月明风清的晚上，莫江来到池边的石壁上，放开歌喉，唱起歌来。忽然，他听见远处好像有人和着他的声音，也在唱歌。仔细一听，正是那三位姑娘的声音。莫江高兴极了，唱得更加响亮起来：

"高山唱歌响四方，水上唱歌声嘹亮。山上水上共同唱哟，为什么偏往水里藏？"

三个姑娘唱道："世上人心不一样，有好有坏难猜想，好心的歌儿暖人心哟，坏人黑心丧天良！"

莫江又唱道："我是猎人叫莫江，专杀虎豹与豺狼，心地善良是好人哟，最爱勤劳的好姑娘。"

三个姑娘又唱："咱是水中鱼姑娘，最爱人间好心郎。听你唱歌知你心哟，请你过来把话讲！"

一个姑娘对莫江一招手，莫江顿时觉得身体轻飘飘的，飞到了三个姑娘身边去了。他们又唱歌、又聊天，直到天快亮的时候才分别。

从此，莫江和三个鱼姑娘就成了好朋友。他们约好，每月十五，都在池边相会唱歌。莫江一向都很守时。可是有一天，三个鱼姑娘等了好长时间，也不见莫江前来。她们后来一打听，才知道莫江不小心射死了县官的信鸽，被县官抓进大牢里去了。

三个鱼姑娘非常着急，她们立刻就去找县官理论。县官说，除非赔给他一千两银子，才肯放人。鱼姑娘听了，说："我们没有银子，给你一千颗珍珠怎么样？"县官听了，非常高兴，连忙答应了。

第二天，鱼姑娘们果然拿来了一千颗珍珠，县官收了珍珠，把莫江放了。莫江非常感激鱼姑娘们。鱼姑娘们抿着嘴，忍住了笑，摇摇头什么也没有说。

县官拿着一颗颗浑圆美丽的珍珠，高兴极了。忽然，珍珠发出了轻微的爆裂声，渐渐地，一千颗珍珠就都爆开了，变成了一千条小水流。原来这些珍珠是三个鱼姑娘用水珠变成的。县官被淹得半死，他知道自己是遇上了精灵，也只好自认倒霉了。

北京城的来历

明朝初年，燕王带着军队打到南京，抢了皇位，做了皇帝，把都城迁到了北京。当时的北京还没有建起城池，永乐皇帝下令，让他手下最得力的两位军师负责设计北京城的建造，并给他们下了一道旨意，以七天为限，让他们二人先分别画出一个图样来，谁的图样画得好，就按谁的方案来建造北京城。

大军师、二军师回去以后，都绞尽了脑汁，希望能设计出一个既漂亮又实用的北京城图样来。食不甘味、睡不安眠，整天想的都是图样的事。三天过去了，两个人都瘦了一大圈，可是什么才是最好的图样，两个人都没想出个大概来。

到了第三天的夜里，两个人都迷迷糊糊地睡着了。在梦里，大军师模模糊糊地，好像听见有一个清脆可爱的声音在喊："照着我画，照着我画！"但醒来一看，又什么都没有。大军师十分疑惑，可又想不出个所以然来。只好继续想该怎么画图样。

一转眼又过去了四天，到了两人约定好一起画图的日子。大军师好几天没睡好觉，觉得脑袋昏昏沉沉的，他走出家门，正一边走，一边盘算应该怎么画图。忽然，他看见有一个很古怪的孩子走在自己的前面。他走得慢，孩子也走得慢；他走快了，孩子也加快了脚步。大军师追了半天，怎么也追不上那孩子。最后没办法，只得停了下来，在街角站着歇息。

这时，大军师听到旁边传来了很熟悉的喘气声，他转过墙角一看，竟然是二军师。二军师也累得气喘吁吁，正扶着墙休息呢。大军师见状，有些奇怪，便问道："二军师，你刚刚在追什么吗？"

二军师说："是啊，我刚刚看见了一个很古怪的小孩子，我快他也快，我慢他也慢，我追了他半天，但还是没追上，结果就在这儿歇歇气，没想到碰上您了。"原来二军师三天前的夜里，也做了一个和大军师一模一样的梦。今天一出门，也碰上了那个古怪的小孩子。

大军师一听，心想：这不是和我刚才的情况一样吗？但他想了想，没有说出来。

大军师和二军师一起走到了约好的地方，拿出纸笔，背对背地坐在一起，开始画起来。两人手握毛笔，凝神静思，考虑自己应该画出一个什么样的图。忽然，两人的眼前同时出现了那个孩子的模样：头上梳着两个小抓髻，脚踏风火轮，身穿荷花袄。肩膀两边，还镶着绸子边。风一吹，好似举起了八条臂膀。两个人心中顿时豁然开朗，连忙照着八臂哪吒的样子，画下了图样。

画到一半的时候，忽然刮起了一阵风，把哪吒的衣襟吹起了一截，二军师正好看到，便也照着样子画了下来。

画完以后，两位军师把图交换过来一看，都忍不住笑了起来。原来两张图差不多一模一样，只是二军师的那一张在西北角的地方斜了一截。

大军师挑剔道："二军师，你怎么把城给画歪了？"

二军师说："我是照着哪吒的样子画的，当时这一点就是斜着的。"

两个人都觉得自己画的图最好，争执不下，便去找永乐皇帝去评判。皇上一看，非常高兴，夸赞他们说："真不愧是朕的好军师，这个设计，深合朕意，大军师画的图方正规整，当为第一；二军师的斜了一点，当为第二。"

大军师十分得意地瞥了二军师一眼，又问道："皇上，那以哪一张为标准修城呢？"

永乐皇帝说："这样吧，东城按照你的图纸修，西城就按照二军师的图纸修。"

北京城就这样修建起来了。北京城中间的正阳门，是哪吒的头；瓮城的东西二门，是哪吒的耳朵；正阳门里的两眼井，是哪吒的双眼；正阳门东边的崇文门、东便门、朝阳门、东直门，是哪吒东半边的四只手臂；正阳门西边的宣武门、西便门、阜成门、西直门，就是哪吒西半边的四只手臂。北面的安定门和德胜门，就是哪吒的两只脚。

而二军师画斜了的那一块，正好是德胜门向西，到西直门这一带。直到今天，那里的城墙还是斜的，缺了一个角呢！

岱宗坊的传说

很久很久以前，在离泰山东南五十里左右的徂徕山脚下，住着一家人。家里有一个父亲和三个女儿。父亲名叫石敢当，是位敢作敢当的硬汉子。石敢当的妻子很早就去世了，留下了三个女儿。石敢当一个人又当爹又当娘，好不容易把三个女儿都拉扯大。两个大女儿已经出嫁了，只剩下美丽灵巧的三姑娘，每天帮父亲砍柴做饭，日子过得倒也快乐。

一天，三姑娘上山去打柴，晚上下山的时候，不巧遇上了暴风雨。三姑娘在山上转来转去，不小心迷了路。一片昏暗之中，她忽然看见前面有一个山洞，山洞里有一位老婆婆，正在烤火。三姑娘走上前去，施了一礼，说道："老婆婆，我上山来打柴，不小心迷了路，可以在您这里借宿一宿吗？"

老婆婆长得慈眉善目，见三姑娘淋湿了，叫她赶紧过来烤烤火。三姑娘心地善良，她见老婆婆孤零零的一个人，以后就经常上山来，帮她砍柴挑水、烧火做饭。

一转眼好几年过去了，有一天，老婆婆对三姑娘说："三姑娘，有件事，我一直想告诉你。你不是凡人，而是天上下凡的仙女。你不应该在这里住一辈子，应该离开这里，到你该去的地方去。"

三姑娘听了，吃了一惊，她看老婆婆神情严肃，不像是开玩笑的样子，就问道："老婆婆，您说的是真的吗？"老婆婆点了点头。三姑娘又问："那我应该到哪里去呢？"

老婆婆带着三姑娘走出洞口，指着西北方的一座高山说："那座山，叫作泰山，你应该去的地方就是那里。泰山是天下最有名的山峰之一，但至今还没有主事的神灵。你到泰山以后，到半山腰去，找到最大的那棵松树，在树下挖三尺，会看到一个木鱼子。你轻轻把它拿出来，再往下挖三尺，然后脱下一只绣花鞋，放到里面去，填上三尺土，再原样把木鱼子放好，埋上土。就可以了。"

三姑娘拜谢了老婆婆，告别了父亲，来到了泰山。她走到半山腰，果然找到了那棵大松树，看到了木鱼子。她就按照老婆婆的吩咐，把自己的绣花鞋放了进去。

过了几天，玉皇大帝召集了各路神仙，到泰山去，要选出一个泰山之主。选定泰山之主的法子很简单，就是谁先到的泰山，谁就是泰山之主。玉帝刚刚宣布完这个标准，一位身材高大的神仙就站了出来，说道："今天我来得最早。"

玉皇大帝一看，说话的是柴王爷，他掌管着天下的树木和森林。玉帝心想，让掌管森林的柴王爷来做泰山之主，应该是最合适的了，于是，他问道："柴王，你说你来得最早，有什么凭证吗？"

柴王爷不慌不忙，说道："半山腰有棵大松树，我在树底下埋了一个木鱼子，可以证明。"

玉皇大帝点了点头，众神仙见柴王爷有凭有据，也都没有话说了。这时候，一个身姿轻盈、容貌俏丽的女子忽然从众人身后站了出来，正是三姑娘。她款步上前，向玉帝深施一礼，然后说道："陛下，我比柴王爷来得要早，而且我也有凭证。"

玉帝问："你有何凭证？"

三姑娘说："我在那棵大松树下，埋了一只绣花鞋。陛下派人到树下，一挖便知。"

于是玉帝率领着众神仙，一同来到了大松树下。两个小仙拿着铁锹，挖了三尺，果然挖出一个木鱼子来，柴王爷很得意，说："这就是我埋的。"三姑娘不慌不忙，说："请陛下下旨，再挖深一点。"

两个小仙拿起铁锹，又往下挖了三尺，果然又挖出了一双绣花鞋，和三姑娘脚上的正好是一双。玉帝见了，说："看来这位姑娘来得确实比柴王早啊。"于是，玉皇大帝就册封了三姑娘为泰山之主，还赐给了她一个封号，叫作碧霞元君。

三姑娘获封之后，十分高兴，她回到徂徕山，去看望那位指点她的老婆婆。这时，她才知道，原来老婆婆就是观音菩萨。从此，三姑娘就成了泰山之主了。

泰山白庙的传说

俗话说得好："济宁州的货全，泰山上的神全。"有关泰山的传说，有很多很多，今天我们就再来讲一个关于泰山"白庙"的故事。

相传很久以前，八仙在泰山上居住修炼。而这泰山上还住着一个叫作白牡丹的美丽女子。有一天，吕洞宾在山上游玩，碰巧见到了白牡丹，他见姑娘长得白白净净、貌若天仙就起了爱慕之心。之后二人频频见面，一来二去就有了感情。一个月之后，白牡丹有了身孕，吕洞宾也因此折去了五百年的道业。此后白牡丹跑到附近村子的一个破庙里，生下了儿子白氏郎。

白氏郎在白牡丹含辛茹苦的抚养下，渐渐地长大了，白牡丹就将他送到附近的山阳庄去上学。孩子上学的途中有条很宽的河，有一个老头儿，总是来背他过河。有一天，白氏郎回家将这一切告诉了母亲，母亲听了非常高兴，但是她也不明白这其中的缘由，于是，她让孩子问问老头到底是为了什么。

有一天过河的时候，白氏郎就问道："老爷爷，这么多人你不背，为什么偏偏背我啊？"

老头儿说："他们没有那个命。"

"什么命呢？"

老头答道："孩子，你是一朝的天子帝王，将来要当皇帝的。"

白氏郎听了，非常高兴，回到家以后，就把这话告诉了白牡丹，白牡丹也非常高兴。

这一天正好是腊月二十三，家家都忙着蒸糖瓜、办年货，给灶王爷上供。只有白牡丹家里穷得叮当响，白牡丹正心酸的时候，白氏郎从外面哭着回来了，对母亲说，外面的孩子都骂他没有父亲。

白牡丹听了，一阵酸楚。她越想越生气，最后走到了厨房里，拿起了一根火棒。她一抬头，看见了灶王爷，便举起火棒，敲着灶王爷的头，边打边说："灶王爷啊灶王爷，枉你是这家中的神灵，却不保佑我母子俩衣食无忧，你等着吧，等我的儿子做了皇帝，一定把你们都打下来不可！"

她越打越用力，灶王爷的鼻子被打破了，门牙也掉了好几颗，他实在受不了了，就跑到天上去禀告玉帝了。

玉帝听了，不禁大怒，他派了四员天将，命他们下界去，在农历的二月初二，也就是龙节这一天，抽去了白氏郎的龙筋，让他不能再当皇帝。

白氏郎这天像往常一样，又上学去，老头儿仍然在河边等着他。把白氏郎背过河以后，老头儿说道："孩子，我背你过河，这是最后一次了。"白氏郎连忙问："为什么？"老头儿说："你娘得罪了灶王爷，灶王爷上到天庭，把这件事告诉了玉帝，玉帝下了旨意，要抽你的龙筋。"白氏郎听了，急得直哭，他连忙跪下来，求老头儿救救他。老头儿说："孩子，玉帝下的旨意，我也没办法。不过你记住，真要是抽你的龙筋的时候，你一定要咬紧牙关，不要吱声，这样，他们只能抽去你身上的龙筋，却抽不了你的金口龙牙，你说的话，便还能让所有人都遵从。"

果然，到了二月初二这一天，白氏郎清早去上学，刚走到半路上，就见天上忽然刮起了大风、聚起了乌云，吓人的劈雷一个接着一个。白氏郎见状，知道不妙，他看到路边有一个石桌子，就连忙跑过去，趴在了下面。谁知他刚刚趴下，就听一个劈雷，轰的一声，把石桌子掀翻，开始抽他的龙筋。白氏郎强忍着巨大的疼痛，紧紧地咬住牙关，硬是一声没吭，终于保住了自己的金口龙牙。

龙筋被抽去了，白氏郎简直恨死了灶王爷和其他的神仙，他决心把所有的神仙都关起来。他看到家里的一面墙上挂着一个葫芦，就顺手拿了起来，走进厨房，对着灶王爷，咬牙切齿地喊了一声："灶王爷，到葫芦里来吧！"只听嗖的一声，一阵旋风刮起，灶王爷真的被吸进了葫芦里。白氏郎拿着葫芦，出了家门，一直向东走，见到一个神仙，就收一个。不久，就来到了泰山之主、碧霞元君所住的地方。

　　碧霞元君掐指一算，算出白氏郎即将到达泰山，不禁大吃一惊。情急之下，她想出了一个计策。她先变成一个老妇人的样子，找到了还在山下、肚子正饿的白氏郎，给他吃了烧饼、喝了米汤。等白氏郎到了碧霞祠，刚打开葫芦，想要收碧霞元君，就听元君喝道："好没良心的白氏郎，吃了我的烧饼，喝了我的米汤，现在还来收我！"白氏郎定睛一看，原来正是刚刚送给他饭吃的老婆婆。白氏郎一惊，连忙跪倒在地，只听砰地一声，葫芦不小心掉在地上，摔破了。里面的神仙都逃了出来。

　　碧霞元君见白氏郎也很可怜，就告诉他他的父亲是吕洞宾，正在山脚下修炼。白氏郎听了，非常高兴，连忙跑到山下，被一条河流拦住了去路。隔着河流，他看见对面的峭壁上有一个山洞，一位仙风道骨的仙人正在洞中修炼。他刚想开口喊父亲，对面的人却已经说话了。原来吕洞宾早已算到自己的儿子会来找他，便把手掌伸过了河流，说道："我就是吕洞宾，是我儿子的话，就站到我手上来。"白氏郎听了，就站了上去，吕洞宾叹了口气，把手一握，立时就把白氏郎化为了一团气血，放进嘴里吃了，还了他五百年的道业。

　　白氏郎以前住的那座破庙，后来就被人们叫作了"白氏郎庙"，而村子就被称作了"白氏郎庙村"。后来人们叫习惯了，就成了"白庙"和"白庙村"。

金地藏的传说

　　九华山是我国佛教四大名山之一，唐以前，九华山还叫作九子山，后来因为大诗人李白在这里隐居，写下"妙有开二气，灵山开九华"的句子，所以改名为了九华山。

九华山山峰秀丽、林壑优美，其间还有很多泉水，被称为"十溪十八泉"，泉水清澈，沁人心脾。

传说唐高宗时候，有一位名叫金乔觉的僧人，不远万里，从新罗国渡海而来，入九华山，潜心修习。到玄宗开元十六年的时候，金乔觉去世，享年九十九岁。据说他死的时候，颜面如同活着的时候一样，面带慈祥，很像佛经中所记载的地藏菩萨。后来，人们认为他是地藏菩萨的转世，又因为他姓金，所以都称他为"金地藏"。

相传金地藏师父在九华山修行的时候，有一次在路上走，因为正是夏天，烈日当空，酷暑难耐。金地藏师父口渴极了，但他找了半天，也没有找到小溪或是泉水。没办法，他只好静下心，在一棵大树下打坐起来。

这时候，有一个村姑，头上顶着一个水罐，爬上了山岗，把水送到了金地藏面前。这个村姑其实是一位仙女，是玉皇大帝派来给金地藏送水的。金地藏师父喝着冰凉甘洌的泉水，觉得舒服了许多。他喝完水，抬起头来，不觉看了一眼送水的姑娘。只见她眉清目秀，容貌清丽，真是美丽极了。金地藏不由得神魂飘荡、心思动摇起来。好在他道行高深，刚一动念，就立刻收住了心，念了一声阿弥陀佛，闭上了双眼。再睁开的时候，村姑已经消失了，但她刚刚站着的地方，却涌出了一股清泉。后人于是就将这股泉水叫作了美人泉。

金地藏除了在山上修习打坐以外，有时也会下山去宣扬佛法。在九华山附近的闵园里，有一位姓闵的财主，他家殷实富有，而且闵财主和他的儿子还非常信奉佛法，对僧人也很敬重。有一天，金地藏敲着木鱼，来到了闵家门前。闵员外迎上前去，合掌行了一礼，问道："师父是要化缘还是化斋？"

金地藏双手合十，也施了一礼，说道："贫僧素来都是吃野果充饥，喝清泉解渴，这次来，只是想求施主布施一片可容纳我这一领袈裟的地方，作为休息打坐之所。"

闵员外听了，心想，一袭袈裟，就算铺开来，也不过一丈见方而已，自己拥有那么多的山峰土地，还在乎这一点吗？于是，闵员外就大大方方地笑着说："师父，这方圆百里都是我的家业，师父看中了哪一座山峰，就在哪里住下就好了。"

金地藏微微一笑，脱下自己的黄袈裟，伸手一抖，袈裟立刻升上了半空，一片金光顿时笼罩了九华山及其周边的九十九座山峰。闵员外这才知道自己遇见了菩萨，连忙跪在地上，叩头祷告，说："弟子愿意献上九华山九十九峰，送给佛爷，普度众生。"说完，又叫来自己的儿子闵道明，拜金地藏为师，不久闵员外自己也拜了金地藏为师。但因为闵道明入门早，反倒做了父亲的师兄。父子俩跟随着金地藏一同修习佛法，不久也都成为了道行高深的僧人。现在在九华山的寺庙里，还可以看到金地藏塑像的两边，各站着一个僧人。左边的是闵道明，右边的则是闵员外。

金顶祥光的来历

四川的峨眉山是我国的佛教名山之一。它峰峦挺秀、风景优美，拥有无数的美景奇观。金顶是峨眉山的山顶，也是峨眉山的象征。它的海拔高达三千多米，站在金顶，俯瞰远方，只见一片云山雾海，层峦叠嶂，在太阳的照耀下，射出万丈金光，美丽极了。而当人站在金顶，背向太阳而立，太阳光从身后射来，前下方又弥漫着雾时，便可以见到前下方的云雾之中，会出现一个外红内紫的彩色光环，光环当中，还能映出人的身影。而且人动影随，非常神奇。这个光环，就是人们通常所称的佛光或"金顶祥光"，是峨眉山的十大奇景之首。关于它的来历，还有一段奇妙的传说呢。

相传在东汉的时候，峨眉山华严顶下住着一个姓蒲的老汉，人们都管他叫蒲公。蒲公家里世世代代都以采药为生，蒲公继承了祖业，一年到头都在山上采集药草，因而认识了峨眉山宝掌峰宝掌寺的宝掌和尚。两人渐渐成了十分要好的朋友。

一天，蒲公在云窝采药，忽然听到天空中传来了一阵悦耳动听的乐声。蒲公十分奇怪，就抬头望去，只见一大群人脚踩五色祥云，在天空中缓步前进，正向峨眉金顶方向飘去。其中一个人，头戴紫金冠，身披黄锦缎袈裟，下面是一头六牙大象，象身上有一座白玉莲台，他就坐在莲台上。他头上环绕着五彩祥光，远远望去，如同一片彩虹，在云海中翻卷。

蒲公见了，知道自己一定遇上了神仙，便连忙追着那片祥云，想去看个究竟。他一直追到金顶，只见舍身崖下面云雾翻腾，金光万道，穿透云海，直上碧霄。蒲公刚才看到的那位神仙，正在其中端坐。蒲公看了半天，不知道是哪位神仙，跑回了家，放下药篓，然后跑去问宝掌和尚。

宝掌和尚听了，大喜道："善哉善哉，老兄，你遇上神人了！那骑着大象、头顶祥光的人，正是普贤菩萨呀！我早就想见一见他，求他指引。没想到让你老兄先见到了。事不宜迟，我们赶快到金顶去吧！"说完，就拉着蒲公，连忙向金顶奔去。

两个人来到了金顶。宝掌和尚跑到舍身崖上，往下一看，只见崖下面的茫茫云海中有一个七色光环，却不见普贤菩萨的金身。蒲公十分奇怪，说道："咦，奇怪，我刚才明明看到一位菩萨骑着大象飞到这里来的，怎么不见了？"宝掌和尚说："蒲公，这七色祥光，正是普贤菩萨所发出的光华，叫作佛光。菩萨一定还在山崖下面，只是不愿让人看见罢了。"

正说着，蒲公偶然向下望了一眼，看到光环中竟然又出现了普贤菩萨的金身。他连忙拽过宝掌和尚，叫他往下看。可等宝掌和尚看过去的时候，普贤菩萨的金身又在光环中消失了。蒲公十分奇怪，便问宝掌和尚是怎么回事，宝掌和尚想了想，说："老兄，看来是因为你每天不顾艰险采集草药，治病救人，积下了善缘，感动了菩萨，所以向你现了金身。我的功德不如你，还不能见到菩萨的金身，只能看到菩萨的宝光了。"

这件事后来传开了，大家都跑来看峨眉山金顶的佛光，以见到佛光为吉祥的象征，并给它取了个名字，叫作"金顶祥光"。

犀牛望月的传说

雁荡山是我国著名的风景名胜，因为山顶有一个大湖，湖中水草茂密，结草为荡，每到秋天，南飞的大雁多宿于此，故而得名"雁荡"。它位于浙江省乐清市境内，距离杭州大概有二百多千米，以奇峰怪石、飞瀑流泉闻名海内，素有"东南第一山"之称。其中灵峰、灵岩、大龙湫三个景区被称为"雁荡三绝"。而除了这三绝之外，还有很多传说和故事，流传在雁荡山之中。今天我们就来讲一个。

相传很久以前，在雁荡山下住着一位美丽的姑娘，名字叫作玉贞。玉贞很小的时候，父母亲就去世了，她只好去财主家里，替财主放牛维持生活。

玉贞每天很早就得起来，牵着老牛上山吃草，晚上很晚才能回来。财主对玉贞十分刻薄，经常不给她饭吃，做错一点事，就非打即骂。玉贞受了委屈，没人可以倾诉，只能对老牛说一说，流一流眼泪。老牛也像听得懂一样，每当玉贞伤心哭泣的时候，就会走过去，伸出舌头，轻轻地舔玉贞的手，好像在安慰她一样。

一晃十二年过去了，玉贞出落成了一个漂亮的大姑娘。财主见玉贞长得漂亮，起了歹心，管家知道财主的意思，想出了一条毒计，告诉了财主。财主听了，十分高兴，吩咐管家，就这样办。

一天傍晚，玉贞躺在门板上，睡得正香。忽然，她觉得有人从后面用绳子把自己捆了起来。她睁眼一看，原来是管家。玉贞当下就猜到了大半，她又伤心又着急，却又动弹不得，只好流着眼泪，望着老牛。老牛明白了玉贞的意思，立刻耸起一只坚硬的犄角，对准管家的眼睛，狠狠地刺了过去。管家的左眼被挑了出来，痛得他立时翻滚在地上，连喊救命。

财主走到牛房外面，看见管家满脸是血，逃了出来，连忙吩咐家丁把玉贞抓过来。可是家丁们只将牛房团团围住，谁也不敢进去。

财主一见没法进去，便叫人扛来木柴，堆在牛房四周，下令点燃木柴，想用火把老牛和玉贞逼出来。玉贞一见财主要用火来烧她和老牛，急得团团直转。这时,老牛走到了玉贞跟前,前蹄跪下,用尾巴朝背上猛甩。姑娘明白老牛的意思是让她快骑到自己的背上来,便听从了它的意思,爬上了牛背。老牛撒开四蹄,耸起双角,向后刨了几下土,然后猛地冲了出去。

家丁们见老牛突然跑出来,谁也不敢上去拦,只得等老牛跑出去以后,才在后面喊叫追赶。老牛跑得飞快,不一会儿,就跑到了雁荡山的一个山冈上,可四面都是悬崖,家丁又在后面,马上就要追上来了。眼看已经无法逃脱了,老牛跪了下来,让玉贞站到它的一只角上,然后把角往天空中一甩,冲着姑娘猛地吹了口气,玉贞乘着牛角,倏地飞上了天空,转眼就不见了踪影。等家丁们追上来的时候,只见到老牛伏在山冈上,已经变成了一只独角的石犀牛。

据说玉贞后来飞到了月亮里,每当夜空晴朗的时候,她就拨开云雾,撒下银光,看一看自己心爱的老牛。老牛也会仰起头来,望着月亮上的姑娘。因此,每当明月当空的夜晚,雁荡山的犀牛峰,看上去就像一只昂着头的犀牛,在仰望着美丽的月亮。

泸沽湖的传说

泸沽湖因其入口处酷似葫芦而得名,这是我们汉族的称呼,而摩梭人称之为"乐属溪纳咪","乐属"指地名,"溪纳咪"指大海,现代地名称的"落水"就是摩梭语"乐属"的音译。周边土著老百姓则习惯称泸沽湖为"落水海子"。泸沽湖有很多美丽的传说。

在远古的时候,泸沽湖地区是个群山环抱的小盆地,居住在这里的摩梭人以牧业为生,虽清贫倒也很安宁,有一个叫阿称咪的妇人带着一个年满12岁叫夺若的男孩,母子俩为主子家放牛、喂猪过日子。

一天,放牛的夺若追赶一只山鸡到吉宝库,这是摩梭最大的出水洞,山鸡追没了,人却干渴起来。夺若俯下身就要喝水,可那天水非常小,不像往日到处都可以喝到。他就顺着源头往上找,直到平时涌出泉水的洞口,仍不见大水出来，仔细一看才发现出水口被一条硕大的鱼堵得死死的，他无法弄出这条鱼，便取出腰刀在鱼脊梁上狠狠地割了一大块鱼肉烧着吃。

第二天跑来一看，鱼还在，但昨天割掉的鱼肉又长了出来。他又像昨天一样割了鱼肉美餐了一顿。这样割了又长，长了又割，他保守着这个秘密过了好久好久。

后来终于有一天有人无意中也发现了这个秘密，并迅速传播，贪婪的土司为了全部占有这条鱼，想尽了办法，可都没把这条鱼弄出来，最后拉来99条牦牛，用99条耕绳，打了99个铁钩钩在鱼身上往外拉，99个人拉着99条牦牛，99条牧牦牛后边站着99个拿鞭子吆牛的人，一共拉了九九八十一次才把大鱼拉出洞口。

可是没等土司笑出声来，一股冲天的大水从洞口涌出，一时间大水淹没有房屋，淹没了草地牧场。憨实、本分的阿称咪正在牧主家喂食，一场排山倒海的大水淹来，为了逃生，急中生智跳上猪槽，用手中拌猪食的木板做桨，任其漂流。漫天大水把整个盆地都淹没了，眼前成了一片汪洋大海，后来人们管这个大海叫泸沽湖。

阿称咪遥望着大海，哭了几天几夜，最后漂停在湖边，她捡来随大水漂来的圆木头，搭成木楞子，捡来木板盖在房顶上避雨，用猪槽做船在湖上往来。后人从阿称咪的猪槽和房子中得到启发，这就是泸沽湖上世代相传的猪槽船和湖边摩梭人家的木楞房。

泸沽湖还有一个传说：

相传摩梭人尊崇的格姆女神不仅容貌美丽，而且十分风流，从不甘寂寞。她和泸沽湖境内的"瓦汝卜拉"男山神有长期阿夏关系，但又和周围的"瓦哈""阿纳""则枝""后龙"和盐源县境内的公母山等建有临时阿夏关系。格姆女神和男山神幽会时，只能在天黑之后，鸡鸣天亮前进行，否则就要受到天神的刁难。

有一次，格姆女神正与则枝男山神偶居，被她的长期阿夏瓦汝卜拉山神发现，瓦汝卜拉山神一怒之下拔刀砍掉了则枝山神的生殖器。今永宁盆地东南部一条长形山堡，据说就是被砍下的则枝的生殖器。

格姆女神和后龙山神更是情笃意浓，常常背着瓦汝卜拉频频幽会。有一次，能歌善舞的格姆和后龙相会后一直纵情欢乐，忘却了一切，正当他们情意绵绵之时，突然听到了远方的鸡鸣声，后龙慌忙跳上了马背，扬鞭催马欲去。不料马失前蹄，只见山下踩出一个深深的马蹄印。格姆不愿就此中断了这绵绵的情意，一边呼喊后龙，一边奔跑。追到马蹄印边时，天已启明。女神站在马蹄印边，十分伤心地哭了七天七夜，倾盆如泻的泪水填满了马蹄印，变成了一个马蹄状的"谢纳咪"，即泸沽湖，一部分泪水向东面溢了出去，即成了草海。后龙听到哭喊声，深情的回头一望，万分留恋地将自己身上的珍珠串抛了过去，送给心上人作留念。没有想到串线断离，有几颗珍珠落到泪水里，于是变成湖中的几个小岛。

后来，每年农历七月二十五，摩梭人"母系"氏族为解除女神的寂寞，人们都去同她做伴，到那天满山遍野阿注（女朋友）、阿夏（男朋友）在"啊哈叭腊"那粗犷豪放的歌声中传递爱的信息，金笛声声把他们聚集到一起，跳起欢快的摩梭锅庄舞。

六和塔的传说

很久以前，在钱塘江里住着一位性情暴躁的龙王，他性格暴戾、喜怒无常，经常无缘无故地兴风作浪，打翻渔船、淹没农田，弄得沿江两岸的老百姓怨声载道、叫苦连天。

那时候，有一对母子住在钱塘江畔。孩子名叫六和，六和一直与母亲相依为命，靠赶海捞鱼为生。

一天，母亲和六和正在捞鱼，忽然潮水猛涨，母亲见势不好，连忙把儿子推开，自己却晚了一步，被卷进了钱塘江汹涌澎湃的大潮中。

六和眼看母亲被浪涛卷走了，伤心极了，他站在岸边，痛哭失声。他一连哭了三天三夜，后来，还是好心的邻居赶来，把他带回了家。六和回到家里，非常想念与自己相依为命的母亲,又想起平时钱塘江的潮水令附近的百姓怨声载道,他暗自下定了决心,要学精卫填海的样子,用石头填满钱塘江。

第二天天还没亮,六和就来到了钱塘江边,从附近的山上捡来很多石头,然后一块一块地扔进海里。好心的邻居赶来劝他,对他说:"六和,你这样做是没用的,钱塘江那么大,你就算用上一辈子的时间,也不可能把它填满啊!"六和摇摇头,说:"就算填不满钱塘江,我也要天天在这里扔石头,吓得龙王胆战心惊,再也不敢出来作恶!"

钱塘龙王在江底听到了六和说的话,哈哈大笑,说:"一个小孩子,也居然敢说这样的话。我钱塘江宽广无际,凭一个小孩,还想把我的江填满,真是妄想!"

六和一点儿都不气馁,他一连扔了七七四十九天的石头,居然真的填上了钱塘江的一角。老百姓们被六和的决心和耐心感动,也都来帮他一起扔石头。这下,钱塘龙王有点害怕了。他决定亲自去见一见六和。

这一天正好是八月十八,六和正一个人在岸边捡石头,忽然听到一阵雷鸣般的声音由远而近,紧接着,钱塘江的潮水就向他汹涌而来。六和刚要避开,却看见潮头上站着一队虾兵蟹将,后面有一顶黄罗伞盖,伞下坐着一个人,头戴龙冠,身穿黄袍,正是钱塘龙王。不一会儿,潮水到了六和跟前,龙王走了出来,站到六和面前,说道:"小孩子,你想用石头填满我的钱塘江,就算花一辈子的时间,也是办不到的!"

六和一点儿也不害怕,他说:"我一个人不行,还有大家呢。我们大家一起扔石头,总有一天会把你的钱塘江填满!"

龙王听了,又气又急,有点沉不住气了,他说道:"好,那你说,你要什么,才能停止往我的江里扔石头?"

六和想了想,说:"我要你答应我两件事,我便停下,再不往你的江里扔石头了。"

龙王连忙说:"好,哪两件事,你快说。"

"第一,立刻把我娘送回来;第二,从今以后不许乱发潮水,潮水要按时涨退,沿着河道,规规矩矩地上落。"

龙王心里虽然不愿意,但怕六和再扔石头,也只好答应下来。他回到江里以后,让虾兵蟹将把六和的母亲送了上来,但母亲已经死去了。六和只好哭着把母亲埋葬在了钱塘江边的月轮山下。

此后,龙王虽然还是照样在钱塘江里涨潮,不过时间要比以前有规律得多了。后人为了纪念六和,就在月轮山上修建了一座宝塔,并用六和的名字命名,这就是"六和塔"。

飞来峰的故事

在杭州的灵隐寺前面,有一座著名的飞来峰。为什么叫飞来峰呢?据说是因为这座山本来不在这里,是从四川的峨眉山飞来的,所以叫"飞来"峰。相传这座山当初一会儿飞到东,一会儿飞到西,最后飞到了杭州的灵隐寺,才被灵隐寺里的济癫和尚用计给镇住了。

济癫和尚就是我们常说的济公,他行事古怪,别的和尚吃斋吃素,他却喝酒吃肉;别的和尚整日念经,他却不敲木鱼不诵经,成天穿着破袈裟、拿着破蒲扇东游西荡,样子还十分疯癫。人们都管他叫疯和尚。

一天早上,济癫和尚刚刚睡醒,揉揉眼睛,一伸懒腰,下床拿起破蒲扇,便走出了山门。他摇着蒲扇,打了个哈欠,偶然往天空中一望,忽然发现西面的天上有一块乌云,正向着灵隐寺徐徐飘来。济癫和尚揉了揉眼睛,定睛一看,发现飘来的不是什么云彩,而是一座小山!他吓了一大跳,连忙掐指一算,算出这座山会在午时三刻,在寺前的村子落下。如果不赶快告诉村子里的人的话,就要酿成大灾祸了!济癫和尚非常着急,他连忙下了山,一路跑到村子里,一边跑,一边喊:"大事不好啦!有座山要飞到这里来啦!大家快逃吧、快逃吧!"

路上的行人听见济癫和尚的喊声,只当他又像平常一样在说疯话,于是谁也没理他。

济癫和尚跑遍了整个村子，也没人信他。眼看实在没办法了，济癫只好拉住了一个老头儿，对他说："今日午时三刻，有座山会飞到这里来落下，快让大家拿上财物，离开这里，要不然就来不及了！"

老头儿听了，只是摇摇头，根本没有理他。只当他又是在说疯话了。

济癫一看不行，连忙又拉住了一个老太婆，把刚才的话又说了一遍。老太婆听了，叹了口气，念了声阿弥陀佛，也走了。

济癫跑进村子里，又拉住了一个年轻人，告诉他山峰要飞来了，让他赶快离开。年轻人听了，没好气地说："你吓什么人？要真是有山落下来，我就用肩膀把它扛走！"说完，就走了。

济癫跑遍了整个村子，也没有一个人信他。小孩子们还跟在他的后面，一边跑，一边嘻嘻哈哈地大声嘲笑他。

济癫跑了半天，实在累得不行了，就找了一棵大树，在树底下坐了下来。他心里着急，拼命摇着蒲扇，想着办法。但浑身都被汗水湿透了，怎么也冷静不下来。

正在这时，忽然一阵嘹亮的唢呐声，把他从沉思中给吵醒了。济癫站起身来一看，原来是村子里的一家人正在办喜事。房子里披红挂彩，热闹极了。新娘子脸上盖着盖头，正准备和新郎磕头拜天地呢。济癫和尚站在旁边看了一会儿，忽然灵机一动，想出了一个好主意。他趁众人不备，猛地推开人群，跑到堂前，抓起新娘子，往肩上一扛，转身就冲出了大门，向村子外面飞跑。

众人见济癫把新娘子抢跑了，一时都没反应过来，半晌，才喊叫起来，纷纷拿起了铁锹、木棍之类的东西，追了上去，要把济癫抓住，好好地打一顿。

村子里的人看见这种情景，也都跟着跑了出来，喊抓喊追地跟着看热闹。

济癫见村子里的人都追了出来，心里踏实些了。他不理会众人的喊叫，背着新娘子，一个劲儿地往村外跑。跑了大概有一两里路，济癫忽然停下了。他把新娘子放下，自己往地上一坐，摇着破蒲扇，就像什么事也没发生一样。大家追到跟前，举起木棍，刚要上前打他。忽然一阵大风刮来，顿时天昏地暗，飞沙走石。紧接着一声巨响，地动山摇，震得人们谁也站不稳，都趴在了地上。只有济癫摇着扇子,坐在地上,哈哈大笑。不一会儿,风停云散,大家惊魂未定,站起身来,回头一看,全吓呆了:原来他们住的村子已经不见了,原地竟然屹立着一座小山!人们这才如梦初醒,明白了济癫抢新娘子是为了救他们的性命。人们纷纷跪下,感谢济癫和尚的救命之恩。

济癫和尚摇着蒲扇,一个个地把人们扶了起来,说:"不用谢,不用谢,大家快起来吧。"村里人这才站起来。济癫和尚摇了摇蒲扇,又说道:"这山峰能飞来,也能飞去,如果不管它,让它这么飞来飞去的,说不定将来会造成什么大祸害,我有一个不情之请,希望大家能在走之前,上山凿出五百个石罗汉,把山镇住,不知大家是否愿意?"

人们听了,都说好。济癫和尚脱下自己的袈裟,轻轻一抖,就变出了无数铁锤和凿子来。大家齐心协力,只用了一天一夜的工夫,就凿全了五百罗汉。济癫上山一看,发现众人匆忙之中,竟忘了凿眼睛和眉毛,五百个石罗汉还没醒过来。他微微一笑,伸出手来,用长指甲在石罗汉的脸上逐一刻上了眉毛,又用指头捏出了一双双眼睛。不一会儿,五百罗汉就都有了眉眼,活了起来。

小山被五百个石罗汉镇住,再也不能到处飞了,只好永远地留在了灵隐寺的前面。后来,因为它是从别的地方飞来的,人们就给它起了个名字,叫作"飞来峰"。

寒山寺的钟声

"月落乌啼霜满天,江枫渔火对愁眠。姑苏城外寒山寺,夜半钟声到客船。"唐朝诗人张继的这首《枫桥夜泊》,千年以来都为人们所传诵。自此苏州的寒山寺也变得格外知名。但你知道吗?有关寒山寺的钟声,还有一段奇异的传说呢。

相传很久以前,苏州的寒山寺是由寒山、拾得两位和尚当家。他们两个人友谊至笃,常常同出同入、形影不离。被后世称为"和合二仙"。寒山寺有他们二位当家，自然也十分安宁太平。

有一年，连着下了好几个月的大雨，河湖涨溢、发了大水。连原本建在高处的寒山寺，门口都是一片汪洋了。过了几天，天色放晴，雨也停了。一天早上，僧人们推开寺门一看，门前的石头岸边竟然停着一口巨大的青铜古钟。古钟钟口朝天，仰卧在水面上，随着波浪的起伏，不时撞在岸边的岩石上，发出雄浑悠扬的响声。从古钟仰卧的位置和方向来看，它应该是从水上漂来的，可是它在水中时浮时沉，钟口里竟连一滴水珠都没有。僧人们见了，都十分惊奇，觉得这是一口天赐的宝物。

寒山和拾得听到弟子们的禀报，也从寺里出来了。寒山一看这口大钟，非常高兴，因为寒山寺里正好缺这样的一口钟。于是，他让僧人们拿来麻绳，齐心合力，要把古钟拉上岸来。那时寒山寺里的僧人人数，说多不多，但说少也不少，有三十七个。可三十多个人齐心协力、横拖竖拉，拽了半天，连寺里的九十九条粗麻绳都拉断了，却都没能将大钟拉上岸来。拾得见了，说，实在不行，就用稻草来搓绳子，也要把钟拉上来！

众僧人已经累得上气不接下气，又听到拾得这样说，不免有些怨言。有的人说："粗麻绳都拉断了，稻草搓的绳子，怎么可能拉得上来呢？"

"是啊，反正人家也不用出力，当然怎么拉都行啦！"

更有的人说："恐怕是因为寺里有人宰过猪，神钟不肯进寺来吧！"

寒山和拾得听了前面的几句话，还不要紧，但最后一句话却令他们心如刀绞。因为寒山出家以前，曾经做过宰猪的屠夫。听了这话，寒山心里难受，沉默了好久，才说道："既然钟不愿意上岸，我们也不必强求，大家把钟推开，让它漂走吧！"

于是众僧人挽起裤管，又下水去推钟。可是说来奇怪，这钟既拉不上来，却也推不开去。大家费了好大力气，竟没能移动它分毫，倒好像是铸在了岸边一样。

拾得见此情景，心想，莫非真是寒山寺里有人业障深重，所以钟才既不上岸、也不漂走吗？如果真是这样，自己身为住持，不入地狱，谁入地狱？

想到这里,他回身从竹园里连根拔下了一根青竹,捋去上面的枝杈和叶子,拿到岸边,自己撑在竹子上,一头向岸上一点,就纵身跳到古钟里去了。

古钟在水面上摇摇晃晃地荡了几下,等到它停稳,拾得就举起竹子,向岸上一撑,钟就离开了岸边,向河心漂去了。拾得见古钟动了,刚想跳上岸来,没想到钟一离开岸边,竟飞快地随着波浪,向正东漂去了。拾得站在钟里,根本没法出来,眼看随着大钟,被河水一块带走了。

寒山和众僧人大惊失色,连忙沿着河岸,拼命追去。可是古钟漂得飞快,根本就停不下来。寒山只能眼睁睁地看着自己的好朋友被古钟带走,最后连拾得的声音都听不到了。

拾得乘着大钟,漂洋过海,不到一天的时间,就来到了一个叫作萨提的地方。萨提地方的人见拾得乘着大钟从海上漂来,都非常惊奇。又听他说自己来自中土,不由得更加诧异,都拿出了自己家里最好的东西来招待他,还用九头牛把古钟拉上了岸。

拾得为了感谢萨提地方的人们,就把古钟和那根青竹送给了他们。萨提人把大钟挂在了村子的正中,又把青竹种在了地上。不久,就长出了一片青翠茂密的竹林。拾得见已无法回到中土,就既来之则安之,在萨提住了下来,一边耕种农田,一边宣讲佛法。

而寒山自从拾得走后,日夜思念,渐渐瘦得不成人形,不久还生了病。众僧人看这样下去不是办法,有人就出了一个主意:铸造一口差不多形制的大钟,在山顶上把它敲响,希望拾得听见钟声,可以循声而回。

寒山听了,觉得这个主意还不错,就请铸匠仿照着古钟的模样,铸造了一口大小差不多的大钟,挂在了寒山寺的最高处。寒山举起钟槌,奋力一敲,沉郁洪亮的钟声立刻就传遍了四面八方,漂洋过海,也传到了萨提。拾得听到了钟声,心中感动,知道是寒山正在思念他,于是立刻跑到村子中央,敲响了那口漂洋过海的古钟。钟声传到了寒山寺。寒山听见了钟声,仿佛听见了拾得亲切的应答,禁不住泪流满面。虽然两人相隔万里,但钟声却彼此呼应,就好像久别重逢的朋友,在亲切地诉说着心事。

据说萨提这个地方其实位于日本，拾得后来一直居住在那里。假如你找到青竹长得最茂密的地方，那就是拾得当年的住所。

雁门关的来历

雁门关又称西陉关，位于山西省代县西北20公里处，是长城的一处重要关口。相传，每年的春天和秋天，都有一群大雁从此处经过。而有意思的是，每当大雁飞过时，总有一对大雁要绕着关门飞几个来回，它们常常发出凄凉的叫声，好像在诉说着一桩不堪回首的往事。这对大雁有个明显的特征，非常容易辨认，即它们的腹部各自有一个红色的桃心形印。据说，这对大雁其实是对非常相爱的夫妻变成的。

修长城之时，这个关口是个咽喉要道，所以总管对它的结构和外形非常重视。为了美观和安全，总管想把关门的顶部修成半圆形的。但这是一项很难的技术，当时抓来修关的人都不会修。总管很生气，就派手下四处抓工匠，遇到不能修的也不立即放人，而是先打四十大板泄气。有个叫齐鸿的人，手艺精湛，他不仅能砌半圆形的券门，还能造梁雕柱。他听说众多工匠遭受皮肉之苦，便动了恻隐之心，和妻子告别后，便背上行囊，不远千里去修关了。

齐鸿的妻子名叫林雁，美丽动人且聪明伶俐。他们的感情非常好，每次丈夫去远处干活，妻子都会和他鸿雁传书，大雁是他们异地传情的工具。为了让大雁容易辨认，妻子就在大雁的身上绑了个红色的心形布兜，信和衣物都放在里边。有时丈夫在外地干活遇到一些难题，就会写信请妻子想想办法，妻子总能给他一些很好的建议。

总管见到齐鸿并不客气相待，而是要他按期限修好关门，不然就处死。齐鸿听后愁眉紧锁。因为对于他来说，修关门是很简单的事，只是总管给他的期限实在是太短了，在这个期限内没日没夜地干活，也是难以完工的。没办法，他只好拼命干，并给妻子写了一封信，向她诉说了自己的遭遇。

让齐鸿也没有想到的是，没过几天，妻子便来信了，给他出了个好主意。

他高兴得连连喊妙，立即按妻子的办法实行起来。原来林雁在信中这样说"先让一部分工匠按尺寸砌好关门两侧的直墙，然后叫另一部分工匠按同样的尺寸做顶部的拱形木模。这两项工作同时进行会省很多时间。然后把木模架起来砌顶券就会省很多力气了。"果然，两项工作几乎同时完成，齐鸿提前完成了任务。

这件事情办得使总管刮目相看。总管问清内情后，就把齐鸿暂时囚禁起来，并派人把他的妻子请来，想亲眼看看一个女子能有多大本事。林雁被请到了总管的家，她刚一进门，总管就看直了眼，他见林雁生得十分美丽，顿生邪念。他让手下安顿林雁到客房休息，又下令把齐鸿绑起来，拉到关门下活埋。但是一眨眼的功夫，齐鸿不见了，只见一只腹部有着红色心印的大雁飞上了天。手下不敢隐瞒，立即回来告诉总管，总管心想齐鸿不见了，他的漂亮媳妇肯定会依从自己的。于是他告诉林雁，她的丈夫在做工的时候遇到事故死了，便想强行娶她为妾。正要下令将人捆绑起来，林雁也不见了，一只大雁在房梁上盘旋了两圈飞出了屋子，很巧的是，这只大雁的身上也有一个红色的心形印。

接着，天空上出现了两只很美的大雁，它们双双飞下来，以迅猛的速度啄掉了总管的双眼，又双双离去了。看到的人们都非常高兴，以为是雁神显灵，为他们出了气。从此，人们为了纪念这双大雁，就将这道关口取名叫雁门关了。

天池的传说

相传，明万历五年间修金山岭长城的时候，天大旱无雨，山上没水，修城和灰的水都是从山下靠人用葫芦和背篓抬上来的。而且为了不延误工期，即使农工渴得嗓子冒烟，这用来和灰的水他们也是不能碰的，否则就会挨鞭子抽打。赶上天热得出奇，很多人渴得不行常常昏死过去。

有一次，几个农工背水上山，行至山顶，忽然听到一声凶猛的吼叫。大家吓得大气都不敢出,两腿发抖,牙齿打颤。往前一看,一只大老虎正趴在地上喘着大气,神态看起来也并不是很吓人。

而这时,一个山东大汉从人群中走出来,慢慢的走向老虎,仔细一看,发现老虎也是渴得有气无力,正伸着头喘着大气,看样子不出半个时辰就会渴死。看到山中老虎这个样子,大汉嘴里嘀咕了声造孽,动了恻隐之心,就发动大家用葫芦中的水救救老虎。然而农工们害怕被监工发现又会挨打,都犹豫着不动。看到兄弟们有所顾虑,山东大汉又开口说道:大家别怕,我们不分昼夜的修长城,监工还限制我们喝水,这样下去,我们不渴死也得累死!既然如此,不如做点好事,让这只老虎活下去。"说完便第一个走到老虎身边,将水倒到老虎嘴里。很多人觉得话说得有道理,就纷纷上前,解下葫芦递给大汉。

说来奇怪的是,农工们把葫芦里的水都给老虎喝了,老虎好像还是没喝够的样子。而大家分明滴水没沾,但是立时好像喝了很多水一样。大家正奇怪之时,发现老虎不知何时变成了石头,虎头还成了一个大平台。

正当大家摸不着头脑,胡乱猜想的时候,监工从后边跑来,看到大家都立在那不动,葫芦和背篓中的水都空了,顿时大发雷霆,挥起手中的鞭子就要抽打农工。大家都不敢反抗,只是抱了头闭起眼睛不动。然而就当鞭子要落下的一瞬间,听到老虎的一声厉吼,旁边的树木都跟着摇了摇,而监工手里的鞭子也不知道飞到哪里去了。随后,又生出一声巨响,只见石虎裂成了三瓣恍如石碑的巨石。居中那块巨石的半腰上有一个洞,洞里现出了一泓清水,清澈见底,味道甘甜。大家以为是天神显灵,纷纷跪地磕头。监工看到此景,自然也非常高兴,就下令用这里的水来和灰砌墙。更神奇的是,不管怎样用水,这里的水也不会减少,大伙都高兴得喝了个痛快。

山上有了水,筑城砌墙省了很多力气,城楼很快就修好了。从远处看去,城楼特别像一只大老虎立在那里。传说,此后敌兵入侵,城楼总会发出吓人的吼声,使敌兵望而却步。而至于那一泓清泉,至今仍旱不枯,涝不溢,所以人们称为天池。

潭柘寺的传说

潭柘寺坐落在北京市门头沟区的潭柘山麓。寺院坐北朝南，背倚宝珠峰，周围有九座马蹄形的大山环护。由于高大的山峰挡住了从西北方袭来的寒流，这里气候温暖湿润。整座寺庙依地势而巧妙布局，错落有致，环境优美。关于这个寺庙，在当地老人之间流传着这样一个传说。

相传在一千多年以前，佛教高僧华严禅师居住在幽州城北，他"持《华严经》以为净业"，每天诵读经书，参悟佛理。而他读经的声音可以响彻整个幽州城，吸引了众多信徒前去拜访。后来大家便纷纷出钱，愿助华严禅师在幽州开山立宗。

关于建寺修行之地，华严禅师早已打定主意。他见幽州城南有九座大山，山上柘树繁茂，众山环抱之中有一个恍若深山明珠的水潭，周围环境幽静，是修行的首选之地，便去找当时的幽州知府总督张仁愿请愿，向其说明看好的建寺地址，请求批地给他。张仁愿一听，华严禅师建寺所选地是有主之地，分别是当地的大地主刘家和吴家的土地，不好擅做主张，便把两个大地主叫来协商。两个地主见要划出自己土地修建寺庙，心里都不愿意，但碍于张总督的面子，都不好不答应，就对华严禅师说："既然禅师已经相中我们的地，我们也愿积善行德，但是禅师想要多少土地呢？不要太多，否则我们以后就没有饭吃了。"

华严禅师知道两人是幽州城有名的大地主，家产丰厚，良田无数，划出一部分地也根本沦落不到没饭吃的地步。于是表面心平气和地说："不多，只要两位施主割予我一毯子的地方即可。"说着便把自己的坐毯拿出来给两人看，两人一看这只有巴掌大的毯子，不禁有些疑惑，却没想太多，都高兴的答应了，并请张总督做个见证人。

当下一行人来到了潭柘山脚下。华严禅师见张总督前来做见证，就把手中的毯子旋即向空中一抛，并念念有词的说了些什么，只见毯子越飞越高，并且越来越大，霎时就把太阳遮住了。众人见了，不禁目瞪口呆，两个地主面如土色,连忙跪地大喊:"请禅师留情!您发发慈悲,不要让它再变大了!"华严禅师见所要的建寺之地已经足够,就含笑摇了摇头,说了一声"落",毯子就落了下来,顿时遮住了几座大山。这时候张总督站出来,对两个地主说道:"你二人此前已经答应把一毯之地赠予华严禅师,现在立即履行诺言吧,不可反悔。"二人以为是真佛显灵,根本不敢反悔,连忙跪地磕头。

于是华严禅师拿了众人捐助的钱财,就在毯子所圈之地建起了寺庙。因为寺院的后山有两股泉水,经九山环抱的龙潭合流后进入寺院,一方面满足了寺院的生活用水,另一方面还被用于灌溉附近的土地农田,故华严大师依照此潭,把寺庙命名为"龙泉寺"。日后华严禅师收了许多徒弟,也有很多人听说大师功德圆满,便前来拜佛祷告,"龙泉寺"便成了有名的大寺。后来,因为山上的柘树茂盛,成为寺庙的一大特点,寺庙的住持便把该寺改名为"潭柘寺"了。

什刹海的传说

什刹海在北京鼓楼的西南方,是京城消夏避暑之所。据说什刹海原来叫作"十窨海",这个名字的由来和"活财神"沈万三有着密切的联系。

明朝初期,明成祖朱棣登上皇帝宝座,迁都北京。当时战争刚刚平息,全国上下都需要休养生息,根本没有多余的银子用来大兴土木,但是他执意要重建北京城。于是他找丞相刘伯温前来出谋划策。刘伯温是跟随朱棣多年的智囊,他早就听说京城有个名叫沈万三的人,家财万贯,如果找到他要钱,定能将京城建成。但由于沈万三常年在外漂泊,很少有人知道他的行踪,刘丞相只好在全城布下公告,派人四处打探他的踪迹。

眼看丞相规定的期限就要到了,依然没有沈万三的下落,手下人都很着急。这天,官员们来到一个小县城,听当地客栈的店小二说,昨天有个叫沈万三的人登记住店,不过今天一大早就走了。官员们听到这个消息都很高兴,想到他肯定没走远,就下令手下人立即在小县城展开全面搜索。可是到了中午依旧没有线索,大家都很累了,就来到一家茶馆歇脚喝茶。等到大家休息够了,正要起身上路继续查找之时,忽见门口两人起了冲突。当下抓来询问,发现其中一人正是他们要找的沈万三。官员们欣喜若狂,正是"踏破铁鞋无觅处,得来全不费工夫"。虽然大家看这个人一身粗布衣裳,实在不像个有钱人,但是他名叫沈万三,也就可以拿他向丞相交差了。

丞相见了这个人,心理不禁有了疑惑:难道这就是那个可以出钱修城的人吗?难不成他是特意打扮成这个模样,以掩人耳目?想到这里,丞相还是禁不住问了一句:"你就是沈万三?""在下正是"。丞相便请他坐下,接着问道:"听说你有万贯家财,今天本丞相找你来,是想让你出些银两,助皇帝修建北京城。"沈万三听后慌了神,只说自己是个穷人,根本没有银子。这时有人给丞相出了个主意,说:"一打就会交出钱了。"丞相没有别的办法,就下令手下人拉他出去,打板子伺候,直到他说出钱财的下落。沈万三被打得大呼小叫,但依然说:"小人只是个穷人。"丞相一听动了怒,就下令将他加以毒打,但是沈万三还是说自己没有钱。这样过了三天,丞相看也问不出结果,就让手下将他押出去游街,然后到他的住所去寻找。

这一天,他们走到后门桥西,押他的官兵又要抽打沈万三,他实在支撑不住了,情急之下就一顿乱指,"我的钱就在这里!"官兵们便标记好他指的地方,赶紧派人往下挖,不出多久,就真的挖出了银子。手下人很高兴,赶忙向丞相禀报,丞相便下令,依照沈万三指的地方继续挖,官兵们挖了一窖又一窖,一共挖出了十窖,为皇帝修建北京城解了燃眉之急。

后来,在后门桥挖到银子的消息传遍了整座京城,许多财迷心窍的人都前来挖地,希望能够挖到银子。可是虽然土地被挖得深深浅浅,但人们总是一无所获。年深日久,这许多大坑就渗进了雨水,丞相见了,就找到水土师傅郭守敬,打通了永定河,经积水潭注入深坑,那里便形成了北京的城中之湖。

五岳的来历

五岳是中国五大名山的总称，包括位于山西的北岳恒山，位于陕西的西岳华山，位于山东的东岳泰山，位于湖南的南岳衡山和位于河南的中岳嵩山。关于五岳的来历，传说和天将降魔有关。

传说在很久以前，玉皇大帝掌控着天上地下的一切事情。他有五员大将，个个神通广大，可以降妖除魔，辅助他治理天下。玉帝有个小女儿，聪明漂亮，善解人意。这一年，小女儿到了出嫁的年龄，玉帝准备在五员大将中挑选一个作为小女儿的夫婿，但是五员大将都很出色，到底选谁呢？玉帝一时还拿不定主意。

这一天，玉帝接到人间的官员传来的消息，说东西南北四方出现了妖怪，它们无恶不作，闹得人间大乱，百姓无法正常生活，请求玉帝赶快派兵下去，为民除害。

玉帝听后，觉得此事重大，就急忙将天兵天将召集到宫里，商量对策。玉帝的五员大将之中，有个名叫山高的，是五员大将里边最年轻的一个。他修行年头尚短，武功在其他四人之下，但是文采出众，满腹诗书，足智多谋。他站出来说："玉帝，我有一个对策，可以降服妖怪，确保万无一失。"玉帝很感兴趣，叫他说来听听，他接着说："据我观察，东西南北四方的妖怪分别是水怪、风魔、火妖和地兽，它们的威力均在我四个哥哥之下，派哥哥四人前去，一定能将妖怪降服。但是，四方得到保护还不够，中原无人镇守也是万万不行的。如果说四方如人的手足，那么中原就如人的心脏，倘若中原出了大事，一切也将功亏一篑。而现在中原还无妖怪侵袭，相比之下，我武功尚浅，前去镇守是再合适不过的了。"玉帝听了大喜，就传下圣旨，命五员大将带领天兵下凡，降妖除魔。

待到五员大将下到凡间，玉帝带着侍从来到了南天门，他拨开眼前的云彩向四方望去，只见东方出现了一座大山，一员大将正将水怪赶到山前，用手中的宝剑朝妖怪的头上砍去，水怪顿时撞到山上，摔得粉身碎骨。再向西望去，西方也出现了一座大山，那员大将正将风魔赶到了山脚下，眼看他用手中的鞭子一抽，那风魔就被打得魂飞魄散，败下阵去。玉帝很高兴，拍手大笑。他又向南看去，只见大将从怀里掏出斩妖宝刀晃了三晃，突然一座大山出现在妖怪面前，而火妖和大将战了几个回合，本已筋疲力尽，一不小心撞到了大山上，顿时灰飞烟灭。玉帝非常满意，他再向北看去，见北方也立了一座大山，它正好压在地兽的身上，地兽正苦苦哀求，请求大将放他一条生路。

最后，玉帝向中原看去，只见山高拿着天书，小声嘀咕了几句，并晃了几下手中的劈魔神剑，一座大山赫然屹立在眼前。慢慢的，这座大山渐渐分为两支，向中原的南北两侧延展开去，形成了一个保护带。而且两条山脊慢慢出现很多漂亮的山峰，有的像玉女，有的像老翁，为中原增添了美丽的山峰景色。玉帝连连拍手叫好，他给五座大山都起了好听的名字，分别是东岳泰山，西岳华山，南岳衡山，北岳恒山和中岳嵩山。

妖怪降服了，玉帝大摆宴席，为五个大将庆功。他见山高智勇双全，年轻有为，十分中意于他，就在宴会上宣布，把女儿许配给他。之后，据说是接到了玉帝的旨意，武则天在中岳嵩山上建起了"登封坛"，举行嵩山大典，大殿之内还供着山高和玉帝之女的神像。而这个故事就一直流传至今。

峨眉山的传说

相传在很久以前，峨眉县城的西门外有座寺庙。庙里有个和尚，为人正直和善，修行甚深，吸引了很多人前去拜访。有一位老画家，性情温和，喜欢寺庙幽静的环境，常常去寺里写生，一来二去便与和尚有了很深的交情。他二人常常结伴出游，赏景悟道。而且老画家居无定所，和尚还常常请他到寺庙暂住。

这一天，老画家又来到寺庙看望和尚，想请和尚陪他去乐山的乌龙寺游玩。不巧，这天寺庙里有事，和尚无法脱身，便笑着推辞道："这里距离乐山有近百里的路程，一天怕是回不来，贫僧寺里还有他事，恕不能奉陪。"老画家听了，也不勉强，便自己上了路。不料，还不到半天工夫，画家就回到了寺里，还带了乌龙寺里的字画送给和尚。和尚很纳闷，这乌龙寺在百里之外，就是再怎样加快脚步，半天时间也是回不来的。但是这字画确是乌龙寺所有，老画家是怎样拿回来的呢？正当他感到奇怪，想要问个清楚的时候，老画家已向寺里的客房走去。和尚见老画家劳累了半天，且自己还有事在身，也就作罢。

第二天一大早，老画家来向和尚道别，"我这次要走到很远的地方，恐怕几年之内都不会来了。这点小钱就当作食宿费，还请和尚收下。"和尚不做挽留，也不肯收钱。老画家见状，想起和尚喜画，就拿出纸笔，不长时间就画好了四幅画送给和尚，和尚见了自然很高兴。只见这四幅画上都有一个长衣女子，她们身着不同颜色的衣衫，个个端庄大方，美丽迷人。而古时候把美丽的姑娘都叫作蛾眉，画家便给这幅画起了个名字，叫作蛾眉四女图，并吩咐和尚，要把这四幅画放进柜子里，等到七七四十九天，再将它们拿出来方可。和尚听了频频点头。

和尚非常欣赏那四幅画，但是寺庙是佛家清净之地，就是四十九天之后将画从柜子里拿出来也无处张贴。所以老画家走的第二天晚上，他便将画拿出来，细细观赏，然后在睡觉之前，再把它们放回柜子里。此后每晚就都是如此。

这一天晚上，和尚处理完寺里大事，已经很累了。但是在睡觉之前，他还是把画从柜子里拿出来，细细看了一会儿，可是不知不觉就睡着了。半夜，和尚突然被一阵女子的笑声吵醒，他以为自己是在做梦，就揉揉眼睛，坐起身来。灯光朦胧之下，他看见四个女子正坐在桌子旁说说笑笑，正觉得奇怪，慢慢寻思才恍然大悟：原来她们是画中之人。这时，四个女子看见和尚起身，纷纷转身就跑，一边跑一边发出银铃般的笑声。和尚便想跟着跑出寺庙，只见穿着黄色衣服的女子落在了后边。和尚不管那么多，大步追上了黄衣女子，一把抓住了她的衣角，想拖住她，让她回到画上去。黄衣女子被和尚死死拖住，不得脱身，忙叫几个姐姐来帮帮她。另外三人见状直骂和尚"不要脸"。但是黄衣女子以为几个姐姐是在骂她，顿时羞愧难当，无地自容，便立时变成了一座大山。几个姐姐在前，见妹妹变成了山，知道是她们说错了话，很是惭愧，便都变成了山来等她。

和尚见姑娘们都变成了山，心想，我就在此守候，不信你们不变回来。但是经过一夜的守候，不知怎的，和尚变成了一个泥罗汉。日子久了，就有人在这里建了一座庙，庙的名字就叫作"泥佛寺"了。而那四座大山，因为一座比一座美丽，人们都叫它们为"蛾眉山"，后来便改成了"峨眉山"。

天门石的传说

传说在女娲炼石补天之际，有两块石头从天上掉落下来，正巧落在峨眉山巅。这两块石头形状相似，并且相隔一尺而立，远远看去就像一道大门。石头的顶部隐藏在云里，使大门像是通往天庭的通道。据说，如果沿着陡峭的石壁爬上去，就可以摸到通往天庭的南天门，所以大石也被称为"天门石"。

以前，由天庭到达凡间，是要经过南天门下天梯的。而天梯则有专人把守，如果没有玉帝和王母娘娘的旨意，任何人都不准私自下凡。而今有了这块石头，神仙们想下凡去，就可以经由石头下到峨眉山，不必再经过天梯。因此，那些天兵，小将，仙女，侍女和门童就常常经过天门石，偷偷下凡去玩。

这一天，距离王母娘娘做寿的日期已经很近了。看守蟠桃园的两个仙女在天庭待久了，觉得很无聊，听说凡间很有趣，都想下凡看看，就偷偷经由天门石下到了峨眉山。到了凡间，她们被那些奇花异草，碧水深涧深深吸引了，不知不觉便把看守桃园之事忘在了脑后。

到了三月初三，王母娘娘做寿，首先便是举行蟠桃盛宴。太白金星接到王母命令，率领众仙女采摘仙桃。到了蟠桃园，才知看守桃园的两个仙女早已没了踪影。仔细查问，才知两人私自下凡去了，于是便立即告知王母。王母听后大怒，心想：说来这石头也古怪，不偏不斜，正好落在南天门外。倘若没了这石头，天庭也能少些事端。当下就把二郎神叫到面前，命他把石头拦腰截断，永远断掉神仙们私自下凡的念头。接着她命令二郎神速将两仙女捉回，以免再发生其他事情。

这一天，两仙女来到树林深处的湖畔嬉戏，正玩得高兴，忽见从远处天上降下来一片白云，仔细一看，发现是前来捉她们的二郎神。两人这才想起王母娘娘的蟠桃园，她俩私自下凡一定是被娘娘发现了，回去肯定会被严惩。想到这，两人慌了手脚，想逃走也来不及了，就立时变成两棵树在林中躲藏起来。这时，二郎神来到湖边，四下看去，根本没有仙女的踪影，有些纳闷。心想，刚才在天上，明明看到二女在湖边打闹，怎么一眨眼的工夫就不见了呢。随后，他下意识的放眼向树林中望去，只见林中立着两棵长相特别的树，树上开着百花，宛若仙女身上的飘带，当下明白那两棵树一定是仙女所变。二郎神尽量显出没有察觉的样子，立即从身上掏出玉锁，想把二人锁住。二人见二郎神要来锁她们了，就立即变成了两只小鸟飞上天空。二郎神见了，没有声张，立即化身为老鹰紧跟其后。

两仙女见身后跟着老鹰，知道又被二郎神识破，便一面加紧逃走一面商量"怎样才能隐藏好，不被二郎神发现"的对策。正当她们快被二郎神捉住之时，一堆枯草垛映入了她们的眼帘，姐妹俩灵机一动，立时变为两只黄蝴蝶，颜色和枯草很像，不易察觉。二郎神见两姑娘又不见了，就在林中四下寻找，挨到天黑也没有找到，就只好回天庭向王母娘娘禀报。

王母娘娘听到这个消息很生气，就下令再也不让二人回到天庭。据说，我们如今在峨眉山的树林间看到的漂亮蝴蝶，和那两个被留在凡间的仙女有很大的关系。

天柱峰传奇

传说在很久以前，中原的南部是太上老君管辖之地。他见此地是一片一望无际的火海，就叫天庭管理河流的将领水公把大火扑灭。于是，水公召了一瓢天河水，往下一泼，火立刻灭了，现出一片光秃秃的大地。而平原的中央耸立着一座高入云端的大山，就是传说中的天柱峰。水公见此山超凡脱俗，独一无二，想来是座难得的仙山，就在此山山顶居住下来。日子一久，人们便知天柱峰有个神仙，路过此地的文武官员都会下轿下马，行礼问好。

这一天，有个又黑又瘦的小老头赶着小毛驴来到天柱峰下，他只顾坐地休息，根本没有向水公行礼的意思。水公见了大怒，心想，这个老头真是不知好歹，看我不给他点颜色看看。于是他在手指间攒出一滴水，向山下抛去。哪知老头轻松躲过了那滴水，水滴落到地上竟然砸了一个大坑。只听那老头笑着说道："水公啊，你真是有眼无珠，自不量力，竟然有本事戏弄起老翁来了！只怕这宝地也不是你久住的地方，真武大帝即将至此，识趣些就赶快腾出地方来吧。"也不等水公反应，老头便从搭在毛驴身上的口袋里掏出两把小石头，而小石头刚一落地便迅速变大，一眨眼就变成了七十个山峰，把天柱峰包围在其中，那形势就如众星捧月，颇为壮观。水公见了吃了一惊，正想施礼，发现老人已无踪影。仔细回味老人装扮，想起此人定是久居凡间的仙人张果老，当下追悔莫及。他心里虽然对这座仙山不舍，也只得一心等待真武大帝的到来，好将仙山亲自让给他。

再说真武大帝，腾云驾雾，一路寻找落脚安家的仙山，虽说途中也碰上过几座高耸入云的大山，但都不能使他满意。这一天，他寻山无果，便坐在山下休息。忽然一个骑着毛驴的小老头来到他身边，告诉他说："老翁是张果老，奉玉帝圣旨为你安排安身之所，现已走遍天下，发现中原南部的天柱峰是为上选，便从各地选了七十二峰运往此地，以作守护天柱峰之用。如今还有两座没有运到，老翁即刻就去，你先去天柱峰住下吧。"

真武大帝连忙谢过张果老，架起云头便往中原南部方向去了。刚到天柱峰，他就被眼前雄伟壮观的奇峰所吸引。为了察看此峰是否经得住外力的侵袭，他就在峰下用力跺了三脚，只听山中回应了三声巨响，而天柱峰却纹丝不动。真武大帝当下大喜，不禁连连赞叹。

水公听到巨响连忙跑出来，见所来之人披发赤足，不像是帝王模样，也就没放在心上，漫不经心的问道："所来何人？不知本公在此么？"真武大帝连忙报上姓名，说想借此地一住。水公见是真武大帝到此，本想腾地方的，又见他如此恭谦，转念一想，何不与他共居此地呢？

当下便说："本公在此等候你多时了。听张果老吩咐，你要来此地居住。如今你来了，就自己选地方住下吧。"

真武大帝见水公这样对待自己，很是生气，但是表面上不动声色地说："我只要八步大的地方就足够了。"水公听了很高兴，痛快地答应了。真武大帝便背着手，沿着天柱峰转起圈来，走完正好八步。水公当下便知道了真武大帝的厉害，连忙说道："真武大帝果然功力不凡，本公刚才只是说笑，这天柱峰就让与你居住了。"真武大帝听完就架上云头，拔出宝剑，奋力一砍，只听"嗖"的一声巨响，天柱峰的山头落在了山脚下，真武大帝笑着对水公说："你开山有功，这山头就让给你了。"水公心里虽然不舒服，也只得谢过。

由于是真武大帝坐镇的仙山，后来的人们便将它取名为"武当山"，而那个小山头便被相应的称为"小武当"了。

太湖的传说

太湖闻名中外，是中国著名的风景名胜，古时称为"震泽""具区"。湖中有小岛屿，沿湖有小山峰，这岛屿和山峰加起来被誉为"七十二峰"，风景秀丽可人，常年吸引众多游客。至于太湖的来历，据说和王母娘娘的寿礼有关。

相传有一年，王母娘娘在寿宴上收到了玉帝送给她的一件特别的礼物。这是一个大银盆，足足有浴盆那么大；银盆的周边镶有七十二颗翡翠，发着璀璨的光；银盆里放有玉石雕成的各种飞禽走兽、花鸟鱼虫，它们颜色各异，千姿百态。据说这是玉帝挑选了一千多名能工巧匠，花了三个月的时间制作成的，王母娘娘自然爱不释手。由于害怕这件特别的礼物被人偷走或者损坏，王母娘娘特地将它珍藏起来，放进一个宝库之中，并派兵日夜把守，不得有误。

又到了一年的三月初三，照例要开蟠桃盛宴给王母娘娘祝寿。与往年不同的是，这一年天宫里多了个不守规矩，专爱寻衅滋事的猴子——孙悟空。这猴子本是人间奇石历经五百年孕育的石猴，能够上天入地，一个跟头可以翻十万八千里，会七十二变，本领非凡。后来玉帝听说此事，就将猴子招到天上管理马匹，并给他封了个小小的官职"弼马温"。孙悟空非常不高兴，就大闹天宫，玉帝为了安抚它，就封了个"齐天大圣"的称号给他，实际上并没有让他管理天宫的具体事宜，很多活动也并不让他参加。

这一年的蟠桃盛宴当然也没通知孙悟空。孙猴子得知各路神仙都在邀请名单之内，唯独自己被忽略，非常生气，当下便化作蝴蝶，飞进蟠桃园偷吃蟠桃。后来又化作侍童，到瑶池偷酒喝、偷食物吃，桌子椅子也被他踢得东倒西歪，宴会被他搞得一团糟。

玉帝得知了这个消息，气得火冒三丈，立即招来天兵天将，下令将孙悟空捉拿起来并打入天牢。孙悟空听后，拿出金箍棒就一顿乱砸，天兵根本奈何不了他。不等天将拿出武器将他收服，他就化作蝴蝶逃走了。最后他误打误撞，飞进一个大宝库。进入宝库，一个大银盆放在正中间，正是玉帝送给王母娘娘的礼物。孙悟空不管三七二十一，抡起金箍棒就砸了过去，银盆便从天宫被打落到凡间，跌到地上砸了个大深坑，银盆也顿时化作白花花的水，形成了现在的太湖。本来玉帝送给王母娘娘的银盆是圆形的，但是被孙悟空一砸就变了形，成了现在的不规则形状。那七十二颗翡翠变成了七十二座大大小小的岛屿和山峰，分布在太湖周围。而那玉石雕刻的飞禽走兽，都变成了湖里的鱼、青蛙、鸳鸯等生物。这样，天宫的那件精美绝伦的宝物到了人间，就变成了造福一方百姓的湖水。

琅琊山的传说

在很久以前，江淮之间的滁州有座美丽的山。春夏之际，山上到处都是奇花异草、怪石清泉。阳光普照之时，百鸟齐鸣，十分引人入胜。据说，这座山实际上是座宝山，它在天上修炼多年，一次偷跑到凡间游玩，被玉帝发现后受到惩罚，就只能永远待在凡间了。

一天，一个云游的老和尚到了滁州，发现这座美丽的山后甚为欣喜，就决定在山顶盖座寺庙，打坐修行。后来他在山上看到一个无家可归的孩子，觉得可怜就收在庙里做弟子。但是这个孩子虽然听从管教，却非常的笨，念个"阿弥陀佛"都不会，只会说"摩陀，摩陀"。老和尚每天面对笨孩子觉得了无生趣，就把诸事打点好之后继续云游去了。

一个月之后，老和尚想念起山上幽美的环境，觉得也是时候回去看看孩子了，就赶回了寺庙。本来以为，在自己不在的这么多天，孩子吃得不好一定会瘦下来，但是见到孩子的那一瞬间，老和尚知道是自己多虑了——孩子反而长得又高又胖。老和尚很高兴又很好奇，就问孩子："为师不在的这么多天，你是吃什么长得这么好呢？"孩子说了句"摩陀"，转身走到院外，不一会儿拿了些石头回来。接着把石头放进锅里，就开始烧火煮石。老和尚很纳闷，不知道孩子在干什么，孩子也不解释，只是念着"摩陀，摩陀"，无奈，老和尚只能耐心等待。又过了一会儿，锅里冒出了一股香气，闻了叫人直流口水。只见孩子从锅里捡了一钵子端到老和尚面前，老和尚一看，石头都变成了很有光泽的金黄色，就顺手拿了一个。说也奇怪，这石头捏在手里和馒头似的，掰一块儿放在嘴里，发现又软又甜。老和尚很高兴，想以后在这庙里就不用为吃饭发愁了。又仔细想了想石头变成馒头的过程，一定是孩子念的"摩陀"起了作用，就把寺院的名字改为"摩陀寺"了。之后，寺院里的香火很旺，这座宝山也被人们称为摩陀山了。

转眼到了西晋末年，琅琊王司马睿为了躲避朝中战乱，便乔装打扮一路向南逃来。这一天，他逃到摩陀山来，由于连日奔波劳累，心口疼的毛病又犯了，疼得他满地翻滚。这一幕碰巧被寺院里的和尚看到了，和尚慌忙跑回山上，不一会儿就端了一碗药水来，让司马睿喝下。过了半个时辰，司马睿觉得满身轻松，浑身是劲儿，心口一点也不疼了。

司马睿很纳闷：这心口疼的毛病他小时候就有，疼起来要命，吃药也没什么效果，没有十天半月的修养不见好转。而这是什么药呢，可以在半个时辰之内让身体恢复得这么好？当下便先向小和尚道了谢，又说出了自己心中的疑惑。和尚便说："摩陀摩陀，施主不须言谢。这药水是用山上的石头和花草研制而成，具有神奇的功效，可以养神健身。"司马睿更加奇怪了，接着问道："难道真有这种事儿？""说来话长"，和尚就把庙里长期流传的摩陀师父煮石头的事告诉了司马睿。司马睿见这是个养精蓄锐的好地方，决定先在庙里住下，就编了个谎言向小和尚说道："我本要到江南走亲访友，谁知经过此地遇上强盗，身上的钱都被他们拿走了，现下无钱上路。小和尚可否告知方丈，让我在此地住上一些日子，等我凑足了钱再离开。"小和尚便带司马睿进了寺庙。此后琅琊王司马睿装扮成樵夫，在寺庙里生活了很长一段时间。

再后来，司马睿建立了东晋王朝，成为东晋的第一个皇帝。一日他微服私访，经过摩陀山，回想起当年在这里落难得救的事，颇为感慨。回去以后，他传下圣旨：将寺庙扩建修缮，名字改为"琅琊寺"，摩陀山改为"琅琊山"。此后，"琅琊寺"和"琅琊山"这两个名字一直流传到现在。

珠穆朗玛峰的传说

珠穆朗玛峰是喜玛拉雅山脉的主峰，它位于东经86.9°，北纬27.9°，地处中国和尼泊尔边界的东段，北坡在西藏定日县境内。1721年，清政府编绘《皇舆全览图》精确地标出了它的位置，并根据藏语名之为"朱姆朗马阿林"，"阿林"就是藏语山峰的意思，而1771年《乾隆内府舆图》则开始用"珠穆朗玛"一名替代了"朱姆朗马"。在藏语中"珠穆朗玛"意思是"神女第三"，谈起珠峰的命名，则有一个古老而优美的传说。

在远古时这里本是一片汪洋大海，漫长的海岸线遍布松柏、铁杉和棕榈，海浪搏击，哗哗作响，重山叠翠，云雾缭绕。森林里长满了奇花异草，百灵鸟在树梢跳跃欢唱；野兔无忧无虑地在嫩绿茂盛的草地上散步；成群的斑鹿羚羊在奔跑，三三五五的犀牛迈着蹒跚的步伐，悠闲地在湖边饮水。

但是，有一天，海里来了一头巨大的五头毒龙，它搅起万丈海浪，森林倾倒，草地淹没，狂涛恶浪，飞沙走石。飞禽走兽都预感到灾难临头了，于是东躲西藏，居无定所。正在它们走投无路的时候，大海的上空飘来了五朵彩云，变成五位仙女，她们施展无边法力，降服了五头毒龙，大海也随之风平浪静。

众生对五仙女顶礼膜拜，感谢她们的救命之恩，而当众仙女想辞归天庭时，众生苦苦哀求她们留在此地。五仙女发慈悲之心，同意留下共享太平。

五仙女喝令大海退去，于是，东边变成了茂密的森林，西边变成了万顷良田，南边是花草茂盛的花园，北边是无边无际的牧场。五位仙女变成了喜马拉雅山脉的五个主峰，即祥寿仙女峰、翠颜仙女峰、贞慧仙女峰、冠咏仙女峰、施仁仙女峰，屹立在西南部边缘，守卫着这片乐园。

为首的翠颜仙女峰便是珠穆朗玛，在壁画中的翠颜仙女总着白衣，骑白狮，右持金刚杵，左捧长宝瓶，而当地人都亲热地称珠穆朗玛峰为"神女峰"。

漓江的传说

漓江是中国锦绣河山的一颗明珠，是桂林风光的精华和灵魂。它位于广西壮族自治区东部，属于珠江水系，千百年来很多文人墨客陶醉于此。漓江以流水回环，弯多滩险闻名遐迩，传说这和东海龙王的三公主有些联系。当年东海龙王的三公主去南海拜见观音菩萨，路途中看到千百民夫在修筑万里长城，条件非常艰苦，就去求观音菩萨帮忙。观音见她诚心诚意，甚为感动，就送给她一条柳枝说，只要她挥动柳枝，石头就会变成飞禽走兽跟着她，走到万里长城。谁知途径桂林的漓江，三公主遇到了一个老公公，不想老公公将秘密道破，飞禽就变回了石山，将漓江堵住了。

有句俗语说，江边有良田。相传桂林与阳朔间就是一大片平坦肥沃的土地，土地间有一条三十六丈宽的大河。而自从三公主从南海赶来的飞禽走兽变成了大石山堆积在这里以后，这一带的农田就被损毁了不少，河道也被阻塞了。这一年天气大旱，七七四十九天之后，池塘里的水干了，田地里颗粒无收，人们唉声叹气，但拿不出解决的办法。

怎样才能让老天下场雨呢？百姓们自发聚集起来，商量对策。有个白发苍苍的老爷爷建议用诚心感动老天。他听说千里之外有颗碗口粗的香柏树，如果破开它作香来向老天祈求，或许能够感动上天，求得降雨。大家也没更好的想法，就派人跟着老爷爷去千里之外找树了。他们走过了很多座大山，越过很多条大河，终于在一个峭壁上找到了那棵香柏树。他们把它砍下扛回来，破开一烧，百里之内都弥漫着香气。

谁知香气升上了天，飘到了玉帝的宫中。玉帝马上派太上老君到南天门察看。太上老君到南天门外转了一圈，回来便将一切告诉了玉帝。玉帝听了就传来金龟将军，让他马上下到凡间，扒开堵塞河道的大山石，而且要尽量扒得宽一些。

金龟将军接了玉帝的指令，就急急忙忙下到凡间，来到漓江。他见到大石山就一下趴到河里，舞动着四肢，卖力地扒起来。谁知这金龟将军年事已高，耳聋眼花，竟将玉帝的指令听差了。玉帝原来叫他把河道扒"宽"一些，他听成了扒"弯"一些。所以他将漓江扒得歪歪扭扭，这一百多里水路就给他扒出了九十九道弯。

不管怎样，河道扒开了，河水变畅通了，当地的旱情就解除了，百姓都高兴极了。见到百姓高兴的样子，金龟将军满意的回到天庭，准备向玉帝领赏。哪知玉帝在南天门外看到金龟将军把河道扒成了那么多弯，违背了圣旨，勃然大怒，于是正等着金龟将军回来将他斩首。多亏太上老君出来说情，"将军虽然违背了圣旨，但总算解除了百姓的痛苦，而且他年事已高，玉帝就网开一面吧。"玉帝听了才手下留情，惩罚他到凡间变成了石龟爬山的模样。

如今我们乘船去漓江，船行到鸡笼淀，就可以看到左岸有个石龟爬山，那就是天庭的金龟将军。

八景窗的传说

传说很久以前，阳朔这个地方本没有山，只有那条名叫漓江的大河。漓江的水绿光闪闪的，宛若一条轻盈的绿色飘带，格外吸引人。天庭的人都知道这条河，王母娘娘没事也常跑到南天门外欣赏。一天，她叫来太白金星，让他立即下凡前往漓江，在漓江附近造一座行宫供自己闲来无事欣赏。太白金星根本不会造行宫，但是在王母娘娘面前又不好推辞，只得硬着头皮接下这道指令。

该怎样建造供人游玩的行宫呢？太白金星左思右想，突然想到了住在蓬莱仙岛的八仙，他们终日到处游荡，一定可以给他出些主意。

于是太白金星先到蓬莱仙岛把八仙请到漓江。八仙到了这里，都纷纷夸赞漓江的风景秀丽，随即也指出了美中不足的地方。太白金星听了忙问是什么地方不好，众仙说："这漓江水固然很美丽，但是缺少山峰的点缀。山刚配水柔，这个地方才能更加引人入胜。"

太白金星立即向众仙请教如何补救。众仙大笑，说："要补救还能难倒你太上老君么？到各地把奇山峻岭搬来不就好了吗！"太白金星也笑了，立即派大力神前往各地搬山。大力神力大无比，搬山根本不费吹灰之力。他仅用了一天的功夫，就把各地俊秀的山搬到了漓江江畔。太白金星见漓江周围被众山环抱，风景独好，以为王母娘娘见了定会十分高兴，就返回天庭向王母禀报去了。

王母听了太白金星的话非常高兴，立即跑到南天门去看，只见漓江两岸环抱着很多奇峰峻岭，风景比原来好看多了。只是山的分布不均匀，有个地方空了很大一块儿，让人看了不舒服。于是她叫太白金星再到凡间走一趟，把两岸的山再摆一摆。太白金星根本不知道该怎样布置，只有再找来八仙，请他们想想办法。

天上七日，世上千年。等太白金星和八仙再来到漓江，世上已不知过去了多少年。漓江两岸都住满了人，只是那大块儿空地，即现在的阳朔还无人居住。太白金星就请八仙画一些漂亮的图作为参考，最后好请大力神照图把山摆好。说罢，太白金星就去找大力神了。

八仙哪里会画图呢，他们最后商量，只好到漓江两岸游荡，碰碰运气找些现成的图来。到了一个地方，何仙姑突然看见一个年轻的后生在岸边写生，身边还放着厚厚一摞画稿，于是她向大家说道："那里有个人在画画，我们何不向他讨来几张画呢？这样就可以回去向太白金星交差了。"众仙纷纷同意。他们立时变成了游山玩水的凡人模样，来到年轻人身边，先夸赞了一番，然后向他讨画。后生听了恭维的话非常高兴，就痛快的答应了。

八仙拿到了画，太白金星也找来了大力神。只见那画上山明水秀，风光甚好，太白金星非常满意，就让大力神即刻动手，照着图画摆起山来。不到半天的功夫，阳朔就由一片空地变成了风景很美的胜地，太白金星这才放心的回到天庭禀报去了。

后来又不知过了多久，人们在阳朔的碧莲峰下修了一座叫迎江阁的八角亭。亭子上的观景楼开了八个窗子，从窗子向外望去，可以看到八种不同的风景，人们便把窗子称为"八景窗"了。

武夷山的来历

传说在远古的时候，武夷山这个地方是个人荒蛮之地，山上荒草丛生，遍地野兽，根本没有人给这个地方命名。至于后来为什么取了"武夷"这个名字，据说和两个年轻的开山人有关。

相传有一年，武夷山地带洪水泛滥成灾，百姓们无地居住，只好躲在山坳里过穷苦的日子。那时候武夷山的幔亭峰上住着一个姓彭的人，他胆识过人，身怀十八般武艺。为了让百姓过上安生日子，他就带领大家开山治水，过了一段披星戴月、风餐露宿的生活。到了他白发须眉的时候，他成了远近闻名的开山祖师，人们尊称他为"彭祖"。

彭祖有两个儿子，是双胞胎，生于万物复苏的春天。大一点儿的叫彭武，小一点儿的叫彭夷。据说他们一出生，见风就长，非常神奇。一阵春风吹过，他们就能开口说话；一场春雨过后，他们就能下地行走；等地上万物开始生长，他们就长了很高的个子，能到处奔跑了。兄弟俩非常勇猛机智，正直善良。等到又长大了一些，他们就跟着彭祖跋山涉水，到处闯荡了。

据说后来八仙在武夷山的棋盘岩上饮酒的时候，听到当地的人们称赞彭祖长年累月、不辞辛苦的带领大家开山，立下了汗马功劳，异于常人，便向玉帝禀报了此事。玉帝听说此事，见彭祖年事已高，就把他招到天上成仙享福去了。彭祖临走时，留下了一把斧头、一支弓箭和一柄锄头，吩咐两个儿子要继续开山，为百姓造福。

彭祖走后，两兄弟时刻谨记父亲的重托，扛起父亲给的开山工具就进山了。为了开山给百姓造福，他们不畏高山险坡，深涧密林，非常努力的干活。他们挖呀挖的，挖了三百六十五天，挖了好几个大水塘，有效的治住了山上咆哮的洪水。他们砍呀砍的，砍了七百三十天，砍倒了一丛丛野草荆棘，开出了大片的良田。他们种呀种的，种了一千多天，种上了稻谷和果树，栽上了很多种茶树……兄弟俩在武夷山治住了洪水，种上了良田，但附近还是常常有猛兽出没，百姓的日子还是不好过。于是他们又深入森林，射死了猛虎和豺狼，捉来一些野兔、野猪和野鸡等小动物送给村里的人们，从此以后，村子里就有了小兔、小猪和鸡、鸭等家禽。他们还在山上种满了各种奇花异草和珍贵药材，把武夷山点缀成了人间最美丽的地方。从此，百姓安居乐业，过上了幸福的日子。

再后来，彭武、彭夷终老的时候，人们为了报答这对开山有功的勤劳勇敢的兄弟，就以他们的名字来命名这座山。"武夷山"这个名字就流传至今了。

日月潭的传说

台湾地区最大的天然湖泊就是日月潭了。日月潭中有个小岛，把湖水分为两半，北边像一轮太阳，南边像一轮新月，因名日月潭。关于这个名字，有着一个动人的传说。

相传在大青溪附近住着一些高山族人，他们靠打猎捕鱼为生，日子过得安闲自在。其中有对青年的夫妻，男的叫大尖哥，女的叫水社妹，他们非常恩爱，勤劳勇敢，生活得非常幸福。有一天，他们像往常一样去河里捕鱼。刚进到河水里边，只听轰隆一声，霎时天昏地暗，太阳不见了。夫妻俩只好挨到晚上，趁着月光修补渔网。忽然又听轰隆一声，天又暗了下来，抬头一看，月亮也不见了。从这天起，天地间一片黑色，分不清是白天还是黑夜。没有了亮光，作物都不生长了，树叶和花果也纷纷落了地。家家户户愁眉苦脸，却无可奈何。

这一天，大尖哥和水社妹举着火把到山上砍柴。在树林中他们遇到了一个白发苍苍的老人，老人告诉他们："在几百里之外有个深深的大潭，潭里有两条恶龙，一公一母，就是它们把太阳和月亮吞进了肚子，而且它们还像玩球一样，把太阳和月亮吐出来玩耍。"夫妻俩听了这个消息非常愤怒，商量决定到百里之外找到那个深潭，降服恶龙，为百姓找回太阳和月亮。

于是，他们走过了一丛丛茂密的树林，翻过了一座座大山，终于在一个山顶，发现了不远处山坳里的光亮。夫妻俩非常兴奋，就快步朝着山坳跑去。

他们走进山坳，来到谷底。因为害怕惊动恶龙，就悄悄的躲在大石后面窥探。观察了一会儿，就真的有两条恶龙冒出潭水，它们大嘴一张一合，正吐着太阳和月亮嬉戏。夫妻俩势单力薄，根本不是恶龙的对手，不知道如何是好。正当他们发愁之时，水社妹突然看到谷底的石缝里有一缕青烟冒出，于是他们决定去看个究竟。

原来那里是个很大的石洞，走进去，他们就看到了一个白发苍苍的老婆婆在那里煮饭。老婆婆看见他们非常惊奇，说道："你们是怎么跑到这里来的？"大尖哥和水社妹见老婆婆面目慈祥，待在这里肯定有难言之隐，就把他们来到这里的目的告诉了婆婆，又问婆婆为什么会在这。老婆婆叹了口气，就向他们诉说了自己的悲惨遭遇：原来她在年轻时就被恶龙抢来做饭了。老婆婆又接着说："要杀死恶龙，光靠你们两人的力量是办不到的，我倒是偷听到它们的秘密，或许能够帮助你们：在它们抢回太阳和月亮之后，公龙得意忘形地说，以后它们就天不怕地不怕了。而母龙提醒道：'别忘了阿里山地底下的金斧头和金剪刀，若是有人将它们丢到潭里，我们就没命了。'公龙非常不以为然：'谁有那么大的本事将它们挖出来呢。'你们若是挖到斧头和剪刀，或许就能把太阳和月亮夺回来了。"说完，老婆婆又给了他们一把大锅铲和大火叉，用它们铲土或许更快些。

夫妻俩听了很高兴，就拿了工具，向婆婆告辞去找金斧头和金剪刀了。他们急匆匆地来到阿里山脚下，就用工具使劲挖坑。不知道过了多少日子，一天他们突然听到一声巨响，一束红光从大坑深处射出来，金斧头和金剪刀出现了。夫妻俩高兴地拥抱欢呼，急忙跑回深潭。到了潭边，大尖哥便把斧头和剪刀都扔了进去，只见潭里的两条恶龙在潭底用力挣扎，把潭水掀起几丈高，还发出吓人的叫声。不一会儿，潭水就平静了，两条恶龙浮在了水面上，颈上冒着股股的鲜血，把一潭清水都染红了。

这时，太阳和月亮从恶龙的大嘴里边滚了出来，把四方照得光亮通红。但是怎么才能把它们挂到天上去呢？夫妻俩一时犯了难。这时，老婆婆又说："我听我的父母说过，人吃了龙的眼珠子就会长得又高又大，你们不妨试试，或许能够长高，把太阳月亮挂在天上。"于是，大尖哥和水社妹就取下恶龙的眼珠子，一口吞了下去。说也神奇，他们一下子变成了又高又大的人，就像两座大山。他们使劲一托，太阳就上了天。天色一下子就大亮起来，人们都从屋子里跑出来，高兴得又唱又跳。又过了大约六个时辰，太阳落了山，夫妻俩又把月亮托上了天，大家都出来赏月跳舞，举行篝火盛宴。日子又恢复了往日的安宁平静。

后来人们为了纪念大尖哥和水社妹，就把潭水两边的大山叫作大尖山和水社山了，把深潭取名为"日月潭"了。

澎湖列岛的传说

在台湾海峡的东南部，不规则的分布着大大小小的岛屿六十四个，总称为澎湖列岛。它们就像是海峡中的明珠，是渔民避风歇脚的地方。而这些岛屿的形成还有一个有意思的传说。

传说在很久以前，大陆东南面的海岛上住着很多渔民。他们靠打鱼为生，生活得悠闲自在。这些渔民中有一对夫妇，他们有一儿一女，都长得很标致。美中不足的是，儿子从生下来开始，下巴上就长了一缕蓬蓬松松的胡子，女儿则有一颗白沙状的肉痣藏在眉宇之间。夫妻俩就把孩子的名字分别取为"彭胡"和"白沙"了。彭胡和白沙长大后就代替父母出海打鱼，夫妻俩则在家里修网织箩筐，一家四口生活得非常幸福。

可是这样美好的日子过得不长。有一天，当彭胡和白沙正要出海捕鱼的时候，天色突然大变，乌云遮日，海岛上突然刮起了狂风，海面上波涛汹涌，海浪像小山似的向海岛袭来。原来，是一对千年鳄鱼精来到了这片海里。它们也不上到海岸上来，只是对着这个海岛不断地发出凶狠的叫声，不时用巨大的四肢撞击小岛。岛上的房舍损毁了，很多树木被摇晃得连根拔起，渔民吓得四处逃散，惊慌失措，不少人被木头和其他碎片打伤。蓬胡和白沙一向聪明勇敢，但是此时他们根本没有办法对付这突如其来的侵袭，只能拉着父母到处躲避。

没过半个时辰，整个半岛就摇晃起来，好像要脱离原来的地方似的。原来半岛底下本有根大石柱和大陆相连，日子久了这根大石柱的中间已形成裂缝，根本经不住剧烈的摇晃。如今这对鳄鱼精一折腾，大石柱就断了，半岛脱离了大陆，很有可能被鳄鱼掀进大海里淹没。彭胡和白沙看到海岛在海面上移动起来，急得不知所措，当下跪地祈求上天，请求上天帮助海岛人民渡过危难。

说来奇怪，这时天上出现一道白光，一个坐着金椅、身披彩衣、面目慈祥的老婆婆从天而降，她身边跟着一个侍童，侍童的手里还提着一篮子杨梅。

原来这就是玉帝派来帮助他们的妈祖婆婆。妈祖婆婆告诉大家不要惊慌,她有个固定海岛的办法,接着她从侍童手里提过那篮子杨梅放在大家面前,向大家说道:"这是天庭所产的杨梅,总共有六十四颗,只要吃下一颗就能变成巨大的石柱,这六十四根石柱可以将海岛钉住。只是有一点,变成石柱以后就不能变回人了。"话音刚落侍童和妈祖婆婆就返回了天庭。

听了妈祖婆婆的话,人们就犹豫起来,而那一对大鳄鱼却没有停止向海岛袭击,海岛还是处于被掀翻的危险之中。这时蓬胡和白沙从人群中站出来,从篮子里捡了杨梅就吞了下去,他们的父母根本来不及阻止,只见兄妹俩立时变成了一大一小两根石柱,突然升上天空,又很快落下来钉在半岛周围。夫妻俩见爱子爱女都变成了石柱,就想跟随而去,不约而同的拿起了杨梅吞进肚子里。

四根石柱把海岛围了起来,却无法钉住海岛,海岛还是在海面上漂浮移动着。而且也不知鳄鱼何时离开,就算它们不爬上海岛,如果将海岛掀翻,岛上的人们也一样活不下去了。于是很多村民就纷纷上前捡了杨梅吃,不一会儿篮子就空了,人们也都变成了大大小小的石柱,钉在了海岛周围。

后来不知过去了几百年,海水上涨,海岛还是被淹没了。而那六十四根石柱,经过风雨的侵蚀,却变成了六十四个小岛散布在台湾海峡的周围。那个最大的岛屿是由彭胡变的,它旁边稍微小一点的岛是他的妹妹白沙变的,人们为了纪念兄妹俩,就拿他们的名字命名这些岛屿了。

骊山的由来

骊山是秦岭山脉的一个支脉,位于西安临潼。因它远远望去特别像一匹黛色的骏马而得名,它也因美如锦绣而被称为"绣岭"。关于它的来历,流传着一个美丽的传说。

自盘古开天辟地之后,混沌的世界慢慢变得清明。大地上有了连绵起伏的群山,波涛汹涌的海洋,一望无际的原野,苍凉壮丽的沙漠。这之中又有了飞禽走兽、花草鱼虫，寂寥的世界有了勃勃生机。后来女娲造了很多人在这个世界上，这些人又经过历代的繁衍，生下更多的人，给世界带来了无限的生机。

忽然有一天，随着轰隆一声巨响，天空出现了一个巨大的窟窿，一瞬间很多碎石砸向人间，其中最大的一块石头猛地掉到地面，把大地也砸出了一个深深的凹陷。人们的房屋损毁了，树木被砸倒了，很多人也被砸得头破血流。而且眼看天上的窟窿越变越大，越来越多的碎石掉下来，人们害怕极了，却没有办法。

天神骊母是个非常善良的人，她不忍心看到百姓受苦受难，就带着自己的两个女儿，乔装打扮成老妪和小姑娘的样子，来到人间炼石补天。就这样，她们在一个山洞里边住下来。她们分工明确，骊母和大女儿炼石，小儿女就变成一匹飞马，驮着母亲和姐姐在天地之间飞来飞去。由于害怕天上的窟窿会越来越大，补天会越来越困难，骊母和两个女儿就争分夺秒地干活，就连刮风下雨她们都很少休息。这样补了好长时间，天终于补好了。

人们看到老天又恢复了以前的样子，高兴得又唱又跳，纷纷说是菩萨显灵。骊母和两个女儿听了都会心地笑了。骊母本想即刻就回天庭，但是小女儿很想休息几天再回去，再说她们一连好几天辛苦补天，还没来得及欣赏人间的美景，于是骊母就答应了。

这一天，骊母和女儿们在人间游玩，忽然听到一阵凶狠的叫声，紧接着洪水从远处袭来，人们见了都慌乱的向山上跑去。骊母和女儿们立即登上祥云，飞上高空，想看个究竟。原来，在被天砸坏的地底下钻出了一条巨大的黑龙，它不时发出一阵阵咆哮，摧毁了周遭的村舍，吃掉了人们的家禽，又吐出大水，将大地淹没了。骊母和两个女儿又拿出宝剑，一齐向黑龙刺去。而骊母一下子就砍中了黑龙的脑袋，霎时，从黑龙的脖颈处窜出一股鲜血，只见黑龙扭动着身子，奋力挣扎，大地也被它震得摇晃起来。没过多久，黑龙渐渐的安静下去，倒在了血泊之中。

黑龙被制服了，骊母又带着两个女儿炼石补地。人们纷纷从山上走下来，跪地磕头，感谢大慈大悲的菩萨救助。然后他们回到村子里，修补被洪水冲坏的房舍，又重新过上了正常的生活。

几天的功夫，大地也补好了。而骊母的小女儿由于太累了，没来得及变回天神，就躺在地上睡着了。骊母见小女儿顽皮，心想让她多待几日也好，就和大女儿先回天庭了。小女儿睡了好久好久，等她醒来的时候，大地一片绿色，山清水秀，鸟语花香，漂亮极了。小女儿看到这么美的景色，就不愿再回到天上了，于是干脆变成了一座大山，样子特别像一匹骏马卧在那里。而这座大山就是我们现在所说的骊山。

老君犁沟的来历

老君犁沟指的是陡峭石壁间的一条沟状险道，是西岳华山的一个著名景点。传说它的由来和太上老君有些关系。

相传在很久很久以前，华山的北峰下是一面非常光滑的大斜坡，人根本走不上去。华山脚下有个大财主，臭名远扬。他非常贪心和狠毒，给他家做过活的佃户和长工们都骂他是不管人死活、坑害人的"活阎王"。有一年天气非常的干旱，田地里颗粒无收，财主害怕佃户们交不起租，就借口说要修筑华山北峰的路。于是他强迫那些交不起租的佃户修路不说，还从村里的百姓手中骗来很多银钱。这下财主乐得合不拢嘴了，他私自留下了大部分的钱，只拿出一小部分用来修路。

但是华山北峰的大斜坡实在是太险了，想在那修路谈何容易呢，受点伤不说，很多人从悬崖上掉下去就摔死了。佃户们都不想再干下去，埋怨财主心太狠，但是又无钱交租，只得硬着头皮做下去。日子一长，这事儿就被此地的土地神知道了，上报了玉帝。玉帝听说此事，即刻派太上老君下到凡间，一查究竟。

这天太上老君手拿如意扇，骑着青牛来到华山的北峰下，他抬头一看，果然很多人趴在那险坡上修路，一不小心必定会掉到山谷中丧命。于是他就冲着人们喊道："你们下来吧，让我这青牛犁出一条路来。"佃户们一看是个年老的人，都让老人快点走开，以免山上的碎石掉下来砸到他。太上老君见大家不相信他，就摇起手中的如意扇，顿时一阵大风刮过，那扇子即刻变成了一张铁犁。只见老人挥了一下手，霎时云雾缭绕，电闪雷鸣，地动山摇。佃户们哪见过此等场景，吓得纷纷躲到了大石后边。于是太上老君让青牛拉上犁，爬上了陡峭艰险的大石坡。不一会儿的工夫，大石坡上就出现了一道深深的犁沟。

哪知此时有个道士正在北峰石洞中修炼，他见顿时天色大变，就急忙跑出洞去察看，只见一个须发皆白的老人站在山脚下，而斜坡上一只大青牛正拉着犁开道。青牛就这样一直拉着犁走，直到群仙观才卧下休息。谁知青牛太累了，它刚卧下去就变成了一块儿大石头。道士见此景，恍然大悟，猜到那骑着青牛的白发老人一定是天神太上老君了。再一看那大险坡上，一条新开的犁沟出现在眼前，高兴得不知如何是好。

等到云开雾散去，太上老君已不知去向，佃户们纷纷从大石后面走出来，看到北峰上的那条深深的犁沟，高兴得拍手叫好。很多人跪下来一个劲儿地磕头，感谢天上的神仙帮助他们脱离苦海。再后来，他们听山里的道士说，是天神太上老君帮助他们开的道路，就在群仙观凿了个洞，放上太上老君的神像，逢年过节便去跪拜。而那大石坡上的犁沟，就被人们称为"老君犁沟"了。

现在，人们游华山经过老君犁沟时，还可以看到大险坡上的条条沟痕。而那青牛变成的大石，如今也可以在"群仙观"看到。

莫干山的传说

莫干山位于浙江省北部德清县境内，是天目山的余脉，是国家重点风景名胜区。如今的浙江流传着莫干山的一个古老的传说，它讲的是一个名叫莫干的年轻人为父报仇的故事。

相传在春秋时期，楚国有一对年轻的铁匠夫妇，男的叫作干将，女的叫作莫邪,他们非常恩爱,铸铁的功夫也是一流。当地的人们想要打造一些农具或是宝剑,都是找他们夫妻俩。时间久了,夫妻俩在当地逐渐有名气起来。

楚王是个非常残暴的人,他听说当地有对夫妇造宝剑的功夫一流,就找到他们,让他们铸造一对非常锋利的宝剑,一定要达到削铁如泥的效果,否则就把他们杀死。

夫妻俩不敢怠慢,从此辛苦铸造宝剑,终于用了三年的时间将雌雄两柄宝剑铸成了。之后,夫妻俩在雄的那柄宝剑上刻了"干将"二字,雌的那柄宝剑上刻上了"莫邪"二字,代表两人永不分离。宝剑铸成了,夫妻俩本该即刻将剑交给吴王,但是这时干将犹豫了。干将想,吴王是个暴君,就算他们将两柄宝剑都交给他,他也一定会将他们杀死。如果只将其中一柄剑交出,就说刚刚铸好了一柄剑,兴许吴王还能将他们放回来接着铸造另一柄。再一想,妻子有身孕在身,为了妻子和未出世的孩子着想,自己一个人前去最为合适。于是他把这个想法告诉了妻子,背着"莫邪"剑就出了门。

楚王见干将背着宝剑前来拜见他,非常高兴,立即命下人拿来呈现给他。他接过宝剑,发现剑非常轻盈,而从剑套中拔出定剑的一瞬间,闪出了一道耀眼的亮光。当下朝旁边的铁柱子一挥,果然柱子即刻就断掉了。更为神奇的是,这宝剑还是飞起来,在空中盘旋一阵又落到了楚王手中。楚王心想,这宝剑果然名不虚传,举世无双。如果我将干将杀了,就没有人能再造出这样的宝剑了,我也将天下无人能敌。于是他就派人将干将拉出去砍了头。

干将死后,莫邪把儿子生了下来,给孩子取了个名字叫作莫干,母子两人日子过得非常艰苦。等儿子长大以后, 莫邪就将他们年轻的时候辛苦为楚王铸剑,他的父亲又怎样被杀的事情告诉了孩子,并将"干将"拿出来,让莫干为父亲报仇,杀掉凶狠的楚王。

从此莫干离开母亲,到异地拜师学艺,练就了一身本领。这样过了三年,他觉得时机成熟了,就去了楚国的都城。此时的楚王正在观看宫女们跳舞,莫干闯进王宫,大骂楚王是个昏君暴君,凶狠地将自己的父亲杀害。楚王此时才纳过闷来,立即拔出身边的"莫邪"宝剑向莫干抛去。莫干也不示弱,挥动着手中的"干将"宝剑向楚王砍去。只见,"干将"和"莫邪"宝剑刚刚遇到一起,就立即合为一体,在空中盘旋了一圈又回到了莫干手中。莫干挥舞着宝剑,将凶残的暴君杀掉了。

莫干杀掉楚王后,立即回到家中拜见自己的母亲。哪知母亲由于见不到儿子,以为儿子也丧了命,悲伤过度,在一年前就离开了人世,葬在了山上。莫干为了纪念母亲,就将雌雄合为一体的宝剑和母亲埋在一起。后来这个故事广为流传,人们为了纪念莫干这个孝子,就将那座山叫作"莫干山"了。我们现在去那座山,还能见到"莫干剑池"四个大字,那就是传说当年莫干磨过剑的地方。

榕城的来历

榕城就是现在福建省的省会福州市,因城中榕树繁多而得名。关于"榕城"这个名字的来历,据说和北宋时候的一个太守有关。

传说在北宋的时候,福州有个叫张伯玉的太守,他为官清正廉洁,两袖清风,常常为百姓办好事、办实事,替百姓着想,大家都非常爱戴和拥护他。

据说张伯玉刚刚上任的时候,福州发生了一次百年不遇的洪涝灾害,很多人被洪水冲走了,道路和桥梁被洪水冲垮了,大多数房屋淹没在洪水之中,福州城内一片狼藉。张伯玉不顾个人安危,他亲自带着青壮年小伙子到处救人。房屋被洪水摧毁了,很多人无家可归,他就将大家收留在自己家的大堂里。即使如此,还是有很多人没房子住,只得露宿街头,张伯玉见了难过极了。于是他带领大家搭建了简易房,让大家暂时安定下来。待到洪水退后,他还带领大家重建家园,给那些困难的家庭分发财物,并吩咐各地的县令加固当地的堤坝,以防来年再有洪涝灾害发生。虽然无人能够抵挡住自然灾害的侵袭,但是面临灾难,官员能够挺身而出,帮助大家渡过难关,这是难能可贵的。百姓们私下闲聊时,都称他是天下难得的好官。在张伯玉太守的领导下,人们生活得快乐幸福。

又过了几年，福州又闹起了特大旱灾。天气奇热，大地龟裂，河水干涸，草木不生。田里的庄稼都干死了，颗粒无收，很多家庭都交不起租子，面临着挨饿等死的危机。张伯玉看到这个情况，非常痛心，于是吩咐各地的县令依各自情况减免租税，并给那些没饭吃的家庭分发粮食。他还亲自带领大家到处找寻地下水，解决百姓的用水困难。

有一天，张伯玉又带领一些人前去找水。当他们路过一个村子的时候，看见一个老年人正在种树。张伯玉觉得非常奇怪，眼下正是入秋时节，根本不是种树的好时候，这老农此时种树能够种活吗？于是他禁不住上前询问，"老人家，您为何此时种树呢？"只听老人这样说道："种树也有种树的学问。这棵是榕树，不管何时都能种活。而且这榕树可以防水防旱，种在这种旱涝灾害异常多的地方，再合适不过了。"接着老人还带着他去看之前种的一大片榕树，张伯玉见这些榕树周围，果然就比别的地方更湿润一些。张伯玉见了大长见识，于是他想，要想预防旱涝灾害，除了加固堤坝之外，还应该多种榕树。

后来张伯玉在福州城贴出公告，他让百姓家家都栽种榕树，对于那些种得多种得好的人给予不同程度的奖励。几年下来，福州一带绿树成荫，旱情和涝情都有所改善了。而人们见福州城满是榕树，就将福州称作"榕城"了。

长白山天池的传说

长白山天池坐落在吉林省东南部，是中国和朝鲜的界湖，高踞于长白山主峰白头山之巅，也是我国最深的湖泊，总蓄水量约达二十亿立方米。这里气势恢宏，景色迷人。而关于这个湖泊，还有一个有趣的传说。

相传在远古时代，长白山一带有一个专吃火种的黑怪，它用火斩断了江河的源头，还在每年的七月十五从地里钻出来吐火，毁坏山林和庄稼，附近村子里的人们无法正常生活就纷纷搬走了。

村子里有个叫杜鹃的小姑娘，天性聪明活泼，天不怕地不怕，看到民不聊生，就下定决心要尽自己的力量把妖怪铲除。于是，她去求风神来帮忙，可是风神用力一吹也根本无济于事，反而助长了黑怪的气势。小姑娘有些失望，但是并不气馁，她又找雷公电母来帮忙，企图杀杀妖怪的嚣张气焰。但是任凭雷公电母使尽全身的力气，还是对妖怪束手无策。最后她想到，雨姑娘向来很凶悍，或许能够制服妖怪。但尽管雨姑娘拿出了自己的传家宝贝来对付它，最后还是归于失败。让小姑娘没想到的是，经过几个回合的打斗，黑怪反而更加嚣张，吐火更为频繁了。

妖怪没有被降服，使得方圆几里用水奇缺。小姑娘不忍看到这个情形，想想只有最后一个办法了——去天上求玉帝帮忙。但是杜鹃姑娘也有个疑虑：玉帝事务繁忙，会接见自己么？而且怎样才能飞到天上去呢？正当她一筹莫展的时候，一只小杜鹃飞到了自己的肩膀上，小姑娘灵机一动，就把自己要到天上的想法告诉了杜鹃。转眼的工夫，飞来了一群杜鹃，拉着小姑娘上了天。飞了一天一夜，天庭还是没有踪影，但是杜鹃们都累了，只好停在山上松树的枝子上休息。这时，松树上停着一只老鹰，问清了小姑娘的情况，就自告奋勇的说要驮着小姑娘走。小姑娘高兴极了，它们飞呀飞，飞过了一座座高山和河流，但还是没办法飞到天庭，最后老鹰只好叫来天鹅帮忙。天鹅主要负责传达玉帝的指示，所以对路途相当熟悉。又飞了一天一夜，天鹅终于把小姑娘送到了天庭，但是这时候小姑娘由于体力不支，已经昏死过去了。杜鹃姑娘的真诚感动了玉帝，他等姑娘醒来，赐给她一个千年冰刀，命令天鹅把小姑娘送回了家。

等到七月十五，妖怪又到村子里作恶。等妖怪刚刚从地里冒出头，张大嘴巴要吐火的时候，聪明机智的杜鹃手握冰刀，看好时机，使尽力气朝妖怪的脖子砍了下去，妖怪很快就没有了精神，杜鹃又砍了几刀，妖怪就被冻死了。而且由于妖怪又大又重，在扭动身子的过程中，就在身下的土地上砸下了很大的一个坑。后来，这个地方积满了雨水，就形成了一个天然的大池子。并且，之前妖怪留了很多火种在这个地方，所以池子里的水常年都是热的。玉帝的七个女儿常常变成天鹅在池子里洗澡，后来这个池子就被人称为"天池"了。

趵突泉的传说

趵突泉位于济南市中心，位居济南七十二名泉之首，被誉为"天下第一泉"。是泉城济南的象征与标志。关于趵突泉的来历，当地流传着一个有意思的传说。

相传在很久以前，济南城里有个叫鲍全的年轻人，他善良勤劳，以砍柴打猎为生。虽然家里很穷，但仍常常救济帮助别人。

在一个寒冷的冬天，鲍全的父母得了风寒，因无钱医治便相继去世了。鲍全非常难过，从此痛下决心，要潜心学习医术，救治那些因没钱而看不起病的人。此后他每天都刻苦钻研医书，并师从一个老和尚学习医术。功夫不负有心人，过了两年，鲍全学有所成，救治了许多穷苦的百姓，并且分文不收。几年下来，他的医术越来越高明，在镇子里小有名气。

那时的济南并没有泉水，遇到大旱之年，百姓吃水都成问题，有时只能花钱向外地的运水商购买。这一年又逢大旱，镇子里爆发了瘟疫，穷人无钱治病，吃水也十分困难。鲍全就自己花钱，为穷人们担水煎药，大家都十分感激他。

这一天，鲍全在担水的路途中遇到了一个生病的老人，老人自称无家可归，请求鲍全收留他。鲍全觉得老人可怜，又想起自己过早离世的双亲，就把老人带回家奉养。鲍全非常敬重老人，像待亲生父亲一样对待他，父子俩生活得很和睦。老人看鲍全善良，全心救助得了瘟疫的穷人，并且不收分文，就告诉他说："我听说泰山上有个黑龙潭，潭里的水专治瘟疫，你若能担水回来，百姓的病就能更快根除。"说完，还把自己的拐杖给了鲍全，告诉他兴许路上能用到。

鲍全拿了老人的拐杖上了路。从济南城到泰山上的黑龙潭，路途遥远，鲍全走了三天三夜，历尽千辛万苦，终于走到黑龙潭。刚刚看见潭水，他手里的拐杖就变成了一条小龙，他把鲍全带到了潭底的龙宫。龙王赶忙出来迎接，告诉鲍全，老人就是他的同胞哥哥，因为看到他心地善良，帮助穷人，所以特意乔装打扮，想助他一臂之力。龙王让鲍全稍做休息，便吩咐小龙去拿早为他准备好的白玉壶，壶里的水包治百病，并且永远也喝不完。鲍全很高兴，心想，这样济南城里的穷苦百姓就有救了。

鲍全回到家后，拿出白玉壶，为很多穷人治好了病。但是没过几天，州官就听说了那个神奇的玉壶，想占为己有，便派人去抓鲍全，抢夺玉壶。消息传到了鲍全那里，他就把玉壶提前埋在了院子里，州官只能抓他回来拷问玉壶的下落。但是不管怎样威逼利诱，鲍全就是一个字也不说。无奈之下，州官下令，不能放过鲍全家的每一个墙角，就是掘地三尺也要找到玉壶。公差只能听命，在鲍全的院子里挖了个遍，最后在一个角落找到了玉壶。正当他们试图从地里搬出玉壶的时候，一股大水从地里窜出来，溅起的水花洒满全城，水花落在哪里，哪里便出现一个泉眼，从此济南就成了泉城。后来，人们为了纪念鲍全，就把这眼大泉叫作"宝泉"。日子久了，人们根据泉水往外冒的"咕嘟咕嘟"的响声，就把它改名叫"趵突泉"了。

赵州桥的传说

赵州桥坐落在河北省赵县洨河上，距今已有千余年的历史，是世界上现存最早、保存最完善的古代敞肩石拱桥，常年吸引众多游客前去观看。而人们来到赵州桥都要首先寻觅桥上的"仙迹"，关于这个"仙迹"，是赵州桥的一段最有名的传说。

相传很久以前，洨河的水势很大，每逢夏秋两季的多雨天气，雨水和山泉顺流而下，洨河之水就易形成汹涌的洪流。由于河宽水深浪急，造桥非常困难。河上没有桥，给过往行人的出行带来很大不便。不久，这个消息被著名的工匠师鲁班知道了，他特地远道而来，施展出精湛的造桥技术，很快就造好了这座大石桥。

桥造好的消息轰动了附近的州衙府县，人们都怀着惊喜的心情，争先恐后的前来观看。很快，这件事就传到了仙人张果老的耳朵里。张果老不相信鲁班能有那么大的本领，就邀请柴荣柴王爷一道看个究竟。张果老骑着一头小毛驴，柴王爷推着一辆独轮车，双双赶到了洨河河畔，向桥望去，只见赵州桥犹如长虹饮涧，奇妙无比，俩人不禁暗暗称好。走进桥身，看到鲁班正站在桥头微笑着看过往的行人，张果老就开玩笑地问他："我们过去，这桥能禁得住吗？"鲁班看了他们一眼，发现并无特别之处，十分不以为然地说："这样坚固的石桥，大骡大马、石碾金车都过得去，难道会禁不住你们这样的小驴破车吗？"张果老一听只是摇头一笑，他轻轻跨上小驴，暗中施展法术，在驴背的褡裢里一边放上了太阳，一边放上了月亮。而柴王爷则聚来五岳名山装在车上，两人微笑着一起上了桥头。

刚一上桥，眼瞅着大桥摇动了一下。鲁班一看情况不好，急忙跳到桥下，用手用力托住桥身，这样才使两位仙人顺利通过。两人不由得赞叹道："鲁班造桥果真天下无双，名不虚传。"从此，桥上留下了几处人们津津乐道的"仙迹"：分别是张果老的驴蹄印，柴王爷独轮车的车道印，还有鲁班托桥的手印。

只见两位仙人过了桥之后，立时不见了踪影，鲁班抬头看去，原来二人已经脚踏祥云上了天。此时他心里的疑团也解开了：他们一定是仙人下凡，只怪我有眼不识泰山，口出狂言，险些毁了老百姓很受用的桥梁，眼睛是白长了。他越想越悔恨，就用托桥的手挖下了自己的一只眼珠子，扔在了桥面上，很懊恼的离开了。

让鲁班没有想到的是，他的眼珠子是有仙气的，它掉到地上并没有被污染，而是像一颗珍珠一样闪闪发光。正巧马王爷从桥上经过，发现了像珍珠一样的东西，仔细一看是颗眼珠子，心想，这样的眼珠子一定不同寻常，丢掉怪可惜的，不如安在自己的额头上，如果有人寻找，还给他也很方便。而鲁班丢眼珠子，并没有回去寻找的心思，所以马王爷从此成了三只眼。而赵州桥的传说一直流传至今，人们去参观都要到桥上寻找"仙迹"，而且常常是乐此不疲。

黄鹤楼的传说

黄鹤楼位于湖北省武汉市,是江南三大名楼之一,国家旅游胜地,素有"天下江山第一楼"的美誉。主楼高49米,共五层,攒尖顶,层层飞檐,四望如一。中部大厅的墙上设有大片浮雕,表现的是历代有关黄鹤楼的神话传说;二三四层外有四面回廊,可供游人远眺;最顶层是浕望厅,可在此观赏大江景色。至于这座大楼取名为"黄鹤楼",相传和黄鹤有着密切的关系。

传说在很久以前,黄鹤楼的所在地是一大片荒地,但由于通往山上的必经之路从其一侧穿过,时而有些过往行人,因而也并不荒凉。久而久之,为了方便过往行人歇脚,就有一些客栈和饭馆入驻在此。

有个姓张的人,为人热情善良,在此地开了个茶馆,生意还算过得去,可以勉强维持一家生计。即使这样,碰上来往的穷人给不起茶钱,他就热情的请他们喝茶,时间久了,路过的人们都爱在他的茶馆坐一坐,他的生意同以前相比好了些。

有一天,茶馆里来了个身材魁梧但衣衫褴褛的客人,此人虽然穿着破烂,但是神态从容,眉宇之间有一种别样的气质。张姓人并没有因为对方邋遢的穿着而有所怠慢,而是像招待别的顾客一样问他,"客官,想要点什么?"那人便说:"可以给我一碗茶吗?只是我无钱给你。"张姓人便递上一碗茶,说道:"小事,算我请你的,客官请慢用。"这个人也不谢他,喝完茶便走了。有意思的是,此后的半年里,他常到茶馆里来,总是因没钱而白喝茶,有时张姓人还施舍一些糕点给他,但是张姓人并没有显出任何厌倦的神态。一天,此人又来到馆子里,他对张掌柜说:"我欠了你很多钱,今天来做个偿还吧。"说完便大笔一挥,在墙上画了一只黄鹤,说道:"这只黄鹤可非同一般,只要座上客拍手唱歌,墙上的黄鹤便会随着节拍和歌声翩翩起舞。"接着他又送给张掌柜一只笛子,告诉他,只要轻轻一吹,黄鹤还会从墙上下来跳舞。张掌柜看直了眼,一下子不知是真是假。等到他缓过神来,客人早已不知去向了。如此过了十多年,张掌柜也积累了很多财富,他把茶馆的生意越做越大，还专门扩充了店面，穷人来他的店里喝茶，他还是分文不收，并且热情款待。

张掌柜总想找机会答谢那位客官，只是很多年来根本不见他的踪影，也打听不到他的任何消息。让张掌柜没有想到的是，在一个晴朗的下午，他正在店里打盹，那个客人飘然而至。只是穿戴整齐，根本不是穷人模样。张掌柜以为是自己的幻觉，揉了揉眼睛，发现是真的，就赶紧上前致谢，说道："您有什么要求，我想尽力满足您。"只见客人摇头一笑，回答说："我是为了黄鹤而来。"接着便取出和张掌柜一样的笛子，没多久，只见朵朵白云从天而降，黄鹤随着白云飞出屋子，客人便跨上鹤背，腾空而起，越飞越远了。张掌柜看后才幡然醒悟，一定是仙人来帮助自己的，一定要想法报答才行。想来想去，他决定用十多年来赚下的钱，在旁边的荒地上修建一座大的楼阁，供人们歇脚和观赏附近景色。人们知道张掌柜是因那只黄鹤发了财，便给楼阁取名为"黄鹤楼"了。

五指山的传说

五指山市位于海南岛中南部腹地，是海南省中部少数民族的聚居地，此地群山环抱，周围有茂密的森林。五指山总共由五个山峰组成，位于海南岛的中部，是海南岛的象征。关于"五指山"这个名字的来历，当地流传着动人的传说。

相传在非常遥远的古代，五指山一带根本没有山，而是一片一望无际的、开阔的平原。这平原上住了一对勤劳善良的黎族夫妻，男人叫作阿立，女人叫作邬麦，他们非常恩爱，一共生下了大大小小五个儿子。夫妻俩在家附近开辟了半亩荒地出来，靠种地养活这五个孩子，生活得非常艰苦。虽然这里的土地非常肥沃，但是他们没有像样的生产工具：用木棍代替锄头耕地，用打磨后的石头代替镰刀收割庄稼，而且耕地用的种子都是在野外采集来的。

五个孩子正是长身体的时候，但是家里却没有足够的粮食，夫妻俩常常愁得睡不着觉。这天夜里，阿立又睡不着了，他躺在床上辗转反侧，寻思着怎样才能增加收成，让孩子都能吃饱穿暖呢。他知道该更换一些更先进的生产工具了，但是苦于没有多余的银子，也不知道如何是好。由于白天下地干活太累了，他想着想着就睡着了。

哪知这天夜里，他做了一个很神奇的梦。梦中，一个白胡子白头发的老伯走到他的床前，微笑着对他说："不用发愁，你家茅屋的正前方埋着一把宝锄和一把宝刀。用宝锄来锄地，这半亩地就能长出好庄稼来，不出半年，你家就有足够的粮食吃了；而宝刀的威力更大。用它来收割庄稼，可以不费吹灰之力。要是有人来欺负你，只要拿出宝刀，大喝一声'杀'，那些坏人就会倒地而亡。"

第二天一大早，阿立就把梦说给妻子听。夫妻俩虽然都挺疑惑，但没有别的办法，就想挖着试试看。于是他们按照梦中老伯的指点，动手挖了起来。谁知没挖两下，那宝刀和宝锄就从土里露出来了，夫妻俩高兴极了，即刻跪地磕头，感谢大慈大悲的仙人救助。他们用宝锄锄地，地里的庄稼长得可快了，等到秋天他们收了很多粮食，日子也一天一天好过起来。

阿立的妻子邬麦是个非常漂亮的女子，他家附近的大恶霸觊觎邬麦好久了。这一天，大恶霸见邬麦一人在地里干活，就起了歹心，于是要上前调戏。阿立见了忙从屋子里跑出来，用宝刀喊了一声"杀"，那恶霸的人头就落了地，恶霸的随从吓得纷纷逃走了。从此，人人都知道阿立家有口宝刀，坏人也不敢来欺负他们了。他们一家七口的日子过得非常幸福。

这样过去了很多年。等到他们的儿子都长大成人以后，阿立去世了。他的儿子们依照母亲的意愿，将宝刀作为父亲的陪葬品埋在了父亲的坟里。

又过了一年，平原上来了一群强盗。这些人听说这平原上有把宝刀，威力无穷，就想霸占。于是他们一伙人将阿立的家包围了起来，把邬麦和五个孩子绑起来询问宝刀的下落。邬麦当着强盗的面，对着五个孩子说："那宝刀是专用来杀坏人的，万万不可落到坏人的手里。孩子们死都不能说。"强盗听了非常生气，就将邬麦杀死了。五个孩子纷纷掉了眼泪，但是对于宝刀在哪儿都闭口不谈。于是强盗们对他们施以暴行，经过十天十夜的严刑拷打，五个兄弟依然不肯吐露半点风声，强盗们一生气，就将他们全部杀害了。

五个兄弟的英勇行为感动了栖居在这平原上的小动物们，包括熊、狮子、虎、马蜂、小鸟等，它们从四面八方赶来，将那些强盗们咬死了。随后它们又搬来很多石头和泥土，垒起了五座高高的大山，将五个兄弟埋在了下边。这五座山像五个手指一样，于是人们称它们为五指山。

出云洞的传说

出云洞位于恒山后夫人庙不远处的山腰上，它是山腰石崖上一道深深的裂缝，宽约一尺，长约七尺。若晴日明朗，洞口则寂静无声；若阴雨来临，洞口便游出缕缕白云，引人无限遐思。关于这个洞口，流传着一个有意思的传说。

相传很久以前，太白金星在恒山的山腰上居住修炼。这山腰上有一座石砌的炼丹房，由四个侍童轮流把守和照看。房里有个很大的炼丹炉，炉里炼着的是太白金星的金丹和银丹，它们分别需要九九八十一天和七七四十九天才能炼好，都具有神奇的功效，能使人长生不老，百毒不侵。这四个侍童要不停的往炼丹炉里添柴，让炉子里总有烈火燃烧，所以还有四个侍童要到山上打柴。

这四个烧火的侍童中有个叫青牛的，跟随太白金星多年，成仙的欲望非常强烈。他在炼丹房里表现得非常勤劳，常常帮着其他人劈柴、添柴，大家都非常喜欢他。太白金星看在眼里，自然非常高兴，就让青牛成了炼丹房的主管。

这一天，丹房停火、出炉取丹。青牛当着师傅和大家的面，将丹丸一粒一粒的装进丹葫芦里，正好五十颗，然后盖好盖子交给太上老君。谁知，青牛在装最后一粒丹丸的时候，偷换了一颗小石头进去，而丹丸则自己私藏了。太白金星也没有发觉。

青牛吃了丹丸，只觉身上力气倍增，整日劳碌都无疲惫的感觉。青牛高兴极了，但也怕师傅发现，就装作若无其事，更加卖力的干活。太白金星见了十分满意，告诉他说："等在王母娘娘的生日盛会上献出这些丹丸以后，我将正式教你吟经修炼，助你成仙。"青牛跪在地上连连磕头答谢。

后来青牛做事更加勤恳了。他帮助大家晚上烧火，白天砍柴，总有使不完的力气，大家都非常喜欢他。太白金星对他更是信任有加，已经开始有意的教他一些打坐、诵经的基本功夫。而青牛很聪明，师傅教了一遍的东西就能轻松记下，太白金星非常满意。谁知八十一天过去了，又到了停火取丹的时候。青牛仗着太白金星的信任，又取了一粒仙丹私藏下来。之后他身上的力气更足了，还常偷偷到山上自己修炼，武力大增，已可腾云驾雾。

待到王母娘娘的蟠桃盛会，太白金星带着炼好的仙丹献给娘娘，夸口说起了这仙丹的功效，在会上出尽了风头。王母听了自然十分高兴，顺手打开葫芦倒出一粒，正要往嘴里放，发现是一粒石子，顿时大怒，便质问太白金星怎么回事，众仙见了哈哈大笑。太白金星一看，确实是粒石子，窘得无地自容。仔细一想又好生疑惑，再倒出其他丹丸，发现粒粒是真，再献给王母的时候，王母已拂袖而去。

太白金星遭到众仙人的嘲笑，只得愤愤离去。他想了一路，对于偷丹一事已经猜出了个八九不离十。回到炼丹房，他即刻找人叫来青牛。青牛听说是师傅叫他，知道事情已经暴露，连滚带爬的来到师傅面前，跪地不起。太白金星很生气，长叹一声道："青牛啊，看在你每日勤勤恳恳的份儿上，我放你一条性命。如今你就变成一条青牛吧，往后要诚实悟道，千年后天宫再见。"只见面前的人真的变成了一条青牛，流着后悔的眼泪走了。

再说那剩下的仙丹，王母吃了以后，顿觉神清气爽，想起蟠桃会上冷落太白金星，不禁有点后悔。后来，她派人把太白金星招到天上，专门炼制仙丹。待太白金星走了，那丹房也倒塌了，由于余火长久不灭，仍冒着一些烟云。再后来那丹房处长出了山，只是那火依然不灭。所以当地的老百姓就把它叫作"出云洞"了。

舒姑潭的传说

在安徽省境内的九华山的翠盖峰下,有一泉三潭,名曰"舒姑潭"。这里的潭水非常清澈,每当天气晴朗的夜晚来临,月亮的影子印在潭水里,都能营造出一种如诗如画,清幽迷人的境界。关于这个潭水,当地流传着一个美丽的传说。

相传在汉代的时候,翠盖峰下住着一对舒姓的夫妻。他们靠种地打渔为生,日子过得很舒心。更为难得的是,夫妻俩爱好非常广泛,在闲暇之时,他们喜欢读书吟诗,更长于自弹自唱,生活得非常快活。但是夫妻俩年纪越来越大,却没有生育,时间久了也难免非常寂寞。

不知道是不是老天眷顾,到了中年之时,夫妻俩终于生下了一名女婴,他们高兴极了,给孩子取名叫作"舒姑",对孩子疼爱有加,如视珍宝。

舒姑慢慢长大了,而且越来越聪明伶俐。由于父母的影响,她天生有一副好嗓子,每当她唱起歌,都像一只百灵鸟在婉转幽鸣。并且在父母的熏陶下,她学会了弹琴。琴声一起,附近都会飞来很多小鸟和蝴蝶,落在树枝上、花上,煽动着翅膀,好像在鼓掌一样;水里的鱼儿和小青蛙也会从水中露出头来,它们在水中跳跃,好像在赞颂着琴声的悠扬。附近的乡邻都很喜欢这宛若天仙的孩子,父母高兴极了,更是非常精心的抚养她。

女孩长大了,父母也经常带着她到山中砍柴游玩。说来奇怪,每当她置身在大自然之中时,都觉得非常快乐。当听到泉水叮咚叮咚的清脆响声的时候,她就觉得像是天籁的音乐;当瀑布飞流直下,落入潭水的时候,在她听来就像是鼓手在快乐的击鼓;就连听到小鸟叽叽喳喳的叫声,女孩都觉得非常动听。她常常置身在这些自然美景和天籁的音乐中,不舍得离去。

有一天,舒姑的父母在家种地,舒姑觉得无聊就一人去山中游玩。她来到潭边的岩石上休息,被潭水美丽的样子和周围动听的声音吸引住了,忘记了时间。到了傍晚,夕阳西下,她的父母回到家中,才知道孩子不见了。四处寻找都不见,只得回到家中。后来相邻的老伯告诉他们,傍晚的时候在潭水边看到了他们的女儿，只是老伯怎么叫，孩子都坐着不动，好像在低头沉思。夫妻俩谢过老伯，急忙向潭边赶来。等他们来到潭边，孩子已经不在原地了。

孩子能去哪儿呢？夫妻俩急得到处搜寻，但是一连几日都没有孩子的踪影。夫妻俩无法，想到孩子最喜欢音乐，就带着古琴到溪边弹奏，希望女儿听到他们的歌声和琴声能够现身。谁知刚刚弹奏了一曲，潭里就出现了一条红色的鲤鱼，它在水面上跳来跳去，好像是在向夫妻俩点头示好。不一会儿，它又游到了夫妻俩的身边，眼睛里流着晶莹的泪珠，好像要和他们依依惜别的样子。夫妻俩见鲤鱼的神情，就知道一定是女儿，他们跪在潭边，久久不愿离去。

后来人们为了纪念这个爱好音乐，给人们带来美好希望的姑娘，就在这翠盖峰下建了座舒姑庙。人们说舒姑聪明大方，端庄高洁，一定是天上的仙女所变，她十分喜欢这里，所以变成了鲤鱼的样子，永远留在了她所喜欢的这片山水清泉之中。

黄果树瀑布的传说

黄果树瀑布位于中国贵州省，是中国第一大瀑布，因当地一种常见的植物"黄果树"而得名。黄果树瀑布是一个非常大的瀑布群，一共有雄、奇、险、秀等风格各异的十八个瀑布，一九九九年被评为世界上最大的瀑布群。很有意思的是，当地流传着一个瀑布的动人传说。

相传很多年以前，黄果树瀑布的山腰上住着一对勤劳的夫妇。他们在这座山上住了大半辈子，如今已是六十多岁的年纪了。老夫妇俩无儿无女，靠在屋前屋后种的一百多棵黄果树为生，日子过得很清苦。如今这些树已长得又高又大，围绕在老夫妇的屋子周围。夫妻俩每天对着这些果树和瀑布，安静地度过余下的岁月。

这一年，老夫妇种的树和往年有很大的不同：每棵树开的花都尤其大，而且百里以外都能闻到它们的香味。老夫妇俩非常高兴，想着今年的收成一定多于往年，就计算着在果子成熟后卖了钱，就买些像样的衣服、添些过冬的棉被和吃食。

等到花谢了，老汉就每日都要到树下转转，看果子有没有长出来。但是等了好久，都不见一个黄果。夫妻俩失望极了，终日相对叹气。这日下午，老妇在树下乘凉，不经意地抬头一看，一个很大的黄果挂在枝子上。老妇喜出望外，赶紧叫来老汉，老汉见了也非常高兴，但转念一想，这个黄果结得好奇怪，花没谢多久，怎么就长这么大呢？他又转着树找了半天，却只见这一个黄果，不禁又有些失望。

说来奇怪，过了几天，老汉家里来了一个中年人，说是从几百里以外专门赶来买黄果的。夫妻俩都叹了口气，说道："恐怕要让你失望了。今年收成不好，如今只结了一个黄果。"谁知这个中年人说道："一个也好，我只要这一个黄果就够了。"见老夫妇心生疑惑，中年人接着说："若您诚心卖给我，我可以出二百两银子。"老夫妇惊讶极了，他们一辈子都没见过那么多的钱，以为那中年人在和他们开玩笑。中年人见了，不慌不忙的从口袋里掏出一个五十两的元宝塞到老夫妇手中，说："这五十两银子算做定钱，你们先收下吧。"老夫妇傻了眼，手里拿着沉甸甸的银子，你看我，我看你，不知如何是好。中年人说："再过一百天，我来取黄果。但是在这一百天之内，还请二老帮我看好这黄果，不能出任何意外。"老汉忙点着头，不禁开口问了一句，"这黄果真的值这么多钱吗？"中年人压低声音答道："这黄果是个宝贝，你不要向外人讲，管好即是。"老汉点点头，中年人便走了。

从此以后，老夫妇俩就日夜轮流看管这黄果，他们小心翼翼的察看，生怕它被别人偷走，也怕这山中的鸟儿啄了，所以他们被弄得筋疲力尽，眼看就要支撑不住了。待到第九十九天的正午，从远处的天边飞来一只大鸟，在黄果树上方盘旋。夫妻俩看了很着急，心想，一旦这黄果被鸟吃了，他们这么多天的守卫岂不是前功尽弃了？所以他们就把黄果摘下来了，心想差这半天应该也不要紧。

第二天，那中年人如期到来，只见他手中提着一捆用丝线打成的绳梯，问道:"老人家,那黄果怎么样了?"老夫妇只得将他们提前把果子摘下来的事情说了一遍,中年人叹了口气,说道:"可惜了,不知道有没有足够的力气。"老人听了更加不解了,不禁问道:"这果子有什么用呢?"中年人答道:"对面瀑布的深潭是个大宝盆,里面藏着很多财宝,而这个黄果就是打开深潭的钥匙。不过提前一天把它摘下来,不知道它有没有足够的威力。不过我们可以去试试看。"

说完,三人就来到瀑布下的深潭边,只见中年人将果子往潭中一丢,瀑布的水就静止不动了,潭中水即刻消失,金银珠宝全都现了出来。中年人将梯子绑在潭边的岩石上,立即下去抱了些财宝上来。哪知他爬到一半的时候,随着一声巨响,那瀑布的水倾泻而下,深潭也涨满了水,再一看,那中年人却不知去向了。

老夫妻俩知道这五十两银子也不是他们应得的,就将它丢在深潭里,回家去了。从此人们都听说了这个故事,便将这瀑布称为"黄果树瀑布"了。

天鹅湖的传说

相传很久以前,在黑龙江岸边的卧虎山下住着一对老夫妻。他们有个聪明可爱的女儿,姑娘的名字叫作天鹅,他们一家三口靠打鱼为生,日子过得清闲自在。

天鹅渐渐长大了,由于她聪明貌美,很多年轻的小伙子都来提亲。为此,天鹅提出了三个条件,即一是可以一箭射掉天上的大雁,二是可以一枪扎死卧虎山上的老虎,三是一叉叉住黑龙江里的大鳇鱼。可是这三个条件太难实现了,令很多青年都望而却步。

这一天,天鹅上山去打猎。走到半山腰的时候,她看到一个身材高大的英俊青年,他身上背着一只弓,手里拿着扎枪,英武极了。正在这时,一只老鹰从天上飞过,说时迟那时快,只听"嗖"的一声,青年就将老鹰射了下来。天鹅见了不禁拍手称赞。

青年见是个漂亮姑娘，脸渐渐红了起来，忙说："区区小事，姑娘过奖。"天鹅趁机说："你知道这山上有只老虎吗？它吃了好多人，但大家都拿它没有办法。不知道你是否有胆将它制服？"青年一听忙说："有这等事？我倒是愿意一试。"于是天鹅带着青年来到卧虎山的老虎洞，恰巧见猛虎正出洞来到处走动。老虎一见是人，就大吼了几声，向他们扑来。正在这时，青年举起手中的扎枪，猛地向老虎扎去。谁知这一扎正穿过老虎的心脏，老虎登时倒地死了。

天鹅见青年这么英武，就一下子喜欢上了他，于是她请青年到家里做客。途中他们经过一条河，天鹅又说："听说这水里有条大鲤鱼，你愿意替我将它抓来吗？"青年点头说："愿意效劳。"于是他们在船上等了一会儿，果然一条大鲤鱼游过来了。青年顺手抓起船上的鱼叉，猛地向鲤鱼叉去。鲤鱼扑腾了一阵儿，就死在了水面上。天鹅高兴极了，于是羞怯的将自己提亲的三个条件告诉了青年。哪知青年见天鹅十分貌美开朗，也深深的喜欢上了她。两人一路说说笑笑，兴趣十分相投。天鹅回去将此事告诉了父母，两个老人听说小伙子如此神勇，十分愿意将女儿许配给他，而且约定在秋天的时候给两个孩子办喜事。

天鹅这天到江边打鱼，不巧和这江边的恶霸走了个照面。恶霸见天鹅生得很好看，就想娶她为妾，于是这天的晚上他就派人到天鹅家里抢人。天鹅的父母为了保护女儿，被恶霸的手下打成了重伤，天鹅不想连累父母，就跟恶霸走了。

青年听说了这个消息，立即跑到了恶霸家。他将恶霸的仓库一把火点着后，趁着天黑和混乱，就将天鹅救了出来。青年和天鹅虽然一路小跑，但还是没有逃过恶霸的魔掌。恶霸见天鹅不见了，就派人四处搜寻，最后他的手下在湖边找到了天鹅。他们将天鹅和青年团团围住，不给他们任何逃跑的机会。眼见一帮恶人要上来将他们逮住，于是天鹅和青年紧紧抱在一起，跳到湖水里去了。不一会儿，人们看到两只天鹅从湖中飞出来，它们在天空中盘旋了一会儿，后来就自由地飞走了。此后人们就将此湖称作"天鹅湖"了。

风物溯源

麻布之母西荫氏

相传古时候,人们没有衣服可穿。天冷之后,人们就用树叶或是兽皮遮风避雨。黄帝的老婆西荫氏看了之后,心里很不好受,于是她决定想办法来解决百姓的穿衣之事。但是该怎么办呢?西荫氏为了这茶不思饭不想,夜不能寐。

有一天晚上,西荫氏做了一个梦。梦中一个白发须眉的老人走到她面前,说了这样的话:"难为你日夜为百姓的穿衣问题着想,这崂山东海的扶桑山上有个扶桑大仙,你去找他想想办法吧。"西荫氏醒来之后,觉得这个梦很是稀奇,于是决定到扶桑山探个究竟。

西荫氏带了些盘缠,只身一人朝着东海走去。她翻山越岭,跨沟过河,走了很多很多天,终于来到东海边上。只见眼前是一片一望无际的大海,却不见扶桑山的踪影。这一路西荫氏受了不少苦,如今却找不到扶桑山,不禁急得大哭起来。她一边哭,一边喊道:"海神啊,快让我过海,找到扶桑山吧。"她的话音刚落,只听"嗖"的一声,从海面上飞来一只大雕,它飞到西荫氏的面前,对她说:"上来吧,我帮你找扶桑山。"西荫氏听了立即转啼为笑,她谢过大雕,就爬到了它的背上。待她坐稳后,大雕"嗖"的一声窜上了天空,西荫氏一害怕就闭紧了双眼。等她睁开眼睛的时候,大雕已经落了地,她下来一看，果然前头有座大山，但是却不见一间屋子，而且四下连个人影都没有。她正想问问大雕这是什么地方，后头一看，大雕也没了踪影，只把她一人留在了这荒山野岭。

没有别的办法，西荫氏就上山去了。她在这山上找了个遍，就是不见一间屋子，也不见一个人。她走啊走的就走累了，于是见天还早，就决定找个阴凉的地方歇歇脚。她刚坐下，忽然发现大树的正前方有个山洞，因为好奇，她决定到山洞里看个究竟。

刚进洞口，她就看见两个白发须眉的老人正在下棋。老人见来了个女人，于是叫道："你是什么人，此地不准女人来，你赶快走吧。"西荫氏也不害怕，她恭敬地说道："两位老仙人，我是来找扶桑大仙的，我想求他帮我找给人们做衣服用的东西。"另一个老人忽然说："这里哪有什么仙人。我这山上就有桑树和桑蚕，你老远来一趟，就送你些桑子和蚕子吧。"说完他就从塌下拿出两包东西递给了西荫氏。

正当西荫氏拆开包，查看东西的时候，两位老人也不见了。西荫氏着急死了，她想自己跋山涉水的好不容易来到这，就得到这两包东西怎么回去交代呢！于是她不禁掉下了眼泪。正在这时，大雕又出现了，它来到西荫氏面前说："别哭了，你刚才遇到的就是扶桑大仙了。你把他给的桑子种到地里，待到来年就会长出桑树来，把蚕子放到树上，它就会变成蚕虫，蚕吃了桑叶就能吐出蚕丝来。这蚕丝就能做衣裳了。"西荫氏听了这话才恍然大悟，她连忙跪在洞口磕了几个头，随后跟着大雕走了。

可惜的是，那个纸包漏了个小口。等到大雕把西荫氏送回家，纸包里只剩下了几粒种子。西荫氏一看，顿时慌了神。大雕忙安慰说："还有种子就不用愁。你把它们种到山上去，几年后照样可以长出一大片桑树来。到那时，再给人们做衣裳也不迟。"西荫氏听了，忙派人把桑子种上了。果然过了几年，山上长出了一大片桑树。后来西荫氏又教人们抽丝织布，从此人们就有了衣服穿。

蚕花娘娘

杭州嘉湖一带的养蚕人家,在蚕三眠的时候都会吃一种米粉小汤圆,据说这和蚕花娘娘有关。

很久以前,杭州嘉湖一带有户人家,家中的女主人因病早早的去世了,而这家的男人为了赚大钱就到远方做生意去了,只留下他们的女儿和家中的一匹白马。

这小姑娘非常想念父亲,整天都盼望父亲归来。但是一年又一年过去了,小姑娘盼了好久好久,她的父亲却连个音信都没有。小姑娘也没有别的玩伴,她有时孤独得没有办法就和白马说话,日子久了,白马就成了小姑娘很好的朋友,她有什么话都和白马说,而且以为她的行为不会被别人知道。这一天,她又想念她的父亲了,于是摸着白马的耳朵开玩笑说:"白马啊,我想念我的父亲了,不知道他在什么地方,怎么样了。如果你能接他回家,我就嫁给你吧。"小姑娘说完这话就抿着嘴笑了。

哪知奇怪的一幕发生了。白马好像听懂小姑娘说的话了似的,它忽然朝天呼啸一声,猛的向旁边一扯,挣开缰绳,飞奔出家门跑走了。小姑娘很是奇怪,她着急的试图叫回白马,但是白马早就跑没了影,只留下小姑娘一人,孤孤单单地守在家里。

再说小姑娘的父亲,他在千里之外的地方做生意。这天他忽然见家中的白马朝自己飞奔而来,当下心里一惊。只见白马飞跑到自己跟前,咬住他的衣襟就将他拽出了商铺。见白马这个样子,小姑娘的父亲着急了,他想,不会是孩子出了什么事儿,或是家里出了什么问题吧?想着想着他被吓出了一身冷汗,商铺也没顾得打点,就骑上马回家去了。

三天之后,小姑娘的父亲骑着白马回到了家。女儿见父亲真的出现在门口,高兴得迎了上来,抱着父亲就不肯松开。父亲见孩子挺好,家里的一切也都好,于是大松了一口气。问了孩子才知,孩子是太想他了,于是父亲就决定在家多住些日子。

住了几日，父亲发现这白马好像变了脾性。它见到自己的孩子就大声的嘶鸣，并好像要挣脱缰绳跑到她身边似的。一旦由孩子牵着这马走，这马就腻歪在孩子身边不肯离去。再看孩子，好像刻意躲着这马似的，应该有什么难言之隐。之后，父亲悄悄的将女儿拉到一边，问女儿到底出了什么状况？孩子就红着脸将和白马开玩笑的话说了。

这人和马是不能结为夫妻的，这事要是传出去，肯定会被笑掉大牙的。孩子的父亲想着想着就发了愁。这样想了三天，父亲终于下了个大决定，干脆将白马杀掉，这样就不至于让孩子为难了。

这一天，他将孩子支出了家门，然后将白马杀掉了。杀掉马后，父亲将白马的皮剥了下来，想将它在衣杆上晾干后再卖掉，心想一定能卖个好价钱。之后，父亲就出家门办事去了。

这小姑娘回到家中，见白马的皮晾在杆子上，于是走上前去观看。哪知一眨眼的工夫，院子里刮起了一阵大风，马皮竟从杆子上滑下来将姑娘裹住了。还不等姑娘大叫一声，马皮就卷着姑娘出门去了。

后来这孩子的父亲回到家中，见杆子上的马皮不见了，自己女儿的一只鞋落在了院子里，就知道发生了意外。他在村中找了三天三夜，终于在树林中找到了女儿。只见女儿被马皮包起来了，手和脚都被包在里边，头却是马头模样。她嘴里一直在嚼着一种叶子，吃饱后，又吐出细丝将自己包裹起来。从此，这平原上又多了一种动物，这就是我们现在所说的蚕，而那"马头姑娘"就被奉为养蚕业的祖师了。

蝶仙赠端砚

相传古时候端州城附近的山村里住着个穷秀才。秀才的名字叫作阿端，他为人良善，爱帮助人。阿端的父母早早的离世了，只给他留下一间茅草屋，所以尽管他现年已经三十岁了，但仍然娶不起亲。可喜的是，阿端对穷富也不大计较，只要手里有书他就什么都忘了，一两顿饭吃不上他也无所谓。他身上总拿着书，还常常旁若无人的诵读，人们都称他为"书痴"。

不知从何时起，阿端每次去山上看书，都会有一只团扇大的彩蝶绕着他飞舞。这彩蝶有时静静的落在他的肩上不动，有时却落在他书上和他逗着玩。阿端读书有彩蝶的陪伴也别有一番乐趣。

这一天，阿端又抱着几本书上山了。他边走边看，还摇头晃脑的诵读，早就忘记自己走的是山路了。他走啊走的，忽然觉得脚下一空，身子跟着往下一沉，就掉下去了。也不知何时，阿端醒来，发现自己躺在一堆茅草上，再往四周一看，才知道自己掉进了一个深深的山谷里。

待阿端缓过神儿来，才发现这个山谷的美丽：石壁上的石头是五颜六色的，壁顶上还攀爬着碧绿碧绿的藤蔓，上面开着颜色鲜艳的花朵，它们不时传来阵阵清香，让人心旷神怡。最重要的是，这山谷中还有彩蝶飞来飞去，给人如痴如醉的感觉。正当阿端沉醉在这一切之中的时候，忽然一阵痴痴的笑声从背后传来，他一转头，发现一个貌若天仙、身着彩裙的姑娘向他走来。阿端不禁看呆了，姑娘捂嘴一笑，他才给姑娘作了个揖，说明自己来这里的原因。之后姑娘给他准备了饭菜，阿端也不好客气，就和姑娘坐下来边吃边聊。谁知两人越聊越高兴并渐渐喜欢上了对方，之后他们就拜了天地，结为夫妻。原来这姑娘是彩蝶仙子，名叫蝶儿。她见阿端视书如命，就喜欢上了他，并常常化作蝴蝶伴在他身边，而阿端掉到这山谷中也是蝶儿安排的。

阿端和蝶儿结为夫妻之后，仍然对书爱不释手。他看书看得废寝忘食，不经意就冷落了蝶儿。这一天，蝶儿垂着泪对着他，他心疼极了，就将蝶儿抱在怀里问："蝶儿，你为什么如此伤心？"蝶儿抹着泪说："你整天只顾读书，把我冷落在一旁，这样的夫妻怎么能做长久呢！"阿端一着急把蝶儿抱得更紧了，说道："蝶儿放心，以后我不再读书，天天陪你聊天，我们恩恩爱爱，白头偕老！"蝶儿见他如此诚心，就化啼为笑了。

可这种说说笑笑的日子没过多久，阿端又捧起自己的书，读得摇头晃脑、不亦乐乎了。蝶儿见了更伤心了，她一气之下就把阿端的书藏起来了。阿端见不着书，整天闷闷不乐，茶不思饭不想，几天之后就得病了。蝶儿四处采草药给他治病，却不见疗效。

这一天，蝶儿采药回来，听到洞穴里又传出了郎朗地读书声，进去一看，发现阿端找到了那些书，他的病也好得差不多了。蝶儿看到这个情况，只好叹了口气说道："阿端既然你放不下书，我们的夫妻也做不成了。今日就做个了结吧。"阿端听了，不禁默默的流下眼泪来。之后蝶儿从石壁上挖下一块书本大的石头，又从头上拔下一支珠钗，送给阿端说："今日一别我们将永不相见。这石头送给你，你拿来做砚台，可以写出好文章。这珠钗就用作路费，你上京赶考去吧。"说完，她解下身上的丝带，向山上轻轻一抛，那丝带登时化成一座大石桥。在阿端看直了眼的时候，蝶儿化作一只彩蝶轻轻飞走了。

后来，阿端卖掉珠钗上京赶考去了。那时正值严冬，考场里虽然也设有火盆，但依然赶不走严寒，考生们只有不停的磨墨蘸笔才能防止墨汁冻住。而阿端的砚台凹处却墨汁盈盈，阿端也不用磨墨，只见他奋笔疾书写个不停，纸上还散发出一阵阵清香。这一幕被监考官看在眼里，他喜欢极了，等考完试就将砚台呈现给了皇上。皇上一看果然与众不同，于是将这砚台命名为"端砚"了。

狐皮帽子的由来

传说很久以前，村子里有个叫艾木台克的人，他家里很穷，最值钱的东西要数院子里那棵石榴树了。所以待石榴熟透之前，他会将树当成宝贝一样照看，昼夜不分的守着它，免得果实被别人偷走。

这年的秋天，石榴树上果实累累。在它们熟透之前，艾木台克又照常守在石榴树下。有一天晚上，他困得不成就打了个盹儿，等他醒来的时候，发现树上的石榴少了许多，一时懊悔不已。于是在第二天的晚上，他坐在树下假装睡着，想看看偷石榴的人到底是谁。不一会儿墙头上就有了动静，他抬眼一看，原来是只狐狸。只见那狐狸从墙头上跳下来，然后蹑手蹑脚的走到了石榴树前，悄悄地爬上树。这时艾木台克突然从地上跳下来，他伸手一抓就抓住了狐狸尾巴，生气地说道："敢偷我的石榴，看我不好好教训教训你！"狐狸试图逃脱，但是艾木台克抓得太紧了，它只好苦苦哀求道："艾木台克国王，你只要饶了我的命，我就给你找个公主做老婆。"艾木台克知道狐狸在奉承他，所以不以为然地说："我这么穷，哪有公主肯嫁给我？看我不打死你！"狐狸说道："国王手下留情，你给我三天时间，我是真有办法。"艾木台克将信将疑，但还是把狐狸给放了。

这一天，狐狸跑到老国王那里说："国王陛下，我奉艾木台克国王的差遣前来借个筛子。我们国王的玛瑙沾了土，说只有您的筛子有筛玛瑙的功效，所以想借来一用。"老国王根本就没听说过艾木台克，但又怕是什么强国，对自己有威胁，于是就犹犹豫豫地答应了。过了几天，狐狸来还筛子。它拿着筛子来到老国王面前，一面感谢，一面装作不小心的样子将筛子掉到了地上，只见从筛子中掉出几颗珍珠宝石，国王的臣子见了都跑去抢夺。原来这宝石是狐狸存心放在上面的，它开口说道："我们艾木台克国王有的是珍珠玛瑙，国王喜欢我拿一些来就是了。"老国王见艾木台克国王出手这么阔绰，于是向狐狸说道："我有个女儿，如果能和艾木台克国王结婚将是我们的荣幸。请你回去禀告一声，看国王是否同意。"狐狸见事情办得这么顺利，就故作镇定的答应了。

几天后狐狸和艾木台克来到老国王城外的护城河前，狐狸让艾木台克跳到河里，只露个头，然后跑到老国王面前说："我们的国王带着四十头骆驼和四十箱珠宝前来提亲了。但是过河的时候，由于水太急，骆驼和珠宝都被冲走了，国王也险些丧命。现在城外候着。"国王听带着那么多东西前来娶亲，心中非常高兴，他派人拿着华丽的衣服去接艾木台克。之后艾木台克和公主结了婚，他们在老国王的城里举行了盛大的婚礼。

过了些日子，老国王派人护送公主和艾木台克回家。艾木台克发了愁，而狐狸又有了新的主意，它急忙跑到了队伍的最前边，说要给大家带路。不一会儿，狐狸就跑出了老远，跑着跑着碰到一群骆驼。狐狸抓住放骆驼的人就说:"后边来了土匪,你赶紧跑吧。"放骆驼的人一看,可不是,后边传来一阵马蹄声,而且尘土已经漫天飞扬了,于是他连忙央求狐狸说:"你给想个办法吧,这可怎么办呢?"狐狸说:"这样好了,如果他们问你骆驼是谁的,你就说是艾木台克国王的,这样他们就不会杀你了。"后来老国王的大臣一听是艾木台克的,都以为公主嫁了个非常有钱的人。

后来狐狸一口气跑到魔王的宫中,用计将魔王杀掉了,让公主和艾木台克住在魔王的宫中。这一天,狐狸问艾木台克:"我帮了你这么大的忙,你该怎么谢我?"艾木台克随口说道:"你死了,我就将你顶在头上。"几天后,狐狸就躺在院子里装死。艾木台克见了大喜,于是派人将它扔出门去。谁知狐狸立刻出现在艾木台克的面前,他一惊,只好向狐狸赔罪。再后来狐狸真的死了,艾木台克不敢怠慢,就真的将狐狸顶在头上。大家看了,以为是一种新的穿戴方法,于是纷纷效仿之。这就是狐皮帽子的由来。

马头琴的传说

传说马头琴最早是由察哈尔草原上的一个小牧童做成的。这个小牧童名叫苏和,由奶奶抚养成人,祖孙俩靠放二十头羊过日子。苏和长到十七岁的时候,他非凡的歌唱本领就显露出来了,邻人们都喜欢听他唱歌。

这天晚上,苏和放羊回来得很晚,哪知他在路上捡到一只刚出生的小马驹。苏和等了一会儿,见没人回来找它,又怕它天黑以后被狼吃掉,于是将它抱回了家。日子过得很快,小马驹渐渐长成了一匹漂亮的白马,苏和爱得不得了。

一天夜里,苏和突然被一阵急促的马嘶声惊醒。他急忙趴到窗户上一看,只见一只大灰狼被白马挡在了羊圈外边。苏和赶紧出门,射箭杀死了大灰狼。再看白马大汗淋漓的样子,一定是与狼相持了很久的结果。苏和感激极了,从此之后,他和白马一刻也不愿分开了。

又到了一年的春天,草原上传来这样一个消息,说王爷要举行赛马大会,谁得了第一名，他就把女儿嫁给谁。苏和也听说了这个消息，他在朋友的鼓动下就带着白马去参加比赛了。小白马非常争气，它奋力狂奔，跑到了最前边，取得了第一名的好成绩。到了王爷该履行诺言的时候，他见苏和是个没有钱的牧民，就反悔地说："这马不错，我给你三个大元宝，你将马留下，就赶快回家去吧。"苏和听了非常生气，他不假思索地说："我是来赛马的，不是来卖马的！"王爷一听顿时十分恼火，说道："大胆刁民，敢和本王爷这么说话，快来人啊，给我拉出去打上四十大板。"王爷话音刚落，手下就将苏和拉了出去。

苏和被打得昏死了过去。经过奶奶和朋友们几天的精心照料，他渐渐好转起来。但是他非常想念白马，常常皱着眉头，后悔自己去赛马。

这一天，随着一阵马嘶叫的声音，小白马跑进了苏和的院子。苏和慌忙跑出来，只见白马中了七八支利箭，身上血迹斑斑。苏和伤心得直掉眼泪，他轻轻的抚摸着白马，强忍住心中的酸痛，拔掉了马身上的箭，随即鲜血从伤口处喷了出来。没过几天，马因伤势过重就死去了。

原来事情的经过是这个样子的。王爷因得到了一匹好马而四处夸耀。这日，他将亲朋好友请来，准备让大家一睹白马的风采。哪知他刚跨上马背，还没坐稳，白马猛地一跑，王爷就从马背上摔了下来，之后白马就疯狂的跑走了。王爷一气之下，命令箭手将马射死。一声令下，数十支箭一齐射向白马。白马虽然身中几箭，但还是强忍着跑回了家。

白马的死让苏和夜不能寐。这天夜里，他梦到白马活过来了，它走到苏和的身边，轻轻地说："主人，我不想离开你。你将我身上的筋骨取下做一只琴吧，我可以为你解除寂寞。"苏和醒来之后，就按照白马的话，将它的骨头、筋和尾巴做成了一只琴。从此草原上就响起了苏和拉琴的声音。

鲈鱼和莼菜的传说

相传很久以前，在太湖的光福安村里有个叫作阿彩的漂亮姑娘。她家中有年迈的父母，一家人靠捕鱼为生，日子过得还算平静。这姑娘心灵手巧，非常招人喜欢，临近村子里的小伙子听说附近有一位这样难得的姑娘，就都上门来提亲。哪知姑娘非常孝顺，她舍不得丢下年迈的父母，于是一一回绝了那些亲事。

这一年的冬天天气非常寒冷，人人都躲在屋子里取暖，没人愿意出海。而阿彩的母亲得了重病，急需拿钱买药，但是家里用钱非常紧张，根本没钱来买药了。阿彩不忍见母亲痛苦的样子，于是瞒过父母，悄悄的将小船划进太湖捕鱼去了。哪知太湖上更是风大浪急，阿彩几次撒网下去都捕不着鱼，她急得哭了起来。忽然一阵大浪打来，阿彩一个不小心就被卷进湖里去了。阿彩在大浪中拼命挣扎，拼命喊叫，但是会有人听到吗？这么冷的天人都躲在屋子里，有人会出来吗？阿彩想着想着就灰心了。正当她快支撑不住的时候，忽然从远处划来一只渔船，船上站着一个英俊的小伙子。他听见有人在呼救，就不顾一切的跳入湖中，将人救上了船。原来这小伙子名叫阿庆，自小是个孤儿，独自居住在这湖边的小岛上。这天他正在家里取暖，忽然听见湖面上有人呼喊的声音，于是划上船看个究竟。

再说这小伙子将人救上船来，仔细一看发现姑娘貌若天仙，十分招人疼爱。而阿彩醒来之后，见小伙子善良诚恳，十分感激。他们互望着对方，渐渐地喜欢上了对方。之后，小伙子就到阿彩家求婚去了。两位老人知道来人是阿彩的救命恩人，又见他善良诚恳，就一口答应了他们的婚事。于是两人商量着等到冬去春来的时候就完婚。

太湖附近有个恶霸，名叫老黑鱼。他听说朝廷近日张贴布告，要招漂亮姑娘进宫。凡是选送美女的人都会得到很多的赏钱。于是一连几日他都在太湖溜达，希望可以尽早的发现目标。

这一天，老黑鱼路过阿彩家门口，恰巧和阿彩走了个照面。老黑鱼一见阿彩，心中大喜，心想这下发财机会可到了。几日后的一天早晨，老黑鱼带着一队官兵来到阿彩家，不由分说将她抢走了。阿彩哭得昏天暗地，拼命挣扎，但是无济于事。等阿庆赶到，老黑鱼一伙儿已经跑得没了踪影。

阿庆拿上鱼叉，立马跑到太湖上，登上小船，不顾一切的追去。他把小船划得飞快，不一会儿就赶到了靠近要道的芦苇荡里，他刚将船靠定，就看到官兵带着阿彩过来了。阿庆迅速地从芦苇荡里跳出来，他向官兵挥动着鱼叉，把官兵打了个措手不及。趁官兵们都没缓过神来，阿庆一把抢过阿彩，跳到芦苇荡里的小船上，然后奋力划动小船逃走了。

等官兵们回过神儿来，阿庆已经将小船划出了老远。这时老黑鱼着急了，他怕丢了阿彩得不到赏钱，弄不好还要被皇上治罪，于是他逼着湖上的众多渔船一齐追赶小船。追赶小船的人很多，不一会儿就将阿庆阿彩包围起来了。他俩见无法脱身，只好拥抱在一起，一齐跳进了湖里。

几天以后，人们发现湖里出现了许多的鲈鱼和莼菜。这些鲈鱼快活的游在莼菜的周围。据当地的人们说，这些鲈鱼和莼菜就是阿彩和阿庆变的。

过桥米线的传说

提起云南菜，人们一定会在第一时间想到过桥米线。的确，作为云南最著名的一道小吃，它可谓遐迩闻名。这道菜源于滇南的蒙自，关于它的产生还有一个动人的传说。

在古代，蒙自县城的南湖风景优美。有位姓杨的秀才为了躲避迎来送往的应酬，便独居于湖心小岛攻读诗书，由妻子每日做好了饭菜给他送去。

秀才读书刻苦，往往忘记了吃饭，因而吃冷饭凉菜是常有的事，身体渐渐消瘦下来。妻子看在眼里，疼在心里。

有一天，秀才妻子把家中的母鸡杀了，用砂锅炖熟，给他送去。可等她再去收碗筷时，看见送去的食物原封未动，丈夫仍在那里如痴如醉地看书。

贤惠的妻子准备把饭菜取回去重新加热，当她拿砂锅时却发现还烫乎乎的，揭开盖子，只见汤表面覆盖着一层厚厚的鸡油，加之陶土器皿传热不佳，把热量封存在了汤内。

妻子由此受到启发，以后常用此法保温，另将一些米、蔬菜、肉片放在热鸡汤中烫熟，趁热给丈夫食用。在妻子的细心照顾和鼓励下，丈夫终于考上了状元，一时传为美谈。

后来人们都仿效她的烹调方法，做出来的米线确实鲜美可口。由于这位贤惠的妻子送米线时要经过小桥，这种米线就被称为"过桥米线"，又因秀才后来考中了状元，也一度被叫作"状元米线"。

陆稿荐的来历

相传在苏州的临顿路上，有对陆姓夫妻，他们以经营肉店为生。由于店面很不起眼，他们的生意并不很好，有时候一天也赚不到钱，日子过得很是清贫。

这一天是四月十四，正是神仙吕洞宾的生日。陆老板清早起来，打开店门，发现门口有个老乞丐躺在稿荐（草席）上。他紧闭双眼，看着浑身虚弱无力，好像是饿成这个样子的。陆老板二话不说，立即就把老人搀扶到了屋子里。老板娘看到丈夫把个脏兮兮的老头子请到家里，非常不快，说了句风凉话："如今这年月，我们的生意这么差，都没有收入。你还有心请老神仙来啊，叫我怎么伺候！"老板娘的话虽然这么说了，但是她刀子嘴豆腐心，还是从屋子里端出了一碗热腾腾的粥和两个刚做好的馍放到老人手里。陆老板见了高兴地笑了，只听老板娘继续说道："别嬉皮笑脸，家里的柴没了没法做生意，赶紧去买些柴来。"陆老板听了赶紧陪着笑出门去了。再说那老乞丐，吃饱喝足之后，连声谢谢也没说，就离开了陆老板的店。但是走的时候，不知是有意还是无意，他将垫在身下的稿荐落在了陆老板的店里。老板娘也没在意。

这时陆老板走在大街上，他忽然被一阵扑鼻的香味吸引住了。仔细寻找，发现那是从一家药材店里散发出来的。陆老板非常好奇，就问店小二："这晒在外边的什么药材啊？"店小二回答说："这叫香料，可以食用"。这时陆老板的脑袋里突然闪现出一个念头：何不将香料放在煮肉的锅里呢？或许能达到不同的效果。于是他用全部的钱买了香料，把买柴的事儿忘得一干二净了。

老板娘见丈夫没有把柴带回来，非常的生气，就一个劲的数落丈夫。哪知丈夫根本不在意，而是赶忙将一包香料放进了煮肉的锅里。但是没有柴也没办法烧火啊！于是夫妻俩将店里的几把破椅子劈了当柴烧。但是这样烧了半日，灶里的火也不见起来。这时陆老板发了愁。说来也巧，他一转眼，忽然发现地上乞丐落下的稿薦，于是顺手将它抛进灶里，火顿时就起来了，肉香飘满了大街小巷。

这香味吸引了不少人前来买肉，陆老板的生意空前的好，仅半个时辰就赚到了以往一个月才能赚到的银钱。这时有个和陆老板相熟的人问："陆老板，今天的肉怎么格外香啊？"哪知老板娘抢着说："都是半张稿薦的功劳，就像借了神火似的。"于是就详细的将碰到乞丐，又烧了稿薦的事讲给人听。

店里的人听了就七嘴八舌的议论起来。忽然有人说，今天是四月十四，正是神仙吕洞宾的生日呢，那乞丐说不好是仙人下凡来的。有的人就连连点头称是。这时有个穷书生，由于没钱买肉，馋得口水都流出来了。他见大家在讨论吕洞宾，心想机会来了。于是他向老板娘问道："老板娘还记不记得乞丐的样子呢？"老板娘答道："这倒没有留心，只记得他拿了一对破钵子，口对口的放在身旁。"书生做出吃惊的样子说："口对口，岂不是一个吕字！想必那一定是吕洞宾了，神仙下凡啊，怪不得他的稿薦烧出来的肉这么香！"老板娘顿时恍然大悟，忙跪在地上磕头。穷书生接着说："恭喜陆家得到神仙的青睐，今天这肉应该让我们尝尝，都沾沾神仙的仙气啊！"这话说得老板娘非常高兴，于是她把余下的肉分给大家，穷书生当然得到了最大的一块儿。从此以后，陆老板的生意越做越好，他为了感谢那个乞丐和那张稿薦，就将店的名字取为"陆稿薦"了。

年的来历

相传在很久以前，中原有种叫作"年"的怪兽。它长相十分凶狠，头顶触角，四肢非常庞大。这怪兽长年居住在海底，只有到十二月三十的晚上才爬上岸来。但是它爬上岸后就尽显凶相，胡作非为，吞食人和牲畜。因此每到十二月三十这一天，村子里的青壮年就带着家里的老老幼幼逃往深山，以躲避"年"兽的伤害。虽然大家知道这样躲避也不是办法，但是他们势单力薄，根本没有好的办法。

日子过得很快，好像转眼间又到了十二月的月底，村子里的人们一大早就封上窗，锁好门，收拾行装，牵着牛羊等牲畜，赶往深山去了。这时有个白发须眉的老人来到了这个村子，他见村子里一片狼藉，恐慌的气氛很浓，人们都向着大山方向跑，于是非常不解的抓着一个人问了起来，那人叫老人赶紧走，说这里会有怪兽出现的，说完就跑掉了。老人没问清到底怎么回事儿，正一脸不解，这时有位好心的老婆婆走到老人跟前，跟他说明了事情的缘由，并给了他一些物事，叫他赶快上山去躲避"年"兽的侵袭。那老人听后并不恐慌，而是捋着胡须笑了笑说："婆婆莫担心，你若让我在你家住一夜，我定会将这年兽赶跑。"老婆婆以为老人在说笑，定睛看了看老人。只见他虽然个子矮小，但是气宇非凡，精气神儿十足，老婆婆继续说道："那怪兽很厉害，你还是逃走的好啊。"谁知老人只是笑而不语。老婆婆见说不动他，只好安顿好老人，自个儿上山去了。

到了半夜，"年"兽从海里爬出来闯进村子。它刚进村子就感觉到了与往常不同的气氛，仔细一查看，才知：村东头老婆婆的家门口贴着大红纸，屋子里灯火通明。"年"兽愤怒极了，它只觉浑身发冷，不禁抖了一下，接着它就想进到婆婆的家里看个究竟。谁知刚走进门口，就听见院子里突然传来"噼噼啪啪"的爆炸声，"年"不禁浑身战栗，再也不敢上前了。原来，这"年"兽最怕光亮、红色和爆炸声。这时，老婆婆家的门打开了，只见院子里走出一个身穿红色道袍的老人，他冲着"年"兽哈哈大笑。"年"吓得脸都绿了，非常狼狈的逃跑了。原来这老人是天上的神仙，他本是来人间四处云游的，哪知遇到了这样的事，于是他为了让人们过上更加祥和平安的日子，就决心除掉怪兽。此时他除掉了怪兽，就即刻返回天庭去了。

第二天又是新的一个月开始了，人们纷纷从山上回来了。他们见村子里的东西完好无损都非常吃惊。此时，站在一边的老婆婆突然想起昨天老人跟她说的一切，于是赶紧向乡亲们述说了事情的始末。乡亲们一齐涌向了婆婆的家，只见婆婆家门口贴着红色的纸，院子里还有爆竹的纸屑，而屋子里的几根红色蜡烛还没有完全烧尽。乡亲们高兴得拥抱在一起。他们纷纷回家，换上新衣服新鞋帽，来庆贺这个喜庆的日子的到来。后来在年末，家家户户都要贴红色的对联和门神、燃放鞭炮，以防止"年"兽再来侵袭。后来这个风俗越传越广，渐渐成了中国民间最隆重的传统节日。

"三媒六证"的传说

过去，有个村子里住着个叫"新郎"的小伙子。小伙子的父母很早就去世了，留下他一人生活在一间茅草屋里。新郎虽然很穷，但是心肠非常好，也很有才学。他在自家门上挂了个牌子，上面写了十个大字"有志不在年高，无志空活百年"，乡邻们遇到难题都找他解决。

这一天，有三个很爱较真的皮匠路过他家，看到了新郎家门口的牌子，觉得写这牌子的人口气实在不小，就决定进门试探试探。三个皮匠进了门才知道，这家非常穷，家里只有小伙子一人。而新郎呢，见来了三个客人，很热情的将他们迎进屋里，问："三位客官，不知你们来到这里是为何事？"三个皮匠答道："也没有什么事。我们见你家门上的牌子觉得非常新鲜，我们有三个请求，不知你能不能办到。如果你办到了，我们也愿帮你做件事。"新郎说："三位大哥，说说无妨。"第一个皮匠说："我想要一个太阳大的饼。"第二个皮匠说："我想要个海大的一缸油。"第三个皮匠说："给我织一匹路长的丝绸吧。"新郎听了哈哈大笑，他问三个皮匠："三位大哥，你们什么时候要这些东西呢？"三个皮匠说："这些都不好办，我们三天后来拿东西吧。"新郎答应了。

第三天，三个皮匠如约而至。他们进门一看，新郎正在若无其事地做别的事，见到他们来了也只是热情地款待，而没有拿出东西的意思。于是第一个皮匠问："我要的饼你做得怎么样了？"新郎不慌不忙地说："我一切都准备好了，你去量量太阳有多大吧。"皮匠只好说："那我不要了。"第二个皮匠又问："海大的那缸油你装好了吗？"新郎回答说："你去量量海水有多少斤吧。"皮匠自觉理亏，说不出话来。第三个皮匠又问："我要的丝绸你织好了吗？""那你去量量路有多宽吧。"三个皮匠见小伙子果然才智过人，非常佩服，就说："现在你有什么请求，我会帮你办的。"新郎也没什么要紧事，也想戏弄下三个人，开口说道"我想要'六证'，三个哥哥帮我找来吧。"

三个皮匠根本不知道"六证"是什么东西，又不好意思仔细询问，于是硬着头皮走了。他们一路打听"六证"的下落，但是人们根本不知道他们在说什么。这天，他们三人来到了一座大山前，山脚下有个茅草屋，有个貌若天仙的姑娘坐在家门口洗衣服。于是三人来到姑娘面前，问道："打扰姑娘了，你知道'六证'在哪里可以买到吗？"姑娘一听哈哈大笑，说道："我家就有六证啊，你们等下。"

不一会儿，姑娘从家里出来了，只见她手里拿着六样东西，分别是剪子、尺子、镜子、斗子、秤和算盘。见三个皮匠非常惊讶，姑娘解释说："要裁衣服，剪子为证；要看布料尺寸，尺子为证；要看容颜，镜子为证；要晓得东西轻重，秤为证；要算清账目，算盘为证；要量粮食多少，斗子为证。"三个皮匠顿时恍然大悟，连忙问姑娘姓名，姑娘说她叫"新娘"，三个皮匠非常佩服，拿了东西付了钱，就回到新郎的家。

新郎见"六证"找到了，问三个皮匠是从哪儿找到的，皮匠就说出了姑娘的名字。新郎高兴极了，他就托三个皮匠给新娘带话，说要娶她为妻。三个皮匠又来到山脚下新娘的家，新娘听了很高兴，她让三人传话给新郎："我只要一个屋子，这个屋子不用门来，不用窗，无柱无瓦又无梁。"三个皮匠将此话传给新郎，只见新郎扬眉一笑，说道："我明白她的意思了，日后请三位媒人喝酒吧。"原来，新娘要的房子是岩洞。新郎就满山去找，把新娘娶回了家，而他们住的房子就叫作洞房了。

十二生肖的传说

据说十二生肖是凡间通往天庭之路的守卫，它们是以年为单位来轮流值班的。相传玉帝为了排定十二生肖真是费了不少力气。那么多动物，该选谁，又该怎样排序呢？这真是个棘手的问题，玉帝一时拿不定主意。又过了些日子，该到正月初九玉帝的生日了。玉帝突然想到了一个好办法，何不让所有的动物都前来祝寿，并按报到的先后顺序来决定是哪十二个动物入选呢？于是他传令下去，那所有动物都做好准备。当然这其中也有些动物由于各种原因没得到指令。

那时候猫和老鼠是很好的朋友。它们接到玉帝的圣旨都很高兴，相约一起去。但是猫有个贪睡的毛病，所以到了正月初八这一天，它再三叮嘱老鼠，明天不要忘记叫它。老鼠很爽快地答应了。谁知老鼠第二天天没亮就起来了，它没有叫醒猫，独自赴宴去了。

老鼠虽然起得早，跑得也快，但是到了那又宽又长、波涛汹涌的的河水面前，它犯愁了。老鼠在河边走了几个来回，最后急得它乱窜，却过不去。它想，如果可以借助其他动物的力量过河就好了。但是这时天还没亮，动物们肯定都在睡懒觉，谁能这么早起来呢？它再一想，也不对，要是等动物们都来了，也不知道自己还能不能排上前十二名啊！正当它没了主意的时候，老牛慢吞吞地向河边走来了，老鼠高兴极了，它想这下可好了，老牛起得还真早，都说它勤劳肯干，果然名不虚传啊。于是当老牛泅入水中的瞬间，老鼠快速的跳进老牛的耳朵里。老牛行动缓慢，老鼠在它的耳朵里也沾不到水，感觉又安全又平稳，简直都可以睡上一觉了。再说老牛早知道老鼠进了它的耳朵，但是它平时以憨厚待人，助人为乐并默默无闻著称，所以面对老鼠的这种投机取巧的行为，老牛根本没放在心上。

后来它们过了河，来到陆地上，老鼠却不愿意下来了。它想，在这老牛的耳朵里又省力又舒服，何不继续待在里面呢，于是它安心的待在老牛的耳朵里，睡了一觉。快到晌午的时候，老牛载着老鼠来到了玉帝的云霄殿外，刚要进门的时候，老鼠醒了，它迫不及待的从牛的耳朵里窜出来，抢先一步来到了玉帝的面前。就这样，老鼠成了十二生肖中的第一名，而老牛就成了第二名。再说其他动物，在家睡足了觉、养足了精神，此时也争先恐后的赶来了。老虎、兔子、龙、蛇、马、羊、猴子、鸡和狗也陆续赶到。虽说小猪很懒，但这天起得也很早，它一路小跑到达了云霄殿，累得直喘粗气，于是取得了第十二名的好成绩，被玉帝列为十二生肖的第十二位。

之后玉帝便按它们来报到的先后顺序将它们排列为十二生肖，它们要按顺序来负责每一年的工作。这十二生肖就被确定下来了。

再说那老猫，睡到傍晚才醒来。它见老鼠也在它身边，奇怪地问："怎么鼠弟，难道今天的聚会取消了吗？"老鼠得意扬扬地说："当然没有，我得了第一名，现在被玉帝列为十二生肖的首位。"老猫立即跳起来大叫："那你怎么没叫我呢！"只见老鼠轻描淡写地说："我忘记了呗，你自己的事情，应该你自己上心才对。"老猫气得直瞪眼，说道："你误了我的大事，看我不咬死你！"，说完就猛地向老鼠扑去。老鼠很机灵，一下子躲过了。此后猫和老鼠就成了死对头，老猫见了老鼠都要扑上前去咬。

元宵节的传说

农历正月十五是元宵节，又称"上元节""灯节"，是春节后的第一个重要节日，也是中国民间一个非常传统的节日。在这一天，家家户户都要吃元宵，赏花灯，还有舞龙、舞狮子等活动。关于元宵节的来历，传说和汉朝的大臣东方朔有很大的关系。

相传在汉武帝执政的时候，有个大臣叫东方朔，他才华出众又善良风趣，非常受汉武帝宠爱。有一年的冬天，一连下了几天大雪，御花园的梅花开得特别好。而东方朔是个非常有生活情趣的人，于是在一个傍晚，他来到御花园,要采些梅花送给汉武帝。刚进园门,就发现一个宫女趴在井上,抹着眼泪,好像要纵身跳下去的样子。东方朔见样子不好,就慌忙上前,把宫女从井上搭救下来,并耐心地询问宫女,到底出了什么事情。宫女坐在地上哭了一阵,后来才断断续续的将事情的缘由告诉东方朔。原来,这个宫女的名字叫作元宵,自幼进宫,如今已经很多年了,之后便无缘和家人见面,非常想家中的父母及妹妹。而且每当冬去春来的时节,对家人的思念就更加深切,觉得不能在父母面前尽孝,不如死掉算了。东方朔听了宫女的遭遇,非常同情,为了防止宫女再有自杀的念头,就向她保证说:"姑娘放心,我一定会想办法让你和家人团聚的。"

过了几天,东方朔出宫,来到长安街上摆了个占卜的小摊。不一会儿,他的小摊上就聚集了很多人,争着向他占卜求卦。哪知,大家所求的签上都写着同样的话"正月十六火焚身",一时之间,众人愁眉苦脸,惊恐万分,纷纷向他求得解灾的方法。东方朔假装掐指一算,接着说:"正月十五傍晚,天上的火神君会派一位身着红色衣服的仙女下到凡间,她就是奉旨来烧长安街的,而今我将偈语抄录给你们,你们上报当今天子,让他想想办法吧。"东方朔说完便大笔一挥,写下了这样的字:"长安在劫,火焚帝阙,十五天火,焰红宵夜。"把它交给大家之后,便扬长而去了。众人心中的恐慌加剧,快步奔向皇宫,祈求皇上,希望能有办法解决。

汉武帝从随从手中接过纸条,见到上边的十二个大字,心中不觉一惊,他连忙叫来身边亲近的官员前来商量对策,当然,足智多谋的东方朔也在邀请之列。大家听了都若有所思,只见东方朔站出来说:"不知皇上有否耳闻,火神君爱吃汤圆,宫中专门给您做汤圆的是哪位姑娘?"汉武帝随口说:"是宫女元宵。"东方朔接着说:"正月十五晚上,让元宵姑娘将汤圆做好,并由万岁您焚香上供,敬奉火神君。"东方朔深思了一下,又说道:"最好传令下去,让家家户户都做汤圆,万民一齐给火神君上供。此外,通知全城百姓,让他们在十五晚上在家门口挂上灯笼,放上鞭炮,造成城中着火的假象,这样或许就能瞒过玉帝了。再有,通知城外百姓十五晚上来城里看灯,燃放鞭炮，或许能达到消灾解难的效果。"汉武帝见其他大臣也没有别的办法，而这也不失为一个对策，就传旨下去，让照着东方朔的意思办。

到了正月十五这一天，长安街上张灯结彩，鞭炮声此起彼伏，游人来来往往，好一派热闹的景象。宫女元宵的父母和妹妹也从城外进城来观灯了。她的妹妹眼尖，一下子就看到了写有"元宵"字样的大灯笼，大声喊着："元宵！元宵！"父母见了非常激动，也跟着喊起来。哪知元宵此时正在长安街上，她立刻听到了喊声，终于和家人团聚了。

这一夜平平安安的过去了，汉武帝大喜，便下令以后在每年的正月十五都要给火神君上供，全城照样要挂灯笼，放鞭炮。而元宵的汤圆做到最后，人们就将这天叫作"元宵节"了。

寒食节的传说

"寒食节"是我国最古老的节日之一，这一天主要是民间禁火扫墓的日子。"寒食"即不动烟火，只吃凉的食品。为什么会有这样的习俗呢？相传这和晋文公祭拜介子推有关。

相传在春秋战国时期，晋国国君晋献公有五个儿子，他们分别是：申生、重耳、夷吾、奚齐、卓子。按规矩，在晋献公驾崩以后，大儿子申生应该继承王位。但是晋献公的妃子俪姬为了让自己的儿子继承王位，就设毒计谋害了申生。重耳为了躲避祸害就逃往别国去了。

重耳在逃亡期间受尽了苦难，原来和他一道出来的大臣，大多都自寻他路去了，只有少数几个一直追随着他。这其中有个叫介子推的人，一直忠心耿耿，一路保护着他。有一年，由于几天找不到吃食，重耳在逃亡的路上饿昏了过去，介子推不说二话，就在自己腿上割下来一块肉，煮成汤给重耳吃了。重耳知道后感动得流下了眼泪。后来，重耳在秦国国君秦穆公的帮助下，重回晋国，打败了当时的国君，自立君主，就是著名的春秋五霸之一，晋文公。

重耳当上国君之后，就对和他一起逃亡的几个臣子大加封赏，唯独把介子推忘记了。介子推伤心极了,就带着年迈的老母到家乡的锦山隐居去了。后来有人对此事打抱不平,晋文公听说了此事才猛然想起旧事,不禁十分惭愧,立即派人去找介子推。不久,差人向晋文公禀报,介子推带着老母隐居山林了,但是在山上搜寻了几日都没有结果。正当晋文公发愁的时候,有人向他献策说:"不如放火将山烧了,从三面点火,留下一面,到时介子推自然会出来的。"晋文公于是下令烧山,谁知大火烧了三天三夜,也不见介子推出来。待到大火灭了,晋文公上山一看,介子推和他的母亲紧紧抱着一棵大树,已经烧死了。再仔细一看,介子推的脊梁堵着一个大洞,洞里好像有什么东西似的。派人上前一看,才知是一封勉励晋文公廉洁执政的血书。

晋文公非常内疚,他跪在大树下哭了一阵,然后下令将介子推和他的母亲埋在大树之下。为了纪念介子推,晋文公下令将绵山改为"介山",又在山上修建了祠堂。并且将放火烧山的这一日定为寒食节,即在这一天,全国禁止烟火,只吃冷食。

此后,晋文公执政清明,十分晓得知恩图报,将国家治理得非常好,使百姓得以安居乐业。人们知道这和介子推的鞭策有一定关系。所以每逢寒食节,大家还用面粉和着枣泥,捏成小燕子的模样,放在门边,用以召唤介子推的灵魂。而寒食节也成了全国百姓非常隆重的节日。

端午节的传说

每年农历五月初五是端午节,人们也将这一天称为端阳节、午日节、五月节、艾节、端五、夏节等。这是我国最古老的传统节日之一,始于春秋战国时期,距今已有两千多年的历史。在这一天,人们总是举办很多活动,其中吃粽子、赛龙舟、喝雄黄酒等是必不可少的。端午节的由来众说纷纭,有纪念屈原说,纪念伍子胥说,还有纪念孝女曹娥说。不过流传最广的要数纪念屈原了。

据司马迁的《史记》记载,屈原是战国时期楚怀王的大臣。他为了国家富强，倡导联齐抗秦，不料遭到贵族子兰等人的反对，之后楚王听信了贵族子兰的谗言，将屈原流放到沅、湘流域。屈原在流放中写下了《离骚》《九歌》《天问》等不朽的诗篇，至今仍被人传诵。公元前278年，秦军攻破了楚国，屈原不忍看到自己的祖国任人侵略宰割，于是在五月初五，写下了绝笔《怀沙》，然后投汨罗江自尽。

传说楚国的百姓知道屈原投江之后，悲痛万分，他们纷纷来到汨罗江凭吊屈原。正巧那天下着小雨，渔人们也不顾雨水，自发地行动起来，他们奋力划动着船只，在江上走了很多个来回，但终究没有打捞到屈原的尸体。后来人们为了寄托哀思，常常荡舟于江水之上，渐渐的，就发展成了龙舟竞赛的活动。当时有位老渔夫拿出饭团等吃食投到江水之中，说是这样就能使鱼虾吃饱，免得侵害屈原的尸体。人们见了纷纷效仿，回到家中拿来吃食投到汨罗江中。这时有位老医师站出来，拿了一大坛酒倒入江中。人们不解，纷纷问为什么倒酒？老医师解释说："老一辈的人说过，这汨罗江中有条蛟龙，侵害了屈原的尸体就不好了。这是雄黄酒，可以药晕蛟龙，这样它就不会伤害屈大夫的尸体了。"后来就发展成了喝雄黄酒的风俗。后来人们怕吃食太少，如果很容易被河里的鱼虾等生物吃掉了，屈大夫的尸体必定会遭到侵害。于是想到这样一个办法：即用叶子把饭包起来，外缠彩丝，这样鱼虾就不会吃得太快了。之后，这种做法流传起来，就成了今天我们吃的粽子。

后来，在五月初五这一天，人们都要赛龙舟，吃粽子以及喝雄黄酒，以此来纪念爱国自尽的屈原大夫。